高等院校计算机应用技术规划教材

3ds max 2010 中文版基础与实例教程

姚家奕　段　强　刘嘉伟　等编著

机械工业出版社

本书系统、全面地介绍了 3ds max 2010 的相关知识,包括 3ds max 2010 的基础知识、3ds max 2010 的操作界面、基本操作、选择对象和设置对象的属性、对象的常见操作、三维物体的创建和修改、二维图形的创建和修改、复合建模方法、材质和贴图、灯光和摄影机、粒子系统和空间扭曲、动画基础、环境和渲染等。

本书结构清晰,语言通俗易懂,以基础知识与实际操作相结合进行介绍,并在每章最后配有习题,以帮助读者巩固所学的知识。另外,本书还附带了一张光盘,读者可对照光盘学习本书的内容。本书适合作为各大、中专院校计算机应用基础课程和相关培训学校的教材,也可作为计算机爱好者的自学参考资料。

图书在版编目(CIP)数据

3ds max 2010 中文版基础与实例教程 / 姚家奕等编著. —北京:机械工业出版社,2010.10
高等院校计算机应用技术规划教材
ISBN 978-7-111-32288-7

Ⅰ. ①3… Ⅱ. ①姚… Ⅲ. ①三维—动画—图形软件,3ds max 2010—高等学校—教材 Ⅳ. ①TP391.41

中国版本图书馆 CIP 数据核字(2010)第 203854 号

机械工业出版社(北京市百万庄大街 22 号 邮政编码 100037)
策划编辑:赵 轩
责任印制:杨 曦

北京双青印刷厂印刷

2011 年 1 月第 1 版·第 1 次印刷
184mm×260mm·23 印张·566 千字
0001—3000 册
标准书号:ISBN 978-7-111-32288-7
定价:39.00 元

凡购本书,如有缺页、倒页、脱页,由本社发行部调换
电话服务 网络服务
社服务中心:(010)88361066
销售一部:(010)68326294 门户网:http://www.cmpbook.com
销售二部:(010)88379649 教材网:http://www.cmpedu.com
读者服务部:(010)68993821 **封面无防伪标均为盗版**

出 版 说 明

随着国民经济的需求和教育事业的发展，计算机基础教育得到了很大程度的普及。在大学基础课程中开设面向应用的计算机课程对优化大学生的知识结构，提高综合素质起到了非常重要的作用。

为了满足大学各专业对计算机基础教学的需求，我社出版了"高等院校计算机应用技术规划教材"。本系列教材以计算机应用为主线，在突出实用性的同时兼顾知识结构的完整性。教材具有以下特色：

一、服务于计算机基础教育课程体系建设

在当前高校中，如何能够使学生打下坚实的计算机应用技术基础，培养学生具有把计算机技术与本专业技术相结合，开发新技术的能力已成为教学的基本目标。根据这个目标，大多数院校在计算机基础教育方面已经形成或正在形成计算机基础教育的课程体系，使得学生在整个大学学习期间能够得到必要的、较全面的计算机应用教育。

为了支持和服务于大学计算机应用性基础教育课程体系建设，本系列教材及其内容充分吸收了教育部 2006 年颁布的《关于进一步加强高等学校计算机基础教学的意见暨计算机基础课程教学基本要求（试行）》和全国计算机基础教育研究会发布的"中国高等院校计算机基础教育课程体系 2008"等意见和研究成果。我社在聘请高校相关课程的主讲教师进行了深入、广泛地调研和论证工作之后，出版了本套系列教材。

二、尽量满足不同类型学校在不同教学阶段的需求

本系列教材涵盖计算机应用方面的各主要知识。每个方面的教材又有不同的难度和知识重点，供各高校根据课程体系的需要，在整个大学的学习期间选用。

1. 计算机基础知识方面，出版《大学计算机应用基础》、《大学计算机基础实践教程》等教材，分别以基础知识、实践能力和技术应用为重点组织教学。

2. 数据库应用方面，主要以 Visual FoxPro、Access 和 SQL Server 数据库的应用为主，在讲解数据库基本知识的基础上，以数据库应用案例为依托，通过案例教学的方式组织教学。

3. 程序设计方面，主要以 Visual Basic、C 和 C ++语言程序设计为主，为了配合每种语言程序设计的教学，同时出版相应的实验指导、习题集等配套教材，以适合不同类型学校、不同专业对程序设计方法学习和训练的需求。

4. 网络和多媒体技术方面，以实用为主，学习如何有效和安全地获取和处理数字（数值）或模拟信息。引导学生从多方面获取知识，交流信息。

5. 针对一些理工科专业和计算机高级应用教学的需求，本系列教材还包括《微型计算机原理与应用》、《微机接口及应用》和《嵌入式系统原理及应用》等。教材内容对于高校高年级学生，实际又实用。学生通过学习和实习后，完全可以结合自己的专业，设计出具有一定应用价值的软、硬件。

三、按照教学规律组织教材内容

本系列教材按照分析问题、找出问题的解决方法，总结提高到理论的认知过程，进行了精心地编写。聘请的所有作者都是活跃在教学第一线的、有多年教学经验的教师。作者根据教育部的要求，结合自己的教学经验，在教材中按照教学规律安排教学内容和层次，做到叙述精炼、图文并茂、案例适当、习题丰富，非常适合各类普通高等院校、高等职业院校使用，也可作为培训教材或自学参考书。

我社将根据教学过程中师生的反映情况和计算机应用技术的发展情况，不断调整内容，改进写作方法，使本系列教材成为受广大师生欢迎的精品教材。

机械工业出版社

前　言

3ds max 2010 是一款功能超强的三维设计和动画制作软件，也是国内较为流行的三维动画制作软件之一，它以强大而完善的功能在建筑装潢与设计、影视动画制作、广告设计、游戏角色设计和产品造型设计等领域得到了广泛地应用。

本书共分为入门学习、基本技能和典型实例三大部分，其中第 1~5 章为入门学习部分，全面系统地介绍了 3ds max 2010 的操作界面以及一些基本操作，如文件管理、对象的选择、变换和复制等。第 6~13 章为基本技能部分，在这一部分主要介绍了各种建模方法，以及材质、灯光、摄影机和粒子系统的使用方法，还介绍了基本动画的制作及渲染输出。第 14 章为典型实例部分，其中综合全书所学知识精心制作了 6 个实例。三大部分中各章的具体内容如下：

第 1 章主要介绍了有关 3ds max 2010 的一些基础知识，包括 3ds max 2010 的安装、运行和新增功能等。

第 2 章主要介绍了 3ds max 2010 的操作界面元素以及操作界面的定制。

第 3 章主要介绍了 3ds max 中的一些基本操作和坐标系统的使用。

第 4 章主要介绍了对象的选择以及对象属性的设置。

第 5 章主要介绍了对象的变换、复制、成组和连接等使用方法。

第 6 章主要介绍了标准几何体、扩展几何体、AEC 扩展物体、门和窗等的创建方法，以及一些常用三维修改器的使用，如弯曲、锥化、晶格、噪波和自由变形等。

第 7 章主要介绍了二维图形的绘制和编辑方法，以及一些将二维图形转换成三维实体修改器的使用，如挤出、倒角和车削等。

第 8 章主要介绍了放样建模方法、布尔运算建模方法、NURBS 建模方法，以及散布、连接等复合对象的创建方法。

第 9 章主要介绍了材质和贴图的使用方法。

第 10 章主要介绍了灯光和摄影机的使用方法。

第 11 章主要介绍了粒子系统和空间扭曲的使用方法。

第 12 章主要介绍了动画制作的一些知识，包括动画时间配置、关键帧动画的制作、轨迹视图和动画控制器的使用等。

第 13 章主要介绍了环境效果和渲染效果的设置方法。

第 14 章主要介绍了几个典型实例的制作方法。

本书采用理论知识与案例相结合的方式系统地介绍了 3ds max 2010 的使用，使读者在学习了理论知识后能够及时地通过具体实践加深对所学知识的理解，从而真正掌握所学知识，提高读者的动手操作能力。并且在详细剖析 3ds max 2010 的知识点后，通过典型实例帮助读者进一步巩固所学 3ds max 2010 的功能和使用方法。

本书在内容安排上由浅入深，突出最为常用的实际操作，结构清楚，语言通俗易懂。本书适合作为各大、中专院校计算机应用基础课程和相关培训学校的教材，同时也可作为计算机爱好者的自学参考资料。

参加本书编写工作的有姚家奕、段强、刘嘉伟、李灿根、孙丹、杨秀梅、卢秀玲、李莹等。

由于时间仓促，加之笔者水平有限，书中不足之处在所难免，敬请广大读者批评指正。

编　者

目　　录

第1章 初识 3ds max 2010

本章要点

● 3ds max 2010 概述
● 3ds max 2010 的安装与运行
● 3ds max 2010 的新增功能
● 使用 3ds max 2010 基本制作过程

3ds max 是一款超强的计算机建模和动画制作软件，用户可以使用 3ds max 在个人计算机中快速创建专业品质的 3D 模型、照片级真实感的静止图像，以及电影品质的动画。

本章将简单介绍 3ds max 2010 的应用、安装和运行需求、新增功能等。对于初学者来说，3ds max 2010 的安装非常重要，本章将详细介绍其安装过程，以指导用户顺利进入 3ds max 2010 中进行实际应用。

1.1 3ds max 2010 概述

3ds max 是 Autodesk 公司开发的三维设计和动画制作软件，它以强大而完善的功能在计算机设计领域中得到了广泛的应用，其应用领域包括建筑装潢与设计、影视动画制作、广告设计、游戏角色设计、产品造型设计和军工科技等。

3ds max 2010 是 Autodesk 公司于 2009 年 3 月发布的，它是目前 3ds max 软件的较新版本，该版本能够有效解决由于不断增长的 3D 工作流程的复杂性，对数据管理、角色动画及其速度和性能提升的要求，是目前业界帮助客户实现游戏开发、电影和视频制作，以及可视化设计中 3D 创意的最受欢迎的解决方案之一。该软件适应 3D 工作流程复杂性的操作需求、提供先进的角色动画和数据管理功能，同时支持扩展的 mental ray 网络渲染选项。

在 3ds max 2010 中，改进了一整套多边形（Poly）建模工具——Graphite（石墨建模工具），此外，还有 Viewport（窗口）实时显示的增强、Review 3 的引入、xView Mesh Analyzer 模型分析工具，以及 ProOptimizer（超级优化）修改器、更强大的场景管理、与其他软件超强的整合能力等约 350 项的改进。

1.2 3ds max 2010 的安装与运行

3ds max 2010 的运行与计算机的硬件配置和系统平台有很大的关系，在不符合要求的系统中运行时会出现计算缓慢、视图不能正常显示等问题。

1.2.1 3ds max 2010 的硬件需求和系统需求

1. 3ds max 2010 的硬件需求

3ds max 2010 对计算机的硬件配置要求比较高，特别是对显示卡的要求，好的显示卡可以大大减轻计算机 CPU 的工作量，提高操作的速度。针对 3ds max 2010 对硬件配置的这一要求，现推荐用户的硬件配置如表 1-1 所示。

表 1-1　推荐用户硬件配置表

硬　　件	性　　能
CPU	Pentium Ⅳ以上或同等性能的 AMD 系列
内存	512 MB 物理内存或更大
硬盘	40 GB 或者更大的可用磁盘空间
显示适配器	支持 Windows 的 1 024×768 像素分辨率 VGA 显示器
显卡	128 MB，1 024×768×16 位色分辨率
其他设备	键盘、鼠标（最好为三键的）、音箱等

2．3ds max 2010 的系统需求

3ds max 2010 的运行不仅对计算机的硬件要求比较严格，而且对操作系统也有一定的要求。对于 Windows 2000 操作系统，要求操作系统版本为 SP4，DirectX 版本为 9.0C，IE 版本为 6.0；对于 Windows XP 操作系统，要求操作系统版本为 SP2，DirectX 版本为 9.0C，IE 版本为 6.0。

1.2.2　3ds max 2010 的安装与激活

3ds max 2010 的安装方法和其他应用软件的方法基本相同，下面对其中几个较为关键的步骤进行简单的介绍。

步骤 1　将 3ds max 2010 的安装光盘放入光盘驱动器，用户可以从光盘中双击安装程序开始安装，也可等待光盘驱动器读取数据，自动启动安装程序。

步骤 2　安装程序启动后，打开"Autodesk 3ds max 2010"对话框，如图 1-1 所示。单击其中的"安装"选项，即可进入"选择要安装的产品"对话框，在该对话框中用户可选择安装 3ds max 2010 和 Backburner 2008.1，如图 1-2 所示。

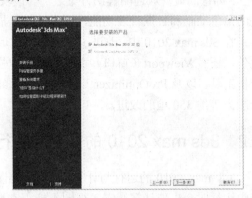

<table>
<tr><td align="center">图 1-1　"Autodesk 3ds max 2010"对话框</td><td align="center">图 1-2　"选择要安装的产品"对话框</td></tr>
</table>

步骤 3　单击对话框中的"下一步"按钮，依次打开"接受许可协议"和"产品和用户信息"对话框，如图 1-3 和图 1-4 所示。在"接受许可协议"对话框中只有选中"我接受"单选按钮才能继续；在"产品和用户信息"对话框中可根据个人信息进行填写。

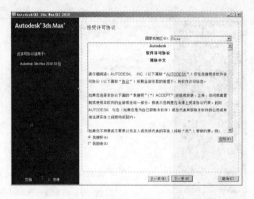

图1-3 "接受许可协议"对话框　　　　　　　　图1-4 "产品和用户信息"对话框

步骤4　确认信息填写正确后单击"下一步"按钮，进入"查看—配置—安装"对话框，如图1-5所示。单击"配置"按钮，进入"选择许可类型"对话框，选中"单击许可"单选按钮，如图1-6所示。

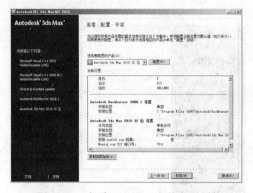

图1-5 "查看—配置—安装"对话框　　　　　　图1-6 "选择许可类型"对话框

步骤5　单击"下一步"按钮，进入"选择安装位置"对话框，如图1-7所示。选择安装位置后，单击"下一步"按钮，进入"Mental Ray 附属"对话框，如图1-8所示。

图1-7 "选择安装位置"对话框　　　　　　　　图1-8 "Mental Ray 附属"对话框

步骤6　保持默认设置，单击"下一步"按钮，进入如图1-9所示的对话框。直接单击"下一步"按钮，进入"配置完成"对话框，如图1-10所示。单击对话框最下方的"配置完成"按钮，完成配置。

图1-9 "包含Service Pack"对话框　　　　　　图1-10 "配置完成"对话框

步骤7　配置安装完成后，单击"安装"按钮启动安装程序，系统开始安装，如图1-11所示。安装完成后，将出现"安装完成"对话框，如图1-12所示。稍等片刻，单击"完成"按钮结束安装。

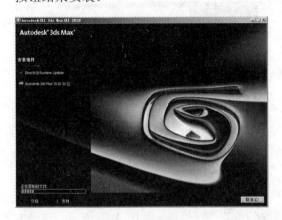

图1-11　程序安装中　　　　　　　　　　图1-12 "安装完成"对话框

步骤8　首次启动3ds max 2010将打开"激活"对话框，如图1-13所示。

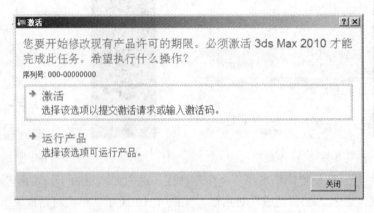

图1-13 "激活"对话框

步骤 9　在"激活"对话框中，如果用户不选择"激活"选项，那么将只能试用 30 天。

1.3　3ds max 2010 的新增功能

3ds max 2010 是 3ds max 系列软件中的较高版本，它是全球最为流行的专业建模和三维动画制作软件之一。该版本的 3ds max 在其原有功能的基础上又新增了许多功能，具体可分为以下方面。

- 石墨（Graphite）建模工具。Graphite 无论是点、边、面的操作还是选择形式，都能满足用户的制作需求。另外，它还提供了雕塑和直接绘制贴图的功能。其中，雕塑功能和 ZBrush 软件的操作方式类似，可随意控制模型表面的凸起和凹陷。
- 变换工具框（Transform Toolbox）。Transform Toolbox 是一个新的位移、旋转和缩放工具面板，通过它可以方便地控制物体的大小和轴心位置。
- 拓扑分析检测工具（xView）。xView 是一个可以在视窗内直接使用的拓扑分析检测工具，用于检测模型是否存在拓扑问题，如开放边界重叠面和焊接顶点等，它们都可以在视图中被标注出来。
- 四边形网格化（Quadify Mesh）修改器。Quadify Mesh 修改器能够为模型生成优秀的四边面镶嵌。对于光滑类和置换类的修改命令，配合该工具能极大地提高制作效率。
- 增强场景管理器（Scene Explorer）：Scene Explorer 具有更加清晰的结构和更为强大的场景浏览功能。除此以外，还可以通过 New Scene Explorer 增加新的场景浏览器。

总的来说，在 3ds max 2010 版本中，较大的变化体现在新的创造性工具、强大的新资源及场景管理能力，以及增强互动性和流水线整合能力等方面。

1.4　使用 3ds max 2010 制作大海

完成一个成功 3ds max 2010 作品的制作，实质上就是一个通过设计和设想、建模、制作材质、设置动画、添加灯光和摄影机、渲染输出等相互结合来表现物体的物质属性的过程。当然，在实际工作时，这一过程并非是一成不变的，有时需要交叉进行，反复几次，下面结合具体实例的制作进行说明。

1.4.1　建模

步骤 1　启动 3ds max 2010，单击软件图标，选择"重置"命令，重新设置系统。然后单击"创建"按钮进入创建命令面板，单击几何体子面板中的"球体"按钮，在视图中单击并拖动鼠标创建一个球体作为天空，并在其"参数"卷展栏中设置半径为 3000，分段为 50，半球值为 0.5，如图 1-14 所示。

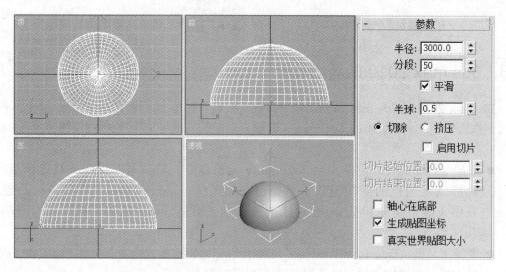

图 1-14　创建球体

步骤 2　单击几何体子面板中的"平面"按钮，在视图中单击并拖动鼠标创建一个平面作为海面，并将其移动至半球体底面的位置，如图 1-15 所示。

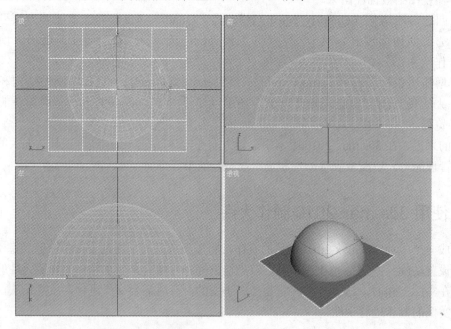

图 1-15　创建平面

1.4.2　添加摄影机

单击"创建"按钮进入创建命令面板，单击摄影机子面板中的"目标"按钮，在视图中创建一架目标摄影机，并使其与平面保持水平。然后单击透视图，将其激活为当前视图，并按〈C〉键切换为摄影机视图，如图 1-16 所示。

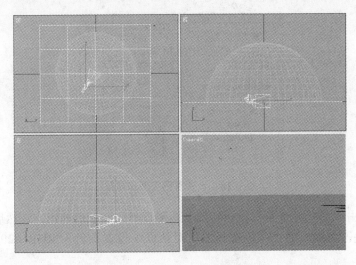

图 1-16　创建并调整摄影机

此时在摄影机视图中并不能看到球体，是因为球体的法线方向反了。在视图中选中球体，然后单击"修改"按钮，切换到修改命令面板，在修改器列表中选择法线修改器，将法线翻转，即可看到球体，如图 1-17 所示。

图 1-17　翻转法线

1.4.3　制作材质

创建完成天空和海面场景后，接下来为场景制作材质，其具体制作过程将在材质编辑器中完成。

步骤 1　单击主工具栏中的"材质编辑器"按钮，弹出"材质编辑器"窗口，选择一个样本球，在"明暗器基本参数"卷展栏的着色类型列表中选择各向异性着色类型，然后在"各向异性基本参数"卷展栏中设置高光级别为 150、光泽度为 60、各向异性为 60，如图 1-18 所示。

7

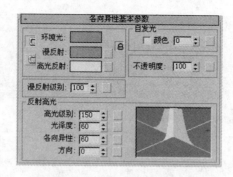

图 1-18　设置着色类型和参数

步骤 2　单击环境光前面的 ⊏ 按钮解除其与漫反射之间颜色的锁定，然后单击环境光选项右边的颜色块，在弹出的"颜色选择器"对话框中设置颜色为 RGB（20，20，20），如图 1-19 所示。

步骤 3　单击"漫反射"选项右边的颜色块，在弹出的"颜色选择器"对话框中设置颜色为 RGB（87，161，184），如图 1-20 所示。

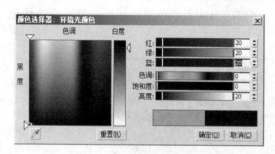

图 1-19　设置环境光颜色

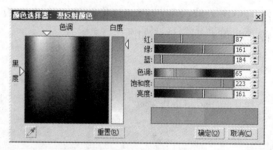

图 1-20　设置漫反射颜色

步骤 4　单击"高光反射"选项右边的颜色块，在弹出的"颜色选择器"对话框中设置颜色为 RGB（160，203，216），如图 1-21 所示。

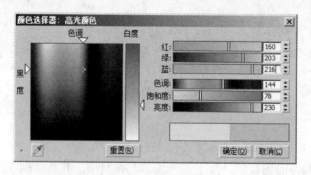

图 1-21　设置高光反射颜色

步骤 5　展开"贴图"卷展栏，单击"凹凸"选项后的"None"按钮，弹出"材质/贴图浏览器"对话框，在其中选择"噪波"选项，然后单击"确定"按钮，在"噪波参数"卷展栏中设置噪波的大小为 15、噪波类型为分形、级别为 10，如图 1-22 所示。

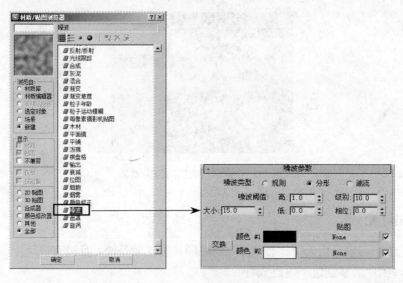

图 1-22　设置噪波类型

步骤 6　单击材质编辑器水平工具栏中的"转到父对象"按钮，返回到上一层级。然后在"反射"选项后设置反射的数量为 80，并单击其后的"None"按钮，弹出"材质/贴图浏览器"对话框，在其中选择"光线跟踪"选项，并单击"确定"按钮。

步骤 7　在视图中选中平面，然后单击材质编辑器水平工具栏中的"将材质指定给选定对象"按钮，将材质指定给平面。

步骤 8　选择另一个样本球，单击"Blinn 基本参数"卷展栏中的"漫反射"选项后的按钮，在弹出的"材质/贴图浏览器"对话框中选择"位图"选项，单击"确定"按钮，弹出"选择位图图像文件"对话框，在其中选择一张如图 1-23 所示的位图图片，然后返回"Blinn 基本参数"卷展栏，并设置自发光的大小为 100，如图 1-24 所示。

图 1-23　位图图片

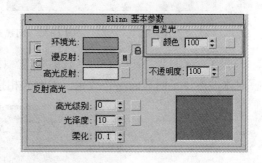

图 1-24　设置自发光

步骤 9　在视图中选中球体，然后单击材质编辑器水平工具栏中的按钮，将材质指定给球体。

步骤 10　单击"修改"按钮，切换到修改命令面板，在修改器列表中选择 UVW 贴图修改器，并在"参数"卷展栏中设置贴图方式为柱形，以使天空贴图看起来更加真实。

步骤 11　激活摄影机视图，单击主工具栏中的"渲染产品"按钮进行渲染，效果如图 1-25 所示。

图 1-25　指定材质后的渲染效果

1.4.4　添加灯光

从图 1-25 中可以看出天空比较明亮，而海面显得比较黯淡，且没有表现出明显的由水波产生的高光，因此需要创建一盏泛光灯。

步骤 1　单击"创建"按钮进入创建命令面板，然后单击灯光子面板中的"泛光灯"按钮，在视图中创建一盏泛光灯，在修改面板中设置其倍增值为 1.0，并调整其位置如图 1-26 所示。

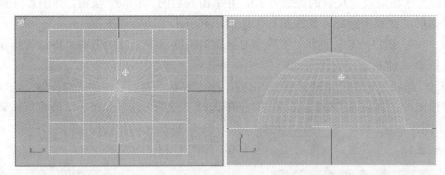

图 1-26　创建并调整泛光灯

步骤 2　单击主工具栏中的"渲染产品"按钮，再次渲染摄影机视图，此时海面已被照亮，且水波产生了明显的高光效果，但海天相接处的过渡显得比较生硬，如图 1-27 所示。

图 1-27　设置灯光后的渲染效果

1.4.5 渲染输出

为了得到更好的渲染效果，可以在海面上设置一层烟雾，使海天相接处的过渡比较柔和，然后再进行渲染输出。

步骤1 选择"渲染"→"环境"命令，弹出"环境和效果"对话框，单击"大气"卷展栏中的"添加"按钮，弹出"添加大气效果"对话框，在其中选择"雾"选项，并单击"确定"按钮。

步骤2 在"雾参数"卷展栏中设置雾的类型为分层，在"顶"选项后的文本框中设置值为40，接着设置密度的值为2，并选中衰减选项右侧的"顶"单选按钮，如图1-28所示。

步骤3 单击摄影机视图，将其激活，然后单击主工具栏中的"渲染产品"按钮 进行渲染，大海的最终效果如图1-29所示。

提示： 在设置海面材质时，若在不同帧中将噪波的相位值设置成不同的值，则可产生波涛起伏的海面动画效果，在此不再进行逐步介绍。

图1-28 设置雾参数

图1-29 大海的最终渲染效果

1.5 习题

1．填空题

（1）3ds max 2010 是_____公司于2009年3月发布的。

（2）3ds max 是一款超强的计算机_____和_____软件。

2．选择题

（1）3ds max 2010 的应用领域包括（　　）。

　　A．建筑装潢与设计

　　B．影视动画制作和广告设计

C．游戏角色设计

D．产品造型设计和军工科技

（2）安装 3ds max 2010 后，如果不激活，将只能使用（ ）天。

A．15   B．30   C．45   D．60

3．简答题

（1）简述 3ds max 2010 的系统要求。

（2）3ds max 2010 的新增功能有哪些？

第2章　3ds max 2010 的操作界面

本章要点
- 3ds max 2010 界面元素
- 定制 3ds max 2010 操作界面

"工欲善其事，必先利其器"，在学习 3ds max 2010 的其他功能之前，了解 3ds max 2010 的操作界面是非常重要的，因为在 3ds max 2010 操作界面上包含了非常多的菜单、按钮等。对于初学者来说，要想找到想要的按钮或命令非常不容易，所以本章将对其进行详细介绍，希望用户能够认真学习，从而为以后的学习打下坚实的基础。

2.1　3ds max 2010 界面元素

安装完成 3ds max 2010 后，双击桌面上的快捷启动图标即可运行 3ds max 2010 软件，其操作界面如图 2-1 所示。

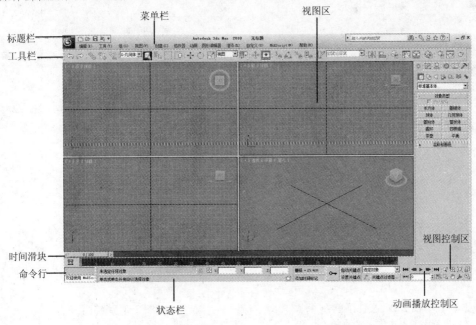

图 2-1　3ds max 2010 操作界面

从图 2-1 中可以看出，3ds max 2010 的操作界面比较复杂，由许多界面元素组成，包括标题栏、菜单栏、工具栏、视图区、命令面板、时间滑块、命令行、状态栏和视图控制区等，并且在每一部分中包含了许多菜单或按钮。

下面分别介绍主要界面元素的功能。

2.1.1　菜单栏

3ds max 2010 的菜单栏为标准的 Windows 菜单风格，在其中共包括 13 个菜单，分别为文件、编辑、工具、组、视图、创建、修改器、动画、图形编辑器、渲染、自定义、MAXScript 和帮助。

1．文件菜单

文件菜单在 3ds max 2010 中被改成了 Office 2007 风格，以图标形式放在了整个界面的左上角。主要提供了一些对场景文件进行管理的命令，如"新建"、"打开"、"保存"、"合并"、"导入"和"导出"等，如图 2-2 所示。

2．编辑菜单

编辑菜单主要提供一些选择和编辑场景中对象的命令，如"撤销"、"重做"、"删除"、"全选"和"反选"等，如图 2-3 所示。其中的一些命令在主工具栏中都有与之相对应的按钮，在使用时用户可直接单击这些按钮来替代选择菜单中的命令。

图 2-2　文件菜单

图 2-3　编辑菜单

3．工具菜单

工具菜单主要提供了许多工具，如"镜像"、"阵列"、"对齐"、"快照"和"间隔工具"等，如图 2-4 所示。用户可利用这些工具对场景中的对象进行相应操作。另外，其中还提供了一些设置场景环境的工具。

4. 组菜单

组菜单中主要提供了一些编辑和管理组对象的命令，如图 2-5 所示。

- 成组：将选择的多个对象组合成一个组对象，成组后组内各对象将仍保留原有的修改堆栈。
- 解组：将当前选择的组对象解组，但不能解组组对象中的嵌套组。
- 打开：打开选择的组对象，使其中的对象能够单独编辑。
- 关闭：关闭打开的组对象。
- 附加：将选择的多个对象连接成一个新的对象。
- 分离：将连接的对象分离。
- 炸开：炸开所有组对象，包括组中的嵌套组。

5. 视图菜单

视图菜单主要用来控制视图以及对象的显示情况，如设置视口背景、控制视图区域的显示特性等，如图 2-6 所示。

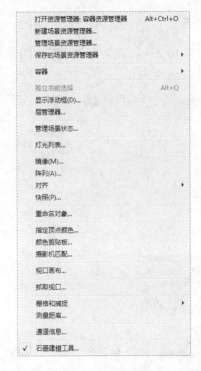

图 2-4　工具菜单　　　　图 2-5　组菜单　　　　图 2-6　视图菜单

6. 创建菜单

创建菜单中包含了创建命令面板中的创建选项，利用创建菜单可创建各种对象，如标准几何体、粒子、灯光和摄影机等，如图 2-7 所示。

7. 修改器菜单

修改器菜单中包含了许多修改器，利用这些修改器可以对场景中的对象进行编辑修改，它和修改命令面板的功能相同，如图 2-8 所示。

图 2-7　创建菜单

图 2-8　修改器菜单

8．动画菜单

动画菜单提供了动画、约束和控制器，以及反向运动学解算器的有关命令，如图 2-9 所示。利用这些命令用户可方便地制作动画。

9．图形编辑器菜单

图形编辑器菜单用于管理场景及其层次和动画，如图 2-10 所示。用户可利用其中的命令打开轨迹视图窗口，控制对象的运动轨迹。

图 2-9　动画菜单

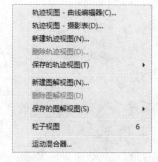

图 2-10　图形编辑器菜单

10．渲染菜单

渲染菜单用来控制渲染着色、设置环境和渲染效果、设置高级照明效果和使用 Video Post 合成场景等，如图 2-11 所示。

11．自定义菜单

自定义菜单中提供了许多自定义操作界面的命令，用户可以使用这些命令，根据个人的喜好定义操作界面。定制操作界面的具体方法,将在以后的章节中讲到,自定义菜单如图 2-12 所示。

图 2-11　渲染菜单

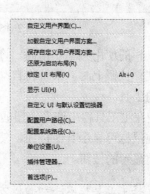

图 2-12　自定义菜单

12．MAXScript 菜单

MAXScript 菜单中提供了与脚本操作相关的命令,如图 2-13 所示。用户可以通过编辑相应的脚本语言来实现一些直观上很难实现的操作。对于没有编程基础的用户,可以通过使用一些插件来完成。

13．帮助菜单

帮助菜单中提供了一些打开用户参考、产品信息和教程等的命令,如图 2-14 所示。使用这些命令可帮助用户解决一些疑难问题。

图 2-13　MAXScript 菜单

图 2-14　帮助菜单

2.1.2　工具栏

在 3ds max 2010 中,默认情况下只显示主工具栏,其位于菜单栏的下方。在 1024×768 像素的分辨率下,不能被全部显示,如果用户要使用未显示出来的工具,用户可将鼠标指针停放在主工具栏上,当鼠标指针变成手形时,按住鼠标左键并拖动鼠标将未显示出来的工具进行显示。

为了显示出主工具栏中的所有工具，可以将主工具栏拖曳至视图区，将其变成一个浮动面板，如图 2-15 所示。

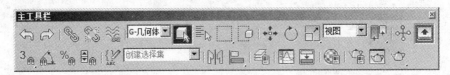

图 2-15　以浮动面板显示的主工具栏

主工具栏的使用频率非常高，许多常用命令均以按钮形式显示在其中。当用户将鼠标指针停放在某一按钮上时，系统将自动弹出该按钮的名称及功能提示，非常有利于初学者准确使用相应的工具。

另外，在主工具栏中许多按钮的右下角有一个小的三角形，表示该按钮包含了其他选项，单击并按住鼠标可显示其他按钮，然后移动鼠标可选择其中的任何一个按钮，则选择的按钮将成为当前显示的按钮。

提示：将主工具栏以浮动面板方式显示后，用户可通过在其标题处双击，将其停靠到其他工具栏上。

主工具栏中各按钮的名称及用途如表 2-1 所示。

表 2-1　主工具栏中各按钮的名称及用途

按　钮	名　　称	用　　途
	撤销	撤销上一次操作，在该按钮上右击，在弹出的列表中可选择撤销的步数
	重做	恢复取消的操作，在该按钮上右击，在弹出的列表中可选择恢复的步数
	选择并链接	选择对象，在对象之间建立链接
	断开当前选择链接	断开对象之间的链接
	绑定到空间扭曲	绑定到空间扭曲上，使物体产生空间扭曲变形
	选择对象	单击选择对象
	按名称选择	单击该按钮，在弹出的对话框中可按名称选择对象
	矩形选择区域	以矩形框方式选择对象
	圆形选择区域	以圆形框方式选择对象
	围栏选择区域	以围栏方式选择对象
	套索选择区域	以套索方式选择对象
	绘制选择区域	以绘制方式选择对象
全部	选择过滤器	过滤场景中不需要选择的对象类型
	窗口/交叉	设置多重复合对象的选择方式，在使用窗口方式时，只有完全位于选择区域内的对象才能被选中；在使用交叉方式时，位于选择区域内或与选择区域相交的对象都将被选中
	选择并移动	选择对象的同时可移动对象的位置
	选择并旋转	选择对象的同时可旋转对象的角度
	选择并均匀缩放	选择对象的同时将其均匀缩放
	选择并非均匀缩放	选择对象的同时将其非均匀缩放
	选择并挤压	选择对象的同时将其挤压

按　钮	名　　称	用　　途
视图 ▼	参考坐标系	选择变换对象时使用的坐标系
	使用轴点中心	对多个选择集进行变换时使用轴点为中心
	使用选择中心	对多个选择集进行变换时使用选择中心为中心
	使用坐标变换中心	对多个选择集进行变换时使用坐标变换中心为中心
	选择并操纵	选取对象的同时在视图中交互地变换对象的参数，如选择球体后，可改变球体的半径大小
	捕捉开关	指定捕捉模式
	角度捕捉切换	旋转对象时，以设置的角度增量围绕指定轴旋转，默认值为5°
	百分比捕捉切换	缩放对象时，通过指定的百分比增加对象的缩放，默认设置为10%
	微调捕捉切换	设置3ds max中所有微调器每次单击时增加或减少的值
	编辑命名选择集	命名选择集合，同时可管理多个选择集
	镜像	对选择对象进行镜像操作或镜像复制
	对齐	将当前选择对象对齐到目标对象，其中还包含了5个附加按钮，分别为快速对齐 、法线对齐 、放置高光 、对齐摄影机 和对齐到视图
	层管理器	可以查看和编辑场景中所有层的设置，以及与之相关联的对象
	曲线编辑器	打开曲线编辑器窗口
	图解视图	打开图解视图窗口
	材质编辑器	打开材质编辑器，在其中可创建和编辑材质
	渲染设置	打开"渲染设置"对话框，在其中可对渲染参数进行设置
	渲染产品	渲染当前视图，其中还包含了两个附加按钮：渲染迭代 和 ActiveShade

2.1.3　命令面板

命令面板位于整个操作界面的右侧，包括创建命令面板、修改命令面板、层次命令面板、运动命令面板、显示命令面板和工具命令面板，如图2-16所示。用户可通过单击"创建"按钮 、"修改"按钮 、"层次"按钮 、"运动"按钮 、"显示"按钮 和"工具"按钮 在它们之间进行切换。各命令面板的主要功能说明如下：

1. 创建命令面板

创建命令面板用于创建各种物体对象，如标准几何体、扩展几何体、灯光、摄影机和粒子系统等。创建命令面板包括7个子面板，每一个子面板中都包含了创建一类对象的命令。

- 几何体子面板：在其中包含了许多创建几何体的命令，如长方体、球体、圆柱体、茶壶和棱柱等。
- 图形子面板：在其中包含了许多创建二维图像的命令，如线、圆、椭圆和矩形等。
- 灯光子面板：为场景创建不同类型的灯光，以达到照明的效果。
- 摄影机子面板：创建摄影机，为场景创建不同的观察视角。
- 辅助对象子面板：创建辅助对象，帮助用户定位、测量场景的可渲染几何体，以及设置动画。

- ≋空间扭曲子面板：创建空间扭曲对象，通过绑定使其他物体产生变形。
- ✴系统子面板：创建骨骼、环形阵列系统及外部插入模块等较为复杂的系统。

2．修改命令面板

在修改命令面板中可修改创建对象的参数，也可通过给对象添加修改器进行各种修改。一般情况下，修改命令面板由 4 部分组成，如图 2-17 所示。

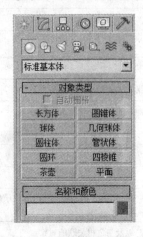

图 2-16　命令面板

图 2-17　修改命令面板

- 名称和颜色区：在其中显示了修改对象的名称和颜色，用户可在任何时候对其进行修改。
- 修改器列表：在其下拉列表框中，用户可选择不同的修改器对对象进行修改。
- 修改堆栈：在修改堆栈中记录了用户对对象每次进行的修改，用户可随时对以前所做的修改进行编辑，如删除修改器、调整修改器顺序等。
- 参数区：在其中显示了当前修改堆栈中被选择对象的参数。

3．层次命令面板

层次命令面板提供了对对象连接控制的功能，通过将一个对象与另一个对象相链接，可以创建父子关系。多个对象的连接可形成非常复杂的层次树。另外，层次命令面板还提供了正向运动和反向运动双向控制的功能。层次命令面板如图 2-18 所示。

4．运动命令面板

通过运动命令面板可以控制所选对象的运动轨迹，也可为所选对象指定动画控制器，产生动画效果，如图 2-19 所示。

- 参数：在参数面板中用户可为所选对象指定各种动画控制器，产生不同的动画效果，还可以建立或删除动画的关键点。
- 轨迹：在轨迹控制面板中可将样条线转换为轨迹、将轨迹转换为样条线，并且可通过卷展栏来控制参数。

5．显示命令面板

通过显示命令面板可控制对象在视图中的显示情况，可以隐藏、冻结对象，也可以修改对象所有的显示参数，如图 2-20 所示。

图 2-18　层次命令面板

图 2-19　运动命令面板

图 2-20　显示命令面板

6．工具命令面板

工具面板中包括了各种功能强大的工具，如资源浏览器、摄影机匹配、颜色剪贴板、运动捕捉和 MAXScript 等。在使用时，用户只需要单击相应的按钮或从附加的应用程序列表中选择即可，如图 2-21 所示。

单击其中的"更多"按钮可以打开附加的应用程序列表，如图 2-22 所示。

图 2-21　工具命令面板

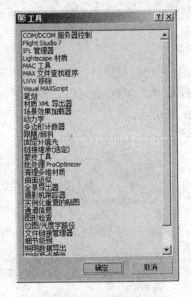

图 2-22　"工具"对话框

2.1.4　视图区和视图控制工具

1．视图区

视图区如图 2-23 所示，它是 3ds max 2010 的主要工作区域，在其中用户可从不同的视图观察对象。

默认情况下，整个视图区由 4 个视图组成，分别为顶视图、前视图、左视图和透视图。被激活视图（即当前视图）的边框为黄色。当用户需要选择其他视图时，可将鼠标指针移动到要选择的视图，然后单击鼠标左键或右键将其激活为当前视图。

在 3ds max 2010 中，用户可将当前视图切换为其他视图，也可改变当前视图的显示模式。如在当前视图中按〈T〉键即可将当前视图切换为前视图，按〈F〉键即可将当前视图切换为前视图。另外，用户也可在视图的左上角单击，然后在弹出的快捷菜单中选择不同的命令来切换视图，如图 2-24 所示。

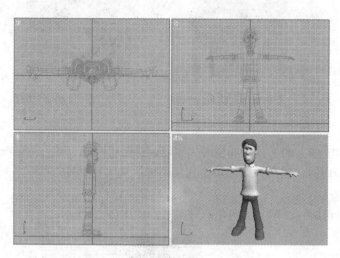

图 2-23　视图区　　　　　　　　　　　　　图 2-24　视图切换快捷菜单

除了选择和切换视图外，用户还可以改变视图的显示模式，按〈G〉键可隐藏或显示当前视图的栅格，按〈F3〉键可以切换到平面＋高光的显示模式，按〈F4〉键可显示对象的边面，如图 2-25 所示。

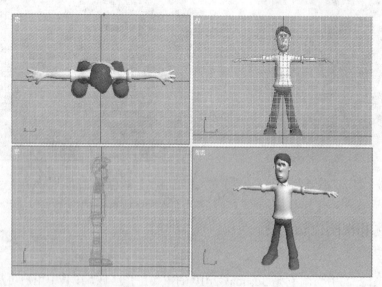

图 2-25　改变视图显示模式

2．视图控制工具

视图控制工具位于整个操作界面的右下角，标准的 3ds max 2010 视图控制工具如图 2-26 所示。当当前视图为摄影机视图时，视图控制工具与标准的视图控制工具有所不同，如图 2-27 所示。当用户单击其中的某一个按钮后，该按钮将以黄色显示，用户可使用其调节视图，在当前视图中右击，将结束使用该工具，用户可重新选择其他工具。

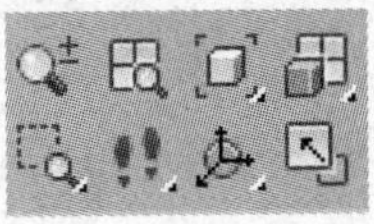

图 2-26　标准视图控制工具 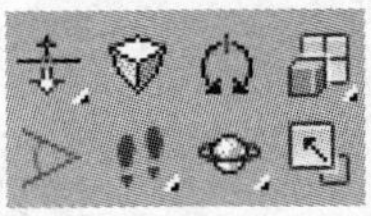　　　　　　　图 2-27　激活摄影机视图时的视图控制工具

对各视图控制工具的名称和用途说明如下。

- "缩放"按钮：单击该按钮，在视图中按住鼠标左键上下拖动可放大或缩小视图，缩放的中心为当前鼠标指针所在的位置。
- "缩放所有视图"按钮：单击该按钮，在视图中按住鼠标左键上下拖动可放大或缩小当前可见的所有视图。
- "最大化显示"按钮：单击该按钮，可在当前视图中最大化显示场景。
- "最大化显示选定对象"按钮：单击该按钮，可在当前视图中最大化显示选定对象。
- "所有视图最大化显示"按钮：单击该按钮，可在所有可见视图中最大化显示场景。
- "所有视图最大化显示选定对象"按钮：单击该按钮，可在所有可见视图中最大化显示选定对象。
- "缩放区域"按钮：单击该按钮，在视图中拖动创建一个矩形区域，可放大显示局部，但是，该按钮不适用于摄影机视图。
- "视野"按钮：该按钮在透视图中有效，单击该按钮，在透视图中按住鼠标左键上下拖动，可调整可见的场景数量和透视张角量。
- "平移视图"按钮：单击该按钮，可沿各方向平移视图。
- "穿行"按钮：单击该按钮，鼠标指针将变为中空圆环，在按下某个方向键时可显示方向箭头，它适用于透视图和摄影机视图。
- "环绕"按钮：单击该按钮，可以使视图围绕中心自由自旋。
- "最大化视口切换"按钮：单击该按钮，可在其正常大小和最大化视图之间进行切换，用户可使用〈Alt＋W〉组合键快速切换。
- "推拉摄影机"按钮：单击该按钮，可沿着摄影机的主轴移动摄影机或其目标点。
- "透视"按钮：单击该按钮，可改变摄影机与焦点的位置。
- "侧滚摄影机"按钮：单击该按钮，可旋转摄影机。
- "环游摄影机"按钮：单击该按钮，可使摄影机绕焦点旋转。

2.1.5　动画控制区

在动画控制区，用户可配置动画的时间、播放速率、开启/关闭动画制作模式，也可为当前动画场景插入关键帧，并且在动画播放控制区中可控制动画在当前视图中实时播放，也可将动画跳至上一帧、下一帧或直接转至开头或结尾，如图 2-28 所示。

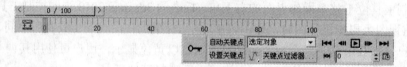

图 2-28　动画控制区

2.1.6　状态栏

状态栏和提示栏位于整个操作界面的左下方，状态栏中显示了当前系统的状态信息，如选择对象的数目，对象的锁定情况、鼠标的位置坐标、使用的栅格距离等；提示栏用来提示用户下一步该进行怎样的操作，如图 2-29 所示。

图 2-29　状态栏和提示栏

2.2　定制 3ds max 2010 操作界面

3ds max 2010 中提供了自定义操作界面的功能，用户可根据自己的个性和工作需要进行个性化的配置。在进行具体定制时，可选择自定义菜单中的命令进行操作。

2.2.1　加载自定义 UI 方案

通过加载自定义 UI 方案可改变操作界面的外观。选择"自定义"→"加载自定义用户界面方案"命令，弹出"加载自定义用户界面方案"对话框，如图 2-30 所示。在该对话框中有几个带有.ui 扩展名的文件，那是系统提供给用户的操作界面类型，用户可任意选择，默认的操作界面类型为 DefaultUI.ui 文件。

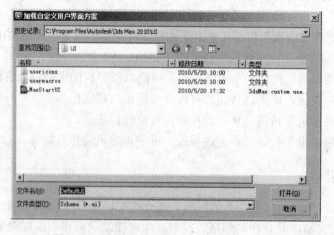

图 2-30　"加载自定义用户界面方案"对话框

24

在"加载自定义用户界面方案"对话框中双击 MaxStartUI.ui 文件，或选择该文件选项后单击"打开"按钮，即可改变操作界面的外观，如图 2-31 所示。

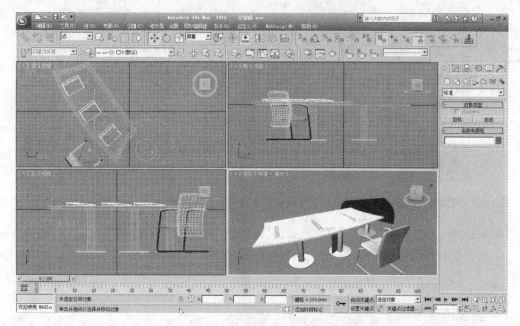

图 2-31　改变操作界面的外观

提示：对于选择其他 UI 方案后的操作界面外观，在此不再一一介绍，用户可根据以上方法进行更改，观察它们有什么不同。

2.2.2　自定义工具栏

在 3ds max 2010 中，用户可为已经存在的工具栏添加新的工具，也可新建一个工具栏，然后根据需要添加工具。

选择"自定义"→"自定义用户界面"命令，弹出"自定义用户界面"对话框。在该对话框中包括"键盘"、"工具栏"、"四元菜单"、"菜单"和"颜色"5 个选项卡，可分别用来设置不同的项目。此处要设置工具栏，所以选择"工具栏"选项卡，如图 2-32 所示。

在该选项卡中，用户可从组下拉列表框中选择一个组，然后在类别下拉列表框中选择要添加到组中的工具类型，或者选择组下拉列表框中的 All Commands 选项，在下面的列表框中选择要添加的工具。

除了可在已有的工具栏中添加工具外，用户还可以新建一个实用的工具栏，下面结合具体实例对其新建方法进行介绍。

步骤 1　单击图 2-32 中的"新建"按钮或在工具栏中右击，然后在打开的快捷菜单中选择"自定义"命令，新建一个工具栏右键快捷菜单，如图 2-33 所示。

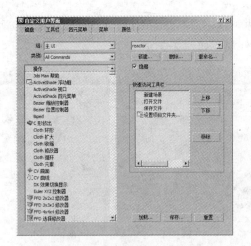

图 2-32 "自定义用户界面"对话框的"工具栏"选项卡   图 2-33 工具栏右键快捷菜单

步骤 2 弹出"新建工具栏"对话框,在"名称"文本框中将工具栏命名为"定制"(如图 2-34 所示),然后单击"确定"按钮。这时在操作界面上会出现一个浮动面板式的工具栏,如图 2-35 所示。

图 2-34 "新建工具栏"对话框   图 2-35 新建的工具栏

步骤 3 在"类别"下拉列表框中选择"Objects Primitives"选项,将添加工具的范围锁定在创建几何体中。如图 2-36 所示,在"类别"下面的列表框中显示了当前可选择的创建几何体选项。

图 2-36 设置添加工具的范围

步骤 4　在列表框中选择"切角长方体"选项，然后按住鼠标左键，将其拖曳至定制的工具栏中，即可将当前选择的选项添加到工具栏中，如图 2-37 所示。

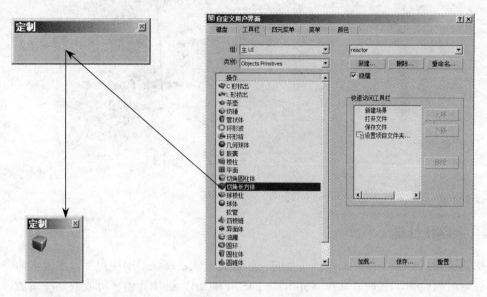

图 2-37　添加选项

步骤 5　用同样的方法，用户可添加创建几何体的其他选项到工具栏中。在"类别"下拉列表框中选择其他选项后，用户可添加其他命令到定制的工具栏中，如二维图形、修改器、粒子系统等，定制的工具栏如图 2-38 所示。和其他的工具栏一样，用户可将其移动、停靠或以浮动面板形式显示。

图 2-38　定制的工具栏

提示：如果用户要删除已添加的某个工具，可将鼠标指针停放在该工具上，然后右击，在弹出的快捷菜单中选择"删除"命令。

2.2.3　定制命令面板

默认情况下，命令面板位于 3ds max 2010 操作界面的右侧，在使用时，用户可根据个人习惯改变其位置和显示方式。

与调整工具栏一样，用户可将鼠标指针停放在命令面板的上方，当鼠标指针下方出现"命令面板"形状时，按住鼠标左键并拖动即可移动命令面板。移动命令面板可停靠在其他工具旁，也可以浮动面板的形式在视图区中显示，如图 2-39 所示。

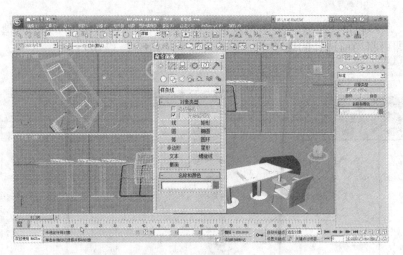

图 2-39 定制命令面板

2.2.4 定制快捷键

快捷键是执行菜单命令或按钮命令的一种快捷方式，在菜单中用户会发现许多命令的后面都有一组组合键，它们通常由〈Shift〉、〈Alt〉、〈Ctrl〉键加其他字母或数字键组成，这就是执行该命令的快捷键。在操作过程中结合键盘快捷键将大大提高工作效率和工作速度。

在 3ds max 2010 中，用户除了可以使用默认的快捷键外，还可通过自定义将常用的一些命令定义成快捷键。

选择"自定义"→"自定义用户界面"命令，弹出"自定义用户界面"对话框，单击"键盘"标签，对话框如图 2-40 所示，在其中用户可定义快捷键。在该对话框的"热键"文本框中输入一个数字、字母，或按住〈Shift〉、〈Alt〉、〈Ctrl〉键定义一组复合键，在其下方的"指定到"文本框中如果出现"未指定"提示，则表示该快捷键未被使用。在类别选项下方的列表框中选择一个命令后，单击"指定"按钮即可将该快捷键指定给选择的命令。

图 2-40 定制快捷键

2.2.5 定制菜单和界面颜色

1. 定制菜单

在 3ds max 2010 中，用户可通过"自定义用户界面"对话框对菜单中的命令进行编辑。用户可以删除菜单中一些极少使用的命令，也可新建一些常用命令，还可以对现有的命令进行重命名操作。

选择"自定义"→"自定义用户界面"命令，弹出"自定义用户界面"对话框，然后单击"菜单"标签，弹出"定制菜单"对话框，在其中选择要修改的菜单命令，即可对其进行操作，如图 2-41 所示。

2. 改变界面颜色

3ds max 2010 的操作界面以灰色为主调，久而久之用户难免会觉得有些厌倦。这时，用户可通过自定义改变它们的颜色，使操作界面看起来更加活泼、生动，更加个性化。

选择"自定义"→"自定义用户界面"命令，弹出"自定义用户界面"对话框，然后单击"颜色"标签，对话框如图 2-42 所示。

在对话框的"元素"下拉列表框中可选择要更改颜色的选项，然后在其下方的列表框中选择具体的更改选项，单击右侧"颜色"选项后面的颜色块，在打开的颜色选择器中为选择的选项重新设置颜色。单击"重置"按钮，可重新设置。

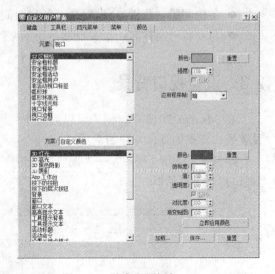

图 2-41　定制菜单　　　　　　　　图 2-42　改变界面颜色

2.2.6 设置自动保存

在 3ds max 2010 中进行操作时，用户可能会忘记保存。为防止数据丢失，给用户带来不必要的麻烦，可启用自动备份功能，按指定的时间间隔对所做的工作进行自动备份。

选择"自定义"→"首选项"命令，弹出"首选项设置"对话框，单击其中的"文件"标签，打开"文件"选项卡，在其中的"自动备份"选项区中可设置启用自动备份功能，如图 2-43 所示。

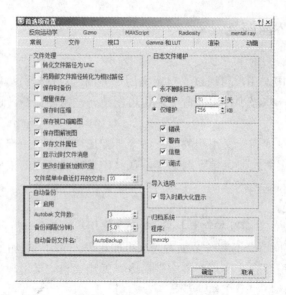

图 2-43　启用自动备份功能

- 启用：选中该复选框，启用自动备份功能。
- Autoback 文件数：设置在覆盖第一个文件前备份的文件数量，最多可设置为 9。
- 备份间隔（分钟）：设置自动备份时间间隔。
- 自动备份文件名：设置自动备份的文件名称。

2.3　设置视口背景

在 3ds max 2010 中，用户可以为每个视图设置显示不同的背景，以帮助用户进行建模，设置视口背景的具体方法如下：

步骤 1　选择"视图"→"视口背景"命令（见图 2-44），或按〈Alt＋B〉组合键，弹出"视口背景"对话框。

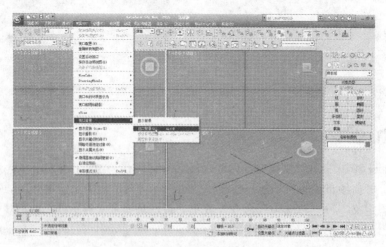

图 2-44　选择"视口背景"命令

步骤 2　单击"视口背景"对话框中的"文件"按钮，弹出"选择背景图像"对话框，在其中选择图片，如图 2-45 所示（在预览框中用户可以预览选择的图片）。

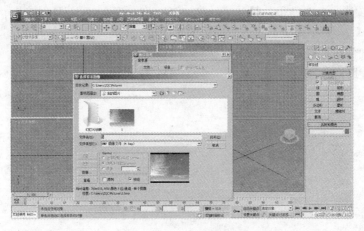

图 2-45　选择背景图像

步骤 3　单击"打开"按钮，返回"视口背景"对话框，在其中的"纵横比"选项区中选中"匹配位图"单选按钮，并选中"锁定缩放/平移"复选框，然后在"视口"下拉列表框中选择设置背景的视图，这里选择顶视图，如图 2-46 所示。

步骤 4　单击"确定"按钮，即可在顶视图中显示背景图片，如图 2-47 所示。

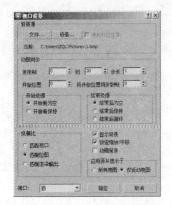

图 2-46　"视口背景"对话框

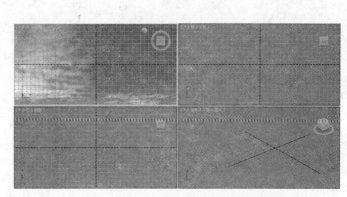

图 2-47　设置视口背景后的视图区

提示：在"视口背景"对话框的"视口"下拉列表框中，如果用户不选择应用背景的视图，则系统将采用当前激活的视图。

2.4　习题

1. 填空题

（1）3ds max 2010 的菜单栏共包括了_____个菜单。

（2）使用"自定义"菜单中的_____命令可改变操作界面的外观。

2. 选择题

（1）利用"组菜"单中的（　　）命令可彻底打开组。

    A. 解组　　　　　B. 打开　　　　　C. 分离　　　　　D. 炸开

（2）下列（　　）不属于创建命令面板的子面板。

    A. 几何体和图形　　　　　　　　B. 灯光和摄影机

    C. 辅助对象和空间扭曲　　　　　D. 层次和工具

第3章 基本操作

本章要点

- 文件管理的基本操作
- 系统参数设置
- 坐标系统的使用

在熟悉了 3ds max 2010 的操作界面后，用户应对 3ds max 2010 的一些基本操作有所了解，如文件管理基本操作、系统参数的设置操作等，这对于初学者非常有用。另外，本章还将介绍 3ds max 2010 中坐标系统的使用，有利于增强用户对以后学习对象操作时的理解。

3.1 文件管理基本操作

文件管理基本操作包括文件的新建、打开、保存/另存为、合并、导入和导出等，这些操作都可以在文件菜单中完成。

3.1.1 新建文件

在使用 3ds max 2010 工作时，单击软件图标 ⑥，在弹出的菜单中选择"新建"→"新建全部"命令可新建一个场景。由于 3ds max 2010 一次只能打开一个场景，所以在执行"新建场景"命令后，将删除当前的场景。但系统会弹出如图 3-1 所示的"新建场景"对话框，提示用户是否保存更改。

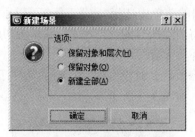

图 3-1 "新建场景"对话框

技巧：新建文件的快捷键为〈Ctrl + N〉。

3.1.2 打开文件

单击软件图标 ⑥，在弹出的菜单中选择"打开"→"打开"命令可以打开一个 3ds max 2010 的场景文件，如果当前场景修改后没有保存，系统将提示用户是否保存当前场景。

执行"打开"命令后，系统将弹出"打开文件"对话框，如图 3-2 所示。

图 3-2 "打开文件"对话框

在该对话框的历史记录下拉列表框中,显示了最近打开文件的存放路径;在查找范围下拉列表框中用户可选择打开文件的路径。

技巧:打开文件的快捷键为〈Ctrl + O〉。

如果用户要打开最近编辑过的文件,可选择"文件"菜单中的"重置"命令,在弹出的子菜单中进行选择。默认可显示最近使用的 10 个文件。

注意:使用 3ds max 2010 可打开以前版本的 3ds max 文件,但是使用以前版本的 3ds max 软件不能打开 3ds max 2010 的文件。

3.1.3 重设场景

单击软件图标 ，在弹出的菜单中选择"重置"命令可以重设场景,其作用与退出 3ds max 2010 系统后重新进入一样。将清除所有的数据,恢复到系统初始的状态,包括对视图的配置、捕捉设置、单位设置、渲染环境设置等。

如果用户对场景进行了修改,并且没有保存,则系统将打开一个提示框,提示用户是否保存对当前场景所做的修改,如图 3-3 所示。

图 3-3 "重设场景"提示框

3.1.4 保存/另存为文件

使用"保存"或"另存为"命令可对 3ds max 2010 的场景文件进行保存,但它们之间存在着不同之处。

使用"保存"命令可对场景文件进行快速保存，覆盖原有的同名文件。对于新建的场景文件，在第一次保存时，使用"保存"和"另存为"命令是一样的，系统将弹出"文件另存为"对话框，如图 3-4 所示。在其中用户可命名文件和设置文件的保存路径。

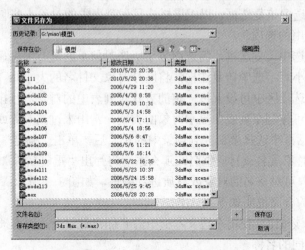

图 3-4 "文件另存为"对话框

选择"另存为"命令保存场景文件，可重新对文件进行命名保存，而不是覆盖原有的同名文件。

提示：单击"文件另存为"对话框中的 + 按钮，文件名将以"01"、"02"、"03"等序号自动命名并升序保存。

3.1.5 合并文件

使用"合并"命令可以将其他场景文件中的对象合并到当前场景中。

单击软件图标 ，在弹出的菜单中选择"导入"→"合并"命令，弹出"合并文件"对话框，如图 3-5 所示。选择要合并的场景文件后，单击"打开"按钮，弹出"合并"对话框，在其中用户可选择需要合并到当前场景中的对象，如图 3-6 所示。

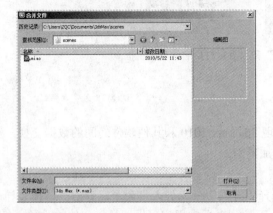

图 3-5 "合并文件"对话框

图 3-6 "合并"对话框

"合并"对话框中各参数的含义如下。

● 全部/无：单击该按钮，选择所有对象或取消选择所有对象。
● 反转：单击该按钮，选择所有当前未被选中的对象。
● 显示子树：选中该复选框，以缩进格式显示列表中的对象。若取消选中，可激活"排序"选项区中的选项。
● 选择子树：选中该复选框，将选中位于所选对象下的所有缩进显示的对象。
● 查找区分大小写：选中该复选框，将区分对象文件名的大小写。
● 排序：在该选项区中可设置按一定的方式对列表中的对象进行排序。
● 列出类型：可控制在列表中显示对象的类型，常用来过滤对象或快速查找对象。

在"合并"对话框中选择要合并到场景中的对象后，单击"确定"按钮，如果选择的对象和当前场景中的对象重名或材质重名，那么系统将弹出"重复名称"或"重复材质名称"对话框，在其中用户可对重名的对象或材质进行编辑，如图 3-7 所示。

对其中各参数的含义说明如下：

● 合并：单击该按钮，使用右边文本框中的名称将对象合并到场景中，并且允许两个对象有一个相同的名称。
● 跳过：单击该按钮，不合并该对象。
● 删除原有：单击该按钮，删除当前场景中的同名对象，并将选择的对象合并到场景。
● 自动重命名：单击该按钮，将同名对象以副本名称合并到场景中。
● 重命名合并材质：重新命名合并的材质。
● 使用合并材质：单击该按钮，将合并对象的材质应用到当前场景，替换场景中的原有同名材质。
● 使用场景材质：单击该按钮，将场景中的材质应用于新合并的对象。
● 自动重命名合并材质：单击该按钮，将合并对象的材质重新自动命名。

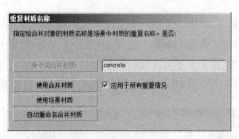

图 3-7 "重复名称"和"重复材质名称"对话框

3.1.6 导入/导出文件

使用"导入"或"导出"命令可以实现 3ds max 2010 和其他软件之间的数据交换，从而使 3ds max 2010 和其他软件之间的联系更加紧密。

1. 导入

单击软件图标 ，在弹出的菜单中选择"导入"→"导入"命令，弹出"选择要导入的文件"对话框。在该对话框的"查找范围"下拉列表框中用户可设置导入文件的路径；在"文件类型"下拉列表框中用户可选择要导入的文件类型，如图 3-8 所示。

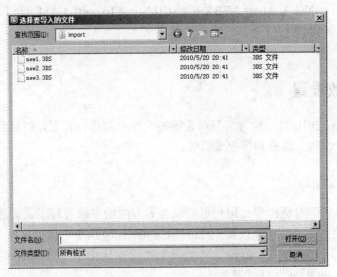

图 3-8 "选择要导入的文件"对话框

提示：3ds max 2010 可导入的文件类型包括 3D Studio 网格（*.3DS、*.PRJ）、Adobe Illustrator（*.AI）、AutoCAD 图形（*.DWG、*.DXF）、Alias（*.FBX）、Lightscape（*.LS、*.VW、*.LP）和 Autodesk Inventor（*.IPT、*.IAM）等。

2．导出

单击软件图标 ⑤，在弹出的菜单中选择"导出"→"导出"命令，弹出"选择要导出的文件"对话框。在该对话框中用户可以对导出文件的类型、保存的路径、名称等进行设置，如图 3-9 所示。

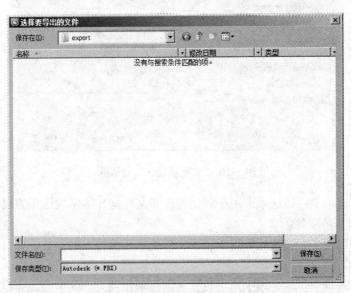

图 3-9 "选择要导出的文件"对话框

提示：3ds max 2010 可导出的文件类型包括 3D Studio（*.3DS）、Adobe Illustrator（*.AI）、AutoCAD（*.DWG、*.DXF）、Alias（*.FBX）、ASCII Scene Export（*.ASE）和 Lightscape（*.ATR、*.BLK、*.DF、*.LAY、*.LP）等。

3.2　系统参数设置

在使用 3ds max 2010 时，经常需要对系统的一些参数进行设置，以达到操作的要求，如首选项设置、单位设置、栅格和捕捉设置等。

3.2.1　首选项设置

在"首选项设置"对话框中，用户可对系统多方面的参数进行设置。选择"自定义"→"首选项"命令，将弹出"首选项设置"对话框，如图 3-10 所示。其中包括"常规"、"文件"、"视口"、"Gamma 和 LUT"、"渲染"、"动画"、"反向运动学"、"Gizmo"、"MAXScript"、"Radiosity"和"mental ray"11 个选项卡。

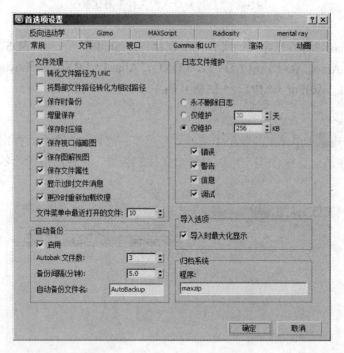

图 3-10　"首选项设置"对话框

- "常规"选项卡：该选项卡用于界面操作和交互操作等常规选项的设置，如撤销的次数、微调器精度等。
- "文件"选项卡：该选项卡用于设置文件处理相关方面的参数，如日志文件维护、自动备份等。
- "视口"选项卡：该选项卡用于设置视图显示相关方面的参数，如启用灯光衰减、重影设置等。

- "Gamma 和 LUT"选项卡：该选项卡通过设置参数来调整用于输入、输出图像和监视器显示的 Gamma 以及查询表（LUT）值。
- "渲染"选项卡：该选项卡用于设置渲染的相关参数，如渲染场景中环境光的默认颜色等。
- "动画"选项卡：该选项卡可以设置与动画相关的参数，如动画声音的指定。
- "反向运动学"选项卡：该选项卡可以设置应用式和交互式反向运动学的相关参数。
- "Gizmo（边界盒）"选项卡：该选项卡用于设置变换 Gizmo 的范围，如移动、旋转、缩放 Gizmo 的大小。
- "MAXScript（MAX 脚本）"选项卡：该选项卡用于设置有关脚本语言的参数，如字体、字体大小等。
- "Radiosity（光能传递）"选项卡：该选项卡用于设置光能传递解决方案的相关参数。
- "mental ray"选项卡：该选项卡用于设置启用 mental ray 渲染器后相关的参数。

3.2.2 单位设置

选择"自定义"→"单位设置"命令，弹出"单位设置"对话框，如图 3-11 所示。通过该对话框可以在通用单位和标准单位（英尺、英寸，或公制）之间进行选择。用户也可以创建自定义单位，这些自定义单位可以在创建任何对象时使用。

单击"系统单位设置"按钮，弹出"系统单位设置"对话框，在其中用户可对系统单位的比例进行设置，如图 3-12 所示。

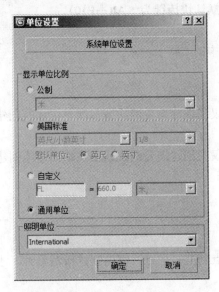

图 3-11 "单位设置"对话框

图 3-12 "系统单位设置"对话框

3.2.3 栅格和捕捉设置

进入 3ds max 2010 操作界面，用户可看到一个主栅格，它仅为在三维空间中创建对象提供参考，不会被渲染。在主栅格的中心有两根黑线，它们的交点即为世界坐标系的原点。

选择"工具"→"栅格和捕捉"→"栅格和捕捉设置"命令，弹出"栅格和捕捉设置"对话框，用户可对栅格和捕捉选项进行设置。

"栅格和捕捉设置"对话框，包括"捕捉"、"选项"、"主栅格"和"用户栅格"4 个选项卡，分别用于设置不同选项。

1．"捕捉"选项卡

"捕捉"选项卡如图 3-13 所示，在其中的下拉列表框中包括 Standard（标准）和 NURBS 两个选项，选择 Standard（标准）选项时可对标准捕捉类型进行设置；选择 NURBS 选项时可对捕捉到 NURBS 模型中的对象或子对象进行设置。

- 栅格点：捕捉到栅格的交点。默认情况下，该捕捉类型处于启用状态，默认快捷键为〈Alt＋F5〉。
- 栅格线：捕捉到栅格线上的任何点。
- 轴心：捕捉到对象的轴心。默认快捷键为〈Alt＋F6〉。
- 边界框：捕捉到对象边界框的 8 个角中的任何一个。
- 垂足：捕捉到样条线上与上一个点相对的垂直点。
- 切点：捕捉到样条线上与上一个点相对的相切点。
- 顶点：捕捉到网格对象或可以转换为可编辑网格对象的顶点。默认快捷键为〈Alt＋F7〉。
- 端点：捕捉到网格边的端点或样条线的顶点。
- 边/线段：捕捉沿着边或样条线分段的任何位置。默认快捷键为〈Alt＋F9〉。
- 中点：捕捉到网格边的中点和样条线分段的中点。默认快捷键为〈Alt＋F8〉。
- 面：捕捉到四边面的曲面上的任何位置。默认快捷键为〈Alt＋F10〉。
- 中心面：捕捉到三角形面的中心。
- CV：捕捉到 NURBS 曲线或 NURBS 曲面中的 CV 子对象。
- 点：捕捉到 NURBS 模型中的点子对象。
- 曲线中心：捕捉到 NURBS 曲线的中心。
- 曲线法线：捕捉到 NURBS 曲线的法线。仅当创建需要两次或多次单击才能创建的新对象时，才启用该捕捉。
- 曲线切线：捕捉到 NURBS 曲线的切线。仅当创建需要两次或多次单击才能创建的新对象时，才启用该捕捉。
- 曲线边：捕捉到 NURBS 曲线的边。
- 曲线端点：捕捉到 NURBS 曲线的端点。
- 曲面中心：捕捉到 NURBS 曲面的中心。
- 曲面法线：捕捉到 NURBS 曲面法线上的点到上一个点。仅当创建新对象时，才启用该捕捉。
- 曲面边：捕捉到 NURBS 曲面的边。

2．"选项"选项卡

"选项"选项卡如图 3-14 所示，在其中可以设置与捕捉相关的选项。

3．"主栅格"选项卡

"主栅格"选项卡如图 3-15 所示，在其中可以对主栅格的间距等其他特性进行设置。

图 3-13 "捕捉"选项卡

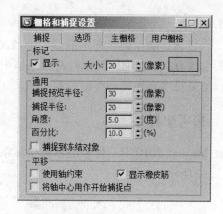

图 3-14 "选项"选项卡

4. "用户栅格"选项卡

"用户栅格"选项卡如图 3-16 所示,其主要控制栅格对象的自动激活和自动栅格的设置。在使用时,用户需在创建命令面板中选中"自动栅格"复选框。

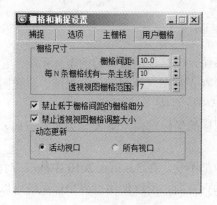

图 3-15 "主栅格"选项卡

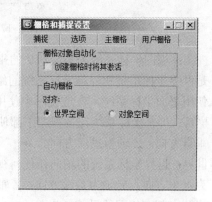

图 3-16 "用户栅格"选项卡

3.3 坐标系统的使用

坐标系统是对象移动、旋转、缩放变换的重要依据,在 3ds max 2010 中不同的坐标系统具有不同的表现方式,因此在不同的坐标系统中进行同样的操作时,得到的结果可能是不同的。如果用户要对操作得到的结果心中有数,那么需要对坐标系统有所了解。

3.3.1 基本概念

1. 坐标轴

三维坐标系统中包括 X、Y、Z 三个坐标轴,每一个坐标轴都定义了一个轴向,在对对象进行移动、旋转和缩放变换时,轴向决定了对象移动、旋转和缩放的方向。

2. 坐标中心

坐标中心是指三维坐标系统中 X、Y、Z 三个坐标轴在空间的交点,即坐标的原点。

3. 变换

变换包括移动、旋转和缩放等，缩放又包括均匀缩放、非均匀缩放和挤压。挤压是一种特殊的缩放方式，在缩放时保持对象总体积不变，如果高度增加，那么长度就会相应地缩小；反之，如果长度增加使高度减少。

3.3.2　参考坐标系

在 3ds max 2010 主工具栏的参考坐标系下拉列表中显示了 8 种供用户选择的参考坐标系，如图 3-17 所示。

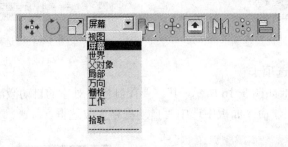

图 3-17　参考坐标系

- 视图：视图坐标系统为系统默认的坐标系统，也是使用最普遍的坐标系统，它实际上是世界坐标系统和屏幕坐标系统的结合，在正视图（顶视图、前视图、左视图等）中使用平面坐标系统，在透视图中使用世界坐标系统。
- 屏幕：屏幕坐标系统在各视图中都使用同样的坐标轴向，即 X 轴为水平方向，Y 轴为垂直方向，Z 轴为景深方向。
- 世界：世界坐标系统的轴向在任何视图中都不变，在 3ds max 2010 中从前方看，X 轴为水平方向，Y 轴为景深方向，Z 轴为垂直方向。所以使用世界坐标系统可以在任何视图中都有相同的操作效果。
- 父对象：父对象坐标系统主要用于所拾取的坐标系统是当前对象的父对象的坐标系统，可以使当前对象在其父对象的坐标系统下沿该坐标轴运动。
- 局部：局部坐标系统使用对象自身的坐标轴作为坐标系统，当对象的方向不和世界坐标系统相同时，特别有用。
- 万向：万向坐标系统用于在视图中使用 XYZ 控制器对对象进行交互式旋转，它可以使 XYZ 轨迹和轴的方向形成一一对应关系。
- 栅格：栅格坐标系统以栅格对象的自身坐标轴作为坐标系统。在创建栅格物体后，选择栅格坐标系统，坐标轴的方向将自动和当前选择的栅格对象相匹配。
- 工作：使用工作轴坐标系，可以随时使用坐标系，而无论工作轴是否处于活动状态。工作轴启用时，即为默认的坐标系。

3.3.3　轴心点的控制

轴心点的控制由主工具栏中的![按钮]、![按钮]、![按钮]三个按钮来实现，它们用来定义对象在旋转和缩放时的中心点。在层次命令面板中用户可对其位置和方向进行调整，具体调整方法将在第 5

章中详细介绍。

- 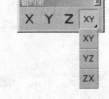使用轴点中心：使用所选对象自身的轴心作为变换的中心。若选择了多个对象，则针对各自的轴心进行变换。
- 使用选择中心：使用所选对象的公共轴心作为变换的中心。这样可确保选择对象之间不发生相对的变化。
- 使用变换坐标中心：使用当前坐标系统的轴心作为所选对象的轴心进行变换。

3.3.4 轴向和平面控制

坐标轴向和平面控制由轴约束工具栏中的按钮来实现，如图 3-18 所示。

轴向控制按钮包括 X、Y、Z 三个，用来控制变换过程中的轴向；平面控制按钮包括 XY、YZ、ZX 三个，用来控制变换过程中的平面位置。

另外，用户还可以通过键盘上的〈F5〉～〈F8〉键来控制。

F5——X 轴向的快捷键。

F6——Y 轴向的快捷键。

F7——Z 轴向的快捷键。

图 3-18　轴约束工具栏

F8——按多次可在 XY、YZ、ZX 三个平面控制选项之间进行切换。

3.4　单位和捕捉设置

本例要求设置 3ds max 2010 的系统单位为"厘米"，在设置角度捕捉时，每次的跳跃角度为 10°，在缩放捕捉时，每次的缩放跳跃比例为 15%，具体设置方法如下：

步骤 1　启动 3ds max 2010 后，选择"自定义"→"单位设置"命令，如图 3-19 所示。

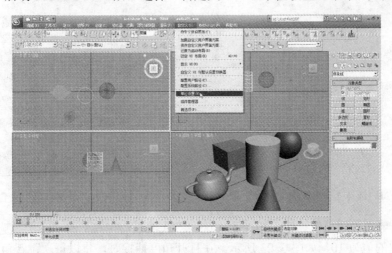

图 3-19　选择"单位设置"命令

步骤 2　弹出"单位设置"对话框，在"显示单位比例"选项区中选中"公制"单选按钮，然后在其下方的下拉列表框中选择"厘米"选项，如图 3-20 所示。

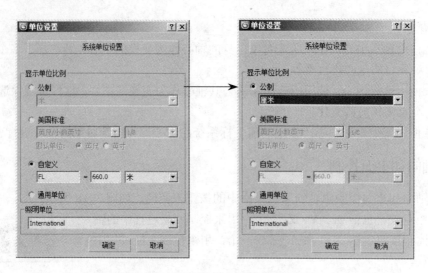

图 3-20 将系统单位设置为厘米

步骤 3 单击"确定"按钮,即可完成单位的设置,接下来设置捕捉选项。

步骤 4 选择"工具"→"栅格和捕捉"→"栅格和捕捉设置"命令(见图 3-21),或在主工具栏中的"角度捕捉切换"按钮上右击,弹出"栅格和捕捉设置"对话框,如图 3-22 所示。

图 3-21 选择"栅格和捕捉设置"命令

图 3-22 "栅格和捕捉设置"对话框

步骤 5 单击"选项"标签,切换到"选项"选项卡,在其中的"通用"选项区中设置角度微调器中的值为 10,如图 3-23 所示。在打开角度捕捉时,将以每次跳跃角度为 10° 进行旋转。

步骤 6 在"通用"选项区中,设置"百分比"微调器中的值为 15(见图 3-24),则在打开缩放捕捉时将以每次缩放跳跃比例为 15% 进行缩放。

图 3-23　设置捕捉跳跃角度　　　　　　　　图 3-24　设置捕捉缩放比例

3.5　习题

1．填空题

（1）默认情况下，在 3ds max 2010 的"重置"命令子菜单中可显示最近使用的_____个文件。

（2）在 3ds max 2010 的_____坐标系统中，任何视图中都有相同的操作效果。

2．选择题

（1）新建文件的快捷键为（　　）。

　　A．Ctrl＋N　　　　　　B．Ctrl＋Alt＋N　　　　C．Ctrl＋O　　　　D．Ctrl＋W

（2）使用（　　）键可打开或关闭主栅格。

　　A．H　　　　　　　　B．T　　　　　　　　C．O　　　　　　　D．G

3．简答题

（1）简述 3ds max 2010 中重置和新建场景有什么不同。

（2）简述 3ds max 2010 中可导入/导出文件的格式有哪些。

第4章 选择对象和设置对象的属性

本章要点

● 对象的概念
● 设置对象的属性
● 对象的选择

3ds max 2010 是一款面向对象的软件，其大多数操作都是对场景中的选定对象执行的。即必须在视图中选择对象，然后才能应用命令。因此，选择操作是建模和设置动画过程的基础。本章将对对象的选择和对象属性的设置进行介绍。

4.1 了解对象

在 3ds max 2010 中，对象可以对不同的命令集作出响应，因此，了解对象的概念和对象的属性非常必要。

从广义上讲，通过创建命令面板创建的物体都可称之为对象，但在通常情况下所说的对象是指三维实体、二维图形、灯光和摄影机等。在 3ds max 2010 中，每一个对象都有其自身的控制参数，通过参数调整可以改变对象的形态。

选择"编辑"→"对象属性"命令，或选择对象后在视图中右击，在弹出的快捷菜单中选择"属性"命令，弹出"对象属性"对话框，如图 4-1 所示。在其中可查看和设置所选对象的属性。

图 4-1 "对象属性"对话框

"对象属性"对话框包括"常规"、"高级照明"、"mental ray"和"用户定义"4 个选项卡，下面对常用的常规选项进行介绍。

1. 查看对象信息

在"对象信息"选项区中，用户可查看关于选定对象的信息。如对象的名称、颜色、XYZ 的坐标值以及顶点和面的数量等。

- 名称：在其后的文本框中显示了对象的名称。用户也可在此对对象重新命名；当选择多个对象时，该文本框显示为"多重选择"，并且不可以编辑。单击其后的颜色块，将弹出"对象颜色"对话框，如图 4-2 所示。在该对话框中用户可以为对象重新设置颜色。

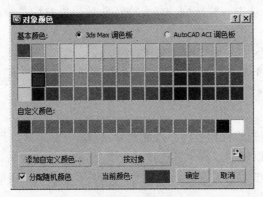

图 4-2 "对象颜色"对话框

- 尺寸：显示当前对象在 X、Y 和 Z 轴上的尺寸范围。
- 顶点/面数：显示对象的顶点数目/面数。
- 父对象：显示层次中对象的父对象名称。如果对象没有层次父对象，则显示为"场景根"。
- 材质名：显示指定给对象的材质的名称。如果没有指定材质，则显示为"无"。
- 了对象数目：显示按层次链接到对象的子对象的数目。
- 在组/集合中：显示对象所属的组或集合的名称。如果对象不是组的一部分，则显示为"无"。
- 层：显示对象被指定到的层的名称。

2. 设置对象渲染属性

"渲染控制"选项区中的复选框专用于控制对象的渲染，在默认情况下各种渲染属性都是打开的，关闭一些属性可完成一些特殊的操作，如取消选中"可渲染"复选框，可在渲染时使该对象不被渲染。其中各选项的含义如下。

- 可见性：设置对象的渲染可见性。当值为 1 时，对象完全可见；当值为 0 时，对象在渲染时完全不可见。默认设置为 1。
- 按对象/按层：在对象设置或对象层设置之间进行切换。对象设置仅影响选定的一个或多个对象。对象层设置影响与选定对象位于相同层的所有对象的渲染控制。
- 可渲染：使对象在渲染场景中出现或消失。
- 继承可见性：让对象继承其父对象的可见性，以百分比表示。如果为组父对象指定了可见性轨迹，则会为组中的所有子对象自动启用"继承可见性"。

- 对摄影机可见：选中该复选框，对象在场景中对摄影机是可见的；取消选中该复选框，摄影机将看不到该对象。

- 对反射/折射可见：选中该复选框，将使当前选择的对象能够反射/折射到其他对象表面。

- 接收阴影：选中该复选框后，对象可以接收阴影。

- 投影阴影：选中该复选框后，对象可以投射阴影。

- 应用大气：选中该复选框，可将大气效果应用于对象。取消选中该复选框，大气效果将不应用于该对象的渲染外观。

- 渲染阻挡对象：选中该复选框，将允许特殊效果影响场景中被该对象阻挡的对象。

3. 设置交互性

在"交互性"选项区中，用户可对选择对象的交互性进行设置。选中其中的"隐藏"复选框，将隐藏选定的一个或多个对象；选中其中的"冻结"复选框，将冻结选定的一个或多个对象。

4. 设置显示属性

"显示属性"选项区中的选项多用于控制对象在视图中的显示，通过对对象显示属性的设置，有利于提高视图的刷新率。其中各选项的含义如下。

- 透明：选中该复选框，可使选择的对象在视图中显示为半透明，但不会影响渲染的效果，如图 4-3 所示。

- 显示为外框：选中该复选框，将所选二维或三维对象的显示切换为边界框。该选项可将几何复杂性降到最低，以便在视口中快速显示，如图 4-4 所示。

图 4-3 透明效果

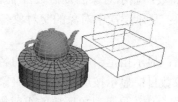
图 4-4 显示为外框效果

- 背面消隐：选中该复选框，可以通过线框看到背面。该复选框只适用于线框显示模式，如图 4-5 所示。

- 仅边：选中该复选框，将隐藏显示多边形面的对角线，取消选中后将显示所有网格，如图 4-6 所示。

图 4-5 背面消隐效果

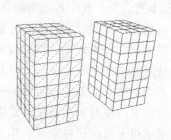
图 4-6 仅边显示效果

- 顶点标记：选中该复选框，将在视图中显示所选二维或三维对象的顶点，如图 4-7 所示。
- 轨迹：选中该复选框，将在视图中显示所选对象的运动轨迹，默认为禁用状态，如图 4-8 所示。

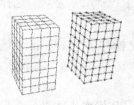 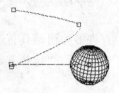

图 4-7　顶点标记效果　　　　　图 4-8　显示运动轨迹

- 忽略范围：选中该复选框，在使用最大化显示视图控制工具时，将忽略该对象。
- 以灰色显示冻结对象：选中该复选框，将在视图中以灰色显示冻结的对象。
- 顶点通道显示：选中该复选框，对于可编辑网格、可编辑多边形和可编辑面片对象，在视图中显示指定的顶点颜色。在其下面的下拉列表框中可以选择显示顶点颜色、顶点照明、顶点 Alpha、贴图通道颜色或软选择颜色。

5．启用运动模糊

在"运动模糊"选项区中，用户可使移动的对象在渲染时产生运动模糊的效果，以刻画出更加逼真的效果。

- 倍增：影响运动模糊条纹的长度。当选中"图像"单选按钮时可用，效果如图 4-9 所示。

1.0　　　　　3.0　　　　　6.0

图 4-9　不同倍增值时的运动模糊效果

- 启用：选中该复选框，即可为选择的对象启用运动模糊。
- 无：选中该单选按钮，将禁用对象的运动模糊效果。
- 对象：选中该单选按钮，将以时间片的方式计算运动模糊效果。
- 图像：选中该单选按钮，将对渲染的图像进行运动模糊处理。

4.2　对象的选择

在使用 3ds max 2010 的过程中，对象的选择是贯穿整个操作过程的一项重要工作，当用户需要对对象进行移动或其他修改时，必须先考虑使用什么方法选择需要操作的对象，如果视图中的对象很多，而用户需要选择的对象却被其他对象挡住，这使得选择对象成了一项很难完成的操作。为了解决这一问题，3ds max 2010 提供了许多选择对象的方法，用户可以根据具体情况，选择简便的方法来选择对象，如按对象的名称、颜色、类型等，还可以使用选择过滤器对对象进行过滤。

4.2.1 使用工具按钮选择

使用工具按钮，通过在视图中单击要选择的对象来选择对象是众多选择对象方法中最为简单的一种。

在主工具栏中有许多按钮都具有选择功能，如"选择对象" 按钮、"选择并链接" 按钮、"选择并移动" 按钮、"选择并旋转" 按钮、"选择并缩放" 按钮和"选择并操纵" 按钮等。

下面以使用"选择对象"按钮为例对选择对象的具体操作步骤进行介绍。

步骤 1 启动 3ds max 2010 后，单击 图标，在弹出的菜单中选择"打开"→"打开"命令，打开名为"model01.max"的场景文件，如图 4-10 所示。

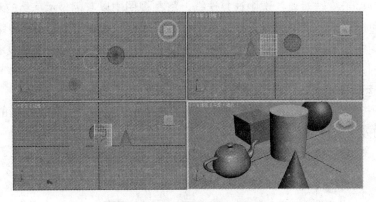

图 4-10 打开场景

步骤 2 单击主工具栏中的"选择对象"按钮，此时该按钮以深色显示，表示已经被激活，可以开始选择对象。

步骤 3 将鼠标指针停放在要选择对象的上方，这时鼠标指针变成"＋"形状，并且显示当前所指对象的名称，如图 4-11 所示。

步骤 4 单击即可选择对象，被选中的对象在以线框模式显示的视图中以白色显示，在以平滑高光模式显示的视图中，被选中对象的周围显示白色的边框，如图 4-12 所示。

图 4-11 将鼠标移动至要选择的对象

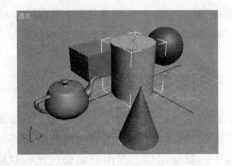

图 4-12 选择对象

提示：在按住〈Ctrl〉键的同时单击其他未选择的对象可加选一个对象；单击已经选择的对象可减选一个对象，如图 4-13 所示。按住〈Alt〉键单击已经选择的对象，也可进行减选。

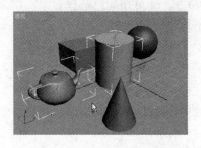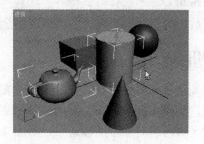

图 4-13　加选一个对象或减选一个对象

如果用户要取消对对象的选择，可以在当前视图的空白区域单击，以取消对所有对象的选择。

在使用主工具栏中的其他具有选择功能的按钮选择对象时，操作步骤和以上的操作步骤相同，对使用其他工具按钮选择对象的说明如下。

- 选择并链接：选择对象并和其他对象链接，建立父子层次关系。
- 选择并移动：选择对象并对对象进行移动操作。
- 选择并旋转：选择对象并对对象进行旋转操作。
- 选择并缩放：选择对象并对对象进行缩放操作。
- 选择并操纵：选择对象并对对象进行操纵，如改变球体的半径。

4.2.2　按名称或颜色选择

按名称选择对象可以快速准确地从众多对象中选择用户需要的对象。选择"编辑"→"选择方式"→"名称"命令、单击主工具栏中的"按名称选择"按钮 或直接按键盘上的〈H〉键，都可弹出"拾取对象"对话框，如图 4-14 所示。

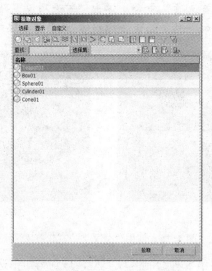

图 4-14　"拾取对象"对话框

在该对话框中提供了灵活的选择控制方法，用户既可对列出对象的类型进行过滤，也可设置对象按不同的方式进行过滤等。

选择"编辑"→"选择方式"→"颜色"命令，即可按颜色选择对象，在视图中单击选择一个对象后，与该对象颜色相同的对象将全部被选中。

4.2.3 使用区域选择

使用绘制区域的方法选择对象和区域的窗口及交叉方式有关。选择"编辑"→"选择区域"命令后，如果在打开的子菜单中选择"窗口"方式，则在利用区域选择对象时，只有全部位于绘制区域内的对象才能被选中，如图 4-15 所示。

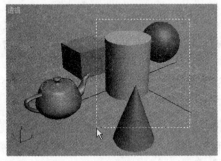 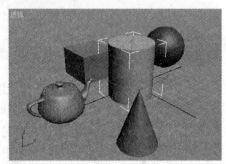

绘制区域　　　　　　　　　　　　　　　　选择的对象

图 4-15　使用"窗口"方式选择对象

选择"编辑"→"区域"命令后，如果在打开的子菜单中选择"交叉"方式，则在利用区域选择对象时，不仅全部位于绘制区域内的对象将被选中，而且和绘制区域相交的对象也将被选中，如图 4-16 所示。

提示：单击主工具栏中的"窗口/交叉" 按钮可快速在这两种方式之间进行切换。另外，用户还可以根据鼠标指针运动的方向，在窗口和交叉区域选择之间进行切换。要实现这一设置，可选择"自定义"→"首选项"命令，弹出"首选项设置"对话框，然后在"常规"选项卡的场景选择选项区中选中"按方向自动实现窗口/交叉选择"复选框。

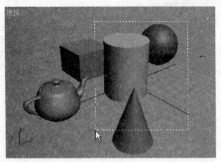 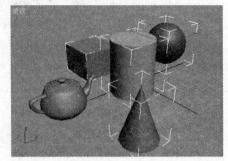

绘制区域　　　　　　　　　　　　　　　　选择的对象

图 4-16　使用"交叉"方式选择对象

在 3ds max 2010 中提供了 5 种绘制区域类型，分别为矩形选择区域、圆形选择区域、围栏选择区域、套索选择区域和绘制选择区域，如图 4-17 所示。

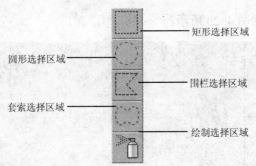

图 4-17　不同绘制区域类型

矩形选择区域

圆形选择区域

围栏选择区域

套索选择区域

绘制选择区域

1．矩形选择区域

绘制矩形选择区域██选择对象。按住鼠标左键确定矩形区域的起点，然后拖动鼠标即可绘制一个矩形选择区域，如图 4-18 所示。

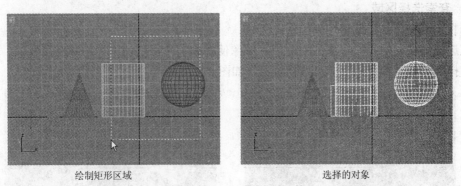

绘制矩形区域　　　　　　　　　　选择的对象

图 4-18　矩形选择区域选择对象

2．圆形选择区域

在主工具栏中单击██"圆形选择区域"按钮，将鼠标放置在选择对象的中心区域，因为圆形选择区域的选择是以中心点向四周辐射的选择方式进行选择的，按住鼠标左键确定圆形区域的起点，然后拖动鼠标即可绘制一个圆形选择区域，如图 4-19 所示。

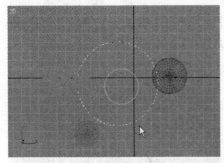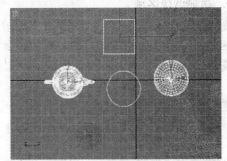

绘制圆形区域　　　　　　　　　　选择的对象

图 4-19　圆形选择区域选择对象

3．围栏选择区域

绘制不规则的选择区域选择对象██。按住鼠标左键确定选择区域的起点，然后拖动鼠标到下一位置单击，确定多边形选择区域的下一个顶点，依此类推，最后将结束点和起点重合，完成选择区域的绘制，如图 4-20 所示。

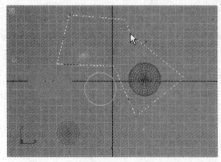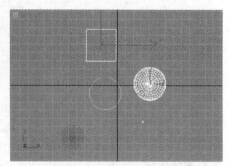

绘制多边形区域　　　　　　　　　　　　　选择的对象

图 4-20　围栏选择区域选择对象

4．套索选择区域

以自由手控方式绘制不规则的选择区域。一般用来选择复杂的、外形极其不规则的图形。在选择区域的起点按住鼠标左键，然后像使用画笔一样拖动鼠标绘制选择区域，确认绘制好选择区域后，松开鼠标即可选择对象，如图 4-21 所示。

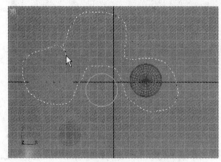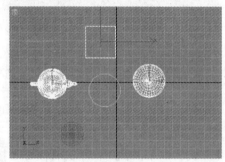

绘制不规则区域　　　　　　　　　　　　　选择的对象

图 4-21　套索选择区域选择对象

5．绘制选择区域

使用绘制选择方法。可通过将鼠标放在多个对象或子对象上来选择多个对象或子对象。如果在指定区域时按住〈Ctrl〉键，则受到影响的对象将添加到当前选择中。反之，如果在指定区域时按住〈Alt〉键，则受到影响的对象将从当前选择中移除，如图 4-22 所示。

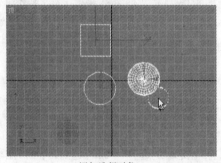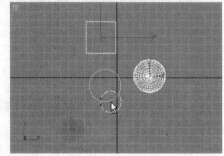

添加选择对象　　　　　　　　　　　　　　移除选择对象

图 4-22　绘制选择区域选择对象

提示：用户如果要更改绘制选择区域的笔刷大小，可在主工具栏中右击"绘制选择区域"按钮，弹出"首选项设置"对话框，在"常规"选项卡的"场景选择"选项区中更改"绘制选择笔刷大小"的值，默认为 20。

4.2.4　使用选择过滤器选择

使用选择过滤器可以在视图中隐藏不必选择的对象类型，从而降低选择对象的难度，选择过滤器如图 4-23 所示。默认情况下的选项为"全部"，即不产生过滤作用。

- 几何体：选择该过滤器，将过滤掉除几何体对象以外的其他对象类型。
- 图形：选择该过滤器，将过滤掉除二维图形对象以外的其他对象类型。
- 灯光：选择该过滤器，将过滤掉除灯光对象以外的其他对象类型。
- 摄影机：选择该过滤器，将过滤掉除摄影机对象以外的其他对象类型。
- 辅助对象：选择该过滤器，将过滤掉除辅助对象以外的其他对象类型。
- 扭曲：选择该过滤器，将过滤掉除空间扭曲对象以外的其他对象类型。
- 组合：选择该选项，将打开"过滤器组合"对话框，在其中可创建组合过滤选项。
- 骨骼：选择该过滤器，将过滤掉除骨骼对象以外的其他对象类型。
- IK 链对象：选择该过滤器，将过滤掉除 IK 链对象以外的其他对象类型。
- 点：选择该过滤器，将过滤掉除点辅助对象以外的其他对象类型。

当选择其中的"组合"选项后，将弹出如图 4-24 所示的"过滤器组合"对话框，在其中可创建组合过滤选项，即过滤掉除组合过滤选项以外的其他对象类型。

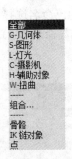

图 4-23　选择过滤器　　　　图 4-24　"过滤器组合"对话框

4.2.5　使用选择集选择

在对象数量非常多的场景中，要快速准确地选择对象并进行操作，用户可将经常编辑或相互之间存在一定联系的对象定义成一个选择集合。这样，在需要时用户只要单击命名选择集的下拉按钮，然后在下拉列表框中选择相应的集合即可。

下面将结合实例对如何使用选择集进行介绍。

步骤1　单击软件图标，在弹出的菜单中选择"打开"→"打开"命令，打开"model01.max"的场景文件，如图 4-25 所示。

步骤2　单击主工具栏中的"选择对象"按钮，按住〈Ctrl〉键在视图中选择球体和圆柱体，如图 4-26 所示。

图 4-25　打开场景

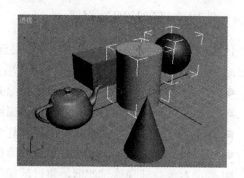

图 4-26　选择球体和圆柱体

步骤3　单击主工具栏中的"编辑命名选择集"按钮，弹出"命名选择集"对话框，如图 4-27 所示。在其中可建立选择集或对已经存在的选择集进行编辑，如向选择集中添加一个对象或删除一个对象等。对其中各工具按钮的功能说明如下。

● 新集：建立新集，并为新选择集输入名称。
● 删除：删除选定对象或选择集。
● 添加选定对象：将当前选定对象添加到选择的选择集中。
● 减去选定对象：将当前选定对象从选择的选择集中删除。
● 选择集内的对象：选择当前命名选择集中的所有对象。
● 按名称选择对象：单击该按钮，将弹出"选择对象"对话框，从中可以选择一组对象。然后，可以在任何已命名选择集中添加或移除选定的对象。
● 高亮显示选定对象：高亮显示所有包含当前场景选择的已命名选择集。

步骤4　单击该对话框中的"新集"按钮，并在文本框中将新集命名为"球体和圆柱体"，如图 4-28 所示。

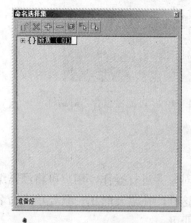

图 4-27　"命名选择集"对话框

图 4-28　命名新集

步骤 5 单击已命名的选择集前的"＋"号，展开选择集，可以看到选择集由球体和圆柱体两个对象组成，如图 4-29 所示。

步骤 6 在视图中选择茶壶和圆锥体，用同样的方法将它们定义成一个选择集，并命名为"茶壶和圆锥体"，如图 4-30 所示。

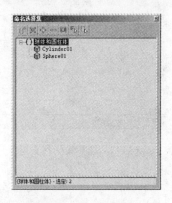

图 4-29 展开选择集

图 4-30 定义选择集

步骤 7 建立选择集后，用户可利用已命名的选择集快速选择对象，并进行相应的操作。例如，如果用户需要选择茶壶和圆锥体，那么可以在主工具栏的"命名选择集"下拉列表框中选择"茶壶和圆锥体"选择集，如图 4-31 所示。

步骤 8 在 3ds max 2010 中还可以对选择集进行编辑，即右击要编辑的选择集，在弹出的快捷菜单中选择相应的命令，如重命名、复制、全部折叠、全部展开等，它们都可代替对话框中的工具按钮使用，如图 4-32 所示。

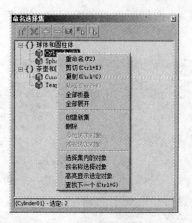

图 4-31 利用选择集快速选择对象

图 4-32 编辑选择集快捷菜单

步骤 9 在视图中选中长方体，在"命名选择集"对话框中选择"茶壶和圆锥体"选择集，然后单击"添加选定对象"按钮，即可将选择的长方体添加到当前选择集中，如图 4-33 所示。

步骤 10 如果用户想要移去选择集中的某一个对象，如移去"球体和圆柱体"选择集中的球体，可选择 Sphere01，然后单击"删除"按钮；也可首先在视图中选中球体，然后单击"减去选定对象"按钮，如图 4-34 所示。

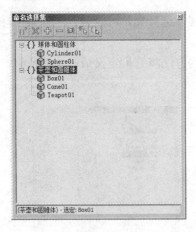

图 4-33　向选择集中添加对象

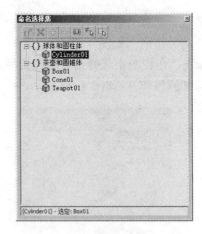

图 4-34　从选择集中移去对象

4.3　以不同方式选择对象

下面练习按对象的名称和使用选择过滤器来选择对象。

1. 按名称选择场景中的聚光灯和泛光灯

步骤 1　打开"model09.max"场景文件，如图 4-35 所示。

步骤 2　单击主工具栏中的"按名称选择"按钮或直接按〈H〉键，弹出"从场景选择"窗口，如图 4-36 所示。在其中显示了当前场景中所有可见的对象，由于要选择的是场景中的灯光，因此，可以先设置过滤掉场景中与灯光类型无关的对象。单击"类型"选项区中的"不显示"按钮，取消所有对象的显示，如图 4-37 所示。

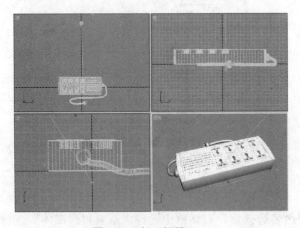

图 4-35　打开场景

图 4-36　"从场景选择"窗口

步骤 3　单击"类型"选项区中的"显示灯光"按钮，在下方的列表框中将显示所有的灯光类型对象，单击"全选"按钮，选中列出的所有灯光，如图 4-38 所示。然后单击"确定"按钮，即可选中场景中的聚光灯和泛光灯。

图 4-37　取消所有对象的显示

图 4-38　选中聚光灯和泛光灯

2. 使用选择过滤器选择场景中的聚光灯和泛光灯

步骤 1　在"选择过滤器"下拉列表框中选择"灯光"选项，过滤掉除灯光类型以外的其他类型对象，如图 4-39 所示。

图 4-39　设置过滤灯光以外的其他类型对象

步骤 2　单击主工具栏中的"选择对象"按钮，将鼠标指针移动到顶视图中捕捉灯光类型对象，当鼠标指针变成"十"字形状时，表示已经找到了灯光类型对象，单击即可选择对象，如图 4-40 所示。在此用户不用担心会选择其他类型的对象，因为在设置过滤灯光类型对象后，只能选择灯光类型的对象。

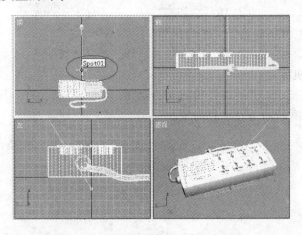

图 4-40　鼠标指针变成"十"字形状

步骤 3　用同样的方法选择场景中的泛光灯，所选择的灯光将变成白色，聚光灯将显示其聚光区域和衰减区域，如图 4-41 所示。

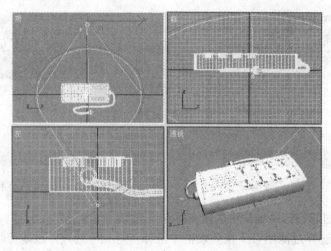

图 4-41   选中聚光灯和泛光灯

4.4   习题

1. 填空题

（1）3ds max 2010 提供了许多选择对象的方法，用户可以根据具体情况，选择简便的方法来选择对象，如按对象的_____、_____、_____选择等，还可以使用选择过滤器对对象进行过滤。

（2）在 3ds max 2010 中提供了 5 种绘制区域类型，分别是_____、_____、围栏选择区域、_____和绘制选择区域。

2. 选择题

（1）下列（   ）按钮不具有选择功能。

A. 和   B. 和   C. 和   D. 和

（2）使用（   ）键可快速打开"选择对象"对话框。

A. G   B. H   C. X   D. F

3. 简答题与上机练习

（1）简述对象的概念，并练习设置对象的属性。

（2）练习使用各种选择方法选择对象。

第5章 对象的常见操作

本章要点
- 对象的变换
- 对象的复制
- 对象的成组与链接

变换对象是 3ds max 2010 中的一项基本操作，本章将介绍使用变换工具对对象进行移动、旋转、缩放操作的方法，使用对齐工具精确放置对象的方法，以及使用菜单命令、阵列、镜像、间隔工具等命令复制对象的方法等。

5.1 对象的变换

对象的变换是指对对象的位置、方向或比例进行调整。移动、旋转和缩放是 3ds max 中的 3 大变换操作，其应用效果如图 5-1 所示。

图 5-1 移动、旋转和缩放变换效果

5.1.1 移动

使用主工具栏中的"选择并移动"按钮可以沿着 3 个轴移动对象到一个绝对坐标位置，或从其当前位置移动一定的偏移距离。

步骤 1 单击软件图标 ，在弹出的菜单中选择"打开"→"打开"命令，打开"model02.max"场景文件，如图 5-2 所示。然后在主工具栏中单击"选择并移动"按钮，此时该按钮以黄色底纹显示。

步骤 2 在视图中单击选择一个对象。

步骤 3 在视图中拖动鼠标锁定一个坐标轴或一个坐标平面，然后按住鼠标左键并拖动鼠标沿锁定的坐标轴或坐标平面移动，如图 5-3 所示。用户要注意锁定的坐标轴或坐标平面是以黄色显示的。

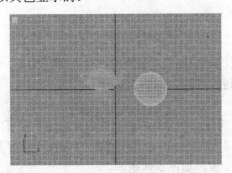

图 5-2 打开文件

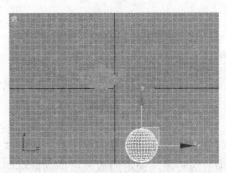

图 5-3 移动对象

5.1.2　旋转

旋转是指绕对象自身的变换中心转动一定的角度。单击主工具栏中的"选择并旋转"按钮，然后在视图中选择一个对象后，即可绕选择的旋转轴进行旋转。在选择旋转轴时将鼠标指针指向所需要的轴，当其变成黄色时表示选定，旋转对象效果如图 5-4 所示。

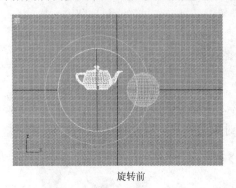 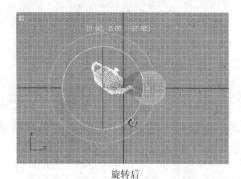

旋转前　　　　　　　　　　　　　　　　　　　旋转后

图 5-4　旋转对象效果

注意：在进行旋转操作时，单击主工具栏中的"角度捕捉切换"按钮，可以打开角度捕捉功能，默认情况下以 5° 为一个跳跃单位进行旋转。选择"工具"→"栅格和捕捉"→"栅格和捕捉设置"命令，在"栅格和捕捉设置"对话框的"选项"选项卡中可对这一角度进行调整。

5.1.3　缩放

通过缩放可调整对象的比例。在 3ds max 2010 中包括三种类型的缩放：选择并均匀缩放、选择并非均匀缩放和选择并挤压，在主工具栏中以按钮形式显示，如图 5-5 所示。

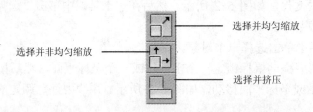

图 5-5　缩放按钮

1．选择并均匀缩放

均匀缩放不会更改对象的原始比例。单击主工具栏中的"选择并均匀缩放"按钮，然后在视图中选择要进行缩放的对象，拖动鼠标即可进行缩放，如图 5-6 所示。

2．选择并非均匀缩放

非均匀缩放可以限制对象围绕 X、Y、Z 轴，或任意两个轴缩放，使用非均匀缩放可以更改对象的原始比例。单击主工具栏中的"选择并非均匀缩放"按钮，然后在视图中选择要进行缩放的对象，锁定缩放轴后拖动鼠标即可进行缩放，如图 5-7 所示。

图 5-6　均匀缩放效果

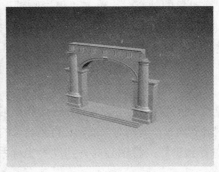

图 5-7　非均匀缩放效果

3. 选择并挤压

挤压是非均匀缩放的一种专业化功能类型,其按相反方向沿约束轴进行缩放,同时保持对象的原始体积。即在一个轴上按比例缩小的同时,在另两个轴上均匀地按比例增大,反之亦然。

提示:*在移动、旋转、缩放按钮上右击,都将会弹出相应的变换输入对话框,如图 5-8 所示。在其中用户可输入值对对象进行精确变换。*

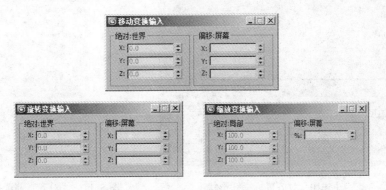

图 5-8　移动/旋转/缩放变换输入

5.1.4 变换轴心

对象的轴心是对象移动、旋转、缩放，以及应用大多数修改器的中心。在创建一个对象时，轴心被系统默认定义在对象的中心。

如果用户想要改变对象的轴心，可以单击命令面板中的"层次"按钮 ，切换到层次命令面板，如图 5-9 所示。在"调整轴"卷展栏中的移动/旋转/缩放选项区中有 3 个按钮，每一个按钮都代表一种模式，"仅影响轴"表示变换操作只对对象的轴心起作用，而不影响对象和子对象；"仅影响对象"表示变换操作只影响对象，而不影响对象的轴心；"仅影响层次"表示变换操作只影响对象和子对象的链接。

当变换对象的轴心时，单击"仅影响轴"按钮，选择"仅影响轴"模式，此时该按钮以淡蓝色显示，用户可使用变换工具改变对象的轴心，调整完成后，再次单击"仅影响轴"按钮即可退出"仅影响轴"模式。

另外，用户还可以利用"对齐"选项区中的命令快速对齐对象的轴心。

- 居中到对象：使对象的轴心快速和中心对齐。
- 对齐到对象：旋转对象或轴心直到对象的局部坐标系统和轴心对齐。
- 对齐到世界：将轴心对齐到世界坐标系统。

图 5-9 层次命令面板

5.1.5 精确对齐

使用对齐命令可以精确地变换对象的位置，在主工具栏的对齐按钮组中包括 6 种不同的对齐工具，从上到下依次为对齐、快速对齐、法线对齐、放置高光、对齐摄影机和对齐到视图。

1. 对齐

在视图中选择要对齐的对象（当前对象），单击主工具栏中的"对齐"按钮，然后在视图中移动鼠标指针至目标对象，当指针形状变成如图 5-10 所示的形状时，单击拾取对象，弹出"对齐当前选择"对话框，如图 5-11 所示。

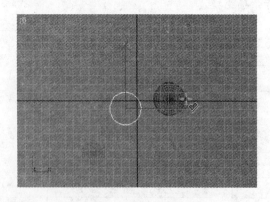

图 5-10 对齐鼠标指针形状

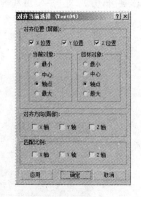

图 5-11 "对齐当前选择"对话框

在该对话框中可设置进行对齐操作的轴、当前对象和目标对象的操作点，以及设置对齐方向和匹配两个选定对象之间的缩放轴等。

技巧：在建模过程中，经常需要用到对齐工具，因此用户可使用快捷键〈Alt+A〉提高工作效率。

2．快速对齐

使用快速对齐工具可将当前选择对象的位置与目标对象的位置快速对齐。如果当前选择的是单个对象，则快速对齐使用两个对象的轴进行对齐；如果当前选择包含多个对象或子对象，则使用快速对齐可将源对象的选择中心与目标对象的轴对齐。

技巧：快速对齐的快捷键为〈Shift+A〉。

3．法线对齐

使用法线对齐工具可根据选择的法线方向将两个对象对齐。

在视图中选择一个对象（源对象），然后单击主工具栏中的"法线对齐"按钮或选择"工具"→"法线对齐"命令，将鼠标指针指向源对象的表面并按住鼠标左键，此时表面中心将指出一个蓝色的箭头，拖动鼠标直到指定正确的对齐位置才松开鼠标，单击目标对象并拖动鼠标确定目标对象的对齐点，此时会出现一个绿色的箭头，松开鼠标即可根据选择的法线方向将两个对象对齐，如图 5-12 所示。同时将弹出"法线对齐"对话框，如图 5-13 所示。

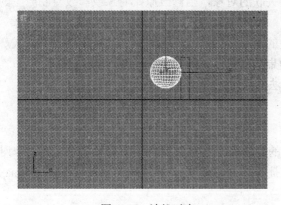

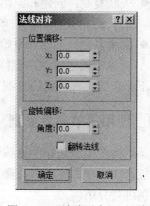

图 5-12　法线对齐　　　　　　　　　　　　图 5-13　"法线对齐"对话框

在"法线对齐"对话框中用户可设置两个对象之间保持的位置偏移值，也可指定旋转法线的角度。

技巧：法线对齐的快捷键为〈Alt+N〉。

4．放置高光

使用放置高光工具可将灯光或对象对齐到另一对象，以便精确定位其高光或反射。放置高光是一种依赖于视图的操作，所以在进行操作时，应先激活准备渲染的视图，然后再进行操作。

5．对齐摄影机

使用对齐摄影机工具可以将摄影机与选定的面法线对齐。

在视图中选择要进行对齐操作的摄影机，然后单击主工具栏中的"对齐摄影机"按钮，然后在对象曲面上拖动鼠标以选择面，选中时面法线以蓝色箭头显示，松开鼠标即可执行对齐操作。

6．对齐到视图

对齐到视图工具提供了一个方便快捷的方法来重新定位对象的轴。在视图中选择一个对象后，单击主工具栏中的"对齐到视图"按钮或选择"工具"→"对齐"→"对齐到视图"命令，将弹出"对齐到视图"对话框，如图5-14所示。在该对话框中可选择与当前视图对齐的局部轴。

图5-14　"对齐到视图"对话框

5.2　对象的复制

复制对象是一种快速建立场景的方法，通过复制可以产生许多和原始对象具有相同属性和参数的对象，避免了多次使用重复命令去执行同一操作。在3ds max 2010中实现对象复制的方法有很多，产生对象副本的方式分为复制、关联复制和参考复制3种。

- 复制：创建一个与原始对象完全无关的复制对象。当修改一个对象时，不会对另一个对象产生影响。
- 关联复制：创建和原始对象相互关联的对象，当修改原始对象或修改复制产生的对象时，将相互影响。
- 参考复制：创建和原始对象有关的对象，当修改原始对象时，以参考复制方式产生的对象将随之修改，但修改参考复制方式产生的对象时不会影响原始对象。

下面介绍几种常用的复制对象的方法。

5.2.1　使用菜单命令复制

菜单命令复制是指利用编辑菜单中的克隆命令进行复制，使用克隆命令复制对象时，一次只能产生一个副本数。克隆命令的快捷键为〈Ctrl+V〉。下面以打开的"model04.max"文件为例进行介绍。

步骤1　在视图中选中茶壶，然后选择"编辑"→"克隆"命令或按快捷键〈Ctrl+V〉，弹出"克隆选项"对话框，如图5-15所示。

步骤2　在"克隆选项"对话框中设置产生副本的方式和对象的名称，然后单击"确定"按钮，即可产生一个茶壶的副本。

步骤3　由于使用菜单命令复制的茶壶和原来的茶壶重合，所以在视图中看起来仍然是一个茶壶，用户可使用移动工具将茶壶移动，效果如图5-16所示。

图5-15　"克隆选项"对话框

图5-16　复制并移动茶壶

66

5.2.2　使用对象变换工具配合〈Shift〉键复制

使用〈Shift〉键+对象变换工具可实现对象的快速复制,这些对象变换工具包括主工具栏中的选择并移动工具、选择并旋转工具和选择并缩放工具。下面以选择并移动工具为例进行介绍。

步骤 1　选中"model04.max"场景中的茶壶,单击主工具栏中的"选择并移动"按钮。

步骤 2　按住键盘上的〈Shift〉键,使用选择并移动工具移动茶壶,此时用户可看到从原茶壶处移动出一个茶壶,而原茶壶保持原有的位置,松开鼠标即可打开一个"克隆选项"对话框,如图 5-17 所示。

步骤 3　该对话框比图 5-15 多了一个"副本数"选项,其他选项相同,在此将副本数设置为 2,然后单击"确定"按钮,效果如图 5-18 所示。

图 5-17　"克隆选项"对话框

图 5-18　使用〈Shift〉键变换复制效果

5.2.3　使用镜像命令复制

在现实生活中有许多物体都具有对称性,那么在 3ds max 2010 中,怎样来创建这些具有对称性的对象呢?用户可先创建一半,然后使用镜像命令复制完成另一半,下面结合实例对使用镜像命令复制进行介绍。

步骤 1　打开"model05.max"文件,如图 5-19 所示。

步骤 2　在场景中选中所有的对象,然后单击主工具栏中的"镜像"按钮,弹出"镜像"对话框,如图 5-20 所示。

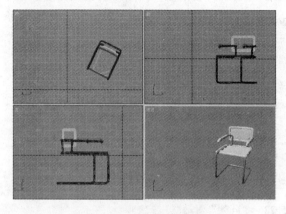

图 5-19　打开场景文件

图 5-20　"镜像"对话框

- 镜像轴：在该选项区中用户可设置镜像的轴或镜像的平面，默认的镜像轴为 X 轴。
- 偏移：在其后的文本框中用户可以设置镜像复制的对象偏移原始对象轴心点的距离。
- 克隆当前选择：在选项区中用户可以设置不复制对象仅进行镜像操作，也可以设置以复制、实例、参考 3 种不同的方式复制对象。

步骤 3　在"镜像轴"选项区中选择镜像的轴为 X 轴，在"克隆当前选择"选项区中设置以复制方式产生镜像的副本，然后通过调整偏移值在视图中观察对象之间的位置。

步骤 4　单击"确定"按钮，即可完成镜像复制，在视图中用户可观察它们之间的位置关系，如图 5-21 所示。

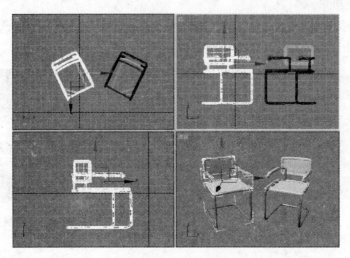

图 5-21　镜像复制效果

5.2.4　使用阵列命令复制

阵列复制是一种大规模的复制对象方法，它可同时复制出多个相同的对象，并使这些对象在空间上呈一定的规则和形状排列。

在使用阵列命令复制对象时，需要在"阵列"对话框中对阵列的参数进行设置，根据设置参数的不同，可对对象进行一维、二维和三维阵列操作。"阵列"对话框如图 5-22 所示。

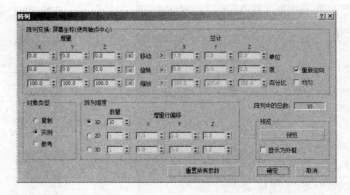

图 5-22　"阵列"对话框

- 增量：用来设置 X、Y、Z 三个轴向上阵列物体之间的移动距离、旋转角度和缩放比例的增量。
- 总计：用来设置 X、Y、Z 三个轴向上阵列物体的移动距离、旋转角度和缩放比例的总量。
- 重新定向：选中该复选框后，阵列生成的对象在围绕世界坐标旋转的同时，也将围绕其局部坐标旋转。取消选中时，对象会保持其原始方向。
- 均匀：选中该复选框，将禁用 Y 和 Z 轴向上的输入，并将 X 值应用于所有轴，从而形成均匀缩放。
- 对象类型：用来设置产生复制对象的方式，用户可选择复制、实例、参考 3 中的任何一种。
- 阵列维度：用来设置阵列变换的维数，后面设置的维度依次对前一维度发生作用。1D 用来设置产生一维阵列的总数；2D 用来设置产生二维阵列的总数，在其右侧的 X、Y、Z 中可设置新的偏移量；3D 用来设置产生三维阵列的总数，在其右侧的 X、Y、Z 中可设置新的偏移量。
- 数量：设置阵列各维度上产生的对象总数。
- 重置所有参数：单击该按钮，可将参数恢复到默认的设置。
- 阵列中的总数：显示当前参数设置下包括选定对象在内的阵列产生对象的总数。
- 预览：单击该按钮，可在视图中预览阵列的效果，如果没有达到用户预想的效果，用户可重新设置参数进行修改。

下面结合实例对阵列复制进行介绍。

步骤 1　打开"model06.max"文件，如图 5-23 所示。

步骤 2　在视图中选中柱子，然后选择"工具"→"阵列"命令，弹出"阵列"对话框，在其中设置 X 轴向上的移动增量为 50，设置阵列的维数为 1D，并设置数量为 6，然后单击"确定"按钮，效果如图 5-24 所示。

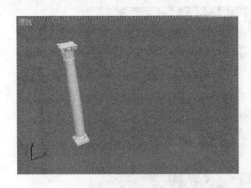
图 5-23　打开场景文件

图 5-24　一维阵列效果

步骤 3　按〈Ctrl+Z〉组合键或单击主工具栏中的"撤销"按钮，撤销上一步的阵列操作。然后用同样的方法打开"阵列"对话框，在其中设置阵列的维度为 2D，设置二维阵列的数量为 4，Y 轴上的增量行偏移为-60，然后单击"确定"按钮，效果如图 5-25 所示。

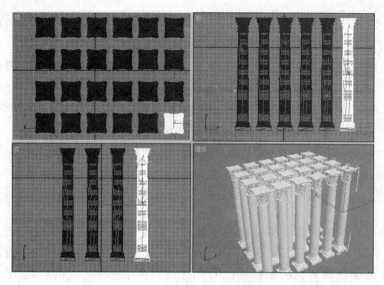

图 5-25 二维阵列效果

步骤 4 如果用户选择三维阵列，并设置 Z 轴上的增量行偏移，则可产生三维的阵列效果，用户可以自行尝试。

5.2.5 使用间隔工具复制

在 3ds max 2010 中除了可以使用阵列工具按一定规则复制对象外，还可以使用间隔工具沿一条路径均匀地放置复制的对象，下面结合实例对其进行介绍。

步骤 1 打开 "model07.max" 文件，如图 5-26 所示。

步骤 2 在视图中选中 "栏杆 01"，然后选择 "工具" → "对齐" → "间隔工具" 命令，弹出 "间隔工具" 对话框，如图 5-27 所示。

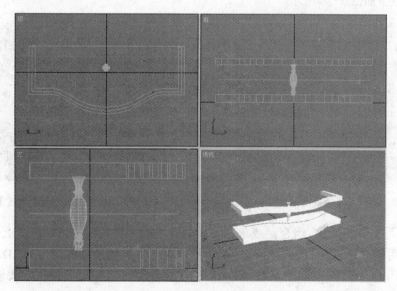

图 5-26 打开场景文件

步骤 3 在"间隔工具"对话框中设置"计数"的数量为 24，单击"拾取路径"按钮，在视图中拾取路径，然后单击"应用"按钮，间隔工具复制效果如图 5-28 所示。

图 5-27 "间隔工具"对话框

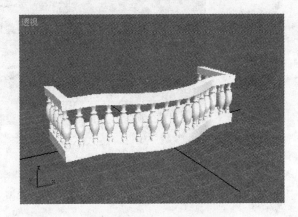

图 5-28 间隔工具复制效果

提示：打开"间隔工具"对话框的快捷键为〈Shift+I〉。

对"间隔工具"对话框中各参数的含义说明如下：

● 拾取路径：选择要进行间隔复制的对象后，单击该按钮，可在视图中拾取一条线作为路径来放置复制的对象。

● 拾取点：选择要进行间隔复制的对象后，单击该按钮，可在网格上单击起点和终点来定义路径。

● 计数：设置复制对象的数目，包括原始对象。

● 间距：控制对象之间的间隔距离。

● 始端偏移：控制对象和路径起始端的偏移量。

● 末端偏移：控制对象和路径末端的偏移量。

● 分配方式：在其下拉列表框中用户可选择多种对象分布的方式。

● 前后关系：包括边、中心和跟随 3 个选项，当选择"边"选项时，对象边缘和路径对齐；当选择"中心"选项时，对象中心和路径对齐；当选择"跟随"选项时，对象中心和路径相切。

● 对象类型：设置产生对象副本的方式，包括复制、实例和参考 3 种。

5.2.6 制作会议桌

本例制作会议桌，在制作的过程中将应用到复制、镜像等命令，具体操作步骤如下：

步骤 1 单击软件图标⑤，在弹出的菜单中选择"打开"→"打开"命令，弹出"打开"对话框，在其中选择会议桌的模型，然后单击"打开"按钮，打开模型，如图 5-29 所示。

步骤 2 在视图中选择场景中的椅子，单击主工具栏中的"选择并移动"按钮，按住〈Shift〉键同时移动椅子，将其复制一个。然后用同样的方法将其再复制一个，如图 5-30 所示。

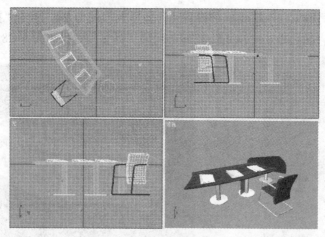

图 5-29　打开模型

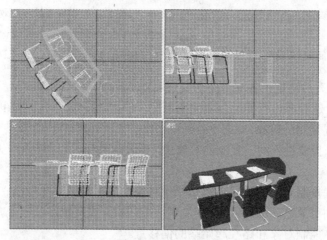

图 5-30　复制效果

步骤 3　按〈Ctrl+A〉组合键选择场景中的所有物体，然后单击主工具栏中的"镜像"按钮，弹出"镜像"对话框，在其中设置镜像的轴为 Y 轴，并选中"复制"单选按钮，如图 5-31 所示。单击"确定"按钮将其复制一份，并调整位置如图 5-32 所示。

图 5-31　"镜像"对话框

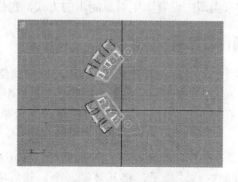

图 5-32　镜像复制效果

步骤 4　在顶视图中选择会议桌的转角部分，将其复制到如图 5-33 所示的位置，然后选择所有物体，以 X 轴为镜像轴进行复制，效果如图 5-34 所示。

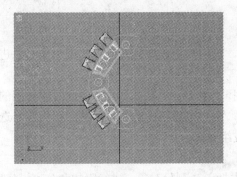

图 5-33　复制转角部分

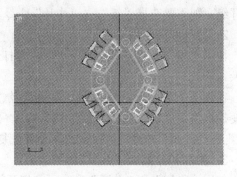

图 5-34　复制后的会议桌

步骤 5　激活透视图，然后使用视图控制工具对视图进行调整，如图 5-35 所示。按〈F9〉键渲染场景，得到会议桌的最终渲染效果，如图 5-36 所示。

图 5-35　调整视图

图 5-36　会议桌渲染效果

5.3　对象的成组与链接

使用成组和链接命令可重新组织场景中的对象。成组命令可以将需要一起进行变换或修改的对象结合成一个集合，从而提高工作的效率。链接命令可将一个对象链接到另一个对象，使得对一个对象进行变换时，可带动附属对象的变换。

5.3.1　成组对象

使用成组命令可以将许多对象组织在一起，并且组中还可以包括组。在选择组时，只要选择组中的任何一个对象，整个组将全部被选中，这和选择集有很大区别。

1．成组和解组

使用"组"菜单中的"成组"命令，可以创建一个新组。具体操作步骤如下：

步骤 1　选择要成组的对象。

步骤 2　选择"组"→"成组"命令，弹出"组"对话框，在其中设置组的名称。

使用"解组"命令可解开当前选择的组。选择需要解开的组后，选择"组"→"解组"

命令，组中的对象将恢复到独立状态。

使用"解组"命令只能解开当前选择的组，组中的嵌套组将保持不变，如果用户要彻底解开组，则需要选择"组"→"炸开"命令。

2．打开和关闭组

使用"组"→"打开"命令可以暂时打开组，使用户可以单独对组中的某一个对象进行变换。

在视图中选择要更改对象所在的组，然后选择"组"→"打开"命令，此时组外围的白色变换框将变成粉红色，表示已经打开组。此时，用户可对组中的对象单独进行操作，选择"组"→"关闭"命令即可关闭组，使其恢复到成组状态。

3．附加和分离

使用"附加"和"分离"命令可在打开的组中插入或删除对象，进行附加和分离操作后，用户要记得使用"关闭"命令关闭组。

5.3.2　链接对象

使用主工具栏中的"选择并链接"按钮可以将两个对象链接起来，定义父子层级关系。选择对象的顺序将决定哪个对象成为父体，哪个成为子体。

步骤 1　打开"model02.max"文件，如图 5-37 所示。

步骤 2　在顶视图中选择茶壶，然后单击主工具栏中的"选择并链接"按钮，在视图中将鼠标指针移动到茶壶上并按住鼠标左键不放。

步骤 3　在视图中拖动鼠标至父对象（此处为球体），在拖动过程中将拉出一条虚线，如图 5-38 所示。

步骤 4　松开鼠标，父对象将闪烁一下，表示链接成功。

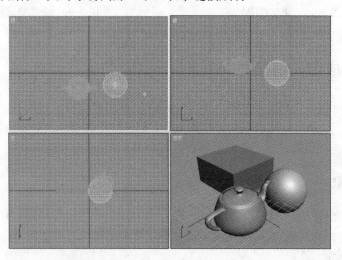

图 5-37　打开场景文件

步骤 5　单击主工具栏中的"选择并旋转"按钮，在视图中选中球体，然后将其绕 Z 轴进行旋转。此时，用户会发现茶壶也将随之旋转，效果如图 5-39 所示。

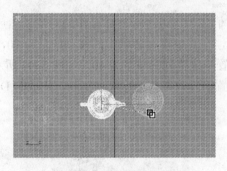

图 5-38　链接对象

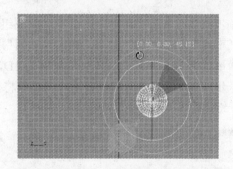

图 5-39　旋转链接后的对象

步骤 6　在视图中选中茶壶（子对象），然后单击主工具栏中的"断开当前选择链接"按钮，即可断开茶壶（子对象）和球体（父对象）的父子关系。为了验证是否真的已经断开父子关系，用户可使用主工具栏中的"选择并旋转"工具旋转球体，如果茶壶不跟着球体旋转，则表明已经断开链接，如图 5-40 所示。

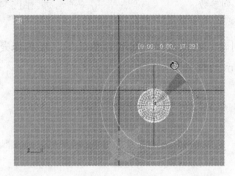

图 5-40　断开链接

5.3.3　DNA 分子链

在本实例中，将利用"成组"命令先将对象成组，然后使用阵列工具将其阵列生成一条DNA 分子链，具体操作步骤如下：

步骤 1　打开"model08.max"文件，如图 5-41 所示。

步骤 2　在顶视图中框选两个球体和圆柱体，如图 5-42 所示。然后选择"组"→"成组"命令，弹出"组"对话框。

图 5-41　打开场景

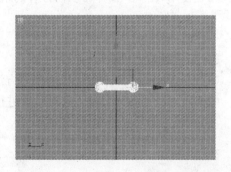

图 5-42　选择对象

步骤3 单击"确定"按钮将对象成组，使它们成为可以进行整体操作的对象，然后选择"工具"→"阵列"命令，弹出"阵列"对话框，在其中设置Z轴上的移动增量为10，旋转增量也为10，然后设置阵列的维度为1D，并设置一维阵列的数量为40，如图5-43所示。

步骤4 单击"确定"按钮，组对象将按照设置的阵列参数进行阵列复制，生成的DNA分子链如图5-44所示。

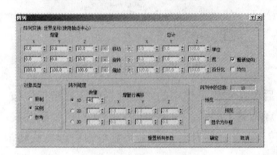

图5-43 设置阵列参数

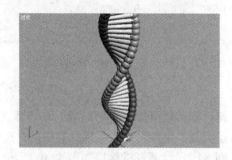

图5-44 阵列生成DNA分子链

提示：在进行阵列复制时，在图5-43所示的参数下，应确保是在顶视图中进行，如果不是，则不会产生图5-44所示的效果。

5.4 习题

1. 填空题

（1）对象的变换是指对对象的_____、_____或_____进行调整。

（2）使用"对齐"命令可以精确地变换对象的位置，在主工具栏的对齐按钮组中包含了6种不同的对齐工具，从上到下依次为_____、_____、_____、_____、对齐摄影机和对齐到视图。

2. 选择题

（1）使用"对齐"命令的快捷键为（　　）。

    A．Ctrl+A   B．Shift+A

    C．Ctrl+Shift+A   D．Alt+A

（2）使用（　　）命令可以向打开的组中插入对象。

    A．解组   B．打开

    C．附加   D．分离

3. 简答题与上机练习

（1）在3ds max 2010中可以用哪些方法来复制对象。

（2）练习使用各种变换工具对对象进行变换操作。

第6章 三维物体的创建和修改

本章要点

- 标准几何体的创建
- 扩展几何体的创建
- 其他三维物体的创建
- 常用三维修改器的使用

使用 3ds max 2010 中的建模工具创建简单的三维实体是建立复杂模型的基础，本章将介绍标准几何体、扩展几何体、AEC 扩展物体、楼梯、门和窗等三维实体的创建方法及特征。另外，本章还将介绍一些常用三维修改器的使用方法，如编辑网格、扭曲、弯曲、锥化、自由变形和噪波等，通过使用修改器对物体进行修改，可以使用户建立的模型更加美观。

6.1 标准几何体的创建

标准几何体是指长方体、球体、圆柱体、圆环等，它们都位于创建命令面板的几何体子面板中，如图 6-1 所示。启动 3ds max 2010 后，单击创建命令面板中的"几何体"按钮，然后在其中的下拉列表框中选择"标准基本体"选项，即可进入如图 6-1 所示的面板，在默认情况下，其中包括了 10 个创建标准几何体的按钮，单击其中的某一按钮后，用户可通过拖动鼠标来创建所选的标准几何体，也可通过在"键盘输入"卷展栏中输入参数来进行创建。使用这两种方法产生的效果是一样的，但是，采用鼠标拖动的方法来创建几何体更为常用。

图 6-1 创建标准几何体面板

6.1.1 长方体

单击几何体子面板中的"长方体"按钮，该按钮将以深色底纹显示，并在创建命令面板的下方显示其属性面板，如图 6-2 所示。

在属性面板中包括"名称和颜色"卷展栏、"创建方法"卷展栏、"键盘输入"卷展栏和"参数"卷展栏。在其中可对创建长方体的各种属性进行设置。

在顶视图中按住鼠标左键拖动鼠标，用户可以看到一个白色线框，松开鼠标左键并上、下拖动鼠标，用户可以在前视图和左视图中看到一个变化的白色线框，在透视图中看到一个长方体模型，单击即可完成长方体的创建。用同样的方法可继续创建其他长方体，右击将结束创建长方体命令的使用。

默认情况下，系统将第一次创建的长方体命名为 Box01，将接下来创建的长方体依次命名为 Box02、Box03、Box04 等，创建的长方体如图 6-3 所示。

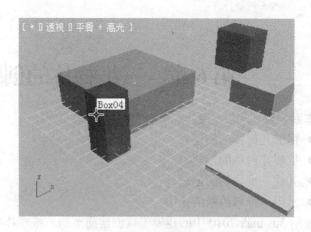

图 6-2 长方体属性面板　　　　　　　　　　图 6-3 创建的长方体

提示：在创建长方体时，按住〈Ctrl〉键可以创建底面为正方形的长方体，并且以鼠标单击处为底面的辐射中心。

下面介绍如何对长方体的属性进行设置。

1．名称和颜色

在"名称和颜色"卷展栏中可以设置对象的名称和颜色。

在"名称"文本框中用户可为创建的对象输入新的名称，为创建的对象命名是一个好的习惯，有利于用户准确选择和区别对象。

单击"名称"文本框右侧的颜色块，将弹出"对象颜色"对话框，如图 6-4 所示。在其中可为对象选择一种颜色。它默认显示的是 3ds max 2010 调色板，在其中有 64 种不同的颜色，如果用户选中"AutoCAD ACI 调色板"单选按钮，将显示 AutoCAD 调色板，如图 6-5 所示。

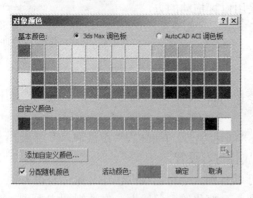

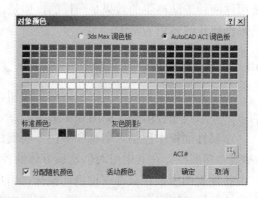

图 6-4 "对象颜色"对话框　　　　　　　　图 6-5 AutoCAD 调色板

在调色板中选择颜色时，用户只需单击想要颜色的颜色框即可，选择的颜色将在对话框底部的活动颜色框中显示。单击活动颜色框，将弹出"颜色选择器：修改颜色"对话框，如图 6-6 所示。在其中可采用 RGB（红色，绿色，蓝色）颜色模式和 HSV（色调，饱和度，亮度）颜色模式精确地设置颜色。设置颜色后，单击"关闭"按钮即可将设置的颜色定义为当前颜色；单击"重置"按钮可恢复设置前的颜色。

单击"对象颜色"对话框中的"添加自定义颜色"按钮，将弹出"颜色选择器：添加颜色"对话框，如图 6-7 所示。在其中设置颜色后，单击"添加颜色"按钮可将设置的颜色添加到自定义颜色中，以备重复使用。

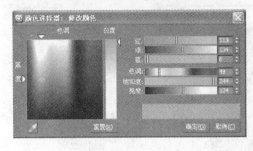 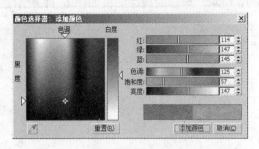

图 6-6 "颜色选择器：修改颜色"对话框　　　图 6-7 "颜色选择器：添加颜色"对话框

2．创建方法

在"创建方法"卷展栏中可以设置创建对象的方式，包括立方体和长方体两种。当选择立方体时，将以某个面的中心点为起点，向外延伸一定的长度，创建长、宽、高都相等的长方体；当选择长方体时，将以长方体的一个顶点开始，分别确定三个方向的长度，该方式为默认方式。

3．键盘输入

"键盘输入"卷展栏如图 6-8 所示，在其中可通过键盘输入，精确地创建长方体。其中的 X、Y、Z 用来定义长方体底面中心的坐标，长度、宽度和高度用来设置长方体的尺寸，输入数值后，单击其中的"创建"按钮即可创建一个长方体。

4．参数

"参数"卷展栏如图 6-9 所示，在其中可以设置长方体的参数，下面对其中的各参数进行说明。

图 6-8 "键盘输入"卷展栏　　　　图 6-9 "参数"卷展栏

- 长度/宽度/高度：设置长方体长、宽、高三边的长度。
- 长度/宽度/高度分段：设置长方体长、宽、高三个边上的分段数量。
- 生成贴图坐标：生成将贴图材质应用于长方体的坐标。
- 真实世界贴图大小：控制应用于该对象的纹理贴图材质所使用的缩放方法。默认设置为禁用状态。

6.1.2 球体

单击"球体"按钮，通过设置参数可创建完整的球体、半球体或球体的其他部分，如图 6-10 所示。球体的属性面板如图 6-11 所示。

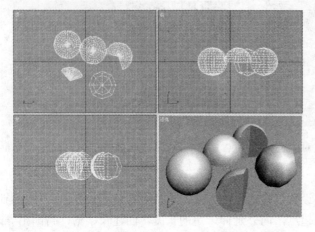

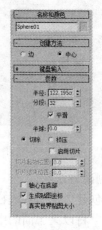

图 6-10 球体应用   图 6-11 球体属性面板

- 边：以边界方式创建球体。
- 中心：以中心放射方式创建球体，该方式为默认方式。
- 半径：设置球体的半径大小。
- 分段：设置球体表面的分段数量，值越大，球体表面越光滑。
- 平滑：选中该复选框，将对球体表面进行平滑处理；取消选中，将不进行平滑处理。
- 半球：通过设置值，创建部分球体，取值范围为 0～1。默认值为 0，可以生成完整的球体，当设置为 0.5 时，可以生成半球，当设置为 1 时，球体消失。
- 切除/挤压：决定半球的生成方式。
- 启用切片：设置是否启用切片设置，启用后，用户可以通过在激活的选项中设置参数，控制球体局部大小。
- 切片起始位置/切片结束位置：分别用来设置切片的起始角度和停止角度。
- 轴心在底部：选中该复选框，将球体沿其局部 Z 轴向上移动，使其轴点位于其底部。禁用此选项时，轴点位于球体中心的构造平面上。

6.1.3 圆柱体

单击"圆柱体"按钮，通过设置参数可创建完整的圆柱体、局部圆柱体或棱柱体，如图 6-12 所示。圆柱体的属性面板如图 6-13 所示。

单击"圆柱体"按钮后，在顶视图中单击，按住鼠标左键不放拖动鼠标创建圆柱体的一个截面，松开鼠标向上或向下拖动确定圆柱体的高度，最后单击完成圆柱体的创建。

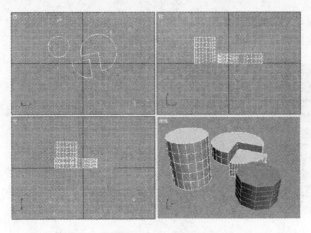

图 6-12　圆柱体应用　　　　　　　　　图 6-13　圆柱体属性面板

- 半径：设置圆柱体的半径大小。
- 高度：设置圆柱体的高度。
- 高度分段：设置圆柱体高度上的分段数量。
- 端面分段：设置圆柱体两个端面上沿半径的分段数量。
- 边数：设置圆柱体的边数，值越大，圆柱体的表面越光滑。

6.1.4　圆环

圆环是一个圆环状的物体，通过调整旋转、扭曲及边数等参数可产生多种变形效果，调整切片可创建圆环的局部。

单击"圆环"按钮，在顶视图中单击，按住鼠标左键不放并拖动鼠标确定圆环的半径 1，松开鼠标左键，继续移动鼠标确定半径 2，最后单击完成圆环的创建，如图 6-14 所示。圆环的属性面板如图 6-15 所示。

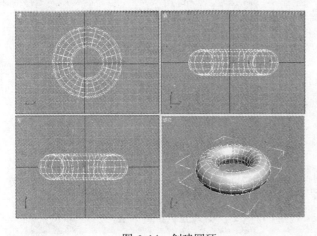
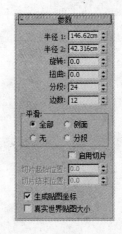

图 6-14　创建圆环　　　　　　　　　图 6-15　圆环属性面板

- 半径 1：设置从圆环中心到截面圆心的距离。
- 半径 2：设置截面圆形的半径。

- 旋转：设置圆环每片截面沿圆环中心的旋转角度，效果如图 6-16 所示。
- 扭曲：设置圆环每片截面沿圆环中心的扭曲角度，效果如图 6-17 所示。

图 6-16　设置旋转角度效果　　　　　　　　　　图 6-17　设置扭曲角度效果

- 分段：设置圆环围绕环形的分段数目。
- 边数：设置截面圆形的边数。
- 平滑：设置是否对圆环进行平滑处理，当选中"全部"单选按钮时，将对所有表面进行平滑处理；当选中"侧面"单选按钮时，只对相邻的边界进行平滑处理；当选中"无"单选按钮时，不进行任何平滑处理；当选中"分段"单选按钮时，仅对每个独立的分段进行平滑处理。4 种平滑方式的对比效果如图 6-18 所示。

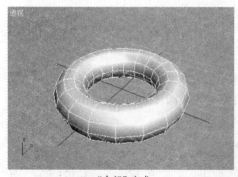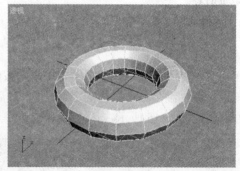

"全部"方式　　　　　　　　　　　　　　　"侧面"方式

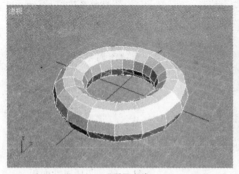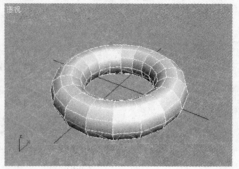

"无"方式　　　　　　　　　　　　　　　"分段"方式

图 6-18　4 种平滑方式对比效果

6.1.5 茶壶

茶壶本身是一个结构复杂的模型，但是 3ds max 2010 将其作为了一个标准几何体模型，这样用户只需控制几个参数就可以创建一个茶壶或茶壶的某个部分。

单击"茶壶"按钮，在顶视图中单击并按住鼠标拖动，拉出茶壶形体，松开鼠标即可完成茶壶的创建，如图 6-19 所示。

茶壶的"参数"卷展栏如图 6-20 所示。对其中参数的含义说明如下：

- 半径：设置茶壶的大小。
- 分段：设置茶壶表面的分段数。
- 茶壶部件：茶壶由壶体、壶把、壶盖和壶嘴 4 部分组成，默认创建的茶壶包括 4 个部分，取消选中其中的某些部分，可以使之隐藏。

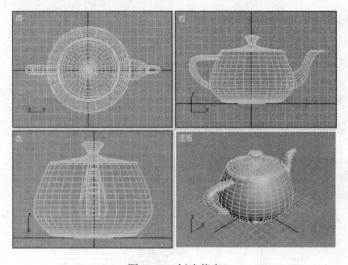

图 6-19　创建茶壶

图 6-20　茶壶"参数"卷展栏

6.1.6 圆锥体

圆锥体是一个功能较为强大的建模工具，可以用来创建圆锥体、圆台、棱锥、棱台或其局部，如图 6-21 所示。

单击"圆锥体"按钮，在顶视图中单击并按住鼠标左键拖动，确定圆锥体的底面，然后松开鼠标左键，拖动鼠标确定高度后单击，再次拖动鼠标调整顶面的大小，单击即可完成创建。

圆锥体的"参数"卷展栏如图 6-22 所示，其中的参数大多数和圆柱体的相同，对半径 1 和半径 2 的含义介绍如下。

- 半径 1：设置圆锥体底面半径的大小。
- 半径 2：设置圆锥体顶面半径的大小。

图 6-21　圆锥体应用效果　　　　　　　　图 6-22　圆锥体"参数"卷展栏

6.1.7　几何球体

几何球体和球体有所区别，球体是由多边形面相接而成的球体，而几何球体是由三角形面相接而成的球体。

单击"几何球体"按钮，在顶视图中单击并按住鼠标拖动，然后松开鼠标即可完成几何球体的创建，如图 6-23 所示。

几何球体的属性面板如图 6-24 所示，在"创建方法"卷展栏中包括直径和中心两种方式，当选择"直径"方式时，将以直径为基点向外扩展；当选择"中心"方式时，将以中心为基点向外扩展。

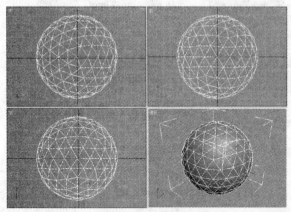

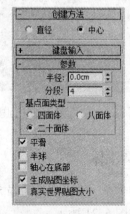

图 6-23　创建几何球体　　　　　　　　图 6-24　几何球体属性面板

对"参数"卷展栏中参数的含义说明如下。

- 半径：设置几何球体半径的大小。
- 分段：设置几何球体表面的分段数。
- 基点面类型：设置基于哪种规则组成球体，包括四面体、八面体和二十面体三种，用户可选择其中的一种，默认为二十面体。

6.1.8　管状体

单击"管状体"按钮，在顶视图中单击并按住鼠标左键拖动，确定管状体底面的一个半径，然后松开鼠标左键，上、下拖动确定管状体的高度，接着再次拖动鼠标确定管状体的另一个半径，最后单击即可完成管状体的创建，如图 6-25 所示。

管状体和圆柱体的参数非常相似，其"参数"卷展栏如图 6-26 所示。

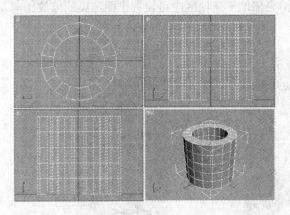 

图 6-25　创建管状体　　　　　　图 6-26　管状体"参数"卷展栏

- 半径 1：设置管状体的一个半径大小。
- 半径 2：设置管状体的另一个半径大小，其中较大的一个为管状体的外部半径。

6.1.9　四棱锥

单击"四棱锥"按钮，在顶视图中单击并拖动鼠标确定四棱锥的底面，然后松开鼠标左键并向上或向下拖动鼠标确定四棱锥的高度，再次单击即可创建一个四棱锥，如图 6-27 所示。

在创建四棱锥时，用户可在"创建方法"卷展栏中选择创建的方式，包括基点/顶点和中心两种。当选择"基点/顶点"方式时，将以顶点为基点创建四棱锥；当选择"中心"方式时，将以底面中心为基点创建四棱锥。四棱锥的"参数"卷展栏如图 6-28 所示。

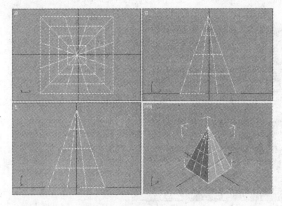 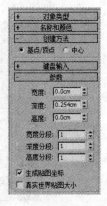

图 6-27　创建四棱锥　　　　　　图 6-28　四棱锥"参数"卷展栏

- 宽度：设置四棱锥底面矩形的宽度。
- 深度：设置四棱锥底面矩形的长度。
- 高度：设置四棱锥的高度。

6.1.10 平面

单击"平面"按钮，在顶视图中单击并拖动即可创建一个平面，如图 6-29 所示。其"参数"卷展栏如图 6-30 所示，在其中的"渲染倍增"选项区中可设置平面渲染的缩放比例及其密度。

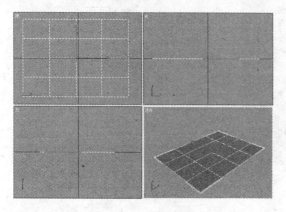

图 6-29　创建平面　　　　　　　　图 6-30　平面"参数"卷展栏

6.1.11　制作茶几

本例将使用前面学习的知识，创建标准几何体，然后结合变换工具的使用，制作一个独具个性的茶几。具体操作步骤如下：

步骤 1　启动 3ds max 2010 后，单击"几何体"按钮，切换到几何体子面板，选择下拉列表框中的"扩展基本体"选项，切换到扩展几何体创建面板。然后单击"切角长方体"按钮，在顶视图中创建一个长度为 80、宽度为 160、高度为 5、圆角值为 2 的切角长方体，和一个长度为 40、宽度为 100、高度为 6、圆角值为 0 的切角长方体，并调整它们的位置如图 6-31 所示。

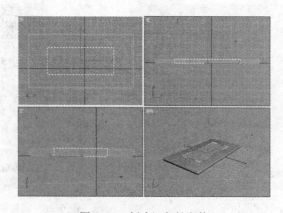

图 6-31　创建切角长方体

步骤 2　切换到标准几何体创建面板，单击"长方体"按钮，在顶视图中创建一个长度和宽度均为 6、高度为 40 的长方体，然后将其复制成 4 个，并调整它们的位置如图 6-32 所示。

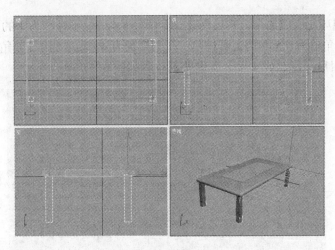

图 6-32　创建长方体

步骤 3　用同样的方法创建长方体并进行复制，效果如图 6-33 所示。

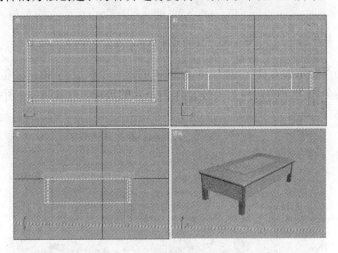

图 6-33　创建并复制长方体

步骤 4　单击"圆环"按钮，在视图中创建一个圆环，并设置其半径 1 为 5、半径 2 为 0.5，选中"启用切片"复选框，设置切片从 270°开始到 90°结束，如图 6-34 所示。

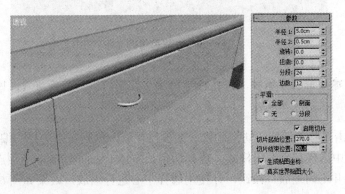

图 6-34　创建圆环

步骤5　将圆环复制成4个，然后创建一个半径1为3、半径2为1的圆环；一个半径为3、高度为20、圆角值为0.5的切角圆柱体；一个半径为4、高度为1、圆角值为0.5的切角圆柱体。将它们成组后，复制成4个，并调整其位置如图6-35所示。

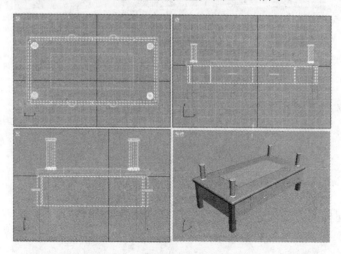

图 6-35　复制圆环并调整各组位置

步骤6　单击"切角长方体"按钮，在视图中创建一个长度为80、宽度为160、高度为3、圆角值为1、圆角分段为1的切角长方体，作为茶几的玻璃，如图6-36所示。

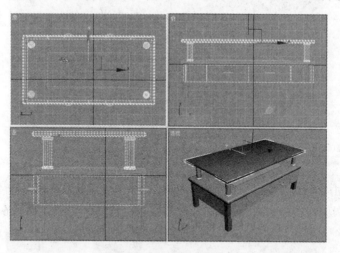

图 6-36　创建切角长方体

提示： 在创建切角长方体时，用户应特别注意设置的圆角分段为1，因为其将直接影响下面的编辑。

步骤7　单击"修改"按钮切换到修改面板，在修改器列表中选择"编辑网格修改器"，然后在修改堆栈中选择顶点编辑模式，选择切角长方体上表面上的4个顶点，然后单击主工具栏中的"选择并均匀缩放"按钮，并使用选择中心进行缩放，效果如图6-37所示。

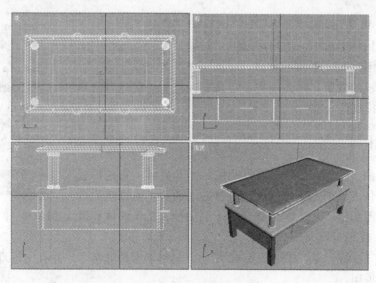

图 6-37　编辑顶点

步骤 8　单击"球体"按钮，在顶视图中创建一个半径为 2 的球体，并在前视图中使用缩放工具将其沿 Y 轴进行缩放，压扁球体，然后将球体进行复制，效果如图 6-38 所示。

至此，完成了茶几的基本建模，给茶几指定材质和灯光后，将其置入环境中进行渲染，最终效果如图 6-39 所示。

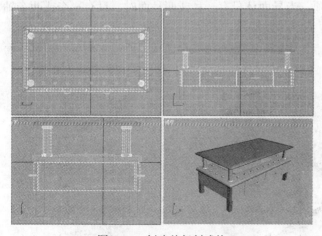

图 6-38　创建并复制球体

图 6-39　茶几效果

6.2　扩展几何体的创建

在创建复杂或不规则的几何体形体时，经常会用到扩展几何体。在 3ds max 2010 中共包括了 13 种扩展几何体，分别为异面体、切角长方体、油罐、纺锤、球棱柱、环形波、软管、环形结、切角圆柱体、胶囊、L-Ext、C-Ext 和棱柱。它们的创建方法和标准几何体的一样，只是参数相对复杂。

进入几何体子面板后，选择下拉列表框中的"扩展基本体"选项，即可进入扩展几何体面板，如图 6-40 所示。

在扩展几何体面板中，用户可通过"对象类型"卷展栏中的 13 个按钮来创建不同的扩展几何体，通过调整参数可以使这些对象产生千奇百怪的效果，因此用户一定要掌握它们的创建方法和参数设置，以提高建模能力。

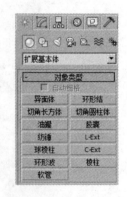

图 6-40　扩展几何体面板

6.2.1　异面体

异面体是由多个面组成的具有鲜明棱角的几何体，它是扩展几何体中具有代表性的几何体，通过对参数的调整，可以产生多种变形体，如四面体、立方体/八面体、十二面体、二十面体和星形等，如图 6-41 所示。

异面体的"参数"卷展栏如图 6-42 所示，其中的参数非常多，并且比较难理解，下面对部分参数进行说明。

- 系列：在该选项区中用户可选择异面体的类型，包括四面体、立方体/八面体、十二面体/二十面体、星形 1 和星形 2，它们产生的效果如图 6-41 所示。
- 系列参数：该选项区用来设置顶点和面之间的形状转换，P 和 Q 将以最简单的形式在顶点和面之间来回更改几何体。
- 轴向比率：该选项区用来设置怎样由三角形、方形或五角形等基本平面组成异面体的表面。包括 P、Q、R 三个选项，当异面体只有一种或两种面时，只有一个或两个轴向比率参数处于可用状态。
- 顶点：在该选项区中提供了基点、中心、中心和边三个选项，通过它们可以控制异面体每个面的细分方式。

图 6-41　异面体

图 6-42　异面体"参数"卷展栏

6.2.2　切角长方体

切角长方体是一种将长方体进行倒角处理后得到的扩展几何体，其控制参数和长方体基本相同，但是比长方体多了圆角和圆角分段两个参数。切角长方体及其"参数"卷展栏如图

6-43 所示。

- 圆角：设置切角长方体圆角的程度。
- 圆角分段：设置圆角的分段数，值越大，倒角越光滑。

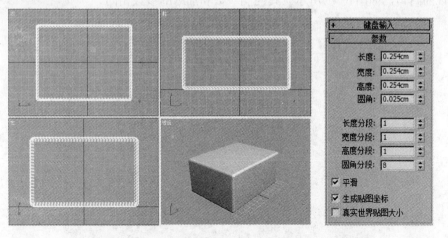

图 6-43 切角长方体及其"参数"卷展栏

6.2.3 油罐

油罐由一个长方体和上、下两个曲面组成，它是由圆柱体扩展而来的，圆柱体的两端为平面，在油罐中由曲面取而代之。油罐及其"参数"卷展栏如图 6-44 所示，在卷展栏中的大部分参数都和圆柱体相同。

- 封口高度：设置油罐两端凸起曲面的高度。
- 混合：设置油罐封口边缘的倒角程度。
- 高度分段：设置油罐高度的分段数量。

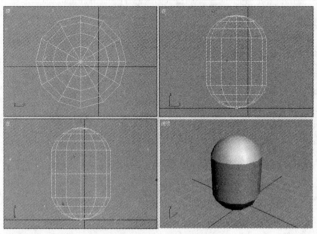
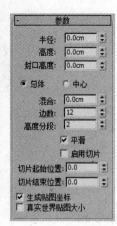

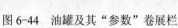
图 6-44 油罐及其"参数"卷展栏

6.2.4　纺锤

纺锤由圆柱体和圆锥体组成，其和油罐的唯一区别在于油罐的两端为曲面封口，纺锤的两端为锥面封口，如图 6-45 所示。其控制参数和油罐的参数相同。

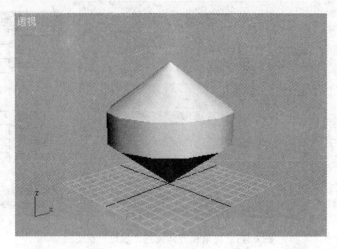

图 6-45　纺锤

6.2.5　球棱柱

使用"球棱柱"按钮可以创建底面带倒角的多边形棱柱，如图 6-46 所示。其控制参数比较简单，也非常容易理解，在此不再介绍。

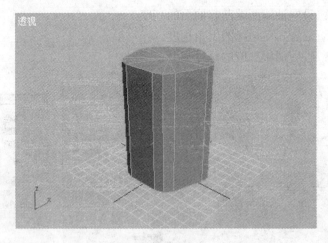

图 6-46　球棱柱

6.2.6　环形波

环形波是一种复杂的扩展几何体，其控制参数非常多，可以用来制作各种特效动画，如星球爆炸时产生的冲击波。

创建的环形波及其"参数"卷展栏如图 6-47 所示。

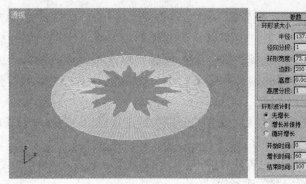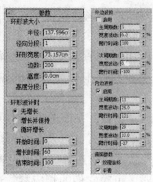

图 6-47 环形波及其"参数"卷展栏

- 环形波大小：该选项区用来设置环形波的一些基本参数，包括环形波的半径、环形宽度、边数和高度等。
- 环形波计时：该选项区主要用来设置是否播放环形波的生长过程，默认选项为"无增长"，即静态；当选中"增长并保持"单选按钮时，播放环形波的生长过程，并且当环形波达到设置大小时停止生长，直到动画结束重复前面的过程。当选中"循环增长"单选按钮时，播放环形波的生长过程，并且当环形波达到设置大小时循环其生长过程。当选中"增长并保持"单选按钮或"循环增长"单选按钮时，可通过开始时间设置环形波出现并增长的帧数；通过增长时间设置环形波达到最大尺寸时的帧数；通过结束时间设置环形波消失的帧数。
- 外边波折/内边波折：通过这两个选项区，用户可设置环形波内、外部边的形状，在进行调整前应选中"启用"复选框，然后再进行调整。

6.2.7 软管

软管对象是一个能连接两个对象的弹性对象，因而能反映这两个对象的运动。其类似于弹簧，但不具备动力学属性。

在创建一个软管后，用户可对其高度、直径和形状等进行设置。软管横截面的形状包括圆形、长方形和 D 形，默认创建的形状为圆形，不同形状的软管如图 6-48 所示。

软管的控制参数比较多，"软管参数"卷展栏如图 6-49 所示。

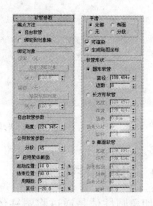

图 6-48　不同形状的软管　　　　　　图 6-49　"软管参数"卷展栏

- 端点方法：在该选项区中可设置软管的端点方式，选择"自由软管"单选按钮，可将软管作为一个简单的对象，而不绑定到其他对象，在激活的"自由软管参数"选项区中可设置其高度；选择"绑定到对象轴"单选按钮，将激活"绑定对象"选项区，在其中可为软管的顶部和底部拾取一个绑定对象，并且可对张力大小进行设置。
- 公用软管参数：在该选项区中可对软管的公用参数进行设置，包括软管长度中的总分段数、平滑方式，以及是否可渲染等。
- 软管形状：在该选项区中可设置软管的形状，包括圆形、长方形和 D 形，当选择不同形状时，可对它们的相应参数进行设置。

6.2.8 环形结

可以将环形结看成是由圆环打结而成，它一般在机械配件中比较常见，通过参数调整可以创建不同形状的环形结，如图 6-50 所示。

环形结的"参数"卷展栏如图 6-51 所示，其中包括基础曲线、横截面、平滑和贴图坐标 4 个选项区。

- 基础曲线：在该选项区中可以设置是否对创建的对象打结，当选中"结"单选按钮时，创建的对象将打结；当选中"圆"单选按钮时，将创建一个普通的圆环。其中的"半径"选项用来设置圆环体的半径大小，"分段"选项用来设置圆环体的分段数，"P"/"Q"选项在选中"结"单选按钮时有效，"扭曲数"/"扭曲高度"选项在选中"圆"单选按钮时有效。
- 横截面：该选项区主要用来设置环形结的截面，包括截面的半径大小、边数、偏心率、扭曲和块等。

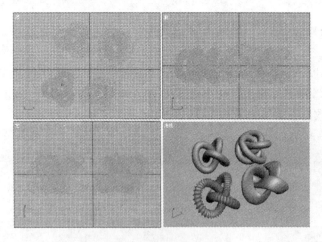

图 6-50　环形结

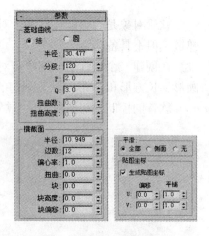

图 6-51　环形结"参数"卷展栏

6.2.9 切角圆柱体

切角圆柱体是通过将圆柱体进行倒角处理后得到的一种扩展几何体，其控制参数和圆柱体基本相同，但是比圆柱体多了圆角和圆角分段两个参数。切角圆柱体及其"参数"卷展栏如图 6-52 所示。

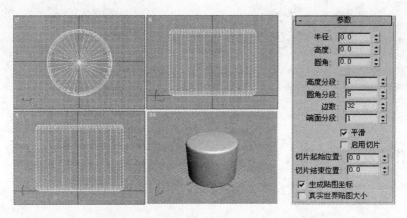

图 6-52　切角圆柱体及其"参数"卷展栏

- 圆角：设置切角圆柱体圆角的程度。
- 圆角分段：设置圆角的分段数，值越大，倒角越光滑。

6.2.10　胶囊和棱柱

胶囊是由圆柱体扩展而来的，是一个带有半球状封口的圆柱体，如图 6-53 所示。其控制参数在油罐的"参数"卷展栏中都有，故在此不再介绍。

单击"棱柱"按钮创建的是三棱柱，如图 6-54 所示。其底面是一个三角形，当设置参数时，其 3 条边相互影响，设置的值必须能够组成一个三角形。另外，用户还可以设置棱柱各方向的分段数。

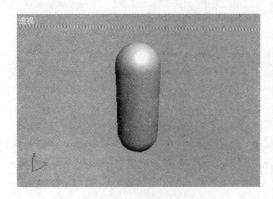

图 6-53　胶囊

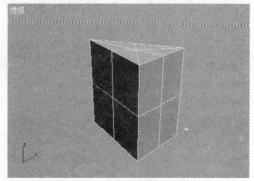

图 6-54　棱柱

L-Ext 如图 6-55 所示，用户可以将其看成是由长方体扩展而来的，由于其控制参数很容易理解，这里就不进行说明了。

C-Ext 如图 6-56 所示，用户可以将其看成是由长方体扩展而来的，由于其控制参数和 L-Ext 类似，仅多了一个"背面控制"参数，这里就不进行说明了。

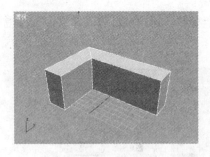

图 6-55　L-Ext

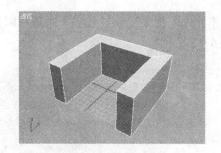

图 6-56　C-Ext

6.2.11　制作沙发

本例将制作一个简约型沙发模型，在制作过程中主要应用的是切角长方体，具体操作步骤如下：

步骤 1　启动 3ds max 2010 后，单击软件图标，选择"重置"命令，重新设置系统。

步骤 2　单击创建命令面板中的"几何体"按钮，切换到几何体子面板，选择下拉列表框中的"扩展基本体"选项，切换到扩展几何体创建面板。

步骤 3　单击"切角长方体"按钮，在顶视图中创建一个长度为 70、宽度为 160、高度为 12、圆角值为 1 的切角长方体。

步骤 4　再次单击"切角长方体"按钮，在顶视图中创建一个长度为 64、宽度为 55、高度为 15、圆角值为 1.5 的切角长方体，并将其复制两个，然后调整它们的大小和位置如图 6-57 所示，作为沙发的坐垫。

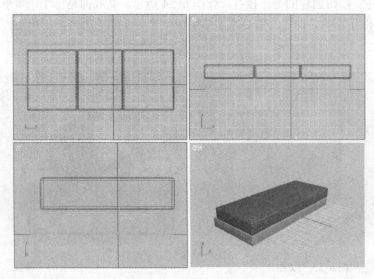

图 6-57　创建沙发的坐垫

步骤 5　单击创建命令面板中的"图形"按钮，切换到图形子面板，然后单击其中的"矩形"按钮，在视图中创建两个矩形，并将它们编辑成如图 6-58 所示的形状。再通过放样将它们转换成三维实体，作为沙发分扶手，如图 6-59 所示。

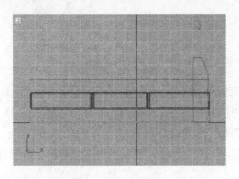

图 6-58 创建并编辑矩形　　　　　　　　　　　图 6-59 沙发扶手

步骤 6　单击"切角长方体"按钮，在前视图中创建一个长度为 30、宽度为 50、高度为 10、圆角值为 0.5 的切角长方体，然后使用"自由变形"命令对其进行变形，如图 6-60 所示。接着按住〈Shift〉键，移动切角长方体将其复制两个，作为沙发的靠背，如图 6-61 所示。

图 6-60 创建并编辑切角长方体　　　　　　　　图 6-61 沙发靠背

步骤 7　使用"创建长方体"工具创建沙发的支脚，如图 6-62 所示。然后为沙发指定材质和灯光，再进行渲染，得到如图 6-63 所示的效果。

图 6-62 创建沙发支脚　　　　　　　　　　　图 6-63 沙发效果

6.3　其他三维物体的创建

在 3ds max 2010 中，除了可以使用系统提供的标准几何体和扩展几何体建模工具直接创建三维物体，还可以使用其他建模工具直接建立较为复杂的物体，如植物、栏杆、墙、楼梯、门和窗等。

6.3.1 AEC 扩展物体

AEC 扩展对象是 3ds max 2010 为在建筑、工程和构造领域中使用专门设计的建模工具，包括植物、栏杆、墙、楼梯、门和窗 6 种。和创建其他三维物体一样，用户可通过选择"创建"→"AEC 对象"命令，在打开的子菜单中选择相应的命令进行创建，如图 6-64 所示。也可在创建命令面板中选择下拉列表框中的"AEC 扩展"选项，然后再进行创建，如图 6-65 所示。

图 6-64 打开"AEC 对象"子菜单

图 6-65 选项"AEC 扩展"选项

1. 植物

步骤 1 启动 3ds max 2010，单击创建命令面板中的"几何体"按钮，进入几何体子面板。

步骤 2 选择下拉列表框中的"AEC 扩展"选项，打开 AEC 扩展面板，如图 6-66 所示。

步骤 3 单击"植物"按钮，打开"收藏的植物"卷展栏，其中系统提供了 12 种不同的植物，如图 6-67 所示。

图 6-66 打开 AEC 扩展面板

图 6-67 "收藏的植物"卷展栏

步骤 4 在"收藏的植物"卷展栏中选择要创建的植物后，在顶视图中单击即可创建一株植物，如图 6-68 所示。植物的"参数"卷展栏如图 6-69 所示，用户可对所创建植物的高度、密度等进行设置。

- 高度：设置植物的高度。
- 密度：设置植物上叶子和花朵的数量。值为 1 表示显示植物的全部叶子和花；0.5 表示显示植物的一半叶子和花；0 表示植物没有叶子和花。
- 修剪：该参数只适用于具有树枝的植物。用来设置树枝的多少，值为 1 表示尽可能修剪植物上的所有树枝。
- 种子：设置当前植物的树枝、叶子的位置，以及树干的形状与角度的随机变化数。
- 显示：在该选项区中可设置在视图中显示和隐藏植物的部分对象，包括树叶、树干、果实、树枝、花和根。

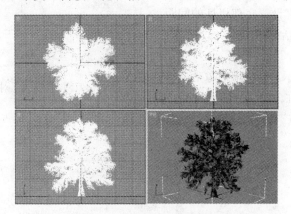

图 6-68　创建的植物　　　　　　　　　图 6-69　"参数"卷展栏

2. 栏杆

栏杆由栏杆、立柱和栅栏三部分组成，如图 6-70 所示。在创建栏杆对象时，既可以指定栏杆的方向和高度，也可以拾取样条线路径并向该路径应用栏杆。

栏杆的控制参数分别位于栏杆、立柱和栅栏三个卷展栏中，其中"立柱"和"栅栏"卷展栏中的参数和"栏杆"卷展栏中的相似，故这里就只对"栏杆"卷展栏中的参数进行说明。"栏杆"卷展栏如图 6-71 所示。

图 6-70　栏杆效果　　　　　　　　　　图 6-71　"栏杆"卷展栏

- 拾取栏杆路径：单击该按钮，可在视图中拾取样条线作为路径，并沿路径创建栏杆。
- 分段：设置栏杆的分段数。该选项只有在沿路径创建栏杆时才可用。
- 匹配拐角：选中该复选框，将使创建的栏杆产生拐角，以便与栏杆路径的拐角相匹配。
- 长度：设置栏杆的长度。
- 剖面：设置顶部/底部栏杆的形状，在其下拉列表框中包括无、圆形和方形三个选项。
- 深度：设置顶部/底部栏杆的上、下长度。
- 宽度：设置顶部/底部栏杆的左、右长度。
- 高度：设置顶部栏杆距离地面的高度。
- 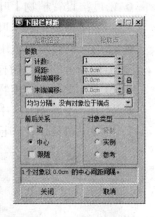 下围栏间距：单击该按钮，将弹出"下围栏间距"对话框，如图 6-72 所示。用户可设置底部栏杆的间距、数量等，它和"间隔工具"对话框相似。

图 6-72 "下围栏间距"对话框

3. 墙

墙的"参数"卷展栏如图 6-73 所示。创建墙对象后，在修改命令面板中可对其顶点、分段和剖面 3 个子层级进行修改，如图 6-74 所示。

图 6-73 墙的"参数"卷展栏

图 6-74 编辑墙的 3 个子层级

6.3.2 楼梯、门和窗

1. 楼梯

在 3ds max 2010 中可以创建四种不同类型的楼梯，即 L 形楼梯、U 型楼梯、直线楼梯和螺旋楼梯，如图 6-75 所示。

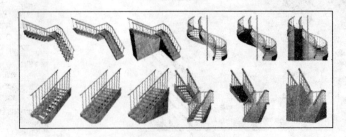

图 6-75 不同类型的楼梯

2.门

在 3ds max 2010 中可以创建 3 种不同类型的门：枢轴门、推拉门和折叠门，如图 6-76 所示。用户可以将门设置为打开、部分打开或关闭，还可以设置打开门的动画。

3.窗

在 3ds max 2010 中可以创建 6 种不同类型的窗：遮篷式窗、平开窗、固定窗、旋开窗、伸出式窗和推拉窗，如图 6-77 所示。用户可以将窗设置为打开、部分打开或关闭，还可以设置打开窗的动画。

图 6-76 不同类型的门

图 6-77 不同类型的窗

6.4 常用三维修改器的使用

3ds max 2010 具有强大的编辑修改功能，在创建对象后，用户不仅可以在修改命令面板中对一些基本控制参数进行修改，还可以根据对象的类型在修改命令面板的修改器列表中选择修改器对对象进行修改，以产生丰富的变形效果。

对于三维物体，用户可使用编辑网格、弯曲、扭曲、锥化、晶格、FFD（自由变形）、噪波和网格平滑等常用修改器进行修改变形，以使建立的模型更加细致．美观。

6.4.1 编辑网格

在 3ds max 2010 中，三维模型都是由基本的点、线、面组成的，当一个对象转换成可编辑网格后，用户就可以对其子对象进行编辑修改，可编辑网格对象的子对象层级包括顶点、边、面、多边形和元素。

在对可编辑网格对象进行编辑前，需要先选择它的某一子对象层级，然后才能进行操作。那么，如何将普通三维对象转换成可编辑网格对象呢？用户可通过以下三种方法进行：

● 选择要转换成可编辑网格的对象，单击"修改"按钮切换到修改命令面板，然后选择修改器列表中的"编辑网格"修改器，如图 6-78 所示。

● 选择要转换成可编辑网格的对象，然后在视图中右击，在弹出的快捷菜单中选择"转换为"→"转换为可编辑网格"命令，如图 6-79 所示。

● 使用可编辑网格对象"编辑几何体"卷展栏中的"附加"或"附加列表"命令将其与一个或多个普通对象相结合，以形成一个新的可编辑网格对象。

图 6-78　选择编辑网格修改器

图 6-79　快捷菜单

　　将普通对象转换成可编辑网格对象后，可以进入修改命令面板，其参数面板如图 6-80 所示，用户可利用其中的命令对编辑网格对象进行各种修改变形。

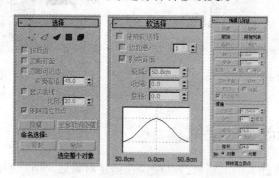

图 6-80　编辑网格修改器参数面板

- 顶点/ 边/ 面/ 多边形/ 元素：用来选择不同的子对象层级。
- 使用软选择：选中该复选框，启用软选择的参数设置，并应用于对象。
- 边距离：选中该复选框，可以以边距来设置被选择点及其所影响顶点之间的影响区域。
- 影响背面：设置软选择效果是否影响对象的背面，如果编辑的对象是一个局部表面且不需要处理其相邻表面，则可以取消选中该复选框。
- 衰减：设置影响区域的总体大小。
- 收缩：控制曲线形状及其影响区域的方式。
- 膨胀：用来设置曲线的曲率。
- 创建：创建物体单个的顶点、面、多边形和元素。
- 删除：删除当前选择对象的子对象。
- 附加：可以为当前选择的网格对象添加其他对象，使它们成为一个新的网格对象，在不选择任何子对象层级时也可用。
- 挤出：对选择的面进行拉伸处理，在其后的微调器中可设置拉伸的量。
- 倒角：对选择的面进行倒角处理，在其后的微调器中可设置倒角的量。
- 目标：将指定像素内的顶点焊接成一个顶点。
- 细化：细化选定的面，使局部网格密度增加。

● 炸开：根据边所在的角度将选定面炸开为多个元素或对象。

下面以建立一个简单的飞机模型为例，对编辑网格修改器的使用进行介绍，具体操作步骤如下：

步骤 1　启动 3ds max 2010，单击创建命令面板中的"几何体"按钮，切换到几何体子面板。然后单击其中的"长方体"按钮，在顶视图中创建一个长度为 90、宽度为 50、高度为 50，长、宽、高分段数均为 1 的长方体，如图 6-81 所示。

步骤 2　在视图中右击，在弹出的快捷菜单中选择"转换为"→"转换为可编辑网格"命令，将长方体转换为可编辑网格对象，如图 6-82 所示。

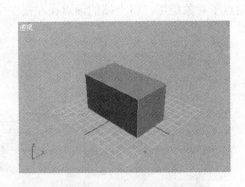

图 6-81　创建的长方体

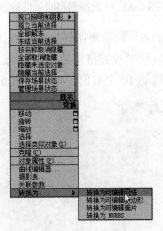

图 6-82　将长方体转换为可编辑网格对象

步骤 3　在修改命令面板中选择多边形子对象层级，然后在前视图中选择如图 6-83 所示的多边形面，在"编辑几何体"卷展栏中设置挤出值为 120，并按〈Enter〉键，效果如图 6-84 所示。

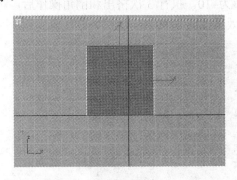

图 6-83　选择多边形面

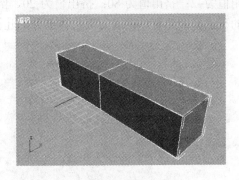

图 6-84　挤出效果

步骤 4　在"编辑几何体"卷展栏中依次设置挤出值为 90，倒角值为-10；挤出值为 40，倒角值为-10；挤出值为 10，倒角值为-3。执行 3 次挤出和倒角操作后，效果如图 6-85 所示。

步骤 5　在修改命令面板中选择顶点子对象层级，并在左视图中对顶点进行调整，效果如图 6-86 所示。

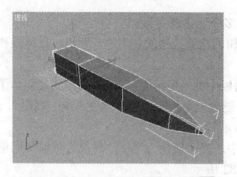
图 6-85 3 次挤出和倒角后的效果

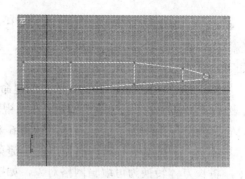
图 6-86 调整顶点

步骤 6 将前视图转换为后视图，然后选择如图 6-87 所示的多边形面，并在"编辑几何体"卷展栏中设置挤出值为 90。接着切换到顶点子对象层级，将上端的顶点在左视图中沿 Y 轴向下移动 10 个单位，效果如图 6-88 所示。

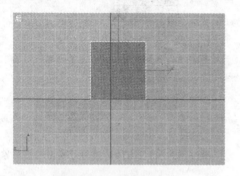
图 6-87 切换到后视图

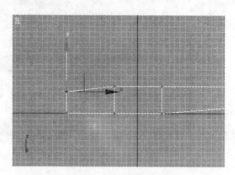
图 6-88 调整顶点位置

步骤 7 切换到多边形子对象层级，在"编辑几何体"卷展栏中依次设置挤出值为 30，倒角值为–2；挤出值为 80；挤出值为 20，倒角值为–10。执行 3 次挤出和倒角操作后，对尾部的顶点稍做调整，完成飞机主体部分的建模，效果如图 6-89 所示。

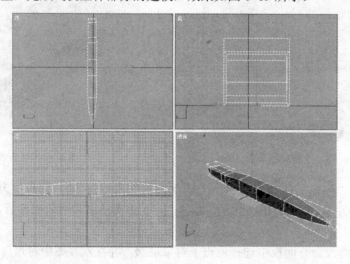
图 6-89 飞机主体部分

步骤 8　在左视图中选择如图 6-90 所示的多边形面，然后在"编辑几何体"卷展栏中设置挤出值为 50，效果如图 6-91 所示。

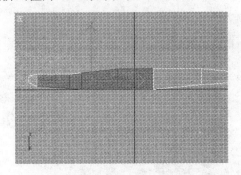

图 6-90　选择左侧的多边形面

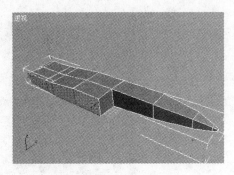

图 6-91　挤出效果

步骤 9　将后视图转换为前视图，在其中选择如图 6-92 所示的多边形面，然后依次设置挤出值为 60，倒角值为-10；挤出值为-40，并调整顶点，如图 6-93 所示。

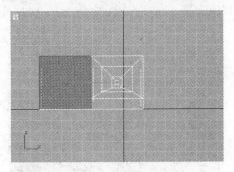

图 6-92　选择多边形面

图 6-93　调整顶点

步骤 10　在左视图中选择如图 6-94 所示的多边形面，然后在"编辑几何体"卷展栏中设置挤出值为 1，倒角值为-20。接着切换到边子对象层级，对边进行调整，效果如图 6-95 所示。

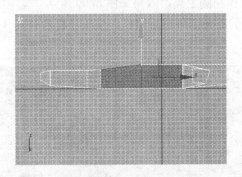

图 6-94　选择多边形面

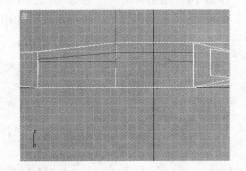

图 6-95　调整边

步骤 11　切换到多边形子对象层级，在"编辑几何体"卷展栏中设置挤出值为 200，挤出飞机的左侧前翼。然后切换到顶点子对象层级，调整顶点的位置，效果如图 6-96 所示。

步骤 12　将前视图转换为后视图，然后切换到多边形子对象层级，并在前视图中选择如图 6-97 所示的多边形面。

步骤 13　在"编辑几何体"卷展栏中设置挤出值为 20，并按〈Enter〉键，使飞机左侧的后半部分和飞机主体平齐，效果如图 6-98 所示。

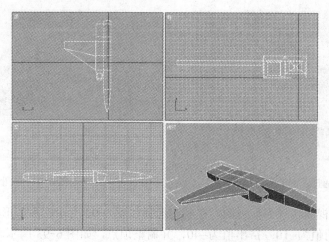

图 6-96　完成飞机左侧前翼

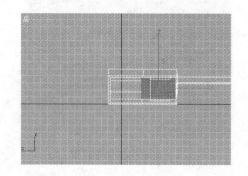

图 6-97　选择多边形面

图 6-98　挤出效果

步骤 14　用同样的方法创建飞机的左侧后翼和左侧上翼，效果如图 6-99 所示。

步骤 15　重复步骤 8，对与飞机主体相对应的右侧部分进行操作，生成飞机的右翼（右侧前、后、上翼），效果如图 6-100 所示。

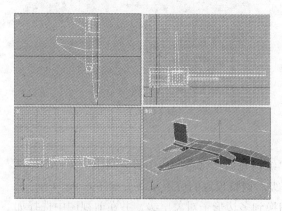

图 6-99　创建飞机侧后翼和左侧上翼

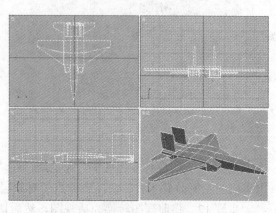

图 6-100　飞机雏形

步骤16 对飞机的尾部进行细化并创建机舱。选择飞机尾部的多边形面，在"编辑几何体"卷展栏中依次设置挤出值为2，倒角值为-5；挤出值为-6，效果如图6-101所示。

步骤17 在顶视图中选择如图6-102所示的多边形面，然后在"编辑几何体"卷展栏中设置挤出值为6，倒角值为-6。重复操作一次，然后对边进行调整，得到最后的飞机模型，如图6-103所示。

图6-101 细化飞机尾部

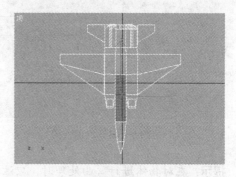

图6-102 选择创建机舱的多边形面

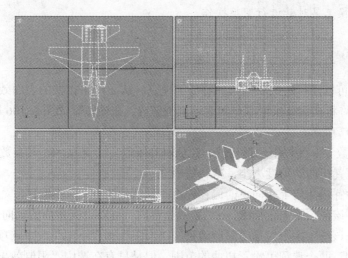

图6-103 飞机模型

6.4.2 弯曲

使用弯曲修改器可以对物体进行弯曲处理，用户可以调节弯曲的角度和方向，以及弯曲所依据的坐标轴向，还可以启用限制效果，将弯曲的效果限制在一定的范围之内。

弯曲效果如图6-104所示，其"参数"卷展栏如图6-105所示。其中包括弯曲、弯曲轴和限制三个选项区，对各选项区中参数的含义如下。

● 弯曲：在该选项区中包括角度和方向两个选项，其中"角度"用来设置沿垂直面弯曲的角度大小；"方向"用来设置弯曲相对于水平面的方向。

● 弯曲轴：该选项区中包括X、Y、Z三个选项，可以设置弯曲的轴向。

● 限制：在该选项区中可设置限制弯曲效果，通过"上限"和"下限"两个选项设置弯曲的范围。

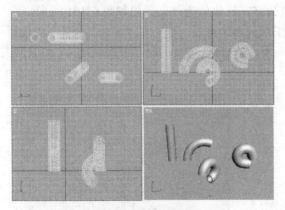

图 6-104　弯曲效果　　　　　　　　　图 6-105　弯曲"参数"卷展栏

　　提示：在对物体进行弯曲处理时，应注意设置物体弯曲轴方向上的分段数，分段数越高，在进行弯曲处理后，弯曲效果越光滑。另外，在修改堆栈中还可以选择弯曲的中心和 Gizmo，选择后可使用变换工具对其进行变换操作。

6.4.3　扭曲

　　扭曲修改器可以沿指定的轴向扭曲物体的顶点，从而产生扭曲的表面效果，与弯曲修改器一样，它也允许将扭曲效果限制在一定的范围之内。扭曲效果如图 6-106 所示，其"参数"卷展栏如图 6-107 所示。

　　在扭曲"参数"卷展栏中包括扭曲、扭曲轴和限制三个选项区，其参数的含义如下。

- 角度：设置扭曲的角度大小，默认值为 0。
- 偏移：设置扭曲向上或向下的偏移程度，默认值为 0，即不偏移。
- 扭曲轴：该选项区中包括 X、Y、Z 三个选项，可以设置扭曲的轴向。
- 限制：在该选项区中包括"限制效果"、"上限"和"下限"三个选项，通过"上限"和"下限"两个选项可设置扭曲的范围，但是只有在选中"限制效果"复选框后，才可以使设置的上限和下限产生效果。

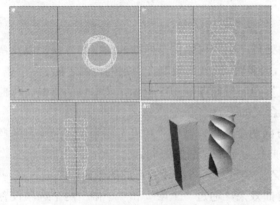

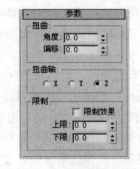

图 6-106　扭曲效果　　　　　　　　　图 6-107　扭曲"参数"卷展栏

6.4.4 锥化

锥化修改器可以通过缩放物体的两端产生锥化的轮廓，同时还可以加入光滑的曲线轮廓。用户可通过调整锥化的数量、曲线轮廓的曲度、锥化的轴等产生不同的锥化效果，另外还可以将锥化效果限制在一定的范围之内。

使用锥化修改器对圆管进行修改变形的效果如图 6-108 所示，锥化的"参数"卷展栏如图 6-109 所示。

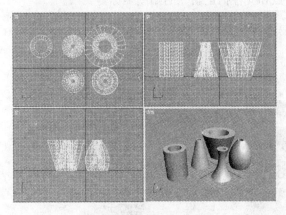

图 6-108　锥化效果　　　　　　　　　图 6-109　锥化"参数"卷展栏

其中参数的含义如下。
- 数量：设置锥化倾斜的程度，最大值为 10。
- 曲线：设置锥化曲线轮廓的曲度。
- 主轴：设置锥化的中心轴，包括 X、Y、Z 轴，默认为 Z 轴。
- 效果：设置锥化影响的轴向，可以是剩余两个轴的任意一个，或者是它们组成的平面。
- 对称：选中该复选框，将围绕主轴产生对称的锥化效果。
- 限制：限制锥化效果在一定范围之内。

6.4.5 晶格

晶格修改器可以将网格对象线框化，可将对象的线段或边转化为支柱结构，并在顶点上产生可选的多面体节点。使用它可基于对象的网格创建可渲染的几何体结构，也可以作为获得线框渲染效果的一种方法。

晶格效果如图 6-110 所示，晶格修改器"参数"卷展栏如图 6-111 所示，其中的参数比较多，可以控制晶格应用的范围、支柱、节点形状等。
- 应用于整个对象：选中该复选框，可将晶格效果应用到对象的所有边或线段上。当取消选中时，将只应用于选中的子对象。
- 仅来自顶点的节点：选中该单选按钮，将只显示来自原始对象顶点产生的节点。
- 仅来自边的支柱：选中该单选按钮，将只显示来自原始对象边产生的支柱。
- 二者：选中该单选按钮，既显示来自原始对象顶点产生的节点，又显示来自原始对象边产生的支柱。

- 支柱：在该选项区中可以设置支柱的半径大小、分段数、边数，以及为支柱指定特殊的材质 ID 号、平滑处理等。
- 节点：在该选项区中可以设置产生节点的类型，包括四面体、八面体和二十面体。还可以设置节点的半径大小、分段数，以及为节点指定特殊的材质 ID 号、平滑处理等。
- 贴图坐标：在该选项区中包括"无"、"重用现有坐标"、"新建" 3 个选项，选择"无"选项，将不指定贴图坐标；选择"重用现有坐标"选项，将使用当前对象本身的贴图坐标；选择"新建"选项，将为节点和支柱指定新建的贴图坐标。

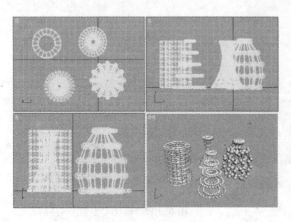 

图 6-110　晶格效果　　　　　　　　　　图 6-111　晶格"参数"卷展栏

6.4.6　FFD（自由变形）

使用 FFD（自由变形）修改器可以在对象上添加一个控制线框，用户可通过调整控制线框上的控制点使对象产生变形。

FFD（自由变形）修改器包括 FFD 2×2×2、FFD 3×3×3、FFD 4×4×4、FFD（长方体）和 FFD（圆柱体）。其中，FFD 2×2×2、FFD 3×3×3、FFD 4×4×4 都可以通过将 FFD（长方体）设置相应的控制点得到，FFD（长方体）修改器的"参数"卷展栏如图 6-112 所示，FFD（自由变形）效果如图 6-113 所示。

 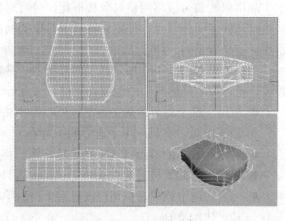

图 6-112　FFD（长方体）"参数"卷展栏　　　　图 6-113　FFD（自由变形）效果

6.4.7 噪波

噪波修改器可以使对象表面产生随机的不规则的变形，通常用来制作绵延起伏的山峦和波涛起伏的水面等造型，如图 6-114 所示。其"参数"卷展栏如图 6-115 所示，在其中用户可设置噪波的强度、比例等。

● 种子：设置噪波产生的随机数目。
● 比例：设置噪波的比例，当设置较大值时产生的噪波比较平缓；当设置较小值时产生的噪波锯齿比较明显。
● 分形：选中该复选框，可通过设置粗糙度和迭代次数产生分形效果。其中粗糙度用来设置分形变化的程度；迭代次数用来设置重复的次数。
● 强度：设置噪波效果的程度，用户可分别 X、Y、Z 三个轴向上的强度。
● 动画：通过该选项区中的设置，可将噪波的生成过程录制成动画，并以动画的形式播放出来。其中频率用来设置噪波效果的变化快慢；相位用来设置噪波效果的动态化相位。

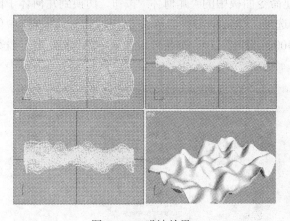 

图 6-114　噪波效果　　　　　图 6-115　噪波"参数"卷展栏

注意：在对对象使用噪波修改器前，确保设置了足够数量的分段数（如长方体对象应确保在长度、宽度、高度上的分段数），才能达到理想的效果。

6.4.8 网格平滑

网格平滑修改器可以通过增加网格面来增加对象表面的平滑度，其主要控制参数如图 6-116 所示，对其中参数的含义介绍如下。

● 细分方法：在下拉列表框中用户可选择"NURMS"、"经典"和"四边形输出"3 种细分方法中的一种。当选择"NURMS"时，将以减少非均匀有理数网格平滑对象输出；当选择"经典"时，将生成三面和四面的多面体；当选择"四边形输出"时，只生成四面的多面体。
● 细分量：在该卷展栏中可设置平滑的迭代次数和平滑度。
● 强度：设置所添加面的尺寸大小，取值范围为 0～1。

● 松弛: 设置松弛量的大小。

图 6-116   网格平滑修改器主要控制参数

6.4.9　洁具

本例将结合三维物体的创建和修改命令制作一个洁具, 具体操作步骤如下:

步骤 1　启动 3ds max 2010, 单击创建命令面板中的"几何体"按钮, 切换到几何体子面板。选择下拉列表框中的"扩展基本体"选项, 然后单击"切角长方体"按钮, 在视图中创建一个长度为 110、宽度为 220、高度为 400、圆角为 10、圆角分段为 6、宽度和高度分段数均为 9 的切角长方体, 如图 6-117 所示。

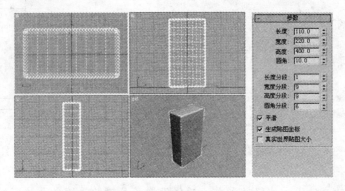

图 6-117　创建切角长方体

步骤 2　单击"修改"按钮切换到修改命令面板, 选择修改器下拉列表框中的"编辑网格"修改器, 然后单击"选择"卷展栏中的"多边形"按钮, 进入多边形面编辑模式。接着在前视图中选择如图 6-118 所示的多边形面, 并按〈Delete〉键删除。

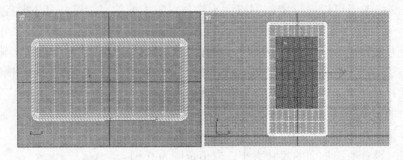

图 6-118　选择的多边形面

步骤 3　再次单击"选择"卷展栏中的"多边形"按钮退出多边形子对象编辑模式，然后选择修改器列表中的"FFD（长方体）修改器"选项，如图 6-119 所示。

步骤 4　在"尺寸"选项区中单击"设置点数"按钮，弹出"设置 FFD 尺寸"对话框，在其中设置控制点数为 4×5×4，如图 6-120 所示。

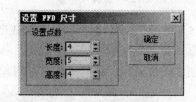

图 6-119　选择"FFD（长方体）"修改器　　　　　图 6-120　设置控制点数

步骤 5　在修改堆栈中单击 FFD（长方体）前的"+"号展开下拉列表，在其中选择"控制点"选项，进入控制点子对象编辑模式，如图 6-121 所示。然后使用移动工具调整控制点的位置，如图 6-122 所示。

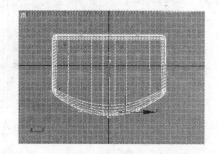

图 6-121　选择"控制点"选项　　　　　图 6-122　调整控制点的位置

步骤 6　按快捷键〈M〉弹出"材质编辑器"窗口，在其中选择一个样本球，并选中"双面"复选框，然后将它指定给切角长方体。

步骤 7　在视图中右击，在弹出的快捷菜单中选择"转换为"→"转换为可编辑多边形"命令（见图 6-123），将切角长方体转换成可编辑的多边形对象，然后单击"选择"卷展栏中的"边"按钮，并在前视图中选择如图 6-124 所示的边。

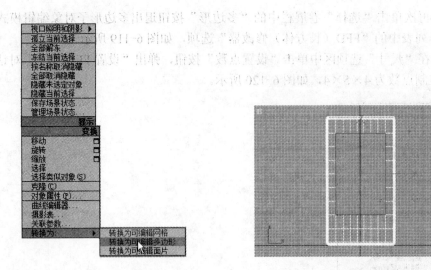

图 6-123　快捷菜单　　　　　　　　　　　　　图 6-124　选择边

步骤 8　单击"编辑边界"卷展栏中的"利用所选内容创建图形"按钮，弹出"创建图形"对话框，命名曲线后，单击"确定"按钮即可将所选择的边界创建为样条线。为了清楚地看到所创建的样条线，此处先将其他对象隐藏起来，如图 6-125 所示。

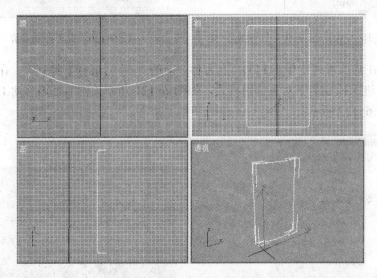

图 6-125　沿边界创建样条线

步骤 9　单击图形子面板中的"线"按钮，在顶视图中创建一条如图 6-126 所示的样条线作为取消放样的截面。

步骤 10　在几何体子面板中选择下拉列表框中的"复合对象"选项，切换到复合对象创建面板，单击其中的"放样"按钮，打开放样属性面板。然后单击"创建方法"卷展栏中的"获取图形"按钮，在顶视图中拾取沿边界创建的样条线，效果如图 6-127 所示。

提示：为了更好地看到放样效果，将指定给切角长方体的材质样本指定给了放样物体。

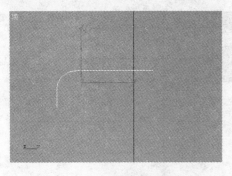

图 6-126　创建样条线

图 6-127　放样效果

步骤 11　单击扩展基本体面板中的"油罐"按钮，在顶视图中创建一个半径为 15、高度为 30、封口高度为 12、混合为 0.5 的油罐。

步骤 12　单击"切角圆柱体"按钮，在视图中创建一个半径为 10、高度为 120、圆角为 2 的切角圆柱体。

步骤 13　在视图中创建一个圆柱体，一个圆环和一个球体，然后调整它们的大小和位置如图 6-128 所示。

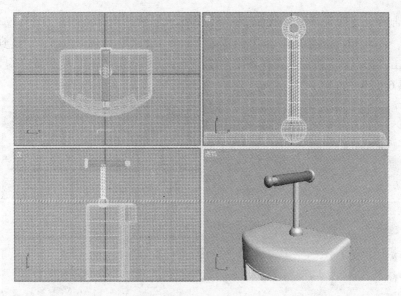

图 6-128　创建三维物体并调整它们的大小和位置

步骤 14　按快捷键〈M〉弹出"材质编辑器"窗口，选择指定给切角长方体的样本球，将其着色类型设置为多层，第一高光反射层的高光反射级别为 245、光泽度为 89、各向异性为 27，第二高光反射层的高光反射级别为 72、光泽度为 56、各向异性为 0、自发光贴图为衰减、数量为 60。

步骤 15　选择另一样本球，将其设置为金属材质，并指定给场景中创建的三维物体。

步骤 16　激活透视图，并使用视图控制工具进行调整，然后单击主工具栏中的"渲染产品"按钮 进行渲染，洁具的最终效果如图 6-129 所示。

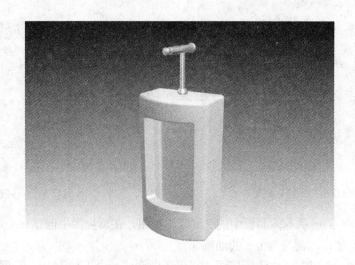

图 6-129　洁具的最终效果

6.4.10　制作灯具

本例将制作一盏吸顶灯，主要通过标准几何体和扩展几何体来创建，具体操作步骤如下：

步骤 1　启动 3ds max 2010，单击创建命令面板中的"几何体"按钮，切换到几何体子面板。然后单击"长方体"按钮，在视图中创建一个长方体，并设置长度和宽度均为 550，高度为 20，如图 6-130 所示。

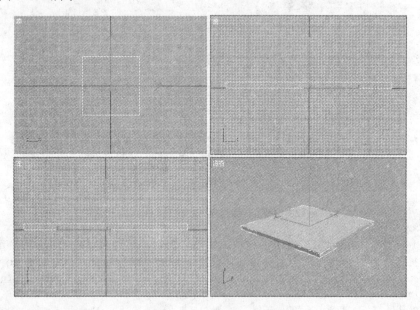

图 6-130　创建长方体

步骤 2　在前视图中将长方体沿 Y 轴向下复制一个，然后单击"修改"按钮切换到修改命令面板，在其中设置长方体的高度为 10、高度分段数为 6。接着在修改器列表中选择"锥化修改器"选项，对长方体进行锥化处理，效果如图 6-131 所示。

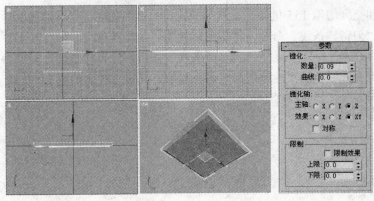

图 6-131　锥化效果

步骤 3　单击"创建"按钮切换到创建命令面板，然后单击"长方体"按钮，在视图中创建一个长度和宽度为 500，高度为 5 的长方体，并调整位置如图 6-132 所示。

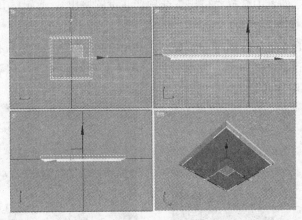

图 6-132　创建并调整长方体的位置

步骤 4　在顶视图中创建一个长度为 200、宽度为 200、高度为 10 的长方体和一个长度为 5、宽度为 150、高度为 3 的长方体，如图 6-133 所示。

步骤 5　单击主工具栏中的"选择并移动"按钮，在视图中结合〈Shift〉键对长方体进行复制，效果如图 6-134 所示。

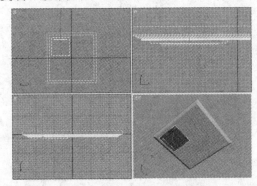

图 6-133　创建两个长方体

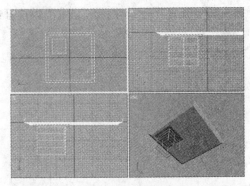

图 6-134　复制长方体

步骤 6　单击"图形"按钮，切换到图形子面板，然后单击"矩形"按钮，在顶视图中绘制一个长度和宽度均为 155 的矩形。接着单击"修改"按钮切换到修改命令面板，在修改器列表中选择"编辑样条线"命令，将矩形转换为可编辑样条线，如图 6-135 所示。

步骤 7　单击"选择"卷展栏中的"样条线"按钮，进入样条线子对象编辑模式，然后使用"几何体"卷展栏中的"轮廓"命令添加轮廓，并设置轮廓值为 2，如图 6-136 所示。

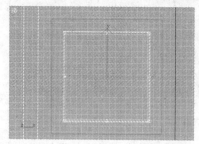

图 6-135　绘制的矩形

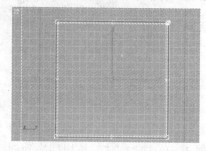

图 6-136　轮廓处理

步骤 8　在修改器列表中选择"挤出"选项，并设置挤出数量为 150，然后对挤出物体的位置进行调整，如图 6-137 所示。

步骤 9　用同样的方法在顶视图中创建一个 200×200 的矩形，然后将其转换为可编辑样条线，在样条线编辑模式下对其进行轮廓处理，并设置轮廓值为 25。接着使用挤出修改器将其挤出 10，如图 6-138 所示。

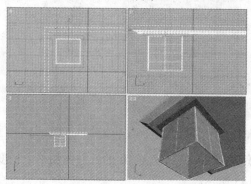

图 6-137　挤出效果

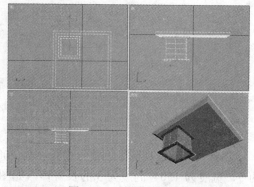

图 6-138　创建并编辑矩形

步骤 10　在视图中选择如图 6-139 所示的对象，然后将其复制成 4 份，并调整它们的位置，如图 6-140 所示。至此，完成了吸顶灯的建模。

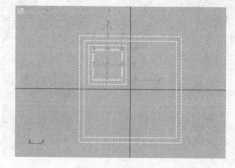

图 6-139　选择对象

图 6-140　复制对象

步骤 11　单击"长方体"按钮，在视图中创建一个高度为 0 的长方体作为渲染环境，如

118

图 6-141 所示。

步骤 12　为吸顶灯指定材质和灯光后，渲染透视图，效果如图 6-142 所示。

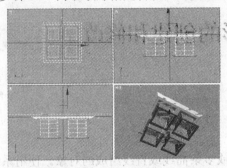

图 6-141　创建渲染环境

图 6-142　吸顶灯效果

6.5　习题

1．填空题

（1）启动 3ds max 2010 后，默认情况下几何体子面板中的标准几何体包括长方体、球体、圆柱体、_____、_____、_____、圆锥体、圆环、四棱锥和平面。

（2）在 3ds max 2010 中包括_____种扩展几何体。

（3）AEC 扩展对象是 3ds max 2010 为在_____、_____和_____领域中使用专门设计的建模工具。

2．选择题

（1）创建对象时，使用（　　）方法可结束创建。

  A．单击　　　　　　B．右击　　　　C．按〈Enter〉键　　　D．按〈Esc〉键

（2）使用（　　）可以使对象表面产生随机的不规则的变形。

  A．编辑网格修改器　　　　　B．FFD（自由变形）修改器

  C．弯曲修改器　　　　　　　D．噪波修改器

3．简答题与上机练习

（1）创建标准几何体、扩展几何体及 AEC 扩展物体。

（2）使用本章所学知识制作如图 6-143 所示的桌子效果。

图 6-143　桌子效果

第7章 二维图形的创建和修改

本章要点

- 二维图形的创建
- 二维图形的编辑
- 二维转三维常用修改器的使用

在 3ds max 2010 中，二维图形是一个由一条或多条曲线或直线组成的对象。使用系统提供的二维图形命令可以绘制简单的二维图形，也可以通过使用一些修改器将它们转换为复杂的三维物体。本章将向用户介绍二维图形的创建、编辑方法，以及一些常用来将二维图形转换成三维物体修改器的使用方法。

7.1 二维图形的创建

使用二维图形可以生成线条物体、三维曲面或通过挤出、车削等修改器生成三维物体，也可以将二维图形作为放样的路径和截面生成放样物体，还可以将二维图形定义成对象运动的路径。

在 3ds max 2010 中，系统提供了 11 种创建二维图形的命令，分别为线、矩形、圆、椭圆、弧、圆环、多边形、星形、文本、螺旋线和截面。启动 3ds max 2010 后，单击创建命令面板中的"图形"按钮 ，即可打开图形子面板，在其中以按钮形式显示了以上 11 种创建二维图形的命令，如图 7-1 所示。用户也可以选择"创建"→"图形"命令，在弹出的"图形"子菜单中选择相应的命令来创建二维图形，如图 7-2 所示。

图 7-1 图形子面板

图 7-2 打开图形子菜单

在图形子面板中有一个"开始新图形"复选框，其在创建二维图形时非常有用。默认情况下，其处于选中状态，此时创建的每一个二维图形都是新的二维图形；取消选中该复选框后，创建的每一个图形都将作为当前图形的一个部分，然后由这些图形共同组成一个新的图形。

7.1.1 线

线是最简单的二维图形，单击图形子面板中的"线"按钮后，在视图单击可确定线的第一个点（起点），然后不停拖动并单击可确定线的其他顶点，右击可结束线的创建，如图 7-3 所示。当将鼠标指针移动到起点时单击，将弹出如图 7-4 所示的对话框，单击其中的"是"按钮将创建一个封闭的图形。

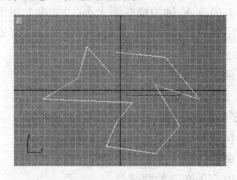

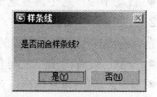

图 7-3　创建线　　　　　　　　　　图 7-4　"样条线"对话框

线对象的"参数"卷展栏如图 7-5 所示，在其中可设置线的渲染属性、厚度、创建顶点的类型及使用键盘输入创建线的顶点等。

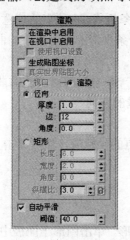

图 7-5　线对象的"参数"卷展栏

1．"渲染"卷展栏

在"渲染"卷展栏中用户可设置线的渲染属性、厚度、边数及指定贴图坐标等。和以前的版本相比，在其中增加了许多选项，如真实世界贴图大小、矩形等。

- 在渲染中启用：选中该复选框，使用为渲染器设置的径向或矩形参数将图形渲染为 3D 网格。
- 在视口中启用：选中该复选框，使用为渲染器设置的径向或矩形参数将图形作为 3D

网格显示在视口中。

- 使用视口设置：用于设置不同的渲染参数，并显示"视口"设置所生成的网格。只有在选中"在视口中启用"复选框时，该复选框才可用。
- 径向：将 3D 网格显示为圆柱形对象，并激活其下方的"厚度"、"边"和"角度"3 个选项。"厚度"用来设置视图或渲染中样条线的直径大小；"边"用来设置样条线网格在视图或渲染中的边数；"角度"用来设置在视图或渲染中样条线横截面旋转的角度。
- 矩形：将样条线网格图形显示为矩形，并激活其下方的"长度"、"宽度"、"角度"和"纵横比"4 个选项。"长度"用来设置沿着局部 Y 轴的横截面大小；"宽度"用来设置沿着局部 X 轴的横截面大小；"角度"用来设置在视图或渲染中样条线横截面旋转的角度；"纵横比"用来设置矩形横截面的纵横比。
- 自动平滑：选中该复选框，可根据其下方阈值的设置大小自动平滑该样条线。

2."插值"卷展栏

在该卷展栏中可设置曲线的步数，控制曲线的光滑程度。

- 步数：设置两顶点之间有多少个直线片段构成曲线，值越高，曲线越光滑。
- 优化：选中该复选框，自动检查曲线上多余的片段，并将它们删除。
- 自适应：选中该复选框，自动设置步数，以产生光滑的曲线。

3."创建方法"卷展栏

在该卷展栏中包括"初始类型"和"拖动类型"两个选项区，分别用来设置起点和拖动创建顶点的类型。

- 角点：使经过该点的曲线以该点为顶点组成一条折线，在顶点的任意一边都是线性的。
- 平滑：使经过该点的曲线以该点为顶点组成一条平滑的不可调整的曲线，并且由顶点的间距来设置曲率的数量。
- Bezier：使经过该点的曲线以该点为顶点组成一条平滑的可调整的曲线，用户可通过在每个顶点上拖动鼠标来设置曲率的值和曲线的方向。

4."键盘输入"卷展栏

在该卷展栏中用户可在 X、Y、Z 中输入创建顶点的坐标值，然后单击其中的"添加点"按钮，在视图中指定的坐标位置加入一个顶点。

7.1.2 矩形

使用矩形命令可创建正方形、矩形和带倒角的矩形。单击图形子面板中的"矩形"按钮，在视图中单击确定矩形的一个顶点，然后拖动鼠标并单击确定矩形的一个对角顶点，最后右击即可创建一个矩形。图 7-6 所示为不同形状的矩形。

在矩形的"创建方法"卷展栏中可设置创建矩形的方式，包括"边"和"中心"两个选项，当选择"边"时，将以边为基点创建矩形；当选择"中心"时，将以中心为基点创建矩形。

矩形的"参数"卷展栏如图 7-7 所示。在其中可设置矩形的长度、宽度和角半径，其中角半径用来控制矩形的倒角大小。

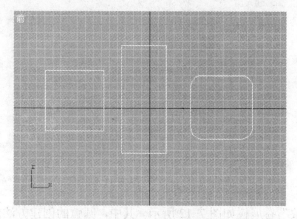

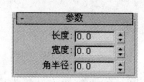

图 7-6　不同形状的矩形　　　　　　　　　　图 7-7　矩形"参数"卷展栏

7.1.3　圆和椭圆

单击图形子面板中的"圆"按钮，然后在视图中单击确定圆的圆心，在拖动鼠标确定圆的半径后单击即可创建一个圆，如图 7-8 所示。圆的控制参数比较简单，只有一个控制圆形大小的半径参数。

单击图形子面板中的"椭圆"按钮，然后在视图中单击确定椭圆的起点，在拖动鼠标后单击即可创建一个椭圆，如图 7-9 所示。控制椭圆的参数只有以下两个。

● 长度：控制椭圆的长度。

● 宽度：控制椭圆的宽度，当长度和宽度相等时，创建的图形即为圆形。

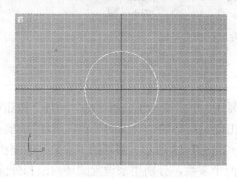

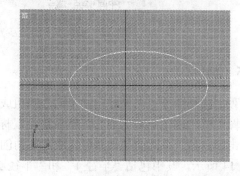

图 7-8　圆　　　　　　　　　　　　　　图 7-9　椭圆

7.1.4　弧

使用弧命令可创建各种弧形和扇形。单击图形子面板中的"弧"按钮后，在视图中单击确定圆弧的起点，然后按住鼠标左键并拖动到另一位置松开鼠标，确定圆环的弦长，继续拖动鼠标并单击确定圆弧的大小和开口方向，即可完成一段圆弧的创建，如图 7-10 所示。

如果用户选中圆弧"参数"卷展栏中的"饼形切片"选项框，可将圆弧封闭，显示为扇形，如图 7-11 所示。

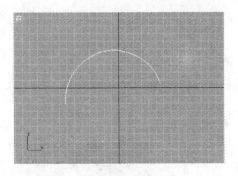

图 7-10　圆弧

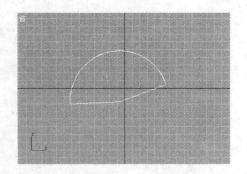

图 7-11　扇形

圆弧的"创建方法"卷展栏和"参数"卷展栏如图 7-12 所示。其中，圆弧的创建方法包括"端点－端点－中央"和"中间－端点－端点"两种。

- 半径：设置圆弧所属圆的半径大小。
- 从：设置圆弧开始的角度。
- 到：设置圆弧结束的角度。
- 饼形切片：选中该复选框，将为圆弧添加两条半径，封闭为扇形。
- 反转：选中该复选框，可将圆弧的起点和终点进行互换，以改变圆弧的方向。选中此复选框不会改变圆弧的形状。

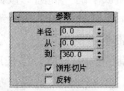

图 7-12　圆弧的"创建方法"卷展栏和"参数"卷展栏

7.1.5　圆环

使用圆环命令可以创建由两个同心圆组成的圆环。单击图形子面板中的"圆环"按钮后，在视图中单击确定圆环的中心，然后拖动鼠标单击确定圆环的一个圆的半径，继续拖动鼠标并单击确定另一个圆的半径即可完成圆环的创建，如图 7-13 所示。圆环的"参数"卷展栏如图 7-14 所示，其中包括"半径 1"和"半径 2"两个参数，分别用来设置圆环内圆和外圆的半径大小。

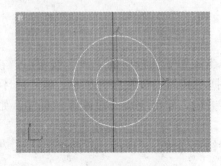

图 7-13　圆环

图 7-14　圆环"参数"卷展栏

7.1.6 多边形

使用多边形命令可以创建任意边数的正多边形。单击图形子面板中的"多边形"按钮，在视图中单击确定多边形中心后，拖动鼠标并单击即可创建一个多边形，如图 7-15 所示。多边形的"参数"卷展栏如图 7-16 所示。

- 半径：设置多边形半径的大小。
- 内接/外接：设置多边形以内接圆或外接圆的半径作为多边形的半径。
- 边数：设置多边形的边数。
- 角半径：设置多边形倒角半径的大小。
- 圆形：选中该复选框，创建的多边形将变成圆形。

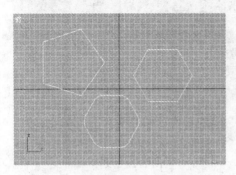

图 7-15　多边形　　　　　　　　　图 7-16　多边形"参数"卷展栏

7.1.7 星形

使用星形命令可以创建多角星形，通过调整参数可以使其产生多种变形，如图 7-17 所示。其"参数"卷展栏如图 7-18 所示。

- 半径 1/半径 2：设置星形的内径和外径的大小。
- 点：设置星形的尖角个数。
- 扭曲：设置星形尖角的扭曲程度，取值范围为–180～180。
- 圆角半径 1/圆角半径 2：设置星形的圆角半径。

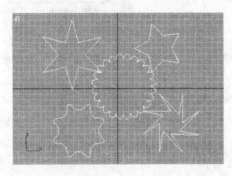

图 7-17　星形　　　　　　　　　　图 7-18　星形"参数"卷展栏

7.1.8 文本

使用文本命令可在视图中直接创建二维文本，并且可以对文本的字体、大小、字间距和行间距等进行调整。单击图形子面板中的"文本"按钮，打开文本的"参数"卷展栏，如图7-19所示。在其中的文本框中输入文字后，在视图中单击即可创建文本，如图7-20所示。

- 字体下拉列表框：在该下拉列表框中用户可选择当前系统所拥有的字体。
- 大小：设置文字的尺寸大小。
- 字间距：设置文字之间的间隔距离。
- 行间距：设置文本行与行之间的间隔距离。
- 文本：在文本输入框中，用户可输入要创建的文本。

图 7-19　文本"参数"卷展栏

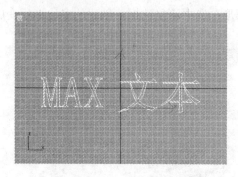

图 7-20　文本

7.1.9 螺旋线

使用螺旋线命令可以完成弹簧、线轴等造型，单击图形子面板中的"螺旋线"按钮后，在视图中单击并拖动确定螺旋线的半径1，然后向上或向下拖动鼠标确定螺旋线的高度，再次单击后拖动鼠标确定螺旋线的半径2，即可完成螺旋线的创建，如图7-21所示。创建螺旋线后，用户可以在"参数"卷展栏中设置圈数、偏移值等，如图7-22所示。

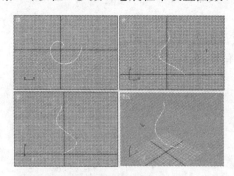

图 7-21　螺旋线

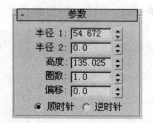

图 7-22　螺旋线"参数"卷展栏

- 半径1/半径2：设置螺旋线上、下两个圆的半径。
- 高度：设置螺旋线的高度。
- 圈数：设置螺旋线旋转的圈数，取值范围为0～100，系统默认设置为1，即旋转一圈。

126

当设置旋转圈数为 6 时，所创建的螺旋线如图 7-23 所示。

● 偏移：设置螺旋线在高度上旋转圈数的偏移情况，取值范围为−1～1，默认设置为 0。当将偏移值设置为 1 时，螺旋线的顶部旋转圈数比较稠密，底部旋转圈数比较稀疏，如图 7-24 所示。

● 顺时针/逆时针：设置螺旋线的旋转方向。当选择顺时针时，螺旋线旋转下降；当选择逆时针时，螺旋线旋转上升。

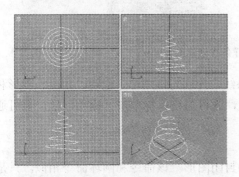 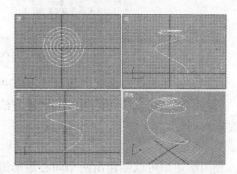

图 7-23　设置螺旋线圈数　　　　　　　　图 7-24　设置螺旋线偏移

7.1.10　截面

截面是一种特殊类型的对象，可以通过网格对象基于横截面切片生成其他形状。通过移动、旋转使其和网格对象相交后，单击"截面参数"卷展栏中的"创建图形"按钮，即可产生一个二维截面图形，如图 7-25 所示。

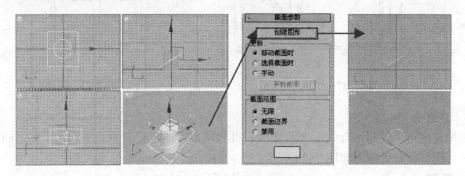

图 7-25　生成截面过程

从图 7-25 中可以看出：在创建截面图形的过程中，截面和网格对象相交处显示了一个黄色的线框平面，即将要产生的截面图形。当然该颜色是可以设置的，在"截面参数"卷展栏中的底部，用户只需单击该颜色块，即可在打开的颜色选择器中设置颜色。

7.1.11　扩展样条线

扩展样条线是 3ds max 2010 中新增的内容，启动 3ds max 2010 后，单击创建命令面板中的"图形"按钮，切换到图形子面板，然后选择下拉列表框中的"扩展样条线"选项，即可进入到扩展样条线的创建面板，如图 7-26 所示。

图 7-26　进入扩展样条线创建面板

在扩展样条线创建面板中包括 5 种扩展样条线，分别为墙矩形、通道、角度、T 形和宽法兰。它们的创建方法和样条线的创建方法相同，既可通过鼠标单击并拖动创建，也可通过键盘输入创建。

1．墙矩形

使用墙矩形可以创建由两个同心矩形组成的封闭图形。该命令和圆环命令相似，只是创建的是矩形而不是圆，和矩形一样，用户可通过设置参数对其进行倒角处理，效果如图 7-27 所示。

2．通道

使用通道可以创建闭合的 C 形样条线，并且用户可通过设置参数对其进行倒角处理，效果如图 7-28 所示。

图 7-27　墙矩形　　　　　　　　　　　　　　　　　　图 7-28　通道

3．角度

使用角度可以创建闭合的 L 形样条线，并且用户可通过设置垂直腿和水平腿之间的角半径，对其进行倒角处理，如图 7-29 所示。

4．T 形

使用 T 形可以创建闭合的 T 形样条线，并且用户可通过设置参数对其进行倒角处理，效果如图 7-30 所示。

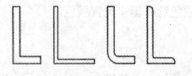 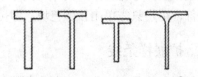

图 7-29　角度　　　　　　　　　　　　　　　　　　图 7-30　T 形

5. 宽法兰

使用宽法兰可以创建闭合的 I 形样条线，并且用户可通过设置参数对其进行倒角处理，效果如图 7-31 所示。

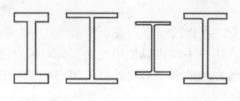

图 7-31　宽法兰

7.2　二维图形的编辑

使用样条线、扩展样条线命令创建的是一些规则的比较简单的二维图形，在实际的使用过程中，通常需要对它们进行调整变形，这就需要对二维图形进行进一步的修改编辑。

7.2.1　将二维图形转换为可编辑样条线

一般的二维图形在创建完成后，只能对其一些基本参数进行调整，如圆的半径、矩形的长度、宽度等。要想对它们进行编辑修改，需要先将它们转换成可编辑的样条线。在 3ds max 2010 中，用户可通过以下几种方法将一般的二维图形转换成可编辑的样条线。

（1）选择要转换成可编辑的样条线的二维图形，然后单击"修改"按钮切换到修改命令面板，在修改器列表中选择"编辑样条线修改器"选项，如图 7-32 所示。

（2）选择要转换成可编辑的样条线的二维图形，然后在视图中右击，在弹出的快捷菜单中选择"转换为"→"转换为可编辑样条线"命令，如图 7-33 所示。

（3）使用可编辑样条线对象的"几何体"卷展栏中的附加或附加多个命令，将其他普通二维图形添加到当前可编辑样条线中形成新的可编辑样条线对象。

图 7-32　选择"编辑样条线"修改器

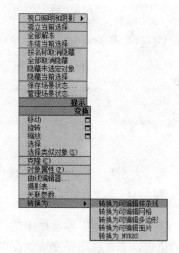

图 7-33　转换为可编辑样条线

将二维图形转换成可编辑的样条线对象后，用户可以对图形的顶点、线段、样条线子对象进行编辑修改，下面分别进行介绍。

7.2.2　编辑顶点

选择可编辑样条线对象，在修改命令面板中单击"选择"卷展栏中的 按钮，即可进入顶点子对象编辑状态。用户不仅可以使用变换工具对顶点进行移动、旋转等操作，还可以使用"几何体"卷展栏中的命令对所选择的顶点子对象进行相应操作，常用的命令如下。

- 断开：选择顶点子对象后单击该按钮，可将样条线从选择的顶点处断开，将顶点一分为二，且不连接。
- 优化：单击该按钮后，可在样条线上单击插入新的顶点。
- 焊接：可将两个端点顶点或同一样条线中的两个相邻顶点焊接在一起，成为一个顶点，还可在其后的微调器中设置焊接的范围。
- 连接：将两个端点顶点以一条线段连接起来。
- 插入：可在样条线上的一个或多个顶点创建其他线段。
- 设为首顶点：可将当前选择的顶点设置为首顶点。
- 圆角：用曲线连接两个边相交的顶点，以达到圆角处理的效果。
- 切角：与圆角命令相似，只是用直线连接两个边相交的顶点。

下面结合实例对这些命令的使用方法进行介绍：

步骤 1　启动 3ds max 2010，单击创建命令面板中的"图形"按钮，切换到图形子面板，然后单击其中的"矩形"按钮，在顶视图中创建一个矩形，如图 7-34 所示。

步骤 2　将矩形转换成可编辑样条线，然后单击"选择"卷展栏中的 按钮，进入到顶点子对象编辑状态，在视图中选择矩形的两个顶点，接着单击"几何体"卷展栏中的"断开"按钮（这里为了效果更加明显，使用移动工具将断开的线段稍做移动），即可从选择的顶点处断开样条线，如图 7-35 所示。

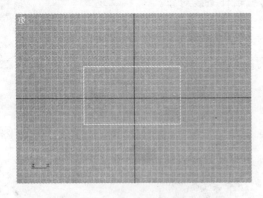

图 7-34　创建矩形

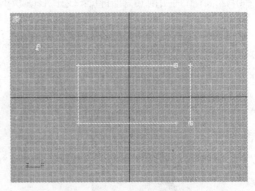

图 7-35　断开效果

步骤 3　单击"几何体"卷展栏中的"优化"按钮，然后在视图中将鼠标指针移动到想要插入顶点的位置，当鼠标指针变成如图 7-36 所示的形状时，单击即可插入一个新的顶点。用同样的方法继续插入顶点，如图 7-37 所示。

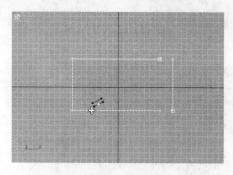

图 7-36 插入顶点时鼠标指针的形状

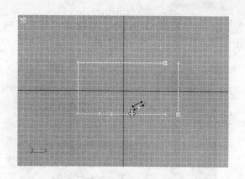

图 7-37 插入顶点效果

步骤 4 单击"几何体"卷展栏中的"连接"按钮，在需要连接的第一个顶点处单击并拖动鼠标指针至第二个顶点，此时鼠标指针形状如图 7-38 所示，松开鼠标即可将两条分开的样条线连接成一条样条线，如图 7-39 所示。

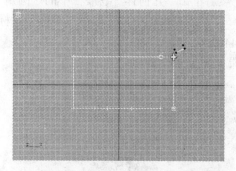

图 7-38 连接顶点时鼠标指针的形状

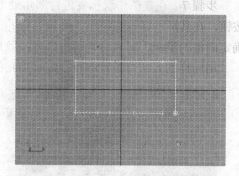

图 7-39 连接顶点效果

步骤 5 使用移动工具将图中分开的顶点移动到一起，然后同时选中这两个并不相连的顶点，如图 7-40 所示。单击"几何体"卷展栏中的"焊接"按钮，即可将两个顶点焊接成一个顶点，使样条线成为一个封闭的图形，如图 7-41 所示。

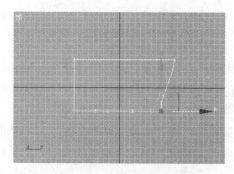

图 7-40 选择要焊接的两个顶点

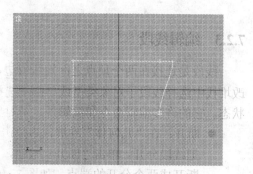

图 7-41 焊接顶点效果

提示：如果两个顶点没有焊接成功，则说明需要焊接的两个顶点之间的距离大于焊接范围，用户可在其后的微调器中增加焊接的范围，然后再次焊接。

步骤 6 单击"几何体"卷展栏中的"插入"按钮，将鼠标指针移动到要插入线段的位置，此时鼠标指针形状如图7-42所示，单击后即可开始创建顶点以添加新的线段，如图7-43所示。

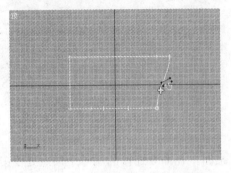

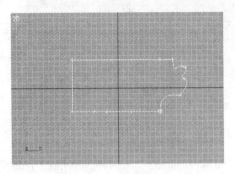

图 7-42　插入线段时鼠标指针的形状　　　　　　　　图 7-43　插入线段效果

步骤7　在视图中选择要进行圆角处理的顶点，然后单击"几何体"卷展栏中的"圆角"按钮，在其后的微调器中输入圆角的值并按〈Enter〉键，或在视图中按住鼠标左键拖动鼠标确定圆角的半径，即可进行圆角处理，效果如图7-44所示。

用同样的方法对选择的顶点进行切角处理，效果如图7-45所示。

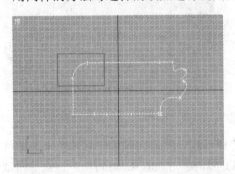

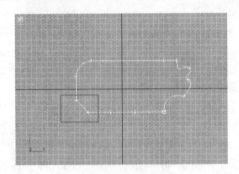

图 7-44　圆角效果　　　　　　　　　　　　　　　图 7-45　切角效果

7.2.3　编辑线段

线段是连接在两个顶点之间的线或边，选择可编辑样条线对象后，在修改命令面板的修改堆栈中选择线段子对象类型或单击"选择"卷展栏中的　按钮，均可进入线段子对象编辑状态。它的许多编辑命令和编辑顶点子对象时的一样。

● 断开：在"几何体"卷展栏中单击"断开"按钮，可以在线段上增加其他顶点，从而把线段分开。单击"断开"按钮，然后在线段的任意位置单击，则在线段的该位置将断开成两个分开的端点，如图7-46所示。

● 拆分：拆分命令可以将选择的线段拆分成若干条线段，选择一条线段后，"拆分"按钮将变为可用状态，在其后的微调器中输入插入的顶点数后，再次单击"拆分"按钮，可以将选择的对象进行拆分，如图7-47所示。

● 优化：其使用方法和在编辑顶点状态下一样，单击该按钮后，可在样条线上单击插入新的顶点。

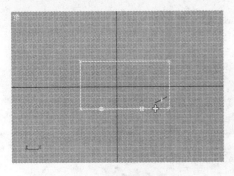

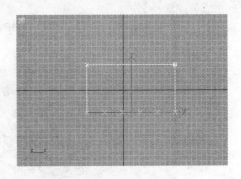

图 7-46　断开线段　　　　　　　　　　　　　　图 7-47　拆分线段

7.2.4　编辑样条线

在修改命令面板的修改堆栈中选择样条线子对象类型或单击"选择"卷展栏中的 按钮，都可进入样条线子对象编辑状态，如图 7-48 所示。

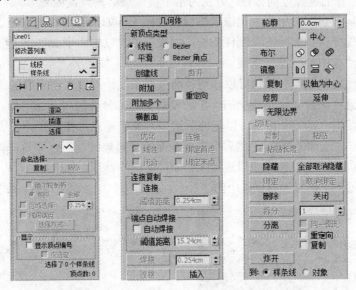

图 7-48　样条线子对象编辑状态

● 轮廓：使用"轮廓"按钮可以创建选择样条线的副本轮廓线，通过在其后的微调器中输入不同的值可动态地调整轮廓的位置。

提示：除了在微调器中输入值外，用户还可以在单击"轮廓"按钮后，在视图中按住鼠标左键并拖动来调整轮廓的位置。但是，使用鼠标拖动不能精确定位轮廓位置，所以在使用时应尽量输入参数达到精确的操作要求。

● 布尔：布尔运算可以使两个重叠、封闭、非自交的图形通过数学逻辑运算产生新的图形，包括布尔并集、差集和相交 3 种运算。在进行布尔操作前应确保样条线是同一个图形，而且是封闭图形，且两样条线必须相互重叠、不自交。在进行并集运算时，将合并两样条线的相交区域；在进行差集运算时，将从第一条样条线上删除和第二条样条线相互重叠的部分；在进行相交运算时，将剩下两样条线的重叠部分，布尔运算的效果如图 7-49 所示。

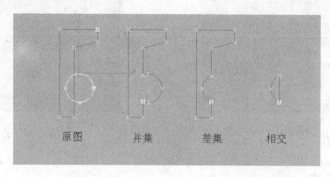

图 7-49　布尔运算效果

- 镜像：使用"镜像"按钮可以沿长、宽或对角方向镜像样条线。在"镜像"按钮后有 3 个供选择的镜像方向按钮，分别为水平镜像■、垂直镜像■和双向镜像■。选择镜像的方向按钮后，单击"镜像"按钮即可操作。如果选中其下方的"复制"复选框，则在镜像样条线的同时复制样条线；如果选中"以轴为中心"复选框，将以样条线对象的轴点为中心镜像样条线。
- 修剪：使用"修剪"按钮可以修剪掉两个样条线子对象之间重叠的部分。在修剪时，应该注意样条线必须是相交的，单击要修剪的部分即可将其修剪掉。
- 延伸：使用"延伸"按钮可以延伸所选子对象的端点，使其和样条线对象相交。在使用时单击"延伸"按钮，然后单击要延伸的子对象的端点，即可延伸子对象。
- 关闭：单击"关闭"按钮可以连接未封闭样条线的首顶点和末端点，从而使样条线闭合。用户可通过"选择"卷展栏中的"显示顶点编号"复选框来检查，如图 7-50 所示。

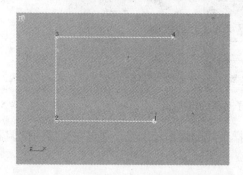
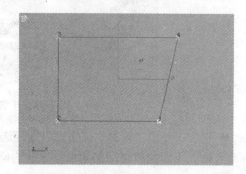

图 7-50　检验是否关闭样条线

7.2.5　雪碧

本例将制作一个饮料罐，在制作过程中将应用二维曲线通过车削生成饮料罐的主体，然后再创建其他对象，具体操作步骤如下：

步骤 1　启动 3ds max 2010，单击创建命令面板中的"图形"按钮，切换到图形子面板，然后单击"线"按钮，在前视图中创建一条曲线，并将其编辑成如图 7-51 所示的形状。

步骤2 单击"修改"按钮，切换到修改面板，选择修改器列表中的"车削"选项，然后在车削修改器的"参数"卷展栏中单击"最小"按钮，并选中"焊接内核"复选框，设置车削分段数为60，以使其表面更加光滑，效果如图7-52所示。

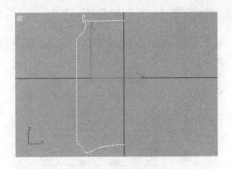

图7-51 创建并编辑曲线

图7-52 车削效果

步骤3 在视图中选中车削物体右击，在弹出的快捷菜单中选择"转换为"→"转换为可编辑网格"命令，将其转换成可编辑网格对象。然后单击修改面板的"选择"卷展栏中的"多边形"按钮，进入多边形子对象编辑模式，在顶视图中选择如图7-53所示的多边形面，在"编辑几何体"卷展栏中设置挤出值为3、倒角值为-1.5，效果如图7-54所示。

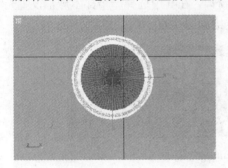

图7-53 选择多边形面

图7-54 编辑多边形面

步骤4 单击图形子面板中的"椭圆"按钮，在顶视图中创建一个椭圆，然后将其编辑成如图7-55所示的形状。

步骤5 按〈Ctrl+V〉组合键将椭圆复制一个，并在修改面板的修改器列表中选择"挤出"选项，将其挤出，然后将其与车削物体进行布尔差集运算，效果如图7-56所示。

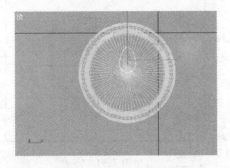

图7-55 创建并编辑椭圆

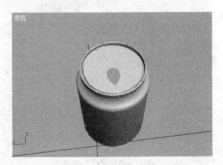

图7-56 布尔运算效果

步骤6　选择另一个椭圆，然后在修改器列表中选择"挤出"选项，并将其挤出数量设置为1，作为封口。

步骤7　单击图形子面板中的"线"按钮，在顶视图中创建一条如图7-57所示的曲线，然后使用挤出修改器将其挤出，作为拉环，并移动到如图7-58所示的位置。

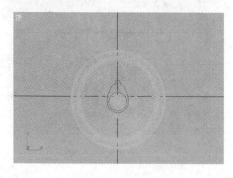
图7-57　创建曲线

图7-58　挤出并调整位置

步骤8　单击几何体子面板中的"圆柱体"按钮，在视图中创建一个小圆柱体作为固定拉环的铆钉。

步骤9　按快捷键〈M〉弹出"材质编辑器"窗口，在其中选择一个样本球，设置光泽度为20，漫反射贴图如图7-59所示，然后将其指定给如图7-60所示的多边形面。

图7-59　位图贴图

步骤10　选择另一个样本球，单击"Standard"按钮，弹出"材质/贴图浏览器"对话框，在其中选择一个金属材质样本，然后将其指定给剩余的多边形面以及其他物体。

步骤11　将饮料罐复制一个，然后设置灯光和渲染环境，并进行渲染，效果如图 7-61所示。

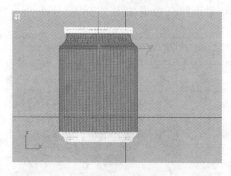
图7-60　指定材质

图7-61　雪碧

7.3 二维转三维常用修改器的使用

前两节中介绍了二维图形的创建以及编辑修改，虽然样条线自身能够被渲染，但是使用样条线的真正目的是用于创建三维物体，那么如何将二维图形转变成三维物体呢？这就需要使用二维转三维修改器进行修改操作，常用的二维转三维修改器包括挤出、倒角、倒角剖面和车削等。

7.3.1 挤出

对于二维图形以及具备三维物体的二维，将它们拉伸出一定的厚度，即可转换成简单的三维物体。3ds max 2010 中的挤出修改器具有将二维图形拉伸出一定厚度的功能，下面结合实例进行介绍。

步骤 1 启动 3ds max 2010，单击创建命令面板中的"图形"按钮，切换到图形子面板。然后单击"文本"按钮，在"参数"卷展栏的文本框中输入"Extrude"，设置文字大小为 100，字体为 Arial Black，在前视图中单击创建文本，如图 7-62 所示。

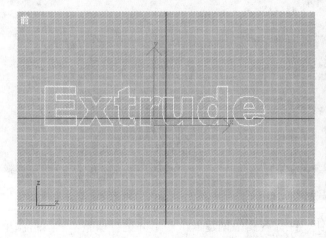

图 7-62 创建文本

步骤 2 单击"修改"按钮切换到修改命令面板，选择修改器列表中的"挤出"选项，并设置挤出的数量为 20，如图 7-63 所示。挤出的文字效果如图 7-64 所示。

- 数量：设置挤出的厚度。
- 分段：设置挤出厚度方向上的分段数量。
- 封口：在该选项区中可通过"封口始端"和"封口末端"两个复选框来设置是否对挤出物体的两个端面进行封口，即设置是否有端面。
- 变形/栅格：设置以变形或栅格形式产生封口端面。
- 输出：在该选项区中包括面片、网格和 NURBS 3 个选项，可以设置将挤出物体输出成不同的模型。当选中"面片"单选按钮时，将挤出物体输出为面片模型；当选中"网格"单选按钮时，将挤出物体输出为网格模型；当选中"NURBS"单选按钮时，将挤出物体输出为 NURBS 模型。

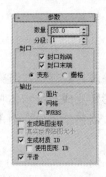
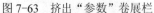

图 7-63　挤出"参数"卷展栏　　　　　　　图 7-64　挤出的文字效果

为了加深读者对二维转三维建模的理解，下面使用挤出命令制作一个走廊，具体操作步骤如下：

步骤 1　单击创建命令面板中的"图形"按钮，切换到图形子面板，然后单击"矩形"按钮，在左视图中创建一个矩形，将其转换为可编辑样条线，并对其进行编辑，如图 7-65 所示。

步骤 2　单击"修改"按钮切换到修改面板，选择修改器列表中的挤出修改器，并设置挤出的数量为 20，如图 7-66 所示。

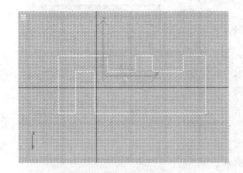

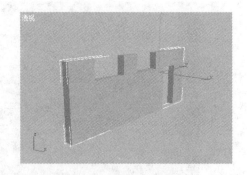

图 7-65　创建并编辑矩形　　　　　　　　图 7-66　挤出效果

步骤 3　单击"矩形"按钮，在前视图中创建一个矩形并进行调整，然后再次单击"矩形"按钮，在左视图中创建一个矩形并进行调整，如图 7-67 所示。

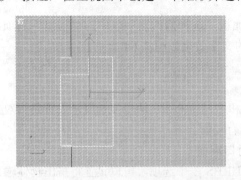

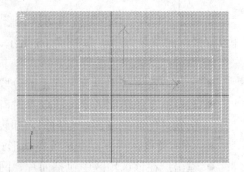

图 7-67　创建并编辑矩形

步骤 4　使用挤出修改器将创建的矩形挤出 20，然后使用长方体和平面创建其他对象，如图 7-68 所示。

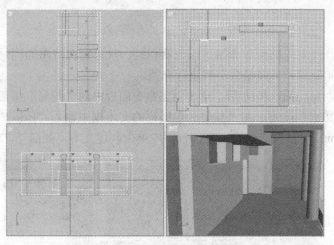

图 7-68　挤出并创建其他对象

步骤 5　在左视图中创建如图 7-69 所示的矩形作为窗格，然后将它们连接在一起，并将其挤出 5。接着单击"长方体"按钮，在左视图中创建一个长方体薄片，置于窗格中央作为玻璃，如图 7-70 所示。

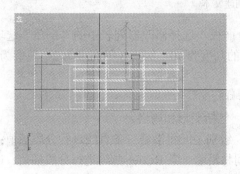

图 7-69　创建窗格

图 7-70　挤出窗格并创建玻璃

步骤 6　为走廊添加材质和灯光，然后激活透视图，并使用视图控制工具进行调整，最后按〈F9〉键进行渲染，效果如图 7-71 所示。

图 7-71　走廊效果

7.3.2　倒角

倒角修改器作用对象的原理和挤出修改器相同，只是它在挤出的同时，对物体边界进行线性或弧形的倒角处理，下面结合实例进行介绍。

步骤 1　启动 3ds max 2010 后，单击创建命令面板中的"图形"按钮，切换到图形子面板。然后单击"文本"按钮，在"参数"卷展栏的文本框中输入"Bevel"，设置文字大小为100，字体为 Commercial Script BT，在前视图中单击创建文本，如图 7-72 所示。

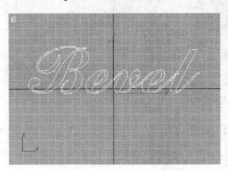

图 7-72　创建文本

步骤 2　单击"修改"按钮切换到修改命令面板，选择修改器列表中的"倒角"选项，设置倒角级别 1 的高度和轮廓值均为 2，级别 2 的高度为 10，级别 3 的高度为 2，轮廓为–2，如图 7-73 所示。倒角效果如图 7-74 所示。

- 封口：设置是否对倒角物体的端面进行封口。
- 封口类型：设置倒角物体端面封口类型，包括变形和栅格。
- 曲面：当选择"线性侧面"单选按钮时，级别之间将沿着一条直线进行分段插值；当选择"曲线侧面"单选按钮时，级别之间将沿着一条 Bezier 曲线进行分段插值。选中"级间平滑"复选框，将对倒角的侧面进行平滑处理。
- 相交：在进行倒角时，有些锐角会产生突出变形，在该选项区中可以对其进行设置。选中"避免线相交"复选框，可以防止倒角轮廓彼此相交。
- 起始轮廓：设置原始图形的外轮廓大小，默认值为 0，表示以原始图形为基准进行倒角。
- 级别 1/级别 2/级别 3：设置级别 1、级别 2、级别 3 的高度和倒角大小。

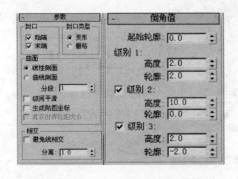

图 7-73　倒角修改器控制参数　　　　　　　　　　　图 7-74　倒角效果

140

7.3.3 倒角剖面

倒角剖面修改器可以将一个图形作为截面，另一个图形作为侧面图形进行倒角，生成三维物体，下面结合实例进行说明。

步骤1 启动3ds max 2010，单击创建命令面板中的"图形"按钮，切换到图形子面板。然后单击"文本"按钮，在"参数"卷展栏的文本框中输入"Profile"，设置文字大小为100，字体为 Arial Black，在前视图中单击创建文本。接着选择下拉列表框中的"扩展样条线"选项，单击"宽法兰"按钮，在视图中创建一条长度为6、宽度为3、厚度为1、角半径为0.5的扩展样条线，如图7-75所示。

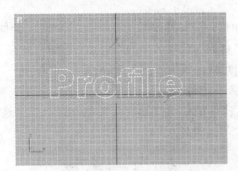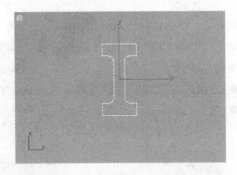

图7-75 创建截面和侧面图形

步骤2 选择文本，单击"修改"按钮切换到修改命令面板，在修改器列表中选择"倒角剖面"选项，然后单击"拾取剖面"按钮，在视图中拾取宽法兰扩展样条线，效果如图7-76所示。

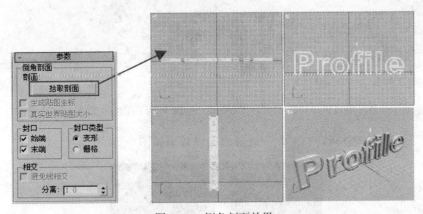

图7-76 倒角剖面效果

7.3.4 车削

车削修改器可以通过将二维图形绕轴旋转生成三维物体。它是一种常用的建模方法，下面结合具体实例进行介绍。

步骤1 启动3ds max 2010，单击创建命令面板中的"图形"按钮，切换到图形子面板。然后单击"线"按钮，在前视图中创建一条曲线，使用轮廓命令使其产生轮廓，如图7-77所示。

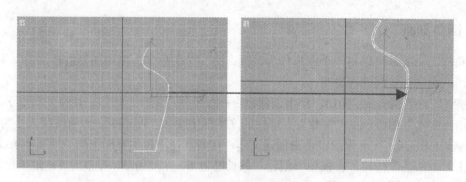

图 7-77　创建并编辑曲线

步骤2　单击"修改"按钮切换到修改命令面板，选择修改器列表中的"车削"选项，此时车削的"参数"卷展栏如图 7-78 所示。单击"对齐"选项区中的"最小"按钮，并在"分段"微调器中设置车削的分段数为 32，使其更加光滑，效果如图 7-79 所示。

● 方向：设置轴的旋转方向，包括 X、Y、Z 三个选项。

● 对齐：该选项区用来设置旋转轴和图形的对齐方式，包括最小、中心和最大三个选项，分别将旋转轴与图形的最小、中心或最大范围对齐。

图 7-78　车削"参数"卷展栏

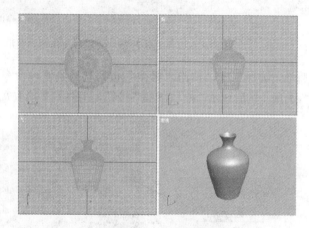

图 7-79　车削效果

步骤3　给车削物体指定材质，并进行渲染，效果如图 7-80 所示。

图 7-80　渲染效果

142

7.3.5 完善飞机模型

本例将进一步完善第 6 章中制作的飞机模型，具体操作步骤如下：

步骤 1 打开第 6 章中制作的飞机模型。

步骤 2 单击创建命令面板中的"图形"按钮，切换到图形子面板，然后单击"线"按钮，在顶视图中创建一条曲线，并编辑成如图 7-81 所示的形状。

步骤 3 单击"修改"按钮切换到修改命令面板，选择修改器列表中的"车削"选项，然后单击"对齐"选项区中的"最小"按钮，对对齐方式进行调整，生成的三维物体如图 7-82 所示（这里为了更好地观察先将飞机进行隐藏）。

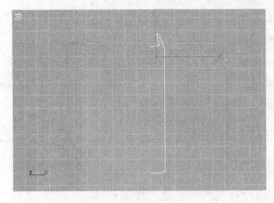

图 7-81　创建并编辑曲线

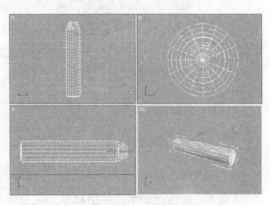

图 7-82　车削生成三维物体

步骤 4 将车削生成的三维物体复制一个，取消隐藏飞机，并调整它们至飞机的尾部，如图 7-83 所示。

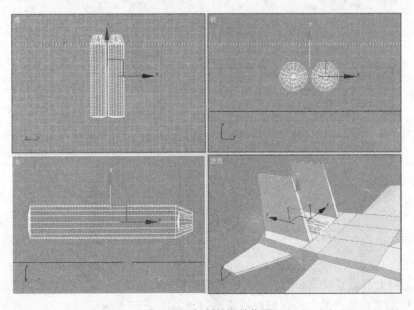

图 7-83　复制并调整位置

步骤 5　创建导弹。单击图形子面板中的"线"按钮,在顶视图中创建一条曲线,并使用车削修改器将其转换成三维物体,然后将其复制一个,并调整它们至飞机的底部,如图 7-84 所示。

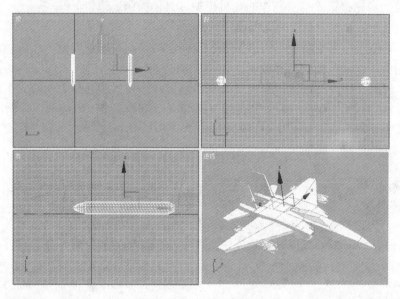

图 7-84　创建导弹

步骤 6　创建火箭炮。使用标准几何体中的命令在视图中创建一个圆柱体、一个球体和一个长方体,然后对它们编辑复制,组合成火箭的形状,如图 7-85 所示。

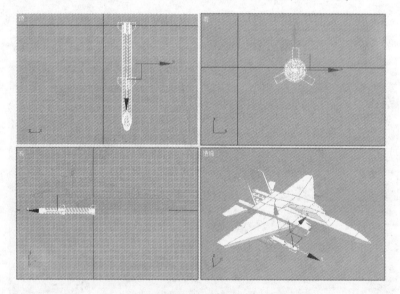

图 7-85　创建火箭炮

步骤 7　将火箭炮复制成 6 个,并调整它们的位置如图 7-86 所示。然后调整透视图,单击主工具栏中的"渲染产品"按钮进行渲染,效果如图 7-87 所示。

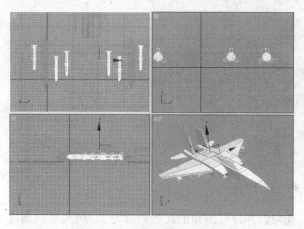

图 7-86　调整火箭炮位置　　　　　　　　　　图 7-87　飞机渲染效果

7.3.6　制作"童话世界"文字动画效果

本例将使用二维图形和二维转三维修改器构建一个动画场景，然后通过在不同帧设置不同参数录制一段动画，具体操作步骤如下：

步骤 1　启动 3ds max 2010，单击创建命令面板中的"图形"按钮，切换到图形子面板，然后单击"矩形"按钮，在前视图中创建一个矩形，并设置其长度为 130、宽度为 466，如图 7-88 所示。

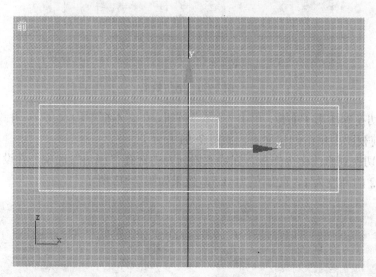

图 7-88　创建矩形

步骤 2　单击"修改"按钮切换到修改命令面板，在修改器列表中选择"编辑样条线"选项，然后单击"选择"卷展栏中的"样条线"按钮，进入样条线子对象编辑模式，使用轮廓命令对其进行轮廓处理，并设置轮廓值为 12，效果如图 7-89 所示。

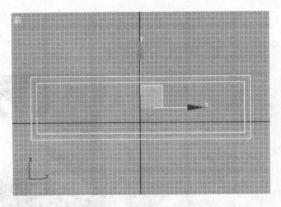

图 7-89　编辑矩形

步骤 3　在修改器列表中选择"倒角"选项，并设置倒角的起始轮廓为 2、级别 1 的高度为 10、级别 2 的高度为 1.5、轮廓值为-7，如图 7-90 所示。

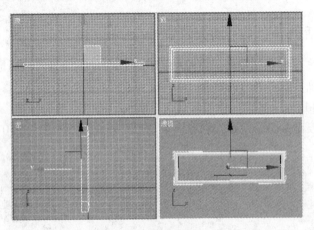

图 7-90　倒角效果

步骤 4　切换到图形子面板，单击"文本"按钮，在文本框中输入文字，并设置字体为"隶书"，然后在前视图中单击创建文本，如图 7-91 所示。

步骤 5　切换到修改命令面板，在修改器列表中选择"倒角"选项，并设置级别 1 的高度为 3、级别 2 的高度为 1、轮廓值为-1.5，效果如图 7-92 所示。

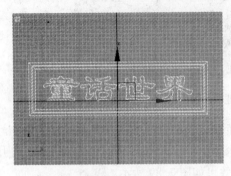

图 7-91　创建文本

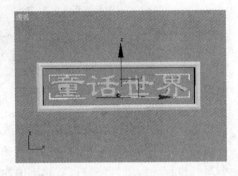

图 7-92　倒角效果

步骤6　切换到几何体子面板，单击"长方体"按钮，在视图中创建一个长方体并置于文本的后面，如图7-93所示。

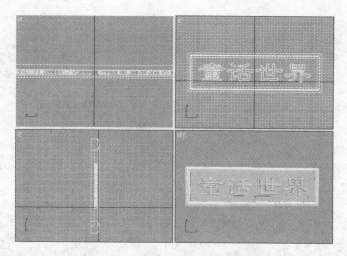

图7-93　创建并调整长方体的位置

步骤7　按快捷键〈M〉弹出"材质编辑器"窗口，在其中选择一个样本球，设置其漫反射颜色为RGB（223，95，0）、高光级别为60、光泽度为43，设置反射贴图通道为位图贴图，然后将其指定给文本。

步骤8　用同样的方法制作一个材质样本，并将其指定给矩形框。

步骤9　选择另一个样本球，设置其漫反射颜色为RGB（165，83，11）、高光级别为20、光泽度为10、凹凸贴图数量为50、贴图类型为噪波贴图，并设置噪波的大小为10，然后将其指定给长方体。

步骤10　按快捷键〈8〉弹出"环境和效果"对话框，在其中将环境贴图设置为渐变贴图，然后将其拖曳至材质编辑器中的一个空白材质样本球，弹出如图7-94所示的"实例贴图"对话框，在其中选择实例方式，并单击"确定"按钮。

步骤11　设置渐变的颜色#1为RGB（252，255，0）弹出颜色#2为RGB（248，122，0）、颜色#3为RGB（214，24，0）、颜色2位置为0.35、噪波数量为0.2，如图7-95所示。

图7-94　复制材质

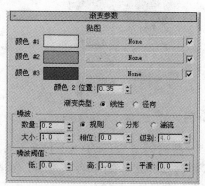

图7-95　设置渐变参数

步骤 12　在视图中创建一架目标摄影机、一盏目标聚光灯和两盏泛光灯，并调整它们的位置，如图 7-96 所示。

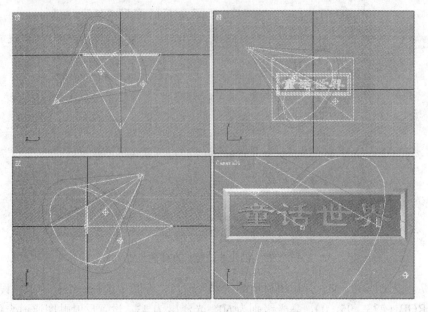

图 7-96　摄影机和灯光的位置

步骤 13　单击"显示"按钮切换到显示面板，在"按类别隐藏"卷展栏中选中"灯光"和"摄影机"两个复选框，隐藏灯光和摄影机，如图 7-97 所示。

步骤 14　在视图中选择文本，单击"修改"按钮切换到修改命令面板，然后在修改器列表中选择"弯曲"选项，并设置弯曲的角度为-750、弯曲轴为 X 轴、弯曲上限为 450、如图 7-98 所示。

图 7-97　隐藏灯光和摄影机

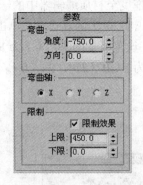

图 7-98　设置弯曲参数

步骤 15　将时间滑块移动至第 1 帧，单击"自动关键点"按钮，进入动画录制模式，在修改堆栈中选择"弯曲的中心"选项，并在前视图中将其沿 X 轴移动至如图 7-99 所示的位置。

步骤 16　将时间滑块移动至第 100 帧，移动弯曲中心至如图 7-100 所示的位置，再次单击"自动关键点"按钮，退出动画录制模式。

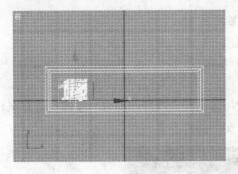
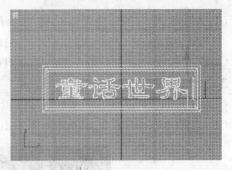

图 7-99 第 1 帧处弯曲中心的位置   图 7-100 第 100 帧处弯曲中心的位置

步骤 17 单击动画控制区中的"时间配置"按钮 ，弹出"时间配置"对话框，在其中设置动画的播放速度为 1/4x。然后单击主工具栏中的"渲染设置"按钮 ，弹出"渲染设置"对话框，在其中设置渲染范围为 0～100 帧，并单击"渲染"按钮渲染摄影机视图，效果如图 7-101 所示。

图 7-101 某一帧渲染效果

7.4 习题

1. 填空题

（1）在 3ds max 2010 中，系统提供了 11 种创建二维图形的命令，分别为线、矩形、圆、椭圆、_____、_____、_____、星形、_____、_____和截面。

（2）将二维图形转换为可编辑样条线后，分别可以对_____子对象、_____子对象和_____子对象进行编辑。

2. 选择题

（1）在单击"线"按钮创建线时，按住（   ）键可绘制水平或垂直的直线。

    A. Ctrl   B. Shift

    C. Alt   D. Esc

（2）使用（　）命令可以绘制"L"形样条线。

    A．通道   B．角度

    C．三通   D．宽法兰

3．上机练习题

（1）练习创建样条线、扩展样条线，以及使用编辑样条线修改器对二维图形进行编辑。

（2）使用本章所学的知识制作如图7-102所示的吊灯效果。

图7-102　吊灯效果

第8章 复合建模方法

本章要点
- 放样建模
- Boolean 运算建模
- NURBS 建模

在 3ds max 2010 中，除了可以使用标准几何体、扩展几何体及二维图形通过修改器的作用建立三维模型外，还可以使用一些高级建模方法建立外形比较复杂的物体。3ds max 2010 中的高级建模方法包括放样、Boolean 运算、NURBS 建模等，本章将对这些建模方法进行介绍。

8.1 放样建模

放样是一种很重要的建模方法，可以使用一条路径将各种截面结合起来，将二维图形转换成三维物体，并且还可以对产生的三维物体进行各种放样变形。

8.1.1 放样建模的概念

放样建模是指将二维截面图形沿路径进行排列，从而形成对象的表面，如图 8-1 所示。由此可见，放样的必要条件就是要有两个或两个以上的二维图形，其中一个作为放样的路径，另一个作为放样的截面。作为放样的路径可以是开放的曲线，也可以是封闭的二维图形，但必须是唯一的；作为放样的截面也可以是开放的曲线或封闭的二维图形，但其数量没有限制，可以是一个，也可以是多个。

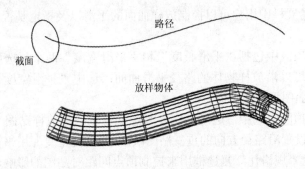

图 8-1 放样建模

启动 3ds max 2010 后，单击创建命令面板中的"几何体"按钮，切换到几何体子面板，然后选择下拉列表框中的"复合对象"选项，即可进入复合对象的创建面板。在其中有一个"放样"按钮，当视图中当前选择的对象具备放样条件时，"放样"按钮为可用状态，此时，单击"放样"按钮将打开放样属性面板，如图 8-2 所示。

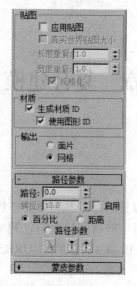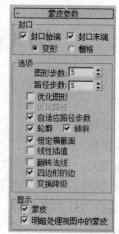

图 8-2 放样属性面板

在放样属性面板中包括"创建方法"卷展栏、"曲面参数"卷展栏、"路径参数"卷展栏和"蒙皮参数"卷展栏，用来进行不同参数的设置，下面分别进行介绍。

1. "创建方法"卷展栏

在"创建方法"卷展栏中可以确定使用图形还是路径创建放样物体。

- 获取路径：单击该按钮，可以在视图中拾取图形作为放样物体的路径。
- 获取图形：单击该按钮，可以在视图中拾取图形作为放样物体的截面图形。
- 移动/复制/实例：用来指定路径或图形转换为放样物体的方式。默认选择的是"实例"选项，在放样时原来的二维图形将继续保留，进入放样物体的只是它们以实例方式复制的副本，这样，如果用户需要对放样物体进行修改，则可以通过对保留的二维图形进行修改来间接修改放样物体。

2. "曲面参数"卷展栏

在"曲面参数"卷展栏中用户可以控制放样曲面的平滑以及指定是否沿着放样物体应用纹理贴图。

- 平滑：在该选项区中包括"平滑长度"和"平滑宽度"两个复选框，选中"平滑长度"复选框，可以沿放样物体的路径平滑曲面；选中"平滑宽度"复选框，可以绕放样物体的截面图形平滑曲面。
- 贴图：在该选项区中选中"应用贴图"复选框可以启用放样贴图坐标，其中的"长度重复"用来设置沿路径方向的重复贴图次数；"宽度重复"用来设置沿截面方向的重复贴图次数。"规格化"复选框用来控制顶点间距对贴图的影响，选中时，将忽略顶点间距对贴图的影响；未选中时，图形顶点间距将影响贴图坐标间距。
- 材质：在该选项区中选中"生成材质 ID"复选框，将在放样期间生成材质 ID；选中"使用图形 ID"复选框，将使用样条线材质 ID 来定义材质 ID。

3. "路径参数"卷展栏

在"路径参数"卷展栏中可以控制截面图形在路径上的位置。

- 路径：设置截面图形在路径上的位置。
- 捕捉：在选中其后的"启用"复选框后才可用，可以设置沿路径截面图形之间的恒定距离。
- 百分比/距离：设置以百分比或绝对距离方式来计算截面图形在路径上的位置。
- ↖拾取图形：单击该按钮，可拾取截面图形使其成为当前作用的截面。
- ⬆上一个图形：单击该按钮可以转到上一个截面图形。
- ⬆下一个图形：单击该按钮可以转到下一个截面图形。

4."蒙皮参数"卷展栏

在"蒙皮参数"卷展栏中用户可以调整放样物体网格的复杂性，还可以通过控制面数来优化网格。

- 图形步数：设置截面图形顶点之间的片段数。
- 路径步数：设置路径样条线顶点之间的片段数。
- 优化图形/优化路径：删除截面图形和路径上不必要的顶点，以降低放样物体的复杂程度。
- 自适应路径步数：自动调整路径的片段数，以生成最佳蒙皮。
- 轮廓：选中该复选框，截面图形在放样时将自动调整角度以保证和路径垂直；如果不选中，那么当放样路径方向改变时，截面图形仍保持原来的方向。
- 倾斜：选中该复选框，截面图形在放样时根据路径在 Z 轴上的角度改变进行倾斜。
- 恒定横截面：选中该复选框，横截面自动缩放以使得其沿着路径的宽度一致。
- 线性插值：控制放样物体是否使用线性或曲线插值。
- 翻转法线：选中该复选框，翻转放样物体的表面法线。
- 四边形的边：选中该复选框后，如果放样对象的两部分具有相同数目的边，那么两部分缝合到一起的面将显示为四方形，并且具有不同边数的两部分之间的边将不受影响，仍与三角形连接。
- 变换降级：选中该复选框，在变换放样物体的截面或路径时放样蒙皮自动消失。
- 显示：在该选项区中可以控制放样蒙皮的显示状况，选中"蒙皮"复选框，可以在所有视图中显示放样的蒙皮；选中"明暗处理视图中的蒙皮"复选框，将忽略蒙皮选项，在着色视图中显示放样的蒙皮。

8.1.2 放样建模的过程

下面以放样生成窗帘为例对放样的基本过程以及放样变形进行介绍。

步骤 1　启动 3ds max 2010，单击创建命令面板中"图形"按钮，切换到图形子面板。

步骤 2　单击"线"按钮，在顶视图中创建两条曲线作为放样的截面，其中一条顶点比较稠密，一条比较稀疏，如图 8-3 所示。

步骤 3　切换到前视图，然后再次单击"线"按钮，在前视图中创建一条直线作为放样的路径，如图 8-4 所示。

步骤 4　单击"几何体"按钮切换到几何体子面板，选择下拉列表框中的"复合对象"选项，然后在视图中选择放样的路径（创建的直线），单击"放样"按钮，打开放样属性面板，再单击"创建方法"卷展栏中的"获取图形"按钮，在视图中拾取顶点比较稠密的曲线，效果如图 8-5 所示。

步骤 5 在"路径参数"卷展栏中设置路径值为 100，然后单击"创建方法"卷展栏中的"获取图形"按钮，在视图中拾取顶点比较稀疏的曲线，效果如图 8-6 所示。

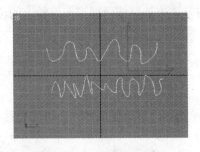
图 8-3 创建放样截面

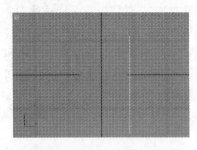
图 8-4 创建放样路径

图 8-5 拾取顶点比较稠密的曲线

图 8-6 拾取顶点比较稀疏的曲线

提示：在拾取截面图形后，由于法线翻转用户可能看不到上图所示的效果，这时用户可以为创建的放样物体添加一个法线修改器翻转法线，如图 8-7 所示。也可单击主工具栏中的"材质编辑器"按钮，在打开的材质编辑器中指定一个材质给放样物体，并选中"双面"复选框，如图 8-8 所示。

图 8-7 添加法线修改器

图 8-8 指定材质

8.1.3 放样变形

放样变形可以对放样产生的物体进行缩放、扭曲等变形，以产生更加复杂的物体。在创建放样物体后，单击"修改"按钮切换到修改命令面板，可以看到"变形"卷展栏，如

图 8-9 所示。其中包括缩放、扭曲、倾斜、倒角和拟合 5 种变形工具。

- 缩放：缩放变形主要通过对放样路径上的截面大小进行缩放，使得放样物体发生变形。

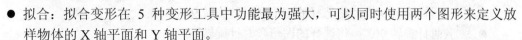

- 扭曲：扭曲变形主要通过改变截面图形在 X、Y 轴向上的旋转比例，使放样物体发生类似扭曲修改器产生的变形。
- 倾斜：倾斜变形主要通过改变截面图形在 Z 轴上的旋转比例，使放样物体发生倾斜变形。

图 8-9 "变形"卷展栏

- 倒角：倒角变形主要通过在路径上缩放截面图形，使放样物体发生倒角变形。
- 拟合：拟合变形在 5 种变形工具中功能最为强大，可以同时使用两个图形来定义放样物体的 X 轴平面和 Y 轴平面。

提示： 在对放样物体进行变形后，若用户不想显示变形效果，可以单击"变形"卷展栏中的小灯泡💡关闭变形效果。

在对放样物体进行变形操作时，将弹出变形对话框，其中包括了许多工具按钮，下面以缩放变形为例进行介绍。

步骤 1　在如图 8-6 所示的放样物体的基础上继续进行缩放变形操作。选择放样物体后右击，在弹出的快捷菜单中选择"隐藏未选定对象"命令，将其他对象隐藏。

步骤 2　单击"修改"按钮切换到修改命令面板，展开"变形"卷展栏，然后单击"缩放"按钮，弹出"缩放变形"对话框，如图 8-10 所示。

图 8-10 "缩放变形"对话框

在该对话框中，红色水平线表示放样物体的路径，在其顶部有许多的工具按钮，利用这些工具可以在红色水平线上插入控制点，也可以调整控制点的位置，从而改变放样物体的形状，达到缩放变形的目的。

对这些工具按钮的作用说明如下。

- 🔒均衡：按下此按钮，对一条曲线所做的修改将同时影响 X、Y 轴方向的曲线形状。
- ╱显示 X 轴：显示 X 轴的变形曲线。
- ╲显示 Y 轴：显示 Y 轴的变形曲线。
- ╳显示 XY 轴：显示 X、Y 轴的变形曲线。

- 交换变形曲线：将 X 轴的变形曲线和 Y 轴的变形曲线相互交换。
- 移动控制点：移动变形曲线上当前选择的控制点，其中还包括水平移动和垂直移动两个工具按钮，它们仅限于在水平或垂直方向上移动控制点。
- 缩放控制点：缩放选择的控制点，通常用于同时选择多个控制点的情况下。
- 插入角点/插入 Bezier 点：在变形曲线上添加角点控制点或 Bezier 控制点。
- 删除控制点：删除当前选择的控制点。
- 重置曲线：删除所作的所有修改，恢复到初始状态。

"拟合变形"对话框所特有的工具按钮作用如下。
- 水平镜像：水平镜像拾取的图形。
- 垂直镜像：垂直镜像拾取的图形。
- 逆时针旋转 90°：将选择的图形逆时针旋转 90°。
- 顺时针旋转 90°：将选择的图形顺时针旋转 90°。
- 删除曲线：删除当前选择的变形曲线。
- 获取图形：单击该按钮后，可以在视图中拾取图形。
- 生成路径：将原始路径替换为新的直线路径。

步骤 3　单击对话框工具栏中的"均衡"按钮，只对 X 轴方向的曲线进行调整，不影响 Y 轴方向的曲线形状。然后单击"插入 Bezier 点"按钮，此时该按钮以黄色底纹显示，在变形线上单击插入一个 Bezier 控制点，接着移动至变形曲线的另一位置，再次单击插入一个 Bezier 控制点，如图 8-11 所示。

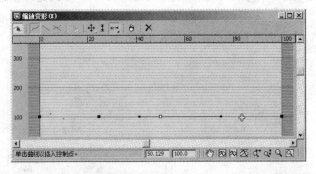

图 8-11　插入 Bezier 点

步骤 4　单击对话框工具栏中的"移动控制点"按钮，此时该按钮变成黄色底纹显示，在对话框中对变形曲线上的控制点进行调整，将变形曲线调整成如图 8-12 所示的形状。此时，缩放变形后的放样物体如图 8-13 所示。

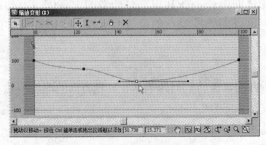

图 8-12　调整后的变形曲线形状

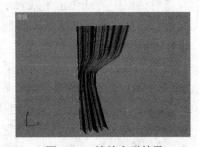

图 8-13　缩放变形效果

156

步骤 5　通过缩放变形得到了窗帘的一部分，接下来使用镜像命令镜像复制出另一部分。

步骤 6　单击主工具栏中的"镜像"按钮，弹出"镜像"对话框，设置镜像的轴为 X 轴，设置偏移值为 280，并选择"复制"单选按钮，如图 8-14 所示。然后单击"确定"按钮，镜像复制后的窗帘效果如图 8-15 所示。

图 8-14　"镜像"对话框　　　　　　　　图 8-15　镜像复制效果

步骤 7　用同样的方法创建一个放样物体，并对其进行缩放变形，然后调整位置如图 8-16 所示。

步骤 8　为窗帘指定材质，然后单击主工具栏中的 按钮进行渲染，效果如图 8-17 所示。

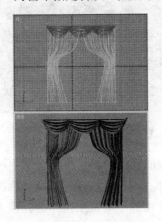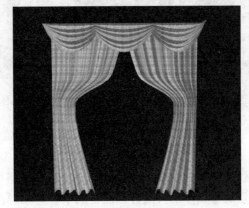

图 8-16　调整放样物体的位置　　　　　　图 8-17　窗帘效果

8.1.4　制作组合床

本例将制作一张组合床，制作过程中的难点在于使用放样建立床的架子，其他对象都是使用标准几何体拼合而成的，具体操作步骤如下：

步骤 1　启动 3ds max 2010，单击创建命令面板中的"图形"按钮，切换到图形子面板。然后单击"矩形"按钮，在左视图中创建一个带倒角的矩形，作为放样路径。接着将其转换成可编辑样条曲线，在线段子对象编辑模式下删除矩形底部的线段，如图 8-18 所示。

步骤 2　单击图形子面板中的"圆"按钮，在左视图中创建一个半径为 4 的小圆，作为放样截面，如图 8-19 所示。

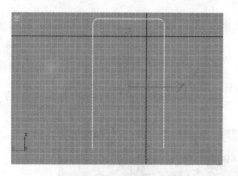

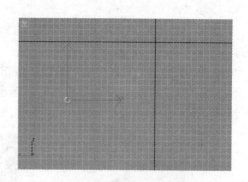

图 8-18　创建放样路径　　　　　　　　　　　　　图 8-19　创建放样截面

步骤 3　在视图中选择放样路径，单击"几何体"按钮切换到几何体子面板，选择下拉列表框中的"复合对象"选项，切换到复合对象创建面板。然后单击"放样"按钮，打开放样属性面板，单击其中的"获取图形"按钮，在视图中拾取圆，效果如图 8-20 所示。

步骤 4　单击图形子面板中的"矩形"按钮，在顶视图中创建一个 120×356 的矩形，将其转换成可编辑样条线，并设置其轮廓值为–4，然后将其挤出 12，并创建一个长方体置于其中，如图 8-21 所示。

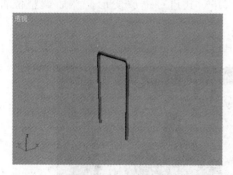

图 8-20　放样效果　　　　　　　　　　　　　　　图 8-21　创建并编辑矩形

步骤 5　在视图中选择放样物体，按住〈Shift〉键的同时，单击主工具栏中的"选择并旋转"按钮，将其绕 Z 轴旋转 90°复制一个。然后单击"修改"按钮切换到修改面板，在图形子对象层级下调整圆（放样截面）的半径为 2，在路径子对象层级下选择顶点子对象，并在前视图中向上移动，调整后效果如图 8-22 所示。

步骤 6　使用标准几何体创建如图 8-23 所示的圆柱体和长方体。

图 8-22　复制并调整放样物体　　　　　　　　　　图 8-23　创建标准几何体

步骤 7 使用镜像命令将创建的对象镜像复制一份，然后再创建几个长方体和圆柱体，以进一步完善组合床模型，如图 8-24 所示。

步骤 8 为组合床添加材质后灯光，然后激活透视图，按快捷键〈F9〉进行渲染，最终效果如图 8-25 所示。

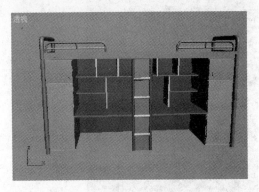

图 8-24 组合床模型

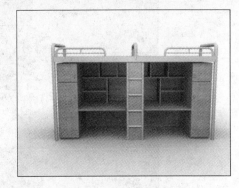

图 8-25 组合床渲染效果

8.2 Boolean 运算建模

布尔运算可以根据两个已有对象定义一个新的对象，其归纳了两个相交物体的所有可能性。布尔运算包括布尔并集、交集、差集和切割运算。

8.2.1 并集运算

并集运算可以将两个相交的物体合并相加为一个物体。首先在视图中创建一个长方体（A）和一个球体（B），并使它们相交，如图 8-26 所示。

在几何体子面板的下拉列表框中选择"复合对象"选项，可以看到"布尔"按钮呈灰色不可用状态，在视图中选中长方体后单击"布尔"按钮，打开布尔运算属性面板，如图 8-27所示。

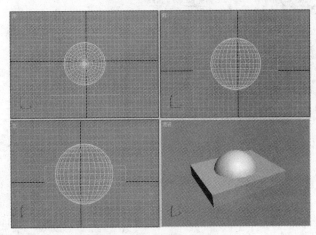

图 8-26 创建两个相交物体

图 8-27 布尔运算属性面板

在"拾取布尔"卷展栏中选择"并集"单选按钮，然后单击"拾取操作对象 B"按钮，在视图中拾取球体，并集运算效果如图 8-28 所示。

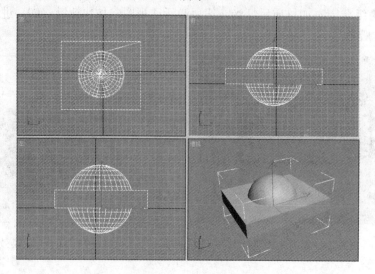

图 8-28 并集运算效果

8.2.2 交集运算

交集运算可以将两个相交物体相交的部分保留下来，而删除不相交的部分。如果以进行并集运算同样的方法对如图 8-18 所示的两个相交物体进行交集运算。只是在"参数"卷展栏的操作选项区中选择"交集"单选按钮，那么得到的结果将如图 8-29 所示。

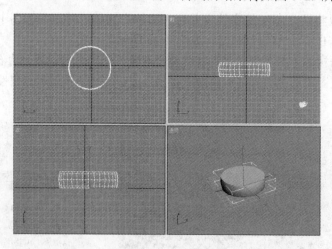

图 8-29 交集运算效果

8.2.3 差集运算

差集运算就是从两个相交物体的一个物体中减去该物体与另一物体相交的部分，从而得到一个新的物体。

例如对如图 8-26 所示的两个物体进行差集运算。

选择长方体，单击"布尔"按钮，然后在"参数"卷展栏的操作选项区中选择"差集（A-B）"单选按钮，单击"拾取布尔"卷展栏中的"拾取操作对象 B"按钮，在视图中拾取球体，差集运算效果如图 8-30 所示。

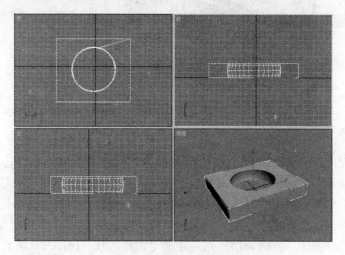

图 8-30　差集运算效果

提示：在进行差集运算时，产生的结果和选择物体的顺序有关，如果首先选择的是球体，且用户需要得到如图 8-30 所示的运算效果，那么在进行运算时，用户应选择的差集方式为差集（B-A），即用长方体减去球体。

8.2.4　切割运算

切割布尔运算包括优化、分割、移除内部和移除外部 4 种方式，它和以上的 3 种运算方式有所不同，切割运算钊对的是实体的表面，得到的也是面片物体而非实体。

- 优化：为运算物体 A 添加运算物体 A 和运算物体 B 相交截面的顶点和边，运算物体 A 新添加的顶点和边组成的截面将运算物体 A 的表面进一步细分。
- 分割：在运算物体 A 和运算物体 B 的相交截面处添加顶点和边，但是新的顶点和边将运算物体 A 分为两个物体。
- 移除内部：删除运算物体 A 所有和运算物体 B 相交的部分，包括与运算物体 B 相交的截面。
- 移除外部：删除运算物体 A 和运算物体 B 没有相交的部分，包括运算物体 A 和运算物体 B 相交的截面，只保留运算物体的共同部分。

8.2.5　制作鸡蛋造型

本例将制作一个裂开的鸡蛋造型，在进行建模时主要用到布尔运算，其具体操作步骤如下：

步骤 1　启动 3ds max 2010，单击创建命令面板中的"几何体"按钮，切换到几何体子面板，然后单击"球体"按钮，在左视图中创建一个球体，并设置其半径为 48、分段数为50，如图 8-31 所示。

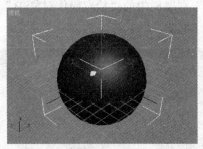

图 8-31 创建球体

步骤 2 在视图中右击，在弹出的快捷菜单中选择"转换为"→"转换为可编辑多边形"命令，将其转换为可编辑多边形对象。然后在修改堆栈中选择顶点子对象层级，在"软选择"卷展栏中选中使用"软选择"复选框，启用软选择，然后设置衰减值为 100，并在顶视图中选择部分顶点，然后进行移动，将球体调整成鸡蛋形状，如图 8-32 所示。

步骤 3 单击"创建"按钮，切换到创建命令面板，按〈Ctrl+V〉组合键将球体原地复制一份，然后使用缩放工具将复制的球体稍微缩小。

步骤 4 在几何体子面板的下拉列表框中选择"复合对象"选项，切换到复合对象创建面板，单击"布尔"按钮，打开布尔运算属性面板，在"参数"卷展栏中设置为差集（A–B）运算。然后单击"拾取操作对象 B"按钮，在视图中拾取另一个球体，生成一个鸡蛋壳。

步骤 5 按〈Ctrl+V〉组合键将鸡蛋壳原地复制一份，然后将其隐藏。

步骤 6 单击"长方体"按钮，在视图中创建一个长方体，然后使用噪波修改器对其进行变形，并调整其位置如图 8-33 所示。

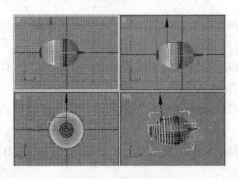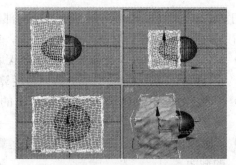

图 8-32 调整顶点　　　　　　　　图 8-33 调整长方体位置

步骤 7 在视图中选择鸡蛋壳，切换到复合对象创建面板，单击"布尔"按钮，打开布尔运算属性面板，在"参数"卷展栏中设置为差集（A–B）运算，然后单击"拾取操作对象 B"按钮，在视图中拾取长方体，生成裂开鸡蛋壳的一半，如图 8-34 所示。

步骤 8 单击"创建"按钮切换到创建命令面板，按〈Ctrl+V〉组合键将裂开的鸡蛋壳原地复制一份，然后切换到修改面板，打开布尔运算的"参数"卷展栏，在其中选中"交集"单选按钮，生成裂开鸡蛋壳的另一半，如图 8-35 所示。

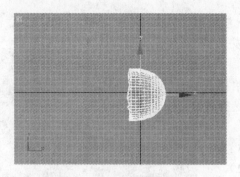
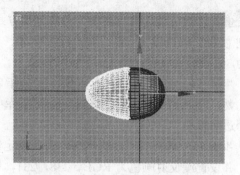

图 8-34　生成一半裂开鸡蛋壳　　　　　　图 8-35　生成另一半裂开鸡蛋壳

步骤 9　使用选择并移动工具 将鸡蛋壳分开，然后单击"球体"按钮，在视图中创建一个半径为 50、分段数为 18 的球体，用来制作蛋清，如图 8-36 所示。

步骤 10　将球体转换为可编辑网格对象，并删除球体的下半部分多边形面，然后在顶点子对象编辑模式下对其顶点进行编辑，形状如图 8-37 所示。

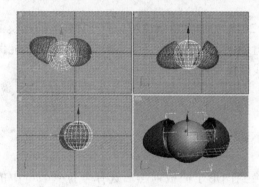
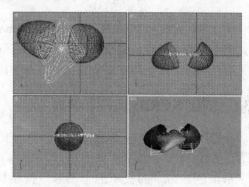

图 8-36　创建球体　　　　　　　　　　图 8-37　编辑球体

步骤 11　单击"球体"按钮，在视图中创建一个半径为 16、分段数为 32 的球体，作为蛋黄，并使用缩放工具进行非均匀缩放，效果如图 8-38 所示。

步骤 12　将隐藏的鸡蛋壳显示出来，并将其复制一个，然后单击几何体子面板中的"平面"按钮，在视图中创建一个平面，并调整对象的位置如图 8-39 所示。

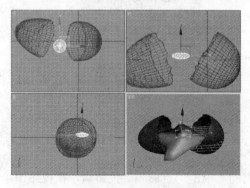
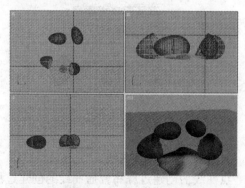

图 8-38　创建蛋黄　　　　　　　　　　图 8-39　调整对象位置

步骤 13　按快捷键〈M〉弹出"材质编辑器"窗口，在其中选择一个样本球，并将其指定给蛋黄，然后设置着色类型为各向异性方式，漫反射颜色为 RGB（240，186，22）、高光级别为 68、光泽度为 36、各向异性为 50、自发光值为 30。

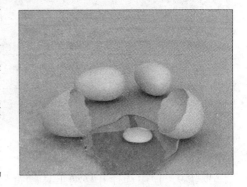

步骤 14　选择另一个样本球，将其指定给蛋清，然后单击"Stardand"按钮，在材质库中选择一个透明材质。

步骤 15　选择另一个样本球，将其指定给鸡蛋壳，并设置漫反射颜色为 RGB（238，231，192）、高光级别为 15、光泽度为 25、自发光值为 40。

步骤 16　为场景添加灯光后，渲染透视图，鸡蛋效果如图 8-40 所示。

图 8-40　鸡蛋效果

8.3　NURBS 建模

NURBS 曲线和 NURBS 曲面是 3ds max 2010 中非常复杂也是功能非常强大的建模工具。由于它们可以很好地交互控制，且可以无缝地混合在一起，甚至当扭曲时曲面仍然能保持光滑，所以非常适用于动物角色、汽车等流线型模型的制作。

8.3.1　创建 NURBS 曲线和曲面

在创建命令面板中，可以创建两种类型的 NURBS 曲线和两种类型的 NURBS 曲面。分别为点曲线、CV 曲线和点曲面和 CV 曲面。

单击创建命令面板中的"图形"按钮切换到图形子面板，然后选择下拉列表框中的"NURBS 曲线"选项，即可进入 NURBS 曲线的创建面板，如图 8-41 所示。

单击创建命令面板中的"几何体"按钮切换到几何体子面板，然后选择下拉列表框中的"NURBS 曲面"选项，即可进入 NURBS 曲面的创建面板，如图 8-42 所示。

图 8-41　NURBS 曲线创建面板　　　　图 8-42　NURBS 曲面创建面板

1．创建 NURBS 曲线

点曲线的创建过程和普通曲线的创建过程相同，单击"点曲线"按钮后，在视图中单击创建第一点，拖动鼠标可以拉出一条曲线，松开鼠标后，再次单击可创建第二点。依次可创建其他点，最后右击结束曲线的创建，如图 8-43 所示。

CV 曲线实际上是一种可控制点曲线，用户可通过为每个控制点设置不同的权重值来控制曲线的形状。用户可参考创建点曲线的方法来创建 CV 曲线，如图 8-44 所示。

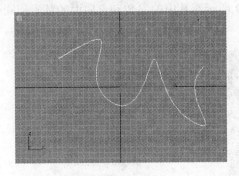 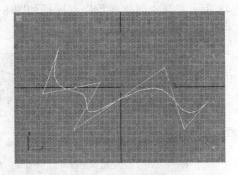

图 8-43　点曲线　　　　　　　　　　　　　图 8-44　CV 曲线

"创建点曲线"卷展栏和"创建 CV 曲线"卷展栏中的参数基本相同，如图 8-45 所示。只是"创建 CV 曲线"卷展栏中多了一个控制 CV 曲线弧长的"自动重新参数化"选项区。

图 8-45　"创建点曲线"卷展栏和"创建 CV 曲线"卷展栏

2. 创建 NURBS 曲面

NURBS 曲面是由节点和 NURBS 曲线组成的，它是建立 NURBS 模型的基本构件。单击"点曲面"按钮，在视图中单击并拖动确定 NURBS 曲面的对角顶点，即可创建一个 NURBS 点曲面，如图 8-46 所示。其"创建参数"卷展栏如图 8-47 所示。

图 8-46　NURBS 点曲面　　　　　　　　　图 8-47　"创建参数"卷展栏

- 长度/宽度：设置曲面的长度和宽度。
- 长度点数/宽度点数：设置曲面长、宽边上的控制点数。值得注意的是，控制点并不像标准几何体平面中的顶点，它不一定位于 NURBS 曲线相交点的位置。

CV 曲面有一个控制晶格覆盖在整个曲面上，通过调整控制晶格中的点可以改变 CV 曲面的形状。单击"CV 曲面"按钮后，用户可参考创建点曲面的方法来创建 CV 曲面，如图 8-48 所示。其"创建参数"卷展栏如图 8-49 所示，其中的参数和点曲面的基本相同，故这里不再进行介绍。

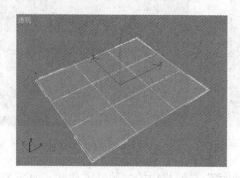
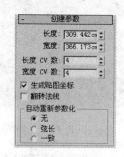

图 8-48　CV 曲面　　　　　　　　图 8-49　"创建参数"卷展栏

8.3.2　编辑 NURBS 曲线和曲面

创建 NURBS 曲线和曲面后，在修改命令面板的"NURBS"卷展栏、NURBS 创建工具箱中（或使用子对象）都可以对创建的曲线和曲面进行修改。

1．修改面板中的卷展栏

选择 NURBS 曲线后，单击"修改"按钮切换到修改命令面板，其中包括"渲染"、"常规"、"曲线近似"、"创建点"、"创建曲线"和"创建曲面"卷展栏。

在"渲染"卷展栏中主要是一些控制渲染和显示的参数，在前面的章节中早已介绍，故这里不重复介绍。在"常规"卷展栏中包括"附加"、"附加多个"、"导入"、"导入多个"按钮，以及"显示"选项区，如图 8-50 所示。

- 附加：单击该按钮后，可以在视图中拾取一条 NURBS 曲线，并将它添加到当前选择的 NURBS 曲线集中。
- 附加多个：单击该按钮，将弹出"附加多个"对话框，其类似于"选择对象"对话框，在其中可以一次选择多条 NURBS 曲线并添加到当前选择的 NURBS 曲线集中。
- 导入：单击该按钮后，可以在视图中拾取一条 NURBS 曲线，将其作为一条导入曲线合并到当前选择的 NURBS 曲线集中。
- 导入多个：单击该按钮，将弹出"导入多个"对话框，其类似于选择对象对话框，在其中可以一次选择多条 NURBS 曲线作为导入曲线合并到当前选择的 NURBS 曲线集中。
- 显示：在该选项区中包括"晶格"、"曲线"和"从属对象"3 个选项，可以控制 NURBS 曲线在视图中的显示属性。

在"曲线近似"卷展栏中可以设置曲线的插值方式，在其余的 3 个卷展栏中包括许多的按钮，它们分别对应于 NURBS 创建工具箱中的工具按钮，这在以后将介绍。

当选择 NURBS 曲面时，"常规"卷展栏如图 8-51 所示，其中的参数和选择 NURBS 曲线时的基本相同，只是在"显示"选项区中添加了"曲面"、"曲面修剪"、"变换降级"等选项，另外还多了一个"曲面显示"选项区，其中包含"细分网格"和"着色晶格"两个选项。

图 8-50　NURBS 曲线"常规"卷展栏　　　　图 8-51　NURBS 曲面"常规"卷展栏

2. NURBS 创建工具箱

单击"常规"卷展栏中的"NURBS 创建工具箱"  按钮可以打开 NURBS 创建工具箱，如图 8-52 所示。再次单击该按钮将关闭 NURBS 创建工具箱。在该工具箱中包括点、曲线和曲面 3 个部分，且每个部分都包括许多和创建子对象有关的工具按钮，其中各工具按钮的含义如表 8-1 所示。

提示：打开 NURBS 创建工具箱的快捷键为〈Ctrl+T〉。

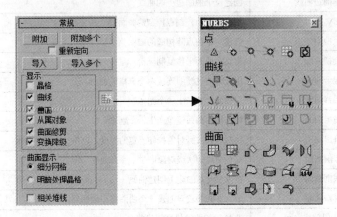

图 8-52　打开 NURBS 创建工具箱

表 8-1　NURBS 创建工具箱工具按钮的含义

按　钮	名　称	含　义
⚠	创建点	创建一个独立存在的点
✷	创建偏移点	按一定偏移量创建另外一个点
✷	创建曲线点	在所选曲线上创建一个点
✷	创建曲线－曲线点	创建两条曲线的交叉点
▦	创建曲面点	创建一个依赖于曲面的点

按　钮	名　称	含　义
	创建曲面－曲线点	创建曲面和曲线的交叉点
	创建 CV 曲线	创建一个由控制点控制的曲线
	创建点曲线	创建一个由点组成的曲线
	创建拟合曲线	创建拟合在选定点上的点曲线
	创建变换曲线	将变换曲线平移复制一份
	创建混合曲线	用光滑曲线连接两个分离的曲线端点
	创建偏移曲线	根据设置的偏移距离创建原来曲线的副本
	创建镜像曲线	将选择的曲线镜像产生一个副本
	创建切角曲线	在两条分离曲线的端点之间建立一个带切角的斜面
	创建圆角曲线	在两条分离曲线的端点之间建立一个圆角
	创建曲面－曲面相交曲线	创建两个曲面的相交线
	创建 U 向等参曲线	根据 U 向等参曲线创建 NURBS 曲线
	创建 V 向等参曲线	根据 V 向等参曲线创建 NURBS 曲线
	创建法向投影曲线	根据法线投影创建曲线
	创建向量投影曲线	根据向量投影创建曲线
	创建曲面上的 CV 曲线	在曲面上创建 CV 曲线
	创建曲面上的点曲线	在曲面上创建点曲线
	创建曲面偏移曲线	创建偏移的曲线
	创建曲面边线	创建位于曲面边上的曲线
	创建 CV 曲面	创建一个由控制点控制的曲面
	创建点曲面	创建一个由点阵构成的曲面
	创建变换曲面	将变换曲面平移复制一份
	创建混合曲面	用光滑的过渡面连接两个分离的曲面
	创建偏移曲面	偏移曲面并产生一个副本
	创建镜像曲面	将选择的曲面镜像产生一个副本
	创建挤出曲面	将曲线的次级对象拉伸一定的厚度，产生一个新的曲面
	创建车削曲面	旋转曲线的次级对象产生一个曲面
	创建规则曲面	在两个分开的边上创建曲面
	创建封口曲面	沿一条曲面边界创建一个曲面将原曲面封闭
	创建 U 向放样曲面	沿 U 轴的曲线放样创建曲面
	创建 UV 放样曲面	沿 UV 轴的曲线放样创建曲面
	创建单轨扫描	沿一条外轮廓线创建曲面
	创建双轨扫描	沿两条外轮廓线创建曲面
	创建多边混合曲面	混合多个曲线创建曲面
	创建多重曲线修剪曲面	通过多条曲线修剪来创建曲面
	创建圆角曲面	在两个曲面相交处创建圆角曲面

3. 使用子对象

在 3ds max 2010 中，可以使用 NURBS 曲线和曲面的子对象，也可以对它们进行编辑。

选择 NURBS 曲线或曲面后，单击"修改"按钮切换到修改面板，在修改堆栈中可选择它们的子对象，如图 8-53 所示。选中的子对象呈黄色，其中 NURBS 曲线包括曲线 CV 和曲线两个子对象；NURBS 曲面包括曲面 CV 和曲面两个子对象。

图 8-53　使用子对象

选择子对象后，可在视图中选择曲线或曲面上的子对象，然后使用卷展栏中的命令对它们进行各种调整。

8.3.3　变形

变形是将在形状上发生变化的对象组合起来生成变形动画，它有一个源对象和多个目标对象，而且源对象和目标对象必须是顶点数相同的网格或面片对象。下面结合实例对变形对象的生成过程进行介绍。

步骤 1　创建变形对象的源对象和目标对象。单击创建命令面板中的"几何体"按钮，切换到几何体子面板，然后单击"球体"按钮，在视图中创建一个半径为 50 的球体。

步骤 2　按住〈Shift〉键，在顶视图中锁定球体的 X 轴并向右移动球体，在弹出的"克隆选项"对话框的"对象"选项区中选择"复制"选项，并设置副本数量为 2，然后单击"确定"按钮，复制出顶点相同的两个对象，如图 8 54 所示。

步骤 3　选择第二个球体，并在视图中右击，在弹出的快捷菜单中选择"转换为"→"转换为可编辑网格"命令，将球体转换成可编辑网格对象。

步骤 4　单击"选择"卷展栏中的"顶点"按钮，进入到顶点编辑状态，然后选择球体的一部分顶点，使用主工具栏中的"选择并均匀缩放"工具对选择的顶点进行缩放处理。用同样的方法将第 3 个球体转换为可编辑网格对象，并对其顶点进行编辑，效果如图 8-55 所示。

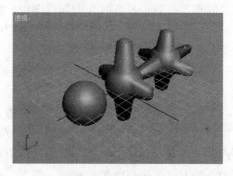

图 8-54　复制球体　　　　　　　　图 8-55　编辑后的球体

步骤 5　生成变形复合对象。在视图中选择创建的第一个球体，然后单击创建命令面板中的"几何体"按钮，切换到几何体子面板，在下拉列表框中选择"复合对象"选项，单击其中的"变形"按钮，打开其属性面板，如图 8-56 所示。

步骤 6　单击"拾取目标"卷展栏中的"拾取目标"按钮，在视图中将时间滑块拖动至第 50 帧，然后在视图中拾取第二个球体，接着拖动时间滑块至第 100 帧，在视图中拾取第 3 个球体，此时属性面板如图 8-57 所示。

步骤 7　在视图中选择变形复合对象，然后右击，在弹出的快捷菜单中选择"隐藏未选定对象"命令，将其他对象隐藏。

步骤 8　单击动画播放控制区中的"播放"按钮，即可播放球体变形动画。

图 8-56　变形复合对象属性面板　　　　图 8-57　拾取对象后的属性面板

8.3.4　散布

使用散布命令可以将源对象散布未阵列或散布到分布对象的表面，可以用来制作草地、头发等用一般工具无法完成的效果。

散布的对象称为源对象，用来放置散布对象的称为分布对象。在视图中拾取源对象后，单击创建命令面板中的"几何体"按钮，切换到几何体子面板，选择下拉列表框中的"复合对象"选项，单击"散布"按钮，打开散布的属性面板，然后单击其中的"拾取分布对象"按钮，即可在视图中拾取分布对象。散布应用效果如图 8-58 所示。

该图中的石头和树木为源对象，地面为分布对象。

在"散布对象"卷展栏的"源对象参数"选项区中，用户可以设置源对象的重复次数、比例和混乱程度等；在"分布对象参数"选项区中，用户可以设置对象的分布方式，包括随机、沿边、顶点、边的中点，以及面的中点等。

图 8-58　散布效果

8.3.5 连接

使用连接复合对象，可通过对象表面打开面或洞连接两个或多个对象。下面结合实例对其使用方法进行介绍。

步骤1 单击创建命令面板中的"几何体"按钮，切换到几何体子面板，然后单击其中的"圆环"按钮在视图中创建一个半径1为80、半径2为15、分段数为32、边数为18的圆环，如图8-59所示。

步骤2 单击"圆柱体"按钮，在前视图中创建半径为7、高度为50的圆柱体，然后在主工具栏的参考坐标系列表中选择"拾取"选项，并在视图中拾取圆环，然后在顶视图中使用阵列工具将其绕Z轴旋转复制成4个，如图8-60所示。

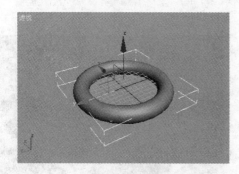

图8-59 创建圆环

图8-60 阵列复制圆柱体

步骤3 选择圆环，将其转换为可编辑网格对象，单击"选择"卷展栏中的"多边形"按钮，进入到多边形编辑状态，然后选择圆环的如图8-61所示的多边形面，并将它们删除。用同样的方法删除圆柱体的两个端面。

步骤4 选择圆环，切换到几何体子面板，选择下拉列表框中的"复合对象"选项，单击"连接"按钮，打开其属性面板。然后单击"拾取操作对象"按钮，在视图中分别拾取4个圆柱体，将它们连接在一起，再单击主工具栏中的"渲染产品" 🖼 按钮渲染透视图，连接的效果如图8-62所示。

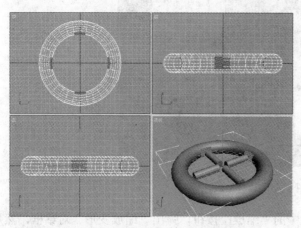

图8-61 选择要删除的多边形面

图8-62 连接效果

8.3.6 吊灯

本例将制作一盏吊灯，在制作过程中将综合应用放样、放样变形等命令，由于篇幅有限，下面对一些主要的操作步骤进行介绍。

步骤1 启动 3ds max 2010，单击创建命令面板中的"图形"按钮，切换到图形子面板。然后单击"星形"按钮，在顶视图中创建一个星形作为放样的截面，并设置星形的半径1 为 30、半径 2 为 22、点数为 22，圆角半径 1 和圆角半径 2 都为 4，如图 8-63 所示。

步骤2 单击"修改"按钮切换到修改命令面板，在修改器列表中选择"编辑样条线"选项，然后单击"选择"卷展栏中的"样条线"按钮，进入到样条线编辑状态，在"几何体"卷展栏的"轮廓"按钮后的微调器中设置轮廓的值为 1，并按〈Enter〉键，效果如图 8-64所示。

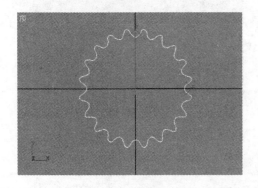 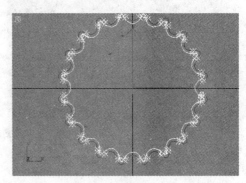

图 8-63 创建星形 　　　　　　　　　　图 8-64 轮廓效果

步骤3 单击"线"按钮，在前视图中创建一条直线作为放样的路径，然后单击"几何体"按钮，切换到几何体子面板，选择下拉列表框中的"复合对象"选项，单击"放样"按钮打开放样属性面板，再单击"获取图形"按钮，在视图中拾取星形，效果如图 8-65 所示。

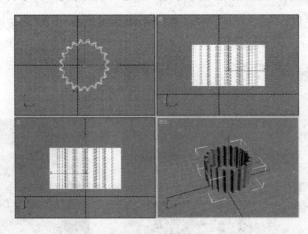

图 8-65 放样效果

步骤 4 单击放样"变形"卷展栏中的"缩放"按钮，弹出"缩放变形"对话框，然后单击对话框的工具栏中的"插入点"按钮，在变形曲线上插入两个控制点，并使用移动控制点工具调整控制点的位置，如图 8-66 所示。

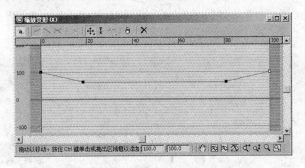

图 8-66　调整放样变形曲线

　　步骤 5　切换到扩展基本体创建面板，单击其中的"切角圆柱体"按钮，在顶视图中创建两个切角圆柱体，并设置 ChamferCyl01 的参数：半径为 28、高度为 3、圆角为 1.5、圆角分段为 3；设置 ChamferCyl02 的参数：半径为 30、高度为 7、圆角为 2、圆角分段为 3。然后调整它们的位置如图 8-67 所示。

图 8-67　调整圆柱体的位置

　　步骤 6　单击图形子面板中的"线"按钮，在前视图中创建一条曲线，并编辑成如图 8-68 所示的形状，然后使用车削修改器将其转换为三维物体，如图 8-69 所示。

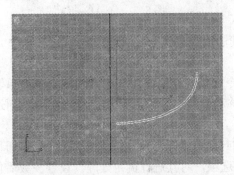

图 8-68　编辑后的曲线

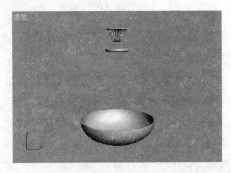

图 8-69　车削效果

步骤 7　切换到几何体创建面板，在视图中选中 ChamferCyl02 并将其复制一个，然后沿复制的切角圆柱体的底面创建一个高度为–4 的圆锥体，再创建一个圆柱体，调整它们的位置如图 8-70 所示。

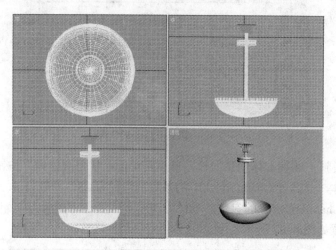

图 8-70　调整圆锥体、圆柱体的位置

步骤 8　在视图中创建 3 个管状体，并和车削物体的上边缘对齐，其大小和位置可以参照图 8-71 进行创建。

步骤 9　切换到图形子面板，单击"矩形"按钮，在视图中创建一个长度为 3、宽度为 2、角半径为 1 的矩形。然后单击"线"按钮，在前视图中创建一条曲线，并调整成如图 8-72 所示的形状，在调整时用户应确保每个顶点都光滑。

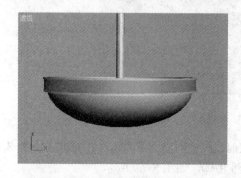

图 8-71　3 个管状体的位置和大小

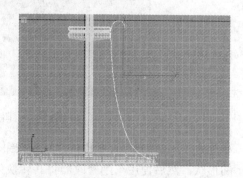

图 8-72　创建的曲线

步骤 10　切换到复合对象创建面板，继续使用放样建模方法创建对象，以图 8-72 所示的曲线为路径，以矩形为截面进行放样。

步骤 11　单击"修改"按钮切换到修改命令面板，在修改堆栈中选择图形子对象，在视图中选中放样的截面，按住〈Shift〉键将其移动复制一个，然后对路径末端的截面进行调整。

步骤 12　在前视图中创建如图 8-73 所示的封闭二维图形，然后单击"修改"按钮切换到修改命令面板，选择修改器列表中的"倒角"选项，对其进行倒角处理，设置参数后使用主工具栏中的选择并移动工具调整其位置如图 8-74 所示。

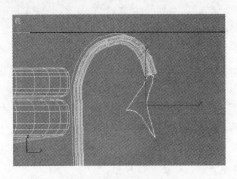
图 8-73 . 创建的封闭二维图形

图 8-74　调整位置

　　步骤 13　使用标准基本体创建其他装饰物体。使用圆环工具在视图中创建一个圆环，然后使用缩放工具进行缩放并复制。使用管状体工具创建一个管状体，然后使用锥化修改器对其进行锥化变形。创建的装饰物体如图 8-75 所示。

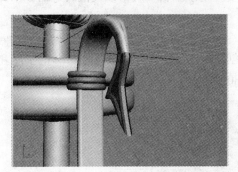

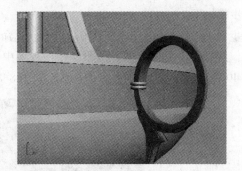

图 8-75　创建的装饰物体

　　步骤 14　在视图中选择如图 8-76 所示的物体，并将它们成组，然后在前视图中将它们绕 Z 轴旋转复制成 3 个，如图 8-77 所示。

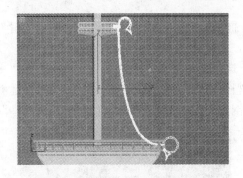
图 8-76　选择成组对象

图 8-77　阵列复制效果

　　步骤 15　在视图中为吊灯创建一条挂链和一个装饰星形花纹，如图 8-78 所示。然后为吊灯指定材质，并渲染透视图，最终效果如图 8-79 所示。

　　提示：吊灯材质的制作方法在 9.5 中自发光贴图的制作中将详细介绍，用户可以参考制作。

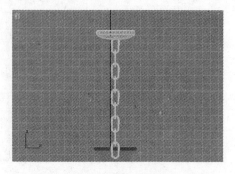 

图 8-78　创建挂链和一个装饰星形花纹　　　　　　图 8-79　吊灯效果

8.3.7　制作植物针叶

本例将制作一盆仙人刺，在制作过程中主要应用了编辑多边形以及散布等命令，其主要操作步骤如下：

步骤 1　启动 3ds max 2010，单击创建命令面板中的"几何体"按钮，切换到几何体子面板。然后单击"长方体"按钮，在顶视图中创建一个长方体，并设置长方体的长度和宽度均为 40、高度为 260、高度分段为 8，如图 8-80 所示。

图 8-80　创建长方体

步骤 2　单击"修改"按钮切换到修改命令面板，在修改器列表中选择"网格平滑"选项，并设置细分方法为 NURMS，迭代次数为 2，效果如图 8-81 所示。

步骤 3　在修改器列表中选择"编辑网格"选项，然后单击"选择"卷展栏中的"多边形"按钮，进入多边形子对象编辑模式，在顶视图中选择如图 8-82 所示的多边形面，并在"编辑几何体"卷展栏中设置挤出的数量为 2.5，倒角的数量为–1.5，效果如图 8-83 所示。

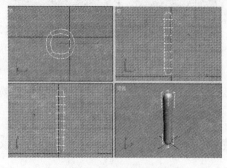 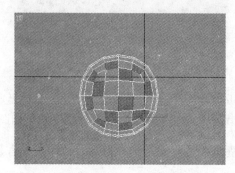

图 8-81　网格平滑　　　　　　　　　　图 8-82　选择多边形面

步骤4　将顶视图切换为底视图，选择如图 8-84 所示的多边形面，并进行挤出和倒角操作。然后选择如图 8-85 所示的多边形面，进行同样的操作。

图 8-83　编辑多边形面

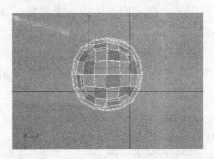

图 8-84　在底视图中选择多边形面

步骤5　在修改器列表中选择"网格平滑"选项，并设置细分方法为 NURMS，迭代次数为 1，效果如图 8-86 所示。

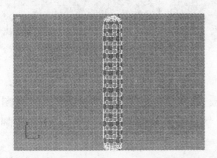

图 8-85　选择多边形面

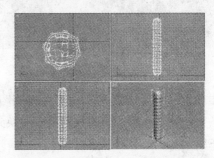

图 8-86　网格平滑效果

步骤6　在修改器列表中选择"锥化"选项，并设置锥化的数量为-0.32，使仙人刺产生上头小、下头大的效果。

步骤7　在修改器列表中选择"FFD 4×4×4"选项，然后在修改堆栈中选择修改器的控制点层级，并使用移动工具对控制点进行调整，使仙人刺产生自由变形，效果如图 8-87 所示。

步骤8　单击"创建"按钮切换到创建命令面板，然后单击"长方体"按钮，在视图中创建一个小长方体，设置其长度和宽度为 1.5，高度为 18。接着切换到修改命令面板，选择修改器列表中的"锥化"选项，并设置锥化的数量为-1，产生一根刺，如图 8-88 所示。

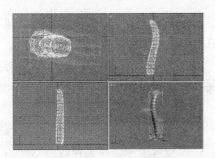

图 8-87　自由变形效果

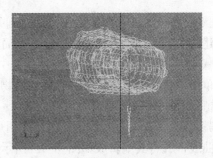

图 8-88　创建一根刺

步骤9　将刺复制两根，并使用移动和旋转工具对它们的位置进行调整，然后将其中的一根刺转换为可编辑网格对象，单击"编辑几何体"卷展栏中的"附加"按钮，在视图中拾取其余两根刺，将它们连接成一个对象，如图8-89所示。

步骤10　单击"创建"按钮切换到创建命令面板，在几何体子面板的下拉列表框中选择"复合对象"选项，切换到复合对象面板。然后单击其中的"散布"按钮，在打开的属性面板中单击拾取分布对象，并在视图中拾取变形后的长方体，设置重复次数为200，效果如图8-90所示。

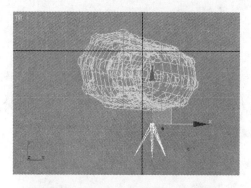

图8-89　复制两个刺并连接成一个对象

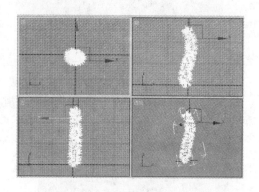

图8-90　散布效果

步骤11　单击"图形"按钮切换到图形子面板，然后单击"线"按钮，在前视图中创建一条如图8-91所示的曲线。接着切换到修改命令面板，在修改器列表中选择"车削"选项，生成一个花盆，效果如图8-92所示。

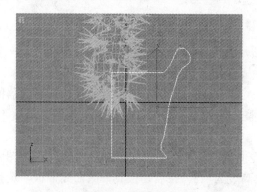

图8-91　创建的曲线

图8-92　生成的花盆

步骤12　单击"几何体"按钮切换到几何体子面板，然后单击"长方体"按钮，在视图中创建几个长方体，为仙人刺搭建一个简单的渲染环境，如图8-93所示。

步骤13　在几何体子面板的下拉列表中选择"AEC扩展"选项，切换到AEC对象创建面板，单击"植物"按钮，在"收藏的植物"卷展栏中选择美洲榆并将其拖曳至视图中，创建一株植物，如图8-94所示。

步骤14　单击"图形"按钮切换到图形子面板，然后单击"线"按钮，在前视图中创建一条曲线，并将其编辑成如图8-95所示的形状，接着使用车削修改器将其转换为实体，如图8-96所示。

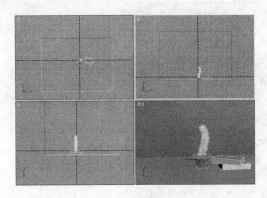

图 8-93 搭建渲染环境

图 8-94 创建植物

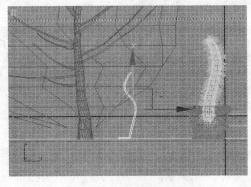

图 8-95 创建并编辑曲线

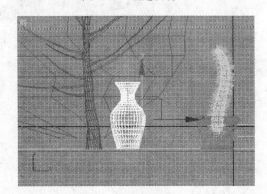

图 8-96 车削效果

步骤 15 将车削物体复制一个，并调整它们的位置如图 8-97 所示，以丰富场景内容。

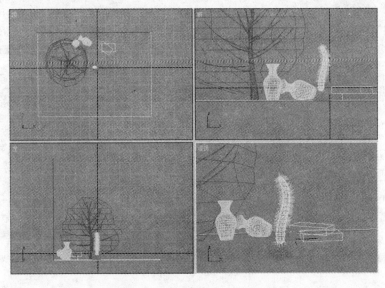

图 8-97 复制并调整各对象的位置

步骤 16 为场景添加材质和灯光，然后激活透视图，并单击主工具栏中的"渲染产品"按钮，渲染透视图，效果如图 8-98 所示。

图 8-98   仙人刺效果

8.4   习题

1. 填空题

（1）放样变形包括_____、_____、_____、_____和_____。

（2）用于创建变形复合对象的源对象和目标对象必须是顶点数相同的_____对象。

2. 选择题

（1）放样建模时放样的截面可以是（   ）。

  A. 1个

  B. 2个

  C. 3个

  D. 多个

（2）布尔运算包括下列（   ）运算。

  A. 并集运算

  B. 差集运算

  C. 交集运算

  D. 切割运算

3. 简答题与上机练习

（1）在 3ds max 2010 中，对于放样建模的路径和截面有哪些要求？

（2）制作如图 8-99 所示的罗马柱（提示：首先沿路径放置不同的截面，然后再进行放样缩放变形）。

图 8-99   罗马柱

第 9 章 材质和贴图

本章要点

- 材质编辑器
- 常用材质类型
- 常用贴图类型
- 常用贴图通道

我们在生活中可以发现许多不同材料的物体，它们具有其自身独特的颜色、纹理、反光强度、表面粗糙程度和透明度等。在 3ds max 2010 中，创建的模型本身不具备任何表面特性，如果想要建立的模型表现出这些特性，则需要为场景中的物体设置材质，从而增强场景的真实性。在 3ds max 2010 中，设置材质和贴图这一复杂过程是在材质编辑器中完成的，并且通过最后的渲染将它们表现出来。

9.1 了解材质属性

材质是指定给物体表面的一种信息，其中不仅包括物体表面的颜色、纹理等物质属性，还包括受光特性，如反光强度、反光方式、反光区域、透明度、反射率、折射率、以及表面的凹凸起伏等一系列属性。

1. 颜色

颜色是非常简单的材质属性，在创建对象时，系统会随机给对象分配颜色，用户也可在对象的属性面板或修改面板中改变对象的颜色。

在材质编辑器中对象的颜色是用不同的颜色样本进行分层控制的，如环境光颜色、漫反射的颜色、高光反射的颜色、自发光颜色等。

- 环境光颜色：环境光颜色是位于阴影中的颜色。
- 漫反射颜色：漫反射颜色是位于直射光中的颜色。
- 高光颜色：高光反射颜色是发光物体高亮显示的颜色。高光、漫反射、环境光的关系如图 9-1 所示。
- 自发光颜色：对象从内部发出的光的颜色，会覆盖掉任何留在对象上的阴影。
- 半透明颜色：在材质内散射的灯光的颜色。该颜色无须和由材质透射的过滤色相同。
- 过滤颜色：过渡色是物质的一种属性，它过滤某些特定的颜色，但是允许其他的颜色通过。

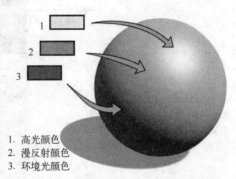

1. 高光颜色
2. 漫反射颜色
3. 环境光颜色

图 9-1 高光、漫反射和环境光颜色

2．反射和折射

不同物体有不同的反射属性，如常见的镜面反射。在 3ds max 2010 中，反射的对象将反射环境光，并且可以通过调整材质的反射值控制反射多少环境光。

当光线通过透明材质时，光线将被折射弯曲。在 3ds max 2010 中，折射表面可生成透过表面看到周围贴图的视觉效果。

3．高光

高光是用于照亮表面的灯光的反射。为了获得自然的效果，可以对高光颜色进行设置，使其与主要的光源颜色相同。

在 3ds max 2010 中，可通过高光级别来调整高光的强度，通过光泽度来调整高光的尺寸大小，值越大高光区域越小，并且还可以通过柔化来降低高光区域的强度、增加区域的大小来柔化过渡区域。

4．不透明度

在 3ds max 2010 中，可通过不透明度控制材质是不透明、透明还是半透明。不透明度通常用百分比来衡量，当不透明度的百分比为 100 时，表示完全不透明，不让任何光线通过；当不透明度的百分比为 0 时，表示完全透明。

9.2 材质编辑器

材质编辑器是一个浮动式的窗口，通过材质编辑器可以创建、编辑和指定材质，用户可通过以下几种方式打开"材质编辑器"窗口。

- 使用菜单：选择菜单栏中的"渲染"→"材质编辑器"命令。
- 使用主工具栏：单击主工具栏中的 按钮。
- 使用快捷键：按快捷键〈M〉。

打开的材质编辑器如图 9-2 所示，其主要由菜单栏、工具栏、示例窗和参数设置区 4 部分组成，在参数设置区中包括多个用来设置材质参数的卷展栏。

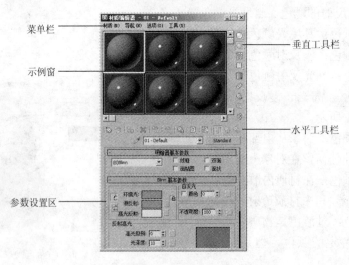

图 9-2　材质编辑器

9.2.1 示例窗

示例窗如图 9-3 所示，在其中可以预览材质和贴图。默认可以显示 6 个样本球，选择一个样本球后，该样本球将被激活，并且在其轮廓上出现一个白色线框。

在示例窗中右击，将打开一个快捷菜单，在其中可以选择 3×2、5×3 和 6×4 显示样本球，如图 9-4 所示。

图 9-3　示例窗　　　　　　　　　　　　　　图 9-4　快捷菜单

如果选择其中的"5×3 示例窗"命令，那么在示例窗中将显示 15 个样本球，如图 9-5 所示。选择"放大"命令，可以将当前选择的样本球单独显示在一个浮动窗口中，通过调整浮动窗口的大小，可以放大预览材质和贴图的效果，如图 9-6 所示。

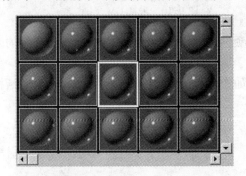 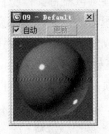

图 9-5　以 5×3 方式显示的示例窗　　　　　图 9-6　放大显示样本球

技巧：在需要放大显示的样本球上双击也可以打开如图 9-6 所示的对话框。

注意：在材质编辑器中共有 24 个样本球，当用户选择以 3×2 或 5×3 方式显示时，其他样本球并非不存在了，它们只是没有显示出来而已，用户可以通过拖动示例窗中的水平和垂直滚动条来访问它们。

9.2.2 工具栏

在材质编辑中包括垂直工具栏和水平工具栏，使用它们可以进行各种材质控制，下面分别进行介绍。

1. 垂直工具栏

采样类型：单击该按钮并按住鼠标不放，将弹出一个按钮组 ，其包括球体、圆柱体和长方体，用来控制样本球的形态，如图 9-7 所示。

背光：单击该按钮，可以为当前选择的样本球设置或取消背光效果，如图 9-8 所示。

图 9-7　改变样本球形态

图 9-8　设置或取消背光效果

背景：单击该按钮，可以为当前选择的样本球设置一个方格底纹的背景，通常用于透明材质，如图 9-9 所示。

采样 UV 平铺：单击该按钮并按住鼠标左键不放，将弹出一个按钮组 ，可以测试贴图重复的效果，如图 9-10 所示。

图 9-9　设置背景

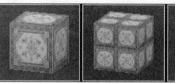

图 9-10　采样 UV 平铺

视频颜色检查：检验材质表面的颜色是否超出了 NTSC 和 PAL 制视频的颜色范围。超出范围的区域将以黑色显示。

生成预览：单击该按钮，将弹出如图 9-11 所示的"创建材质预览"对话框，在其中可设置预览材质的动画效果。

选项：单击该按钮，将弹出"材质编辑器选项"对话框，如图 9-12 所示。

图 9-11　"创建材质预览"对话框

图 9-12　"材质编辑器选项"对话框

184

在"材质编辑器选项"对话框中包含了控制材质编辑器的许多选项，如可以控制样本球是自动更新还是在单击后才更新；控制播放动画时，被设置了材质动画的样本球是否也发生变化。另外，还可以控制环境光颜色、显示样本球的数量等。

按材质选择：通过材质选择对象，可以将场景中应用了该材质的对象一次全部选中，单击该按钮后，可以打开"选择对象"对话框。

材质/贴图导航器：单击该按钮将弹出"材质/贴图导航器"对话框，如图 9-13 所示。在其中以树形结构显示材质，可以方便地选择各个层的材质。

2．水平工具栏

获取材质：单击该按钮将弹出"材质/贴图浏览器"对话框，如图 9-14 所示。在其中可以选择需要的材质和贴图。

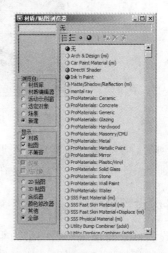

图 9-13 "材质/贴图导航器"对话框　　　　图 9-14 "材质/贴图浏览器"对话框

将材质放入场景：当场景中存在与当前选择样本球同名的材质时，该按钮才可用。单击该按钮，叮将当前材质指定给场景中与其有同名材质的物体。

将材质指定给当前选定对象：单击该按钮，可以将材质指定给当前场景中选择的对象。

重置贴图/材质为默认设置：单击该按钮，将弹出"材质编辑器"对话框，如图 9-15 所示。

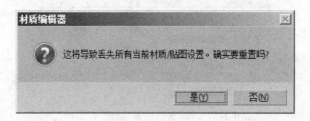

图 9-15 "材质编辑器"对话框

生成材质副本：通过复制自身的材质生成材质副本，材质仍然保持其原有的属性和名称，用户可以调整材质而不影响场景中的该材质。

使唯一：单击该按钮可以使子材质再次成为唯一材质，并为其指定新的材质名，这样，在调整原有顶级材质时将不再对它造成影响。

放入库：将选定的材质放入到材质库中保存起来。

材质 ID 通道：设置材质效果通道，常用于 Video Post 效果或渲染效果，其下拉通道包括 1～15，当选择 0 时表示不应用效果通道。

在视口中显示标准贴图：单击该按钮，可以将材质在视图中显示出来。

显示最终结果：按下该按钮，将显示应用的所有材质层级效果；取消时将只显示当前层级的材质效果，如图 9-16 所示。

图 9-16　按下或取消显示最终效果按钮

转到父对象：从当前材质层级返回到上一层级。

转到下一个同级项：单击该按钮可以快速转到另一个同级材质中。

9.2.3　参数设置区

参数设置区是材质编辑器中最为重要的一部分，通过在其中进行不同的参数设置，可以得到很多栩栩如生的材质效果，其中包括"明暗器基本参数"卷展栏、"Blinn 基本参数"卷展栏、"扩展参数"卷展栏、"贴图"卷展栏、"超级采样"卷展栏、"动力学属性"卷展栏和"mental ray 连接"卷展栏。

1．"明暗器基本参数"卷展栏

在"明暗器基本参数"卷展栏中可以设置材质的着色类型和渲染方式，如图 9-17 所示。其中着色类型包括各向异性、Blinn、金属、多层、Oren-Nayar-Blinn、Phong、Strauss 和半透明明暗器 8 种，渲染方式包括线框、双面、面贴图和面状 4 种。

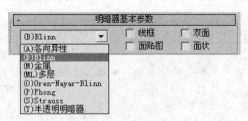

图 9-17　"明暗器基本参数"卷展栏

下面对各种着色类型分别进行介绍。

- 各向异性：可以产生非圆形的高光，特别适用于制作头发、玻璃或磨砂金属材质，如图 9-18 所示。

186

- Blinn：该着色类型为系统默认的着色类型，适用于 80％以上的光滑物体，产生的高光比 Phong 着色类型柔和。
- 金属：适用于模拟金属表面光泽，可以提供金属所需的强烈反光。高光曲线和其他的着色类型不同，没有"柔环"选项，也不能设置高光颜色。
- 多层：其包括两个各向异性的高光，可以模拟有几个反光层的物体。
- Oren-Nayar-Blinn：适用于创建表面粗糙的布匹、织物和纤维等。
- Phong：适用于模拟强度很高的、圆形高光的表面，产生的效果和 Blinn 着色类型相似，但渲染速度比 Blinn 方式要快。
- Strauss：适用于金属和非金属表面，其控制参数比金属着色类型简单。
- 半透明明暗器：与 Blinn 着色类型相似，只是附加了设置透明度的参数，半透明对象允许光线穿过，并在对象内部使光线散射。可以使用半透明来模拟被霜覆盖的和被侵蚀的玻璃。

各种着色类型的效果如图 9-18 所示。

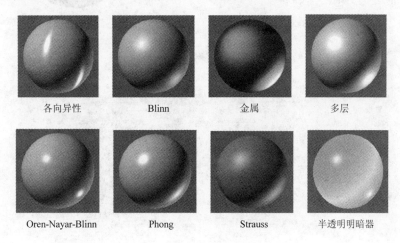

图 9-18　不同着色类型表现效果

下面对各种渲染方式分别进行介绍。
- 线框：选中该复选框，将以线框方式渲染模型。在"扩展参数"卷展栏中还可以设置渲染线框的大小。
- 双面：选中该复选框，将物体法线相反的一面也进行渲染。通常情况下，为了简化运算，只渲染物体法线为正方向的表面，这对大多数物体都适用，但是对于敞开的物体，其内壁就看不到材质效果。
- 面贴图：选中该复选框，忽略物体自身的贴图坐标，而以物体的每一个面作为区域进行贴图。
- 面状：选中该复选框，忽略物体表面的自动光滑，表现出面片构成结构。4 种不同渲染方式的渲染效果如图 9-19 所示。

2. "Blinn 基本参数"卷展栏

"Blinn 基本参数"卷展栏如图 9-20 所示。在其中不仅可以设置环境光、漫反射、高光及自发光的颜色，还可以对高光的强度、尺寸大小等进行调整。

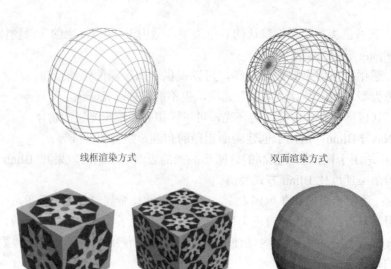

线框渲染方式　　　　　　　　　双面渲染方式

选择面贴图前后的效果　　　　　　面状渲染方式

图 9-19　不同渲染方式的渲染效果

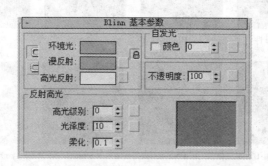

图 9-20　"Blinn 基本参数"卷展栏

- 锁定：锁定环境光和漫反射的颜色，或漫反射和高光反射的颜色。
- 环境光：单击其后的颜色块，弹出"颜色选择器"对话框，可选择环境光的颜色。
- 漫反射：单击其后的颜色块，弹出"颜色选择器"对话框，在其中可选择漫反射的颜色。单击其后的　按钮，可以指定一个漫反射贴图。
- 高光反射：单击其后的颜色块，弹出"颜色选择器"对话框，在其中可选择漫反射的颜色。单击其后的　按钮，可以指定一个高光反射贴图。
- 自发光：不选中"颜色"复选框，在其中的微调器中可以设置自发光的值，选中后，可以设置自发光的颜色。
- 不透明度：在微调器中可以设置不透明度的值，单击其后的　按钮，可以指定一个自发光贴图。
- 反射高光：在该选项区中包括"高光级别"、"光泽度"和"柔化"3 个选项，"高光级别"用来设置高光的强度；"光泽度"用来设置高光的尺寸大小，且值越大高光区域越小；"柔化"用来降低高光区域的强度、增加区域的大小来柔化过渡区域。

3. "扩展参数" 卷展栏

"扩展参数" 卷展栏如图 9-21 所示。

- 衰减：选择在内部还是在外部进行衰减，以及衰减的程度。在"数量"选项后的微调器中可以设置衰减的程度。选择"内"单选按钮，将向着对象的内部增加不透明度；选择"外"单选按钮，将向着对象的外部增加不透明度。
- 类型：设置如何应用不透明度。
  - ➤ 过滤：单击其后的颜色块，可以设置过滤色。
  - ➤ 相减：从背景颜色中删除过渡色的颜色。
  - ➤ 相加：给物体表面增加过渡色的颜色。
- 折射率：设置折射贴图和光线跟踪所使用的折射率，通过折射率可以控制材质对透射灯光的折射程度。
- 线框：设置渲染线框的大小，在"大小"选项中可以输入线框大小，还可以选择按像素或按单位计算。

4. "贴图" 卷展栏

"贴图"卷展栏如图 9-22 所示，其中包括 12 个基本的贴图通道，所选择的着色类型不同，通道数量也有所不同。在"贴图"卷展栏的数量微调器中可以设置贴图影响材质的数量，使用百分比表示。具体贴图通道知识将在 9.5 中介绍，故这里先不介绍。

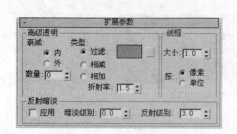

图 9-21 "扩展参数"卷展栏　　　　图 9-22 "贴图"卷展栏

"超级采样"卷展栏和"动力学属性"卷展栏如图 9-23 和图 9-24 所示。

图 9-23 "超级采样"卷展栏　　　　图 9-24 "动力学属性"卷展栏

超级采样在材质上执行一个附加的抗锯齿过滤，可以提高图像的质量。在渲染非常平滑的反射高光、精细的凹凸贴图及高分辨率时，超级采样特别有用。

"动力学属性"卷展栏用于指定影响对象的动画与其他对象碰撞时的曲面属性。

9.3 常用材质类型

本节要讲的材质类型是由两个或两个以上的材质复合在一起构成的复合材质。打开材质编辑器后，选择任何一个样本球，然后单击"Standard"按钮，弹出"材质/贴图浏览器"对话框，其中列出了所有的材质类型。下面对常用的混合材质、双面材质、无光/投影材质、多维/子对象材质、顶/底材质及光线跟踪材质进行介绍。

9.3.1 混合材质

混合材质可以将两种材质融合在一起，并且可以根据混合的量不同设置成材质动画，下面对其制作方法进行介绍。

步骤1 在视图中创建一个平面。

步骤2 按快捷键〈M〉弹出"材质编辑器"窗口，选择一个样本球，然后单击"Standard"按钮，弹出"材质/贴图浏览器"对话框，如图9-25所示。

步骤3 选择"混合"选项，单击"确定"按钮，弹出"替换材质"对话框，其中包括"丢弃材质"和"将材质保存为子材质"两个选项，在此选择后者，然后单击"确定"按钮，进入到"混合基本参数"卷展栏，如图9-26所示。

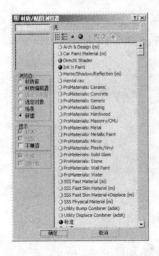

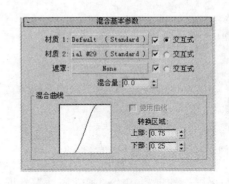

图9-25 "材质/贴图浏览器"对话框　　　　图9-26 "混合基本参数"卷展栏

● 材质1/材质2：设置两个用来混合的材质，单击其后的按钮可以进入相应的标准材质进行参数设置。

● 遮罩：设置用来遮罩的贴图，贴图图案的明暗度决定了两个材质的混合情况，较亮时显示材质1更多；较暗时显示材质2更多。

● 交互式：在以实体着色方式交互渲染时，选择将哪个材质显示在物体的表面。

● 混合量：设置材质1和材质2的混合程度。当值为0时，材质1完全可见，材质2不可见；当值为100时，材质1不可见，材质2完全可见。当设置了遮罩贴图时，混合量的设置将不起作用。

● 混合曲线：设置遮罩贴图中黑白过渡影响混合材质两种材质之间的渐变或尖锐程度。

步骤 4　单击材质 1 后的按钮，然后在"通用贴图"卷展栏中单击漫反射颜色后的"None"按钮，在弹出的"材质/贴图浏览器"对话框中选择"位图"选项，并选择如图 9-27 所示的贴图。

步骤 5　单击"转到父对象"按钮，返回混合材质层级，然后单击材质 2 后的按钮，用同样的方法为其设置一个位图贴图，贴图图案如图 9-28 所示。

图 9-27　材质 1 贴图

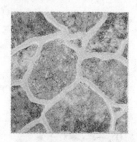

图 9-28　材质 2 贴图

步骤 6　设置遮罩贴图如图 9-29 所示，并在"混合曲线"选项区中设置上部值为 0.9，下部值为 0.6，然后在视图中选中平面，并单击"将材质指定给选定对象"按钮，将材质指定给平面。

步骤 7　渲染透视图，混合材质效果如图 9-30 所示。

图 9-29　遮罩贴图

图 9-30　混合材质效果

9.3.2　双面材质

双面材质可以为物体的内、外表面指定不同的材质，还可以对透明度进行调整。双面材质的制作过程如下：

步骤 1　在视图中创建一个球体，将其转换为可编辑网格对象，然后删除它的一半表面。

步骤 2　按快捷键〈M〉弹出"材质编辑器"窗口，选择一个样本球后单击"Standard"按钮，弹出"材质/贴图浏览器"对话框，在其中选择"双面"选项，并单击"确定"按钮。

步骤 3　进入"双面基本参数"卷展栏，如图 9-31 所示。设置正面材质为如图 9-32 所示的位图贴图，设置背面材质的漫反射颜色为白色，设置半透明值为 20。

步骤 4　在视图中选中球体，单击"将材质指定给选定对象"按钮，将材质指定给球体，然后进行渲染，双面材质效果如图 9-33 所示。

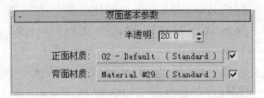

图 9-31 "双面基本参数"卷展栏

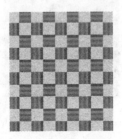

图 9-32 正面材质贴图

图 9-33 双面材质效果

- 正面材质：设置应用于物体外表面的材质。
- 背面材质：设置应用于物体内表面的材质。
- 半透明：设置正面材质和背面材质的混合程度，取值范围为 0～100。当值为 0 时不进行混合，即正面材质在正面，背面材质在背面；当值在 0～50 之间时，混合的正面材质多一点，值大于 50 时混合的背面材质多一点。

9.3.3 无光/投影材质

无光/投影材质可以使对象后面的或在背景上的对象直接显示，也可以从场景中的非隐藏对象中接收投射在照片上的阴影。不仅如此，无光/投影材质还可以反射。

无光/投影材质的基本参数卷展栏如图 9-34 所示。

- 无光：在该选项区中只有"不透明 Alpha"一个选项，用于控制是否将隐藏物体渲染到不透明的 Alpha 通道中。
- 大气：在该选项区中可以控制是否将大气效果应用于隐藏物体以及应用的方式。选中"以背景深度"单选按钮，将雾化场景并渲染场景的阴影；选中"以对象深度"单选按钮，将先渲染阴影然后雾化场景。
- 阴影：在该选项区中可以设置是否接收阴影以及接收阴影的方式。选中"影响 Alpha"复

图 9-34 "无光/投影基本参数"卷展栏

选框，可将投射于无光材质上的阴影应用于 Alpha 通道。在"阴影亮度"后的微调器中可以设置阴影的亮度；单击"颜色"选项后的颜色块，可以设置阴影颜色。

- 反射：在该选项区中可以添加反射，还可以设置反射的数量以及反射贴图。

注意：无光/投影效果仅当渲染场景之后才可见，在视口中不可见。

9.3.4 多维/子对象材质

多维/子对象材质可以通过材质 ID 号指定给一个对象的不同子对象，因此需要为物体的面指定单独的材质 ID 号，这一项工作一般使用编辑网格修改器来完成，下面结合实例对多维/子对象材质的制作进行介绍。

步骤 1　单击软件图标⊚，选择"打开"→"打开"命令，弹出"打开"对话框，打开如图 9-35 所示的显示器场景。

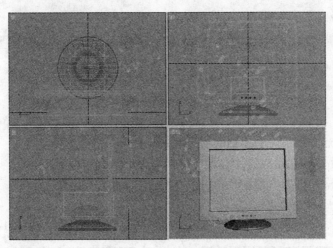

图 9-35　打开显示器场景

步骤 2　在视图中选择显示器的主体部分，单击"修改"按钮切换到修改面板，然后单击"选择"卷展栏中的"多边形"按钮，进入多边形子对象编辑状态，在前视图中选择如图 9-36 所示的多边形面。接着展开"曲面属性"卷展栏，在其中设置材质 ID 号为 1，如图 9-37 所示。

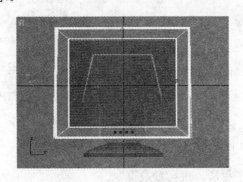

图 9-36　选择多边形面

图 9-37　设置材质 ID 号 1

步骤 3　在视图中选择如图 9-38 所示的多边形面，并用同样的方法将它们的材质 ID 号依次设置为 2 和 3。

步骤 4　按快捷键〈M〉弹出"材质编辑器"窗口，选择一个样本球，单击"Standard"

按钮，弹出"材质/贴图浏览器"对话框。然后选择"多维/子对象"选项并单击"确定"按钮，弹出"替换材质"对话框，在其中选择"将材质保存为子材质"选项并单击"确定"按钮，进入"多维/子对象基本参数"卷展栏，如图9-39所示。

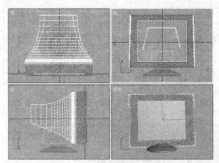
设置材质ID号2

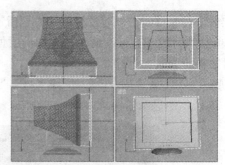
设置材质ID号3

图9-38　设置材质ID号

● 设置数量：单击该按钮，弹出"设置材质数量"对话框，在其中可以设置子材质的数量，系统默认的子材质数量为10，如图9-40所示。
● 添加：单击该按钮可以逐个增加子材质的数量。
● 删除：单击该按钮可以逐个删除子材质的数量。
● ID：显示子材质的材质ID号，用户也可以重新设置材质ID号，如果输入了重复的材质ID号，系统会在重复的材质ID上显示一个红色线框，如图9-41所示。

图9-39　"多维/子对象基本参数"卷展栏

图9-40　"设置材质数量"对话框

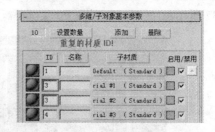

图9-41　重复的材质ID

● 名称：设置子材质的名称。
● 子材质：进入相应材质ID号的子材质，进行参数设置。
　　步骤5　在"多维/子对象基本参数"卷展栏中设置子材质的数量为3，单击材质ID为1的子材质后的按钮，然后在"贴图"卷展栏中单击漫反射颜色后的"None"按钮，在弹出的"材质/贴图浏览器"对话框中选择"位图"选项，并指定一个贴图文件。
　　步骤6　用同样的方法设置材质ID为2的子材质的漫反射颜色为灰色RGB（220，

220，220）、高光级别为 30、光泽度为 10；设置材质 ID 为 3 的子材质的漫反射颜色为黑色 RGB（180，180，180），然后将材质指定给显示器的主体。

步骤 7　为显示器的指示灯指定一个自发光材质，为其他对象指定一个和材质 ID 为 3 的子材质相同的样本，最后渲染显示器，效果如图 9-42 所示。

图 9-42　显示器效果

9.3.5　顶/底材质

使用顶/底材质可以给对象的顶部和底部指定两个不同的材质，通过对混合值的调整还可以将两种材质混合在一起。顶部和底部区域的划分是根据法线的方向来确定的，法线向上的面为顶部，法线向下的面为底部，法线方向依据的是世界坐标系或局部坐标系。

顶/底材质的基本参数卷展栏如图 9-43 所示。

- 顶材质/底材质：分别设置顶部和底部的材质。
- 交换：单击该按钮，将顶部和底部的材质相互交换。
- 坐标：设置法线依据的坐标系，包括世界坐标系和局部坐标系。
- 混合：设置顶部材质和底部材质之间的边缘混合量，当值为 0 时，顶部材质和底部材质之间存在明显的界线；当值为 100 时，顶部材质和底部材质彼此混合。

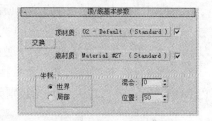

图 9-43　"顶/底基本参数"卷展栏

- 位置：设置两种材质在对象上的划分位置。当值为 0 时，表示划分位置在对象的底部，只显示顶材质；当值为 100 时，表示划分位置在对象顶部，只显示底材质。默认值为 50。

9.3.6　光线跟踪材质

光线跟踪材质是高级表面着色材质，它与标准材质一样，支持漫反射表面着色。光线跟踪材质具有标准材质的所有特点，并且能够真实放映光线的反射和折射。光线跟踪材质的渲染效果非常好，但是由于计算的光照效果太多，渲染速度很慢，光线跟踪材质还支持雾、颜色密度、半透明、荧光及其他特殊效果。

下面结合实例对光线跟踪材质的制作进行介绍。

步骤1 在视图中创建几个球体和一个平面。

步骤2 按快捷键〈M〉弹出"材质编辑器"窗口，选择一个样本球并单击"Standard"按钮，弹出"材质/贴图浏览器"对话框。然后在其中选择"光线跟踪"选项并单击"确定"按钮，打开"光线跟踪基本参数"卷展栏，如图9-44所示。

- 明暗处理：在其下拉列表框中提供了 Phong、Blinn、金属、Oren-Nayar-Blinn 和各向异性 5 种明暗处理类型。
- 环境光：与标准环境光颜色不同，其控制的是光线跟踪材质吸收环境光的多少。
- 漫反射：设置漫反射颜色，与标准漫反射颜色相同。
- 反射：设置物体高光反射的颜色。
- 发光度：与标准材质的自发光相似，但它不依赖于漫反射颜色。
- 透明度：设置通过透明材质的过滤灯光颜色，当设置为白色时，材质为完全透明；当设置为黑色时，材质为不透明。
- 折射率：设置材质折射透射光的程度。当值为 1 时为空气折射率，透明对象后的对象不失真；当值为 1.5 时，透明对象后的对象严重失真；对于略低于 1 的折射率，对象将沿其边缘反射，如从水面下看到的气泡。
- 反射高光：在该选项区中可以设置高光的颜色、强度、高光区域及柔化。
- 环境：不启用此选项时，将使用场景中的环境贴图，如果场景中没有设置环境贴图，则在此设置的环境贴图将为场景中的物体指定一个虚拟的环境贴图。
- 凹凸：与标准材质的凹凸贴图相同，可以设置凹凸贴图，在微调器中可设置凹凸的量。

步骤3 单击"漫反射"选项后的颜色块，设置漫反射的颜色为黑色，然后单击"漫反射"选项后的▇按钮，在弹出的"材质/贴图浏览器"对话框中选择"衰减"选项并单击"确定"按钮，设置衰减的第一个颜色为深蓝色 RGB（20，0，55）。

步骤4 单击"转到父对象"按钮返回上一材质层级，设置折射率为 1、高光颜色为蓝色 RGB（97，96，220）、高光级别为 76、光泽度为 28、柔化值为 0.35，如图9-45所示。

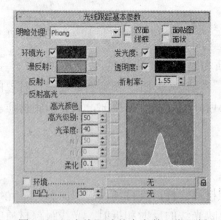

图9-44 "光线跟踪基本参数"卷展栏

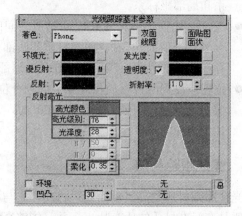

图9-45 设置光线跟踪材质

步骤5 在视图中选择一个球体，单击材质编辑器水平工具栏中的"将材质指定给选定对象"按钮，将材质指定给球体。

步骤 6　用同样的方法再制作几个光线跟踪材质，并将它们分别指定给不同的球体。

步骤 7　制作一个木纹位图贴图，并将其指定给平面。

步骤 8　调整透视图，然后按〈F9〉键进行渲染，效果如图 9-46 所示。

图 9-46　光线跟踪材质效果

9.3.7　东方时空

本例将制作一段混合材质的动画，在制作过程中，首先通过倒角修改器将二维图形转换成三维实体，然后通过改变相位值来制作动画。

步骤 1　单击软件图标 ⑥，在弹出的菜单中选择"打开"命令，弹出"打开"对话框，打开如图 9-47 所示的图形。

步骤 2　选择二维图形，单击"修改"按钮，切换到修改面板。然后选择修改器列表中的"倒角修改器"选项，设置倒角的级别 1 高度为 4，轮廓值为 4；级别 2 的高度为 30，轮廓值为 0；级别 3 的高度为 4，轮廓值为–4，效果如图 9-48 所示。

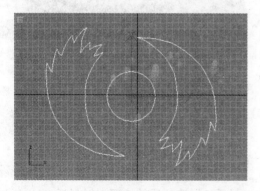

图 9-47　打开图形

图 9-48　倒角效果

步骤 3　按快捷键〈M〉弹出"材质编辑器"窗口，选择一个样本球并单击"Standard"钮，在弹出的"材质/贴图浏览器"对话框中选择"混合"材质，并单击"确定"按钮确认，如图 9-49 所示。

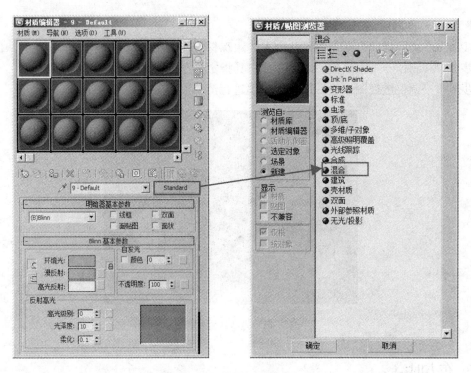

图 9-49　设置混合材质

步骤 4　在"混合基本参数"卷展栏中单击"材质 1"选项后的按钮，对材质 1 进行如下设置：设置着色类型为金属，设置高光级别为 100，光泽度为 80，如图 9-50 所示。

步骤 5　展开"贴图"卷展栏，单击反射贴图通道后的"None"按钮，弹出"材质/贴图浏览器"对话框，选择"位图"选项，并设置位图贴图为如图 9-51 所示的图像。

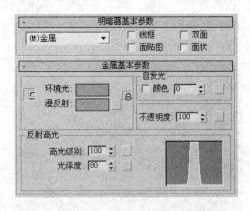

图 9-50　设置材质 1 基本参数

图 9-51　材质 1 的反射贴图

步骤 6　在"混合基本参数"卷展栏中单击"材质 2"选项后的按钮，对材质 2 进行如下设置：设置着色类型为金属，设置漫反射颜色参数如图 9-52 所示。

步骤 7　展开"贴图"卷展栏，单击反射贴图通道后的"None"按钮，弹出"材质/贴图浏览器"对话框，选择"位图"选项，并设置位图贴图为如图 9-53 所示的图像。

步骤 8　单击"遮罩"选项后的按钮，弹出"材质/贴图浏览器"对话框，在其中将遮罩设置为噪波,并设置噪波大小为40。

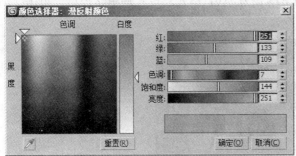

图 9-52　材质 2 漫反射颜色参数

图 9-53　材质 2 的反射贴图

步骤 9　单击动画控制区中的"自动关键点"按钮,打开录制动画功能,将时间滑块拖动至第 1 帧,设置噪波的低值为 0.2,相位值为 10,如图 9-54 所示。拖动时间滑块至第 100 帧,设置噪波的低值为 0.7,相位值为 20,如图 9-55 所示。

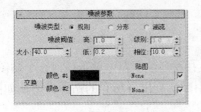

图 9-54　第 1 帧处的参数设置

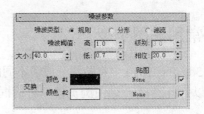

图 9-55　第 100 帧处的参数设置

步骤 10　再次单击动画控制区中的"自动关键点"按钮,退出录制动画模式。

步骤 11　按快捷键〈8〉弹出"环境和效果"对话框,在其中设置环境贴图为位图贴图,并选定一张图片。

步骤 12　单击创建面板中的"灯光"按钮,切换到标准灯光创建面板,然后单击"泛光灯"按钮,在视图中创建 4 盏泛光灯,并调整它们的位置如图 9-56 所示。

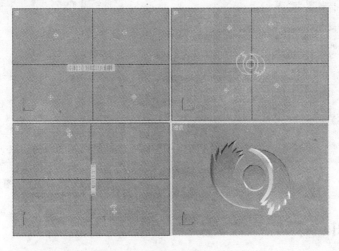

图 9-56　创建并调整灯光位置

步骤 13　按快捷键〈F10〉弹出"渲染设置"对话框，在其中设置输出时间为活动时间（0～100 帧），输出大小为 640×480，输出格式为 AVI 格式，设置输出路径后，单击"渲染"按钮渲染动画序列，效果如图 9-57 所示。

图 9-57　东方时空

9.4　常用贴图类型

在 3ds max 2010 中将贴图分成了不同的类型，在材质编辑器中单击任何一个贴图通道按钮都可以打开"材质/贴图浏览器"对话框，在其中默认列出了所有的贴图类型，如图 9-58 所示。

在"材质/贴图浏览器"对话框的"显示"选项区中，用户可设置显示不同的贴图类型，包括 2D 贴图、3D 贴图、合成贴图、颜色修改器、其他和全部。例如在选择"2D 贴图"时，将在对话框中列出所有的二维贴图，共 7 种，如图 9-59 所示。

图 9-58　"材质/贴图浏览器"对话框　　　　图 9-59　显示 2D 贴图

9.4.1　二维贴图

2D 贴图是二维图像，它们通常贴图到几何对象的表面，或用做环境贴图为场景创建背景。位图是最简单的 2D 贴图，2D 贴图还包括 Combustion、渐变、渐变坡度、棋盘格、平铺和漩涡 7 种。所有 2D 贴图都有两个公用的参数卷展栏："坐标"卷展栏和"噪波"卷展栏，如图 9-60 所示。

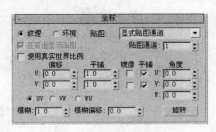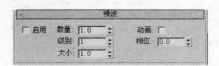

图 9-60　2D 贴图公用参数卷展栏

- 纹理/环境：当选择"纹理"选项时，将贴图作为纹理贴图应用于对象的表面；当选择"环境"选项时，将贴图作为环境贴图。
- 贴图：在下拉列表框中可以选择不同的坐标类型，其中的选项因选择的纹理贴图或环境贴图而异。
- 偏移：调整贴图的位置，在微调器中可以输入偏移的量。
- 平铺：设置贴图在轴向上的平铺次数。
- 镜像：选中其下方的复选框，将反转平铺贴图。
- 角度：设置贴图绕 U、V 或 W 轴旋转的角度。
- 模糊/模糊偏移：设置影响图像的模糊度，其中，"模糊"选项模糊图像基于贴图和视图的距离；"模糊偏移"选项与贴图和视图的距离无关。
- 旋转：单击该按钮，打开旋转贴图坐标窗口，在其中可以自由旋转贴图坐标，其使用方法和视图控制工具中的弧形旋转工具相同。

在"噪波"卷展栏中，数量可以控制噪波的强度，取值范围为 0～100；级别可以设置噪波功能使用的次数；大小可以基于几何体设置噪波函数的尺度。另外，还可以通过相位调整噪波的变化速度。

下面分别介绍各种 2D 贴图。

1. 位图贴图

位图贴图是最简单和最常用的 2D 贴图，其素材来源非常广泛，可以通过拍摄、扫描和下载等各种途径获得，支持的文件类型也很多，如 AVI、BMP、CIN、DDS、FLC、GIF、IFL、JPEG、MOV、PNG、PSD、RGB、RLA、RPF、TGA 和 TIFF 等。在 3ds max 2010 中还新增了 MPEG 文件类型，它是用于电影文件的标准格式，MPEG 代表 Moving Picture Experts Group（运动图像专家小组），MPEG 文件的扩展名可以是.mpg 或.mpeg。

步骤 1　在视图中创建一个长方体作为渲染的对象。

步骤 2　按快捷键〈M〉弹出"材质编辑器"窗口，单击"Blinn 基本参数"卷展栏中"漫反射"选项后的"贴图通道"按钮　，弹出"材质/贴图浏览器"对话框，在其中选择位图贴图，并单击"确定"按钮，弹出"选择位图图像文件"对话框，如图 9-61 所示。在其中选择一个位图贴图文件后，单击"打开"按钮，进入"位图参数"卷展栏，如图 9-62 所示。

图 9-61 "选择位图图像文件"对话框　　　图 9-62 "位图参数"卷展栏

步骤 3　单击"转到父对象"按钮，返回上一材质层级，设置高光级别为 30、光泽度为 10、柔化值为 0.1，如图 9-63 所示。

步骤 4　按〈F9〉键渲染场景，效果如图 9-64 所示。

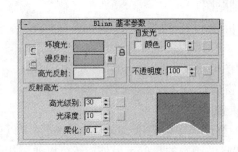

图 9-63　设置反射高光　　　　　　　图 9-64　位图贴图效果

2．渐变贴图

使用渐变贴图可以建立渐变色的效果，用户可以为渐变指定两种或 3 种颜色，创建不同分渐变色效果，"渐变参数"卷展栏如图 9-65 所示。

● 颜色 #1：设置颜色 1 的颜色，可以单击其后的"None"按钮指定贴图。
● 颜色 #2：设置颜色 2 的颜色，可以单击其后的"None"按钮指定贴图。
● 颜色 #3：设置颜色 3 的颜色，可以单击其后的"None"按钮指定贴图。
● 颜色 2 位置：设置中间颜色（颜色 2）的位置，取值范围为 0～1，默认值为 0.5。
● 渐变类型：设置渐变的类型，包括"线性"和"径向"两种，产生的效果如图 9-66 所示。
● 噪波：设置有关噪波的参数，如噪波的数量、类型和相位等。
● 噪波阈值：在该选项区中包括"高"、"低"和"平滑"3 个选项，用来控制噪波的阈值。

3．渐变坡度贴图

渐变坡度贴图是一种与渐变贴图相似的 2D 贴图，但在渐变坡度贴图中可以为渐变指定任何数量的颜色或贴图。"渐变坡度参数"卷展栏如图 9-67 所示，其中"噪波"和"噪波阈值"两个选项区中的参数和渐变贴图的完全相同，在"渐变类型"和"插值"下拉列表框中可以选择不同的渐变类型和插值方式。

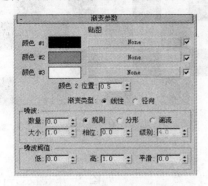

图 9-65　"渐变参数"卷展栏　　　　　图 9-66　设置渐变的类型分别为线性和径向

4．平铺贴图

平铺贴图可以创建砖、彩色瓷砖或材质贴图效果，在"标准控制"卷展栏中可以选择预置的砖块模式，在"高级控制"卷展栏中可以设置砖块的颜色和纹理贴图、水平和垂直数量，以及砖缝的颜色和纹理贴图、水平和垂直间距等，如图 9-68 所示。

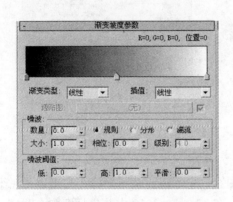

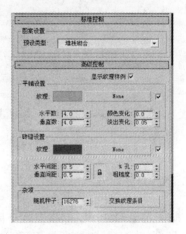

图 9-67　"渐变坡度参数"卷展栏　　　　图 9-68　平铺贴图的参数卷展栏

5．棋盘格贴图

棋盘格贴图使用两种颜色创建棋盘图案。默认的棋盘格贴图是黑白方块图案。在"棋盘格参数"卷展栏中可以更改棋盘格的颜色或将其设置成贴图，如图 9-69 所示。

● 颜色 #1：设置颜色 1 的颜色，单击其后的"None"按钮可以指定贴图。
● 颜色 #2：设置颜色 2 的颜色，单击其后的"None"按钮可以指定贴图。
● 交换：单击该按钮，将颜色 1 和颜色 2 互换。
● 柔化：设置棋盘格之间的边缘过渡，效果如图 9-70 所示。

6．Combustion 贴图

在系统中安装了 Autodesk Combustion 插件之后才能使用 Combustion 贴图。当使用

Combustion 在位图上进行绘制时，材质将在材质编辑器和着色视图中自动更新。
"Combustion 参数"卷展栏如图 9-71 所示。

图 9-69 "棋盘格参数"卷展栏

图 9-70 设置柔化前后的棋盘格效果

7. 漩涡贴图

漩涡贴图可以创建两种颜色的漩涡状图像，其"参数"卷展栏如图 9-72 所示。在其中可以设置旋涡效果基础层及漩涡的颜色，单击其后的"None"按钮可以指定贴图。单击"交换"按钮可以使"基本"和"漩涡"的颜色或贴图互换。

图 9-71 "Combustion 参数"卷展栏

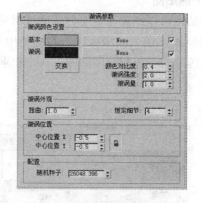

图 9-72 "漩涡参数"卷展栏

9.4.2 三维贴图

3D 贴图是根据程序以三维方式生成的图案，它不需要贴图坐标，被指定了三维贴图材质的物体切面纹理和外部纹理是相互匹配的。在 3ds max 2010 中共包括细胞、凹痕、衰减、大理石、噪波、粒子年龄、粒子运动模糊、Perlin 大理石、行星、烟雾、斑点、泼溅、灰泥、波浪和木材 15 种 3D 贴图。

下面对其中比较常用的几种进行介绍。

1. 细胞贴图

细胞贴图是一种 3D 贴图，可以生成用于各种视觉效果的细胞图案，其"参数"卷展栏如图 9-73 所示。在其中用户不仅可以为单个细胞指定颜色或贴图，还可以通过变换值的调整改变细胞的颜色。

2. 衰减贴图

衰减贴图基于几何体表面法线方向创建灰度图像，平行于视图的法线区域为黑色，垂直于视图的法线区域为白色。用户可以将衰减贴图指定为不透明度贴图，为对象不透明度增加

204

更多控制。

　　"衰减参数"卷展栏如图 9-74 所示，在其中可设置衰减类型、衰减方向及样本颜色等。

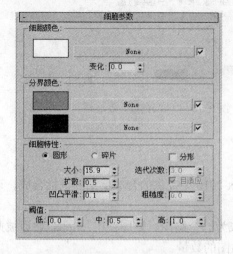

图 9-73　"细胞参数"卷展栏

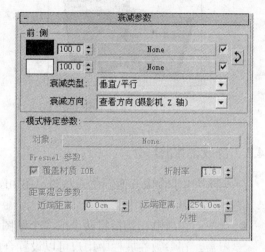

图 9-74　"衰减参数"卷展栏

3．大理石贴图

　　大理石贴图使用一个背景色和一个条纹色模拟大理石效果。"大理石参数"卷展栏如图 9-75 所示，在其中可以设置条纹的间距、条纹的宽度，以及背景和条纹的颜色。

4．噪波贴图

　　噪波贴图使用两种颜色随机改变对象的表面，其"噪波参数"卷展栏如图 9-76 所示。在其中可以设置噪波的类型为规则、分形或湍流，从而以不同的算法来计算噪波。同样在其中可以设置两个颜色样本或贴图。

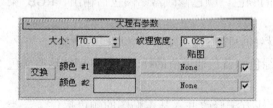

图 9-75　"大理石参数"卷展栏

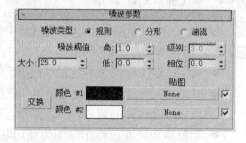

图 9-76　"噪波参数"卷展栏

5．木材贴图

　　木材贴图可以创建木纹纹理的效果，其通过将两种颜色进行混合形成纹理图案，并且可以控制纹理的方向、粗细和复杂度，效果如图 9-77 所示。

6．波浪贴图

　　波浪相当于同时具有漫反射和凹凸效果的贴图，其生成一定数量的球形波浪中心并将它们随机分布在物体表面，生成水花或波纹效果。"波浪参数"卷展栏如图 9-78 所示，在其中可以设置波长、振幅等。

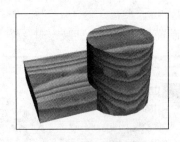

图 9-77　木材贴图效果　　　　　　　　　图 9-78　"波浪参数"卷展栏

9.4.3　合成器贴图

合成器专用于合成其他颜色或贴图。在 3ds max 2010 中提供的合成器贴图包括合成、遮罩、混合和 RGB 相乘 4 种。

- 合成：合成贴图是指将两个或多个贴图合成为一个贴图。贴图使用 Alpha 通道彼此覆盖，在参数卷展栏中用户可以设置合成贴图的数量。
- 遮罩：使用遮罩贴图可以在曲面上通过一种材质查看另一种材质。遮罩控制应用于曲面的第二个贴图的位置。在默认情况下，白色的遮罩区域为不透明，显示贴图；黑色的遮罩区域为透明，显示基本材质。
- 混合：混合贴图可以混合两种颜色或两种贴图。通过对混合量的调整可以控制混合的程度，并且可以将混合量设置为贴图。
- RGB 相乘：RGB 相乘贴图通常用于凹凸贴图，通过使用每张贴图的 Alpha 通道混合贴图来保持单张贴图的饱和度。

9.4.4　颜色修改器

使用颜色修改器贴图可以改变材质中像素的颜色。颜色修改器贴图包括输出、RGB 染色、颜色修正和顶点颜色 4 种。

- 输出：输出贴图为不包含"输出"卷展栏的贴图添加"输出"卷展栏的功能。
- RGB 染色：RGB 染色贴图包括红色、绿色和蓝色通道值的样本，通过调整这些颜色可以改变色调的数量。
- 颜色修正：颜色修正贴图为使用基于堆栈方法修改并入基本贴图的颜色提供了一类工具。校正颜色的工具包括单色、倒置、颜色通道的自定义重新关联、色调切换，以及饱和度和亮度的调整。在多数情况下，颜色调整控件会对在 Autodesk Toxik 和 Autodesk Combustion 中发现的颜色进行镜像。
- 顶点颜色：顶点颜色贴图在对象渲染时把顶点颜色分配给可见的可编辑网格、多边形和面片对象，当可编辑网格、多边形和面片对象在顶点子对象模式时可以分配选择的顶点颜色、照明颜色等。

9.4.5　反射和折射贴图

用来创建反射和折射的贴图，在"材质/贴图浏览器"对话框中选择"显示"选项区中的其他选项时可以显示它们，包括平面镜、光线跟踪、反射/折射和薄壁折射。

- 平面镜：创建物体共面的表面反射场景环境的效果，多用于地面、水面和镜子等平整的物体。
- 光线跟踪：创建光线跟踪反射和折射的效果，使用该贴图后，场景渲染速度明显变慢。
- 反射/折射：用来模拟物体表面的反射和折射效果，效果不如光线跟踪贴图，但是渲染速度比光线跟踪贴图要快很多。
- 薄壁折射：用来模拟透镜折射场景的效果，通常用来制作透镜、玻璃和放大镜等物体的材质。

9.4.6 法线凹凸贴图

法线凹凸贴图是一种新技术，用于模拟低分辨率多边形模型上的高分辨率曲面细节。法线凹凸贴图在某些方面与常规凹凸贴图类似，但与常规凹凸贴图相比，可以传达更为复杂的曲面细节。法线凹凸贴图不仅可以存储曲面方向法线的信息，还可以存储常规凹凸贴图使用的简单深度信息。

用户创建法线凹凸贴图，通常从两个对象开始：一个充当法线凹凸贴图信息源的高分辨率对象，一个接收法线凹凸贴图，并利用该贴图使其看起来比实际外观更细致的低分辨率目标对象。法线凹凸贴图比较复杂，用户只需对其有所了解，具体制作过程这里就不再深入介绍。

9.5 常用贴图

在材质应用中，贴图的作用至关重要，综合运用各贴图通道在很大程度上决定了材质的真实性。在 3ds max 2010 中提供了 12 种基本的贴图通道，它们都集中在"贴图"卷展栏中，如图 9-79 所示。

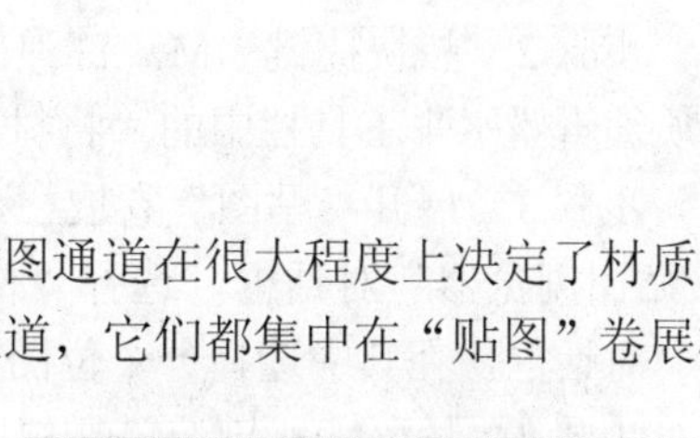

单击贴图通道后的"None"按钮，弹出"材质/贴图浏览器"对话框，在其中用户可以选择要使用的贴图，在"贴图"卷展栏的数量微调器中可设置贴图的强度，通过每个贴图通道前的复选框，可以控制是否应用贴图效果。

- 环境光颜色贴图：替代环境光颜色部分，可以使对象的阴影显示出一张贴图，漫反射贴图通道也影响环境光的颜色，在其右侧有一个锁定按钮将它们锁定在一起。

图 9-79 "贴图"卷展栏

- 漫反射颜色贴图：替代漫反射颜色部分，这是对象使用的主要颜色，是最常用的一个贴图通道。
- 高光颜色贴图：替代高光颜色部分，同时也受高光级别和光泽度贴图影响。
- 高光级别贴图：控制高光亮点的强度，当为 0 时贴图为黑色，当为 1 时贴图为白色。
- 光泽度贴图：设置高光亮点的位置。

- 自发光贴图：确定对象发光的区域，不能接收照明效果，黑色区域代表没有自发光的区域，白色区域代表自发光最强的区域。
- 不透明度贴图：确定哪个区域是可见的哪个区域是透明的，贴图上的黑色区域是透明的，白色区域是不透明的。
- 过滤色贴图：使用颜色创建透明的区域，如有色玻璃材质。
- 凹凸贴图：通过位图颜色使对象的表面凸起或凹陷，贴图的白色区域被凸起，较黑的部分被凹陷，且越黑凹陷得越厉害。值得注意的是，虽然凹凸贴图使模型从感观上产生了凹凸效果，但实际上并没有影响几何体表面。
- 反射贴图：反射贴图通道像镜子一样反射表面图像，反射贴图不需要贴图坐标。
- 折射贴图：弯曲通过透明对象光线，并显示图像。
- 置换贴图：其与凹凸贴图有所不同，可以改变对象的表面形状，贴图的白色区域被向外推，黑色区域被向内推。置换贴图只能应用于可编辑网格和NURBS对象，其他类型的对象要在使用了置换修改器后才能使用。

下面结合实例对常用的几个贴图通道进行介绍。

9.5.1 漫反射贴图

漫反射贴图是最常用的一种贴图通道，可以使用贴图代替漫反射颜色部分。

步骤1　启动3ds max 2010，单击创建命令面板中"几何体"按钮，切换到几何体子面板，然后单击其中的"茶壶"按钮，在视图中创建一个茶壶，如图9-80所示。

步骤2　按快捷键〈M〉键弹出"材质编辑器"窗口，在其中选择一个样本球，并单击材质编辑器水平工具栏中的"将材质指定给选定对象"按钮，将材质指定给茶壶。

步骤3　展开"贴图"卷展栏，单击"漫反射颜色"选项后的"None"按钮，弹出"材质/贴图浏览器"对话框，选择"位图"选项并单击"确定"按钮，弹出"选择位图图像文件"对话框，在其中选择一个位图文件后单击"打开"按钮。

步骤4　按〈F9〉键渲染透视图，效果如图9-81所示。

图9-80　创建茶壶

图9-81　漫反射贴图效果

9.5.2 自发光贴图

自发光贴图通道将贴图以一种自发光形式贴在物体表面，贴图中黑色的区域不会对材质产生影响，不是纯黑色的区域将根据自身的颜色产生发光效果，发光的区域不受光照和投影的影响。

步骤 1 打开第 8 章中制作的吊灯场景。

步骤 2 按快捷键〈M〉弹出"材质编辑器"窗口，在其中选择一个样本球，并单击材质编辑器中的"将材质指定给选定对象"按钮，将材质指定给选择的灯罩部分，如图 9-82 所示。

步骤 3 在"明暗器基本参数"卷展栏中设置着色类型为 Blinn 方式，然后单击"Blinn 基本参数"卷展栏中"漫反射"选项后的颜色块，设置漫反射颜色为白色，设置自发光的强度为 100，并设置高光级别为 80、光泽度为 60。

步骤 4 选择另一个样本球，将其指定给如图 9-83 所示的物体，然后设置着色类型为 Blinn 方式、漫反射颜色为黑色、高光级别为 60、光泽度为 15。

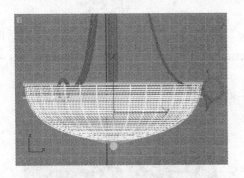
图 9-82 指定自发光材质

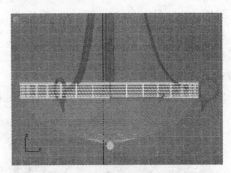
图 9-83 选择对象

步骤 5 选择另一个样本球，并将其指定给剩余的物体。然后单击"Standard"按钮弹出"材质/贴图浏览器"对话框（见图 9-84），在"浏览自"选项区中选中"材质库"单选按钮，然后在材质库中选择适合的材质样本。

步骤 6 按〈F9〉键渲染场景，效果如图 9-85 所示。

图 9-84 选择材质样本

图 9-85 渲染效果

9.5.3 不透明贴图

不透明贴图可以利用贴图在物体的表面产生透明效果，贴图的白色区域为不透明，黑色区域为透明，黑白之间的颜色为半透明。通常，使用不透明贴图向场景中添加人物、植物等配景。

　　步骤 1　启动 3ds max 2010，单击创建命令面板中"几何体"按钮，切换到几何体子面板。然后单击其中的"长方体"按钮，在视图中创建一个长度为 60、宽度为 120、高度为 0 的长方体薄片，如图 9-86 所示。

　　步骤 2　按快捷键〈M〉键弹出"材质编辑器"窗口，在其中选择一个样本球，并单击"将材质指定给选定对象"按钮，将材质指定给选择的长方体薄片。

　　步骤 3　展开"贴图"卷展栏，单击"漫反射颜色"后的"None"按钮，弹出"材质/贴图浏览器"对话框，选择位图贴图，并设置贴图文件为 Fern.JPEG（路径为*：\Autodesk\3ds max 2010\ maps\Organics）。

　　步骤 4　单击"不透明度"选项后的"None"按钮，弹出"材质/贴图浏览器"对话框，在其中选择位图贴图，并设置贴图文件为 Fernopac.JPEG（路径为*：\Autodesk\3ds max 2010\maps\Organics）。

　　步骤 5　按〈F9〉键渲染场景，效果如图 9-87 所示。

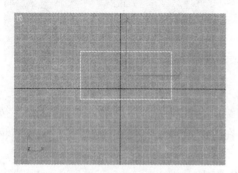
图 9-86　长方体薄片

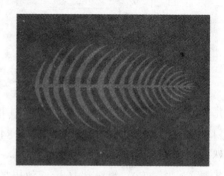
图 9-87　不透明贴图效果

9.5.4　凹凸贴图

　　凹凸贴图可以通过位图颜色使对象的表面凸起或凹陷，贴图的白色区域被凸起，较黑的部分被凹陷，且越黑凹陷得越深。

　　步骤 1　启动 3ds max 2010，单击创建命令面板中的"几何体"按钮，切换到几何体子面板。然后单击其中的"长方体"按钮，在视图中创建一个长度为 120、宽度为 180、高度为 1 的长方体。

　　步骤 2　按快捷键〈M〉弹出"材质编辑器"窗口，在其中选择一个样本球，并单击"将材质指定给选定对象"按钮，将材质指定给选择的长方体。

　　步骤 3　展开"贴图"卷展栏，单击"漫反射颜色"后的"None"按钮，弹出"材质/贴图浏览器"对话框，在其中选择位图贴图，并指定如图 9-88 所示的贴图文件。

　　步骤 4　按〈F9〉键渲染场景，效果如图 9-89 所示。

　　步骤 5　单击"凹凸"选项后的"None"按钮，弹出"材质/贴图浏览器"对话框，在其中选择位图贴图，并指定如图 9-88 所示的贴图文件，然后设置凹凸的数量为 200。

　　步骤 6　按〈F9〉键渲染场景，效果如图 9-90 所示。

图 9-88　选择的位图文件

图 9-89　未指定凹凸贴图前的效果

　　技巧：在指定凹凸贴图时，用户可以在"贴图"卷展栏中将漫反射的贴图直接拖曳至"凹凸"选项后的"None"按钮上松开鼠标，弹出如图 9-91 所示的"复制贴图"对话框，在其中用户可以设置产生副本的方式。

图 9-90　凹凸贴图效果

图 9-91　"复制贴图"对话框

9.5.5　反射贴图

　　反射贴图不依赖几何体对象，而与周围的环境紧密相关，即贴图随着视图的改变而改变，下面结合实例进行说明。

　　步骤 1　打开第 7 章中用倒角修改器生成的文字，然后单击几何体子面板中的"长方体"按钮，在视图中创建一个长方体，并将其对齐至如图 9-92 所示的位置。

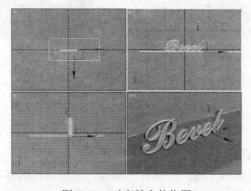

图 9-92　对齐长方体位置

步骤 2　按快捷键〈M〉弹出"材质编辑器"窗口，在其中选择一个样本球，并单击"将材质指定给选定对象"按钮，将材质指定给倒角文字。

步骤 3　单击"Standard"按钮弹出"材质/贴图浏览器"对话框，在"浏览自"选项区中选中"材质库"单选按钮，然后在材质库中选择如图 9-93 所示的材质样本。

步骤 4　选择另一个样本球，将其指定给长方体，然后设置着色类型为 Blinn 方式、漫反射颜色为 RGB（33，215，222）、自发光为 20、不透明度为 60、高光级别为 70、光泽度为 30，如图 9-94 所示。

图 9-93　选择材质样本

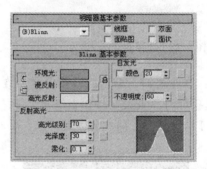
图 9-94　设置材质基本参数

步骤 5　展开"贴图"卷展栏，单击"反射"选项后的"None"按钮，在弹出的"材质/贴图浏览器"对话框中选择"光线跟踪"选项，并单击"确定"按钮。对于"光线跟踪器参数"卷展栏中的参数采用默认设置，展开其下方的"衰减"卷展栏，并设置衰减类型为线性，取值范围为 20～120，如图 9-95 所示。

步骤 6　单击材质编辑器中的"转到父对象"按钮，返回"贴图"卷展栏，在反射后的微调器中设置反射的量为 10。

步骤 7　按〈F9〉键渲染场景，效果如图 9-96 所示。

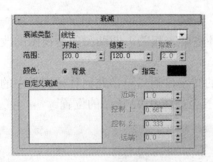
图 9-95　设置衰减参数

图 9-96　反射贴图效果

9.6　贴图坐标

贴图坐标用于控制贴图如何在对象上进行放置，在默认情况下，每创建一个对象，系统都会为其指定一个基本的贴图坐标，但是有些物体，如可编辑网格对象，不会自动应用贴图坐标，这就需要用户使用 UVW 贴图修改器为其指定贴图坐标。

UVW 贴图修改器可以控制对象的 UVW 贴图坐标，其"参数"卷展栏如图 9-97 所示。在其中用户不仅可以指定贴图的方式，还可以设置贴图的大小、平铺次数及对齐贴图等。

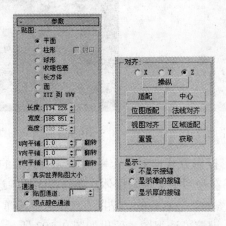

图 9-97　UVW 贴图修改器"参数"卷展栏

在该卷展栏中包括 7 种不同的贴图方式，分别为平面、柱形、球形、收缩包裹、长方体、面和 XYZ 到 UVW。下面结合实例对它们分别进行介绍。

步骤 1　在视图中创建一个长方体、一个球体和一个圆柱体，如图 9-98 所示。

步骤 2　按快捷键〈M〉弹出"材质编辑器"窗口，在其中选择一个样本球，在视图中选择所有物体，然后单击材质编辑器水平工具栏中的"将材质指定给选定对象"按钮，指定材质。

步骤 3　展开"贴图"卷展栏，单击"漫反射颜色"选项后的"None"按钮，弹出"材质/贴图浏览器"对话框，在其中选择"位图"选项，并单击"确定"按钮。

步骤 4　在"选择位图图像文件"对话框中选择如图 9-99 所示的位图贴图，然后单击"打开"按钮。

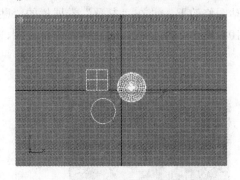

图 9-98　建立场景

图 9-99　位图贴图文件

步骤 5　选择合适的贴图方式。

● 平面方式：从对象上的一个平面投影贴图。选择长方体，单击"修改"按钮切换到修改面板，选择修改器列表中的 UVW 贴图修改器，并在"参数"卷展栏的"贴图"选项区中选择"平面"选项，如图 9-100 所示。然后按〈F9〉键渲染透视图，效果如图 9-101 所示。

图 9-100　选择平面方式　　　　　　图 9-101　平面方式的贴图效果

● 柱形方式：使用柱形投影方式向对象上贴图，选中其后的"封口"复选框可以在柱形两端面添加贴图。在视图中选择圆柱体，在修改面板中选择修改器列表中的 UVW 贴图修改器，并在"参数"卷展栏的"贴图"选项区中选择"柱形"选项，如图 9-102 所示。然后按〈F9〉键渲染透视图，效果如图 9-103 所示。

图 9-102　选择柱形方式　　　　　　图 9-103　柱形方式的贴图效果

● 球形方式：围绕对象以球形投影方式贴图，会产生接缝。在视图中选择球体，在修改面板中选择修改器列表中的 UVW 贴图修改器，并在"参数"卷展栏的"贴图"选项区中选择"球形"选项，如图 9-104 所示。然后按〈F9〉键渲染透视图，效果如图 9-105 所示。

图 9-104　选择球形方式　　　　　　图 9-105　球形方式的贴图效果

● 收缩包裹：使用球形贴图，但是将贴图所有的角都拉到一个点，从而消除了接缝。在视图中选择球体，单击"修改"按钮切换到修改面板，在"参数"卷展栏的"贴图"选项区中选择"收缩包裹"选项,如图 9-106 所示。然后按〈F9〉渲染透视图,效果如图 9-107 所示。

图 9-106　选择收缩包裹方式

图 9-107　收缩包裹方式的贴图效果

● 长方体方式:从长方体的 6 个侧面投影贴图,每个侧面的投影为一个平面贴图。在视图中选择长方体,单击"修改"按钮切换到修改面板,在"参数"卷展栏的"贴图"选项区中选择"长方体"选项,如图 9-108 所示。然后按〈F9〉键渲染透视图,效果如图 9-109 所示。

图 9-108　选择长方体方式

图 9-109　长方体方式的贴图效果

● 面方式:为对象的每个面应用贴图。在视图中选择长方体,单击"修改"按钮切换到修改面板,在"参数"卷展栏的"贴图"选项区中选择"面"选项,如图 9-110 所示。然后按〈F9〉键渲染透视图,效果如图 9-111 所示。

图 9-110　选择面方式

图 9-111　面方式的贴图效果

● XYZ 到 UVW 方式：将 3D 程序坐标贴图到 UVW 坐标。按快捷键〈M〉弹出"材质编辑器"窗口，单击"贴图"卷展栏中"漫反射颜色"选项后的"None"按钮，弹出"材质/贴图浏览器"对话框，在其中选择一个 3D 贴图（如大理石）。

步骤 6　将材质指定给长方体，并在修改面板中设置贴图方式为 XYZ 到 UVW，如图 9-112 所示。然后按〈F9〉键渲染透视图，效果如图 9-113 所示。

图 9-112　选择 XYZ 到 UVW 方式　　　　图 9-113　XYZ 到 UVW 方式贴图效果

9.7　平面镜

本例将制作一个平面镜，使其反射场景中的物体。在制作过程中将使用平面镜贴图，具体制作过程如下：

步骤 1　单击软件图标 ，选择"打开"→"打开"命令，弹出"打开"对话框，打开 model10.max 场景，如图 9-114 所示。

图 9-114　打开场景

步骤 2　单击创建命令面板中的"几何体"按钮，切换到几何体子面板。然后单击"长方体"按钮，在视图中创建一个长方体，并调整至如图 9-115 所示的位置。

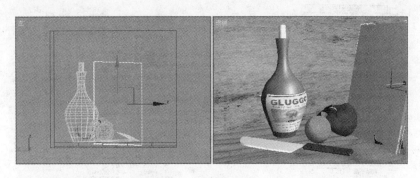

图 9-115　调整长方体的位置

　　步骤 3　选中长方体，然后在视图中右击，在弹出的快捷菜单中选择"转换为"→"转换为可编辑网格"命令，将长方体转换为可编辑网格对象，如图 9-116 所示。

　　步骤 4　单击"选择"卷展栏中的"多边形"按钮，进入到多边形子对象编辑状态，在视图中选择如图 9-117 所示的多边形面，然后展开"曲面属性"卷展栏，设置选择多边形面的材质 ID 号为 1，如图 9-118 所示。再次单击"选择"卷展栏中的"多边形"按钮，退出多边形子对象编辑状态。

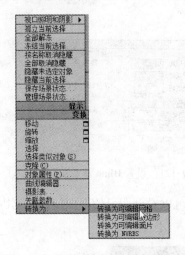

图 9-116　转换为可编辑网格对象

图 9-117　选择多边形面

　　步骤 5　按快捷键〈M〉弹出"材质编辑器"窗口，在其中选择一个样本球，然后单击材质编辑器水平工具栏中的"将材质指定给选定对象"按钮，将材质指定给长方体。

　　步骤 6　在"明暗器基本参数"卷展栏中设置着色类型为 Blinn 方式，单击"贴图"卷展栏中"反射"选项后的贴图通道"None"按钮，弹出"材质/贴图浏览器"对话框，在其中选择"平面镜"贴图（见图 9-119），单击"确定"按钮。

　　步骤 7　在"平面镜参数"卷展栏中设置模糊值为 1，并选中"应用于带 ID 的面"复选框，然后在其后面的微调器中设置 ID 号为 1，如图 9-120 所示。

　　步骤 8　单击材质编辑器水平工具栏中的"转到父对象"按钮，返回上一层级，在"Blinn 基本参数"卷展栏中设置漫反射颜色为 RGB（100，100，100）、高光级别为 25、光泽度为 10，如图 9-121 所示。

图 9-118　设置材质 ID 号

图 9-119　"材质/贴图浏览器"对话框

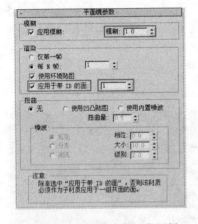

图 9-120　"平面镜参数"卷展栏

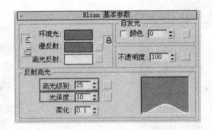

图 9-121　设置 Blinn 基本参数

步骤 9　激活透视图,然后按〈F9〉键进行渲染,可以看到明显的平面镜反射周围场景的效果,如图 9-122 所示。

图 9-122　平面镜效果

218

9.8 制作魔方

本例制作一个魔方,在制作时将首先通过长方体变形生成魔方的级别模型,然后使用多维/子对象材质通过不同的材质 ID 号将材质指定给魔方的各个面,具体制作过程如下:

步骤1 单击软件图标 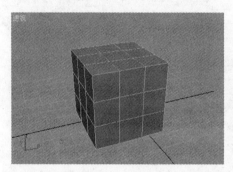,选择"重置"命令,重新设置系统。

步骤2 单击创建命令面板中的"几何体"按钮,切换到几何体子面板。然后单击"长方体"按钮,在视图中创建一个长方体,并设置其长度、宽度和高度均为40,长、宽、高的分段数均为3,如图 9-123 所示。

图 9-123 创建长方体

步骤3 选中长方体,然后在视图中右击,在弹出的快捷菜单中选择"转换为"→"转换为可编辑多边形"命令,将长方体转换为可编辑多边形对象。

步骤4 在修改堆栈中选择多边形子对象层级,然后选择所有的多边形面,单击"编辑多边形"卷展栏中"倒角"按钮后的设置按钮,弹出"倒角多边形"对话框,在其中设置高度为 2.5,倒角类型为按多边形方式,轮廓量为-1.5,最后单击"确定"按钮,如图 9-124 所示。

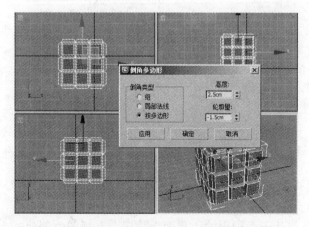

图 9-124 按多边形挤出对象

步骤5 选择"编辑"→"反选"命令,反选多边形面,然后在"多边形属性"卷展栏中设置材质 ID 号为7(因为长方体自动为 6 个面指定了从 1~6 的材质 ID 号)。

步骤 6　按快捷键〈M〉弹出"材质编辑器"窗口，在其中选择一个样本球，然后单击材质编辑器水平工具栏中的"将材质指定给选定对象"按钮，将材质指定给长方体。

步骤 7　单击"Standard"按钮，弹出"材质/贴图浏览器"对话框，在其中选择"多维/子对象"选项并单击"确定"按钮，弹出"替换材质"对话框。选择"将材质保存为子材质"选项并单击"确定"按钮，进入"多维/子对象基本参数"卷展栏，如图 9-125 所示。

图 9-125　"多维/子对象基本参数"卷展栏

步骤 8　单击"设置数量"按钮，弹出"设置材质数量"对话框，在其中设置材质数量为 7，然后单击"确定"按钮。

步骤 9　单击材质 1 后的长条按钮，进入标准材质的基本参数设置面板，在其中设置高光级别为 75、光泽度为 50、自发光值为 20，然后返回"多维/子对象基本参数"卷展栏，并将其复制给其他材质。

步骤 10　单击各材质后的颜色块，分别设置成不同的颜色。

步骤 11　将魔方复制两个，然后使用变换工具对其位置进行调整，如图 9-126 所示。

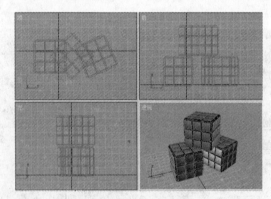

图 9-126　复制魔方

步骤 12　单击几何体子面板中的"平面"按钮，在视图中创建一个平面接收阴影。按快捷键〈M〉弹出"材质编辑器"窗口，在其中选择一个样本球，并将其指定给平面。然后单击"Standard"按钮，弹出"材质/贴图浏览器"对话框，在其中选择"无光/投影"选项并单击"确定"按钮，如图 9-127 所示。

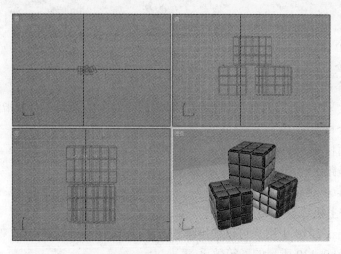

图 9-127　创建平面

步骤 13　按快捷键〈8〉弹出"环境和效果"对话框，在其中将背景颜色设置为白色，如图 9-128 所示。

步骤 14　在视图中创建灯光后，渲染透视图，魔方的最终效果如图 9-129 所示。

图 9-128　设置背景颜色

图 9-129　魔方效果

9.9　习题

1．填空题

（1）材质编辑器主要由菜单栏、_____、_____和_____ 4 部分组成。

（2）UVW 贴图方式包括平面、_____、_____、收缩包裹、_____、面和 XYZ 到 UVW 7 种。

2．选择题

（1）在材质编辑器的示例窗中共有（　　）个样本球。

A. 6个

B. 12个

C. 24个

D. 36个

（2）使用（　　）材质可以通过材质 ID 号为同一对象的不同子对象指定不同的材质。

A. 混合材质

B. 双面材质

C. 光线跟踪材质

D. 多维/子对象材质

3．简答题与上机练习

（1）在 3ds max 2010 中用户可以使用哪些方法打开材质编辑器？

（2）制作如图 9-130 所示的音箱效果。

图 9-130　音箱

第10章 灯光和摄影机

本章要点

- 标准灯光分类
- 设置灯光参数
- 体积光特效
- 使用摄影机

灯光是 3ds max 2010 中的一种特殊物体，其本身不在渲染后的场景中出现，但是影响周围物体的明暗。如果一个 3ds max 2010 场景中没有灯光，那么就会一片漆黑，更谈不上表现模型的形状、质感等。

3ds max 2010 中的摄影机和真实世界中的摄影机大致相同，也具有聚焦、景深和视角等，能够提供各种观看场景的方法，而且还可以将摄影机本身设置成动画。

10.1 标准灯光分类

灯光在 3ds max 2010 场景中起着至关重要的作用，它与现实生活中的灯光一样，不仅可以使空间产生明暗变化，还能营造出某种特殊的空间气氛，让场景产生丰富、自然的色彩和明暗对比。通过灯光和阴影还可以更好地体现和刻画模型的外观、层次与细节。

在为场景添加灯光前，之所以能够看见场景中的物体，是因为 3ds max 2010 在添加其他灯光前，设置了两盏默认灯光，一盏位于场景的左上角，另一盏位于场景的右下角。当用户在场景中创建了一盏灯光后，默认灯光将自动消失，当删除场景中的所有灯光时，默认灯光将重新出现。而且用户还可以在"视口配置"对话框中设置默认灯光为一盏或两盏。

在 3ds max 2010 中可以将灯光分为标准灯光和光度学灯光两大类，其中标准灯光比较常用，下面对其进行介绍。

图 10-1 标准灯光创建面板

启动 3ds max 2010 后，单击创建命令面板中的"灯光"按钮，即可切换到标准灯光创建面板，如图 10-1 所示。其中包括 8 种灯光类型，分别为目标聚光灯、自由聚光灯、目标平行光、自由平行光、泛光灯、天光、mr 区域泛光灯和 mr 区域聚光灯。

10.1.1 目标聚光灯

目标聚光灯具有目标点和投射点，可以用来投射光束，用户可以调整它的投射方向和照射范围。由于位于照射范围以外的物体不受影响，所以可以用来有选择性地照射场景中的物体，目标聚光灯常用来作为场景中的主光源。

目标聚光灯的创建方法非常简单，单击标准灯光创建面板中的"目标聚光灯"按钮后，在视图中单击确定聚光灯的发射点，然后按住鼠标左键并拖动确定目标点的位置即可，创建的目标聚光灯如图 10-2 所示。目标聚光灯的照射效果如图 10-3 所示。

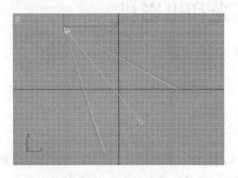

图 10-2　创建的目标聚光灯　　　　　图 10-3　目标聚光灯的照射效果

10.1.2　自由聚光灯

自由聚光灯和目标聚光灯类似，但是自由聚光灯没有目标点，可以产生一个锥形的照明区域，且光束的大小和范围都可以调整。在动画中，自由聚光灯可以维持照射的范围不变。另外，用户还可以通过旋转来改变它的照射方向。

单击标准灯光创建面板中的"自由聚光灯"按钮，在视图中单击即可创建一盏自由聚光灯，如图 10-4 所示。创建自由聚光灯后，用户可以使用变换工具对其进行操作，自由聚光灯的照射效果如图 10-5 所示。

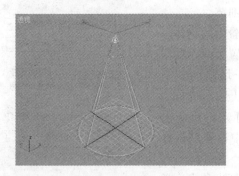

图 10-4　创建的自由聚光灯　　　　　图 10-5　自由聚光灯的照射效果

10.1.3　目标平行光

目标平行光和目标聚光灯一样，具有投射点和目标点，不同之处在于其光束类似于一个圆柱体。同样，用户也可以调整它的投射方向和照射范围。

由于太阳光近似于平行光，所以目标平行光常用来模拟太阳光、探照灯等光源。

单击标准灯光创建面板中的"目标平行光"按钮后，在视图中单击确定平行光的发射点，然后按住鼠标左键并拖动确定目标点的位置即可，创建的目标平行光如图 10-6 所示。目标聚光灯的照射效果如图 10-7 所示。

图 10-6　创建的目标平行光

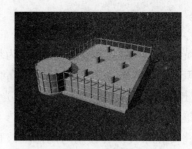

图 10-7　目标平行光的照射效果

10.1.4　自由平行光

自由平行光和自由聚光灯类似，只是自由平行光发出的是类似圆柱体的平行光，用户只能调整其投射点以及照射范围。在动画中，自由平行光可以维持照射的范围不变。另外，用户也可以通过旋转来改变它的照射方向。

单击标准灯光创建面板中的"自由平行光"按钮，在视图中单击即可创建一盏自由平行光，如图 10-8 所示。创建自由平行光后，用户可以使用变换工具对其进行操作，自由平行光的照射效果如图 10-9 所示。

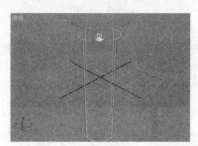

图 10-8　创建的自由平行光

图 10-9　自由平行光的照射效果

10.1.5　泛光灯

泛光灯可以为场景提供均匀的照明，没有方向性，由一个发射点均匀地向四面八方发射灯光，因此其照射范围比较大，适合模拟灯泡、吊灯等光源。

泛光灯的创建方法也非常简单，单击标准灯光创建面板中的"泛光灯"按钮，在视图中单击即可创建一盏泛光灯，如图 10-10 所示。泛光灯的照射效果如图 10-11 所示。

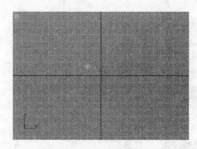

图 10-10　创建的泛光灯

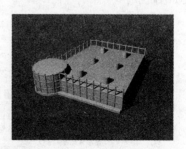

图 10-11　泛光灯的照射效果

10.1.6 天光

天光是一种圆顶的光源，可以作为场景中的唯一光源，它提供了一种柔和的背景阴影，可以和其他灯光配合使用产生特殊的高亮、整齐的投影效果，如图 10-12 所示。

单击标准灯光创建面板中的"天光"按钮，在视图中单击即可创建一盏天光，其"参数"卷展栏如图 10-13 所示。其中的参数比较简单，值得注意的是，添加天光后，场景的渲染速度将变得很慢，在使用时用户应该有心理准备。

图 10-12　天光照射效果　　　　　　图 10-13　"天光参数"卷展栏

10.1.7 mr 区域泛光灯和 mr 区域聚光灯

当使用 mental ray 渲染器渲染场景时，mr 区域泛光灯从一个点产生一个球体或圆柱体体积的发光区域；当使用默认的扫描线渲染器时，mr 区域泛光灯和其他标准的泛光灯一样发射光线。其创建方法和泛光灯一样，在此不再赘述。

当使用 mental ray 渲染器渲染场景时，mr 区域聚光灯可以从一个矩形或圆形区域发射光线，而不是从一个发射点发射光线；当使用默认的扫描线渲染器时，mr 区域聚光灯和其他标准的聚光灯一样发射光线。其创建方法和目标聚光灯的一样，在此不再赘述。

10.2　设置灯光参数

在 3ds max 2010 中不同类型灯光的参数基本相同，通过对灯光参数的调整，可以得到不同的照明效果，下面以目标聚光灯的参数为代表对灯光参数的设置进行介绍。

在视图中选择一盏目标聚光灯，然后单击"修改"按钮切换到修改命令面板，聚光灯的参数面板如图 10-14 所示。

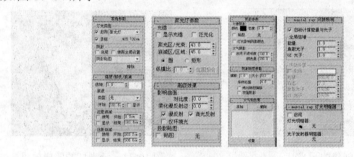

图 10-14　聚光灯的参数面板

1. "常规参数"卷展栏

- 启用：用来打开或关闭灯光。
- 目标距离：在其后显示了当前目标点离投射点的距离，取消选中该复选框，可以在其后的微调器中设置目标点与投射点之间的距离值。
- 阴影：选中该选项区中的"启用"复选框可以启用灯光的阴影效果，在其下拉列表框中可以选择阴影的类型，包括高级光线跟踪、mental ray 阴影贴图、区域阴影、阴影贴图和光线跟踪阴影 5 种，如图 10-15 所示。
- 使用全局设置：选中该复选框，可以使场景中的所有投影灯都产生阴影效果。
- 排除：单击该按钮可以打开"排除/包含"对话框，如图 10-16 所示。在其中可以选择对象，将它们排除在光照的效果以外。

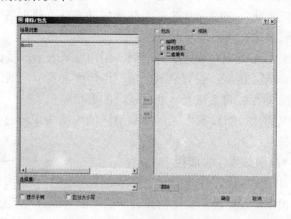

图 10-15 选择阴影类型　　　　　　　　图 10-16 "排除/包含"对话框

2. "强度/颜色/衰减"卷展栏

- 倍增：控制灯光的照射强度，在其后的微调器中可以设置倍增的值，可以将其设置为负值，表示灯光使对象变暗而不是使对象变亮。单击其后的颜色块，将弹出"颜色选择器：灯光颜色"对话框（见图 10-17），在其中可以设置灯光的颜色。

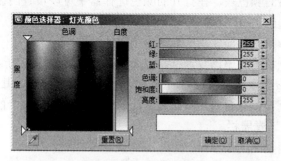

图 10-17 "颜色选择器：灯光颜色"对话框

- 衰减：在该选项区的"类型"下拉列表框中用户可以选择衰减的类型，包括无、倒数和平方反比 3 种；在"开始"选项后的微调器中可以设置开始衰减的距离；选中"显示"复选框可以在视图中显示衰减的范围线框。
- 近距衰减：该选项区中包括"使用"、"开始"、"结束"和"显示"4 个选项。选中

"使用"复选框，可以打开近距衰减；在"开始"选项后的微调器中可以设置灯光达到最亮的起始距离；在"结束"选项后的微调器中可以设置灯光达到最亮的终止距离；选中"显示"复选框可以在视图中显示近距衰减的范围线框。

- 远距衰减：该选项区中包括"使用"、"开始"、"结束"和"显示"4 个选项。选中"使用"复选框，可以打开远距衰减；在"开始"选项后的微调器中可以设置灯光开始衰减的起始距离；在"结束"选项后的微调器中可以设置灯光衰减的终止距离；选中"显示"复选框可以在视图中显示远距衰减的范围线框。

3. "聚光灯参数"卷展栏

- 显示光锥：选中该复选框，在灯光不被选中的状态下仍然显示光锥，如果不选中该复选框，那么只有在选中灯光时才显示光锥。
- 泛光化：选中该复选框，灯光像泛光灯一样向各个方向投射灯光，但是投影和阴影只发生在其衰减圆锥体内。
- 聚光区/光束：设置聚光区域，用角度来表示，默认值为 43。
- 衰减区/区域：设置衰减区域，用角度来表示，默认值为 45。
- 圆/矩形：设置聚光区和衰减区的形状。
- 纵横比：当设置聚光区和衰减区的形状为矩形时，该选项才可用，用来设置矩形的长宽比例。

4. "高级效果"卷展栏

- 对比度：设置灯光投射到物体表面漫反射区域和环境光区域之间的对比度。
- 柔化漫反射边：柔化物体表面的漫反射部分与环境光部分之间的边缘。
- 漫反射：选中该复选框，灯光将影响对象表面的漫反射属性。
- 高光反射：选中该复选框，灯光将影响对象表面的高光属性。
- 仅环境光：选中该复选框，灯光仅影响照明的环境光。
- 投影贴图：选中"贴图"选项前的复选框后，可单击其后的"无"按钮设置投影贴图。

5. "阴影参数"卷展栏

- 颜色：单击其后的颜色块，在打开的颜色选择器中可以设置阴影的颜色。
- 密度：设置阴影的密度。
- 贴图：指定阴影贴图，即让阴影显示为指定的贴图。
- 灯光影响阴影颜色：选中该复选框，灯光的颜色将影响阴影的颜色。
- 大气阴影：在该选项区中可以设置让大气效果也产生阴影。其中的不透明度用来设置阴影的不透明度；颜色量用来设置大气颜色与阴影颜色混合的量。

6. "阴影贴图参数"卷展栏

- 偏移：设置应用贴图的偏移量。
- 大小：设置用于计算灯光的阴影贴图的大小。值越大，对贴图的描述越细致。
- 采样范围：设置阴影区域的平均值，将影响贴图阴影边缘的模糊程度。
- 绝对贴图偏移：选中该复选框，设置阴影贴图的绝对偏移量。
- 双面阴影：选中该复选框，在计算阴影时背面将不被忽略，从而产生双面阴影效果。

7. "大气和效果"卷展栏

- 添加：单击该按钮，弹出"添加大气或效果"对话框，在其中可以为灯光选择要添加的环境效果，包括体积光和镜头效果，如图 10-18 所示。

- 删除：单击该按钮，可以删除当前选择的大气和效果。
- 设置：选择环境效果后，单击该按钮将弹出"环境和效果"对话框，在其中可以对选择的环境效果进行设置，如图 10-19 所示。

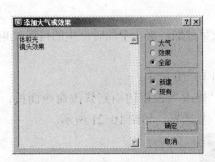

图 10-18 "添加大气或效果"对话框

图 10-19 "环境和效果"对话框

8. "mental ray 间接照明"卷展栏

在该卷展栏中选中"自动计算能量与光子"复选框，将使用全局照明效果，"全局倍增"选项区中的"能量"选项用来设置灯光的强度；"焦散光子"选项用来设置灯光的衰减程度；"GI 光子"选项用来设置光子的数量，光子数量越多，效果越好，相应的渲染时间也就越长。

取消选中"自动计算能量与光子"复选框时，将激活"手动设置"选项区，用户可通过手动设置灯光的能量、衰减和光子数量等。

9. "mental ray 灯光明暗器"卷展栏

- 启用：选中该复选框，渲染使用指定给此灯光的灯光明暗器。
- 灯光明暗器：单击其下方的"无"按钮将弹出"材质/贴图浏览器"对话框，在其中可以选择一个灯光明暗器。
- 光子发射器明暗器：单击其下方的"无"按钮将弹出"材质/贴图浏览器"对话框，用户同样可以在其中选择一个明暗器。

10.3 三点布光原理

顾名思义，三点布光就是使用 3 个光源为场景提供照明，分别为主光源、背光源和辅光源，它们在场景中有着各自的作用。

1. 主光源

主光源是场景中最亮的光源，也是场景中主要的灯光提供者，同时还是场景中主要的投射阴影灯光，一般使用目标聚光灯来担任。主光源应该位于对象前方相对于对象稍微偏上的位置。

2. 背光源

背光源用于将对象从其他背景中分离出来，以展现更深的场景。背光源通常位于对象的后上方，其亮度约为主光源的 1/3 或 1/2，一般不设置投射阴影。

3. 辅光源

辅光源是主光源的一种补充，用来照亮被主光源漏掉的黑色区域，其亮度约为主光源的 2/3，放置的角度应比主光源低，通常放置在摄影机的左侧。

10.4 体积光特效

在 3ds max 2010 中可以使用体积光模拟灯光穿过烟、雾、尘埃时产生的可见光束效果，下面结合实例对体积光特效的制作进行介绍。

步骤 1 打开模型文件"体积光.max"，如图 10-20 所示。

步骤 2 在视图中选中目标聚光灯，单击"修改"按钮切换到修改命令面板，然后在"常规参数"卷展栏的阴影选项区中选中"启用"复选框，如图 10-21 所示。

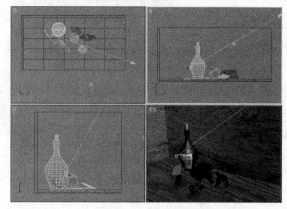

图 10-20 打开场景

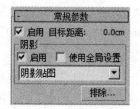

图 10-21 启用阴影效果

步骤 3 选择"渲染"→"环境"命令或按快捷键〈8〉弹出"环境和效果"对话框，如图 10-22 所示。单击"大气"卷展栏中的"添加"按钮，弹出"添加大气效果"对话框，在其中选择"体积光"选项并单击"确定"按钮，如图 10-23 所示。

步骤 4 单击"体积光参数"卷展栏中的"拾取灯光"按钮，在视图中拾取目标聚光灯，然后设置体积光的密度为 1，如图 10-24 所示。最后渲染透视图，得到如图 10-25 所示的效果，用户在场景中可以看到可见的光束。

步骤 5 在"体积光参数"卷展栏中依次将密度设置为 1.5 和 3，然后渲染，查看它们之间有什么不同，如图 10-26 所示。用户会发现设置的密度值越大，体积感越强，光线也就越亮。

步骤 6 将密度设置为 1.5，然后选中"噪波"选项区中的"启用噪波"复选框。

步骤 7 在"数量"后的微调器中设置噪波的强度，当值为 0 时表示无噪波影响，当值为 1 时，表示噪波影响最为强大，这里将数量设置为 0.8，然后渲染，效果如图 10-27 所示。

图 10-22 "环境和效果"对话框

图 10-23 "添加大气效果"对话框

图 10-24 "体积光参数"卷展栏

图 10-25 添加体积光后的效果

密度为 1.5

密度为 3

图 10-26 设置不同密度值时的体积光效果

步骤 8 设置噪波的类型分别为规则、分形和喘流，然后进行渲染，得到不同的渲染效果，如图 10-28 所示。

数量为 0   数量为 0.8

图 10-27　设置噪波效果

规则   分形   喘流

图 10-28　设置不同噪波类型的体积光效果

10.5　使用摄影机

在 3ds max 2010 中使用摄影机可以调整视角以及观察方向，以实现合理构图的目的。本节将介绍摄影机的使用。

10.5.1　了解摄影机属性

3ds max 2010 中的摄影机和真实世界中的摄影机大致相同，也具有聚焦、景深和视角等，因此能够提供多种观看场景的方法，而且可以将摄影机本身设置成动画。

摄影机使用镜头将场景反射的灯光聚焦到具有灯光敏感性曲面的焦点平面（胶片）上，从而形成图像。镜头和胶片之间的距离称为焦距，测量单位为毫米（mm），其直接影响对象出现在图片上的清晰度，焦距越小，图片中包含的场景越多；增加焦距将包含更少的场景，但会显示远距离对象的更多细节。

由于 50mm 焦距的镜头接近人体肉眼看到的内容，并广泛地用于快照、新闻照片和电影等，所以通常将其作为摄影的标准镜头。焦距小于 50mm 的镜头称为广角镜头，其显示的场景范围比较广阔；焦距大于 50mm 的镜头称为长焦镜头，其可以拍摄对象的细节。

另外，视野可以控制可见场景的数量。视野与镜头的焦距直接相关，镜头越长，视野越窄；镜头越短，视野越宽。

10.5.2 使用目标摄影机和自由摄影机

在 3ds max 2010 中包括两种不同的摄影机：目标摄影机和自由摄影机。在场景中它们的本身不会被渲染，启动 3ds max 2010 后，单击创建命令面板中的"摄影机"按钮，可以切换到摄影机子面板，如图 10-29 所示。在其中提供了创建目标摄影机和自由摄影机的工具。

1．创建目标摄影机

目标摄影机由摄影机和摄影机目标组成，它是 3ds max 2010 中常用的一种摄影机，用户可以通过调整摄影机目标的位置，方便地改变观看的角度。创建目标摄影机的方法和创建目标聚光灯的方法类似，具体操作步骤如下：

图 10-29　摄影机子面板

步骤 1　启动 3ds max 2010，单击软件图标，选择"打开"→"打开"命令，打开"model12.max"文件，如图 10-30 所示。

步骤 2　单击创建命令面板中的"摄影机"按钮切换到摄影机子面板，然后单击"目标"按钮，在视图中单击确定摄影机的位置，按住鼠标左键并拖动至另一位置确定摄影机的目标位置，松开鼠标即可创建一架目标摄影机，如图 10-31 所示。

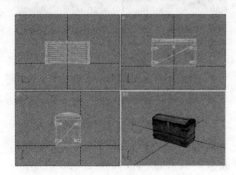

图 10-30　打开的场景

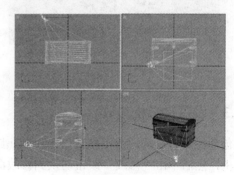

图 10-31　创建的目标摄影机

步骤 3　激活透视图，然后按〈C〉键将透视图切换为摄影机视图，如图 10-32 所示。

步骤 4　此时在摄影机中看到的仅仅是箱子的一个局部细节，要想看到整个箱子，用户应对摄影机进行调整，调整后的效果如图 10-33 所示。

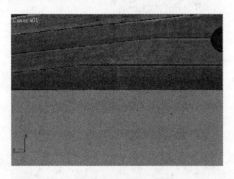

图 10-32　将透视图切换为摄影机视图

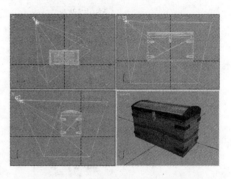

图 10-33　调整摄影机的位置

提示：用户使用视图控制区中的工具对摄影机视图进行调整时，摄影机也将随之发生改变，对于摄影机视图控制工具的含义在第 2 章中已经介绍，故这里不再重复。

2．创建自由摄影机

自由摄影机没有目标，因此用户只能通过旋转来调整其角度，其更适合在动画中使用，创建方法如下：

步骤 1　打开"model12.max"文件。

步骤 2　单击创建命令面板中的"摄影机"按钮切换到摄影机子面板。

步骤 3　单击摄影机子面板中的"自由"按钮，在视图中单击即可创建一架自由摄影机，如图 10-34 所示。

步骤 4　激活透视图，按〈C〉键将透视图切换为摄影机视图，如图 10-35 所示。

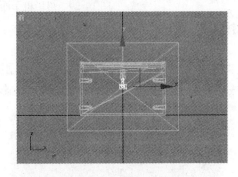

图 10-34　创建自由摄影机

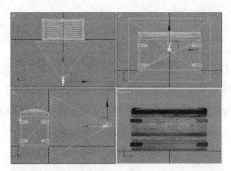

图 10-35　将透视图切换为摄影机视图

10.5.3　设置摄影机参数

创建摄影机后，用户可以对摄影机的焦距、视野和景深等进行调整。在视图中选择一架摄影机，然后单击"修改"按钮切换到修改命令面板，其参数面板如图 10-36 所示。

图 10-36　摄影机参数面板

234

1. "参数"卷展栏

- 镜头：设置摄影机镜头的焦距长度，单位为毫米（mm），其决定了镜头视角、视野和景深范围的大小，是一个很重要的参数。
- 视野：控制摄影机在场景中所看到的区域，其和焦距是相关的，改变镜头焦距同时也改变了视野。用户可通过其前面的↔、↕、⤢按钮切换以水平、垂直和对角方式来改变视野大小。
- 正交投影：选中该复选框，摄影机视图就好像用户视图一样，取消选中该复选框，摄影机视图就好像标准的透视图一样。
- 备用镜头：在该选项区中系统提供了一些标准的镜头，分别为 15mm、20mm、24 mm、28 mm、35 mm、50 mm、85 mm、135 mm 和 200 mm。它们的作用和在"镜头"选项后的微调器中输入数值一样。
- 类型：在其下拉列表框中用户可以选择摄影机的类型，以改变当前选择摄影机的类型，其包括"目标摄影机"和"自由摄影机"两个选项。
- 显示圆锥体：如果选中该复选框，在摄影机不被选中的状态下仍然显示摄影机视野定义的锥形线框，如果不选中该复选框，那么只有在选中摄影机时才显示。
- 显示地平线：选中该复选框，在摄影机视图中显示一条深灰色的水平线。
- 环境范围：在该选项区中可以设置环境影响的近距范围和远距范围。其中，近距范围指环境开始影响的范围；远距范围指环境影响的最大范围。
- 剪切平面：在该选项区中可以设置剪切平面的起始和终止位置，选中"手动剪切"复选框，用户可以通过手动来调整剪切平面。

2. "景深参数"卷展栏

- 焦点深度：该选项区用来控制摄影机的聚焦距离。选中"使用目标距离"复选框，将使用摄影机本身的目标距离。如果不选中该复选框，用户则可以在"焦点深度"选项后的微调器中设置值，当值较低时提供强烈的景深效果；当值较高时，只模糊场景的远处部分。
- 采样：在该选项区中包括采样半径、采样偏移等参数，用来控制图像的输出质量。
- 显示过程：选中该复选框，将在渲染帧窗口显示多个渲染通道。
- 使用初始位置：选中该复选框，多次渲染中的第一个渲染过程位于摄影机的初始位置。
- 过程总数：设置生成效果的过程数，数值越大，渲染图像的质量越高。
- 采样半径：设置通过移动场景生成模糊的半径，增加该值将增加整体模糊效果。
- 采样偏移：设置偏移采样半径的权重。
- 过程混合：在该选项区中可以控制渲染通道的抖动程度，其中的参数只适用于渲染景深效果，不能在视图中进行预览。
- 扫描线渲染器参数：可以在渲染多重过滤场景时禁用抗锯齿或锯齿过滤，以缩短渲染时间。同样，它们只适用于渲染景深效果，不能在视图中进行预览。

10.6 使用灯光和摄影机实例

本例将结合实例，练习灯光和摄影机的使用方法，以提高用户的动手操作能力，其具体操作步骤如下：

步骤 1　启动 3ds max 2010，单击软件图标，选择"打开"→"打开"命令，打开"model13.max"文件，如图 10-37 所示。

步骤 2　单击创建命令面板中的"灯光"按钮，切换到标准灯光创建面板，然后单击"目标聚光灯"按钮，在视图中单击确定目标聚光灯的投射点，并拖动鼠标确定其目标点，创建一盏目标聚光灯作为主光源。

步骤 3　单击"修改"按钮切换到修改面板，选中"常规参数"卷展栏的"阴影"选项区中的"启用"复选框，启用投射阴影，并设置阴影类型为阴影贴图。

步骤 4　在"聚光灯参数"卷展栏中设置聚光区域为 38，衰减区域为 60，然后展开"阴影参数"卷展栏，设置对象阴影的密度为 0.5。

步骤 5　按〈F9〉键渲染透视图，效果如图 10-38 所示。

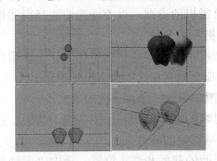

图 10-37　打开场景文件　　　　　　　　　图 10-38　添加目标聚光灯效果

步骤 6　从图 10-38 中可以看出，在场景中苹果有很大一部分是黑色的，效果并不好，因此需要为场景添加一盏辅助光源。

步骤 7　单击标准灯光创建面板中的"泛光灯"按钮，在视图中单击创建一盏泛光灯作为辅助光源。然后单击"修改"按钮切换到修改面板，在"常规参数"卷展栏中设置泛光灯的倍增值为 0.4，泛光灯和目标据光灯的位置如图 10-39 所示。

步骤 8　按〈F9〉键再次渲染透视图，效果如图 10-40 所示。

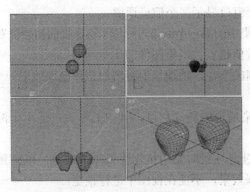

图 10-39　泛光灯和目标聚光灯的位置　　　　图 10-40　添加辅助光源后的渲染效果

步骤 9　添加摄影机。单击创建命令面板中的"摄影机"按钮，切换到摄影机子面板。

步骤 10　单击"目标"按钮，在顶视图中单击确定摄影机的位置，然后按住鼠标左键并拖动至另一位置确定摄影机的目标位置，松开鼠标即可创建一架目标摄影机。

步骤 11　激活透视图，按〈C〉键将透视图切换为摄影机视图。

步骤 12　使用摄影机视图控制工具对摄影机视图进行调整，目标摄影机的位置如图 10-41 所示。

步骤 13　按〈F9〉键渲染摄影机视图，效果如图 10-42 所示。

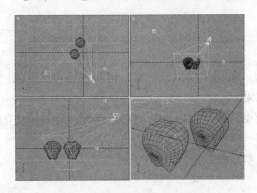

图 10-41　调整摄影机位置

图 10-42　渲染摄影机视图效果

10.7　习题

1. 填空题

（1）在 3ds max 2010 中有 8 种标准灯光，分别为_____、_____、_____、_____、_____、天光、mr 区域泛光灯和 mr 区域聚光灯。

（2）在 3ds max 2010 中包括两种不同的摄影机：_____和_____。

2. 选择题

（1）（　　）mm 焦距的镜头产生的预览和人体肉眼看到的类似。

　　A. 24

　　B. 35

　　C. 50

　　D. 135

（2）直接按键盘上的（　　）键可以将当前视图切换为摄影机视图。

　　A.〈H〉键

　　B.〈G〉键

　　C.〈8〉键

　　D.〈C〉键

3. 简答题与上机练习

（1）练习使用三点布光原理进行灯光设置。

（2）简述摄影机的镜头焦距与视野的关系。

第11章 粒子系统和空间扭曲

本章要点
- 粒子系统
- 空间扭曲

粒子系统是 3ds max 2010 中相对独立的系统,常用来模拟云、雾、雨和雪等自然现象,也可用来模拟喷射的水流、绽放的礼花等特殊效果。

空间扭曲是一类特殊物体,其本身不会被渲染,但是可以与其他对象绑定,使被绑定的对象产生变形。

本章将对粒子系统和空间扭曲的使用方法及参数控制进行简单的介绍。

11.1 粒子系统

在 3ds max 2010 中系统提供了 7 种粒子系统,分别是 PF Source(粒子流源)、喷射、雪、暴风雪、粒子云、粒子阵列和超级喷射。如果用户要使用这些粒子系统,则必须先创建它们的发射器,一般可通过两种方法来创建:一种是选择"创建"→"粒子"中的命令进行创建,如图 11-1 所示;另一种是切换到几何体子面板,选择下拉列表框中的"粒子系统"选项,切换到粒子系统的创建面板,然后单击其中的按钮进行创建,如图 11-2 所示。

图 11-1 "粒子"子菜单

图 11-2 粒子系统创建面板

在 3ds max 2010 中可以将粒子系统分为基本粒子系统和高级粒子系统。其中,喷射和雪为基本粒子系统;PF Source(粒子流源)、粒子云、粒子阵列、暴风雪和超级喷射为高级粒子系统,下面分别进行介绍。

11.1.1 基本粒子系统

基本粒子系统包括喷射和雪两种粒子系统,喷射粒子系统可以模拟雨、喷泉等水滴效果;雪粒子系统可以模拟降雪、碎纸和气泡等效果。

喷射粒子系统和雪粒子系统的控制参数基本相同，在粒子系统创建面板中单击相应的按钮后，可打开它们的参数面板，如图 11-3 所示。

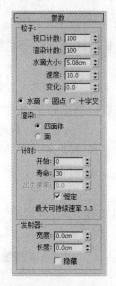

图 11-3　喷射粒子系统和雪粒子系统的参数面板

- 视口计数：设置在视图中显示的最大粒子数目。
- 渲染计数：设置在渲染时显示的最大粒子数目，不影响视图中显示的粒子数目。由于粒子系统中的粒子是几何体，和其他对象一样具有面和节点，所以视图中或渲染中的粒子数目越多，计算机的运行速度将越慢。
- 水滴大小：设置粒子的大小。
- 速度：设置每个粒子的初始速度，如果不受粒子系统空间扭曲的影响，粒子将以此速度运动。
- 变化：设置粒子喷射的尺寸和方向变化范围，值越大，喷射越强且范围越广。
- 水滴/圆点/十字叉/雪花：设置粒子在视图中的显示方式。当选择"水滴"单选按钮时，显示为直线段；当选择"圆点"单选按钮时，显示为圆点；当选择"十字叉"单选按钮时，显示为小加号；当选择"雪花"单选按钮时，显示为星形的雪花。
- 渲染：设置渲染时粒子的形状。当选择"六角形"单选按钮时，渲染为六角星；当选择"三角形"单选按钮时，渲染为三角形；当选择"面"单选按钮时，渲染为正方形面。
- 计时：在该选项区中可以设置粒子开始发射和消亡的帧。在"开始"选项后的微调器中可以设置发射器开始发送粒子所在的帧，可设置为负数。"寿命"可设置粒子的生命周期，以帧为单位。"出生速率"可设置在每帧产生的新粒子数，当所设置的值小于或等于最大可持续速率时，粒子系统将生成均匀的粒子流；当所设置的值大于最大速率时，粒子系统将生成突发的粒子。
- 发射器：在该选项区中可以设置发射器的长度和宽度，以控制场景中出现粒子的区域。
- 隐藏：选中该复选框，将在视图中隐藏发射器图标。

11.1.2　高级粒子系统

高级粒子系统是以基本粒子系统（即喷射和雪粒子系统）为基础的，包括 PF Source（粒子流源）、粒子云、粒子阵列、暴风雪、超级喷射 5 个粒子系统。每一个粒子系统都有其特殊的用途，高级粒子的控制参数比基本粒子系统多，且高级粒子系统的控制参数基本相同，下面以超级喷射粒子系统为代表进行介绍。

单击粒子系统创建面板中的"超级喷射"按钮，在视图中创建一个超级喷射粒子系统发射器图标，然后单击"修改"按钮切换到修改命令面板。其中包括 8 个卷展栏，分别为"基本参数"卷展栏、"粒子生成"卷展栏、"粒子类型"卷展栏、"旋转和碰撞"卷展栏、"对象运动继承"卷展栏、"气泡运动"卷展栏、"粒子繁殖"卷展栏和"加载/保存预设"卷展栏，如图 11-4 所示。

1．"基本参数"卷展栏

该卷展栏主要用来设置粒子的分布范围、发射器图标大小，以及粒子在视图中的显示方式等，如图 11-5 所示。

图 11-4　超级喷射粒子系统参数面板　　　　图 11-5　"基本参数"卷展栏

- 轴偏离：设置粒子和发射器中心 Z 轴的偏离角度，以产生倾斜的喷射效果。
- 扩散：设置在 Z 轴方向上粒子分散的角度。
- 平面偏离：设置粒子在发射器平面上的偏离角度。
- 扩散：设置在发射器平面上粒子分散的角度。
- 显示图标：在该选项区中可以设置发射器图标的大小，选中其中的"发射器隐藏"复选框，将在视图中隐藏发射器图标。
- 视口显示：在该选项区中可以设置粒子在视图中的显示方式，包括圆点、十字叉、网格和边界框 4 种方式。在"粒子数百分比"微调器中可以设置在视图中显示的粒子百分比。

2．"粒子生成"卷展栏

在该卷展栏中可以设置粒子产生的时间和速度、粒子的移动方式及粒子的大小等，如图 11-6 所示。

- 粒子数量：在该选项区中可以设置计算粒子数量的方式。当选择使用速率方式时，可以设置每帧发射的固定粒子数；当选择使用总数方式时，可以设置在系统使用寿命内产生的粒子总数。

- 粒子运动：在该选项区中可以设置粒子的初始速度以及发射方向。
- 速度：设置粒子产生的初始速度。
- 变化：用来对每个粒子的发射速度应用一个变化百分比。
- 粒子计时：在该选项区中可以设置粒子的发射时间、停止时间及粒子的生存时间。
- 发射开始：设置发射器开始发射粒子时所在的帧。
- 发射停止：设置发射器停止发射粒子时所在的帧。
- 显示时限：设置粒子不在视图中显示时所在的帧。
- 寿命：设置每个粒子的生存时间。
- 变化：设置每个粒子寿命的变化百分比值。
- 创建时间：在时间上增加偏移处理，以避免时间上的堆积现象。

图 11-6 "粒子生成" 卷展栏

- 发射器平移：避免发射器本身在空间中移动变化时产生粒子堆积现象。
- 发射器旋转：避免在发射器自身旋转时产生粒子堆积现象。
- 粒子大小：在该选项区中可设置粒子的大小。
- 大小：设置粒子的尺寸大小。
- 变化：设置每个粒子的尺寸大小在其标准值附近的变化百分比。
- 增长耗时：设置粒子从最小到正常大小所需要的时间。
- 衰减耗时：设置粒子从正常大小缩小到其 1/10 大小所经历的时间。
- 唯一性：设置粒子产生的随机效果。
- 新建：单击该按钮，使系统重新生成一个随机种子数。
- 种子：在其后的微调器中可指定粒子发生的随机效果。

3. "粒子类型" 卷展栏

在该卷展栏中可指定粒子的类型，并且可对选择不同类型后的其他参数进行设置，如图 11-7 所示。

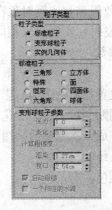

图 11-7 "粒子类型" 卷展栏

- 粒子类型：指定粒子的类型，包括标准粒子、变形球粒子和实例几何体3种。
- 标准粒子：其中包括8种标准粒子，分别为三角形、立方体、特殊、面、恒定、四面体、六角形和球体，如图11-8所示。

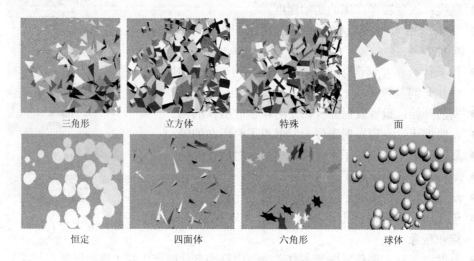

三角形　　立方体　　特殊　　面

恒定　　四面体　　六角形　　球体

图11-8　标准粒子渲染效果

- 变形球粒子参数：在该选项区中可以设置张力大小、变化百分比等。
- 张力：控制粒子的紧密程度，值越高，粒子越小，越容易融合；值越低，粒子越大，越不容易分离。
- 变化：设置张力变化的百分比。
- 计算粗糙度：控制每个粒子的细腻程度，默认为自动设置粗糙度，如果取消选中"自动粗糙"复选框，用户可以通过调节渲染和视口两个数值来控制粗糙度。
- 实例参数：在该选项区中可以设置拾取其他对象作为粒子颗粒。
- 拾取对象：单击该按钮，可以在视图中拾取对象作为粒子的颗粒。
- 且使用子树：选中该复选框，将拾取对象的子对象也作为粒子颗粒。
- 动画偏移关键点：该选项区主要针对带有动画设置的实例对象，如果实例对象在被指定为粒子颗粒后加入了动画，那么将影响所有的粒子颗粒。其中，无表示不产生动画偏移，所有粒子在某一帧的动画效果都和实例对象在这一帧的动画效果相同；出生表示从每个粒子诞生的帧开始，发射和实例对象相同的动作；随机表示根据设置的帧偏移值，设置起始动画帧的偏移数。
- 帧偏移：设置与源对象的偏移值。
- 材质贴图和来源：在该选项区中可以设置材质贴图如何影响粒子。
- 时间：设置从粒子产生到一个完整贴图贴到粒子表面所花费的时间。
- 距离：设置粒子产生后，间隔多少帧完成一次完整的贴图。
- 材质来源：根据指定的方式更新粒子系统的材质。
- 图标：使用当前指定给发射器图标的颜色。
- 实例几何体：使用实例几何体的材质。

4."旋转和碰撞"卷展栏

该选项区主要用来设置粒子自身的旋转角度以及粒子之间的碰撞计算，"旋转和碰撞"卷展栏如图 11-9 所示。

- 自旋速度控制：在该选项区中可以设置粒子的自旋时间、变化百分比等。
- 自旋时间：设置粒子自身旋转一次需要的时间。
- 变化：设置旋转时间变化的百分比。
- 相位：设置粒子旋转时的初始角度。
- 变化：设置相位变化的百分比。
- 自旋轴控制：在该选项区中可以控制粒子旋转的轴。
- 随机：随机指定粒子旋转的轴。
- 运动方向/运动模糊：以粒子发散的方向作为其自身的旋转轴向。
- 拉伸：沿粒子发散方向拉伸粒子的外形，拉伸强度受粒子速度的影响。

图 11-9 "旋转和碰撞"卷展栏

- 用户定义：通过对 X、Y、Z 三个轴向值的调整来定义粒子沿各轴向自旋的角度。
- 变化：设置三个轴向上自旋角度的变化百分比。
- 粒子碰撞：在该选项区中可以控制粒子碰撞的发生形式。
- 启用：选中该复选框，可以启用粒子之间的碰撞计算。
- 计算每帧间隔：设置每一帧中粒子碰撞的计算次数，值越大，模拟越精确。
- 反弹：设置粒子碰撞后速度恢复的程度。
- 变化：设置反弹值的随机变化百分比。

5."对象运动继承"卷展栏

在该卷展栏中可以设置粒子发射器的运动对粒子运动的影响，"对象运动继承"卷展栏如图 11-10 所示。

- 影响：设置继承基于对象的发射器的运动粒子所占的百分比。如果将值设置为100%，则表示所有粒子均和移动的对象一起移动。
- 倍增：修改发射器运动对粒子运动的影响，该值可正可负。
- 变化：设置倍增值的变化百分比。

6."气泡运动"卷展栏

使用该卷展栏中的参数可以模拟水下气泡上升时的摇摆效果，"气泡运动"卷展栏如图 11-11 所示。

图 11-10 "对象运动继承"卷展栏　　　　图 11-11 "气泡运动"卷展栏

- 振幅：设置粒子偏移其速度轨迹线的距离。
- 周期：设置粒子沿波浪曲线完成一次振动所需要的时间。
- 相位：设置粒子在波浪曲线上的初始位置。
- 变化：设置振幅/周期/相位的变化百分比。

7."粒子繁殖"卷展栏

在该卷展栏中可以设置在粒子碰撞或消亡时繁殖新的粒子，如图11-12所示。

图11-12 "粒子繁殖"卷展栏

- 无：粒子按照正常方式活动，不进行繁殖计算。
- 碰撞后消亡：粒子在碰撞到绑定的空间扭曲对象后消亡，通过"持续"和"变化"两个选项可以控制碰撞后消亡的持续时间和变化百分比。
- 碰撞后繁殖：粒子在与绑定的空间扭曲碰撞时按照设置的参数进行繁殖。
- 消亡后繁殖：在每个粒子生命结束时按照设置的参数进行繁殖。
- 繁殖拖尾：粒子在运动到每一帧后产生繁殖粒子，并且所繁殖粒子的基本方向与父粒子的速度方向相反。
- 繁殖数目：设置繁殖新粒子的数目。
- 影响：设置所有粒子中有多少百分比的粒子进行繁殖。
- 倍增：设置繁殖粒子的倍增数。
- 变化：设置倍增值的变化百分比。
- 方向混乱：在该选项区中可通过混乱度设置新产生的粒子相对于其父粒子方向上的变化值。
- 速度混乱：在该选项区中可以随机改变繁殖的粒子与其父粒子的相对速度。因子用来设置繁殖的粒子相对于其父粒子速度的百分比变化范围，当选择"慢"选项时，将根据设置的百分比随机减慢繁殖粒子的速度；当选择"快"选项时，将根据设置的百分比随机加快繁殖粒子的速度；当选择"二者"选项时，将根据设置的百分比随机减慢或加快繁殖粒子的速度。
- 缩放混乱：在该选项区中设置根据因子的百分比随机改变繁殖粒子相对于其父粒子的大小。

- 寿命值队列：在该选项区中可以为繁殖产生的新粒子指定新的生命值，而不再继承其父粒子的生命值。
- 对象变形队列：在该选项区中可以制作父粒子造型与指定的繁殖新粒子造型之间的变形。单击其中的"拾取"按钮，可以在视图中拾取作为繁殖新粒子对象的几何体。单击"删除"按钮可以删除当前选择的作为繁殖新粒子对象的几何体。单击"替换"按钮可以将在列表中选择的对象与在视图中所拾取的对象进行互换。

8. "加载/保存预设"卷展栏

"加载/保存预设"卷展栏如图 11-13 所示，在该卷展栏中可以将所设置的参数进行保存，也可以加载已经保存的参数设置。

- 预设名：为当前要保存的参数设置命名。
- 保存预设：在其列表中列出了所有已经保存的参数设置。
- 加载/保存：加载或保存参数设置。
- 删除：删除当前选择的保存预设列表中已保存的参数设置。

图 11-13 "加载/保存预设"卷展栏

11.1.3 使用粒子系统

下面使用粒子系统制作一个雪花飞舞的场景。

步骤 1 启动 3ds max 2010，选择"视图"→"视口背景"→"视口背景"命令，弹出"视口背景"对话框，单击"背景源"选项区中的"文件"按钮，弹出"选择背景图像"对话框，在其中选择如图 11-14 所示的位图图片。

步骤 2 在"纵横比"选项区中选中"匹配渲染输出"单选按钮，然后选中右侧的"显示背景"和"锁定缩放/平移"复选框，并在"视口"下拉列表框中选择"透视"选项，如图 11-15 所示。

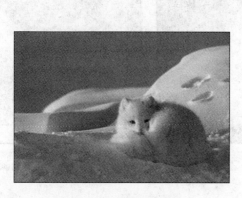

图 11-14 选择位图图像

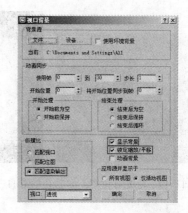

图 11-15 "视口背景"对话框

步骤 3 选择"渲染"→"环境"命令或按键盘上的〈8〉键，弹出"环境和效果"对话框，在其中设置环境贴图为与视口背景相同的位图。

245

步骤4 单击创建命令面板中的"几何体"按钮，切换到几何体子面板，然后选择下拉列表框中的"粒子系统"选项，单击粒子系统创建面板中的"雪"按钮，在顶视图中创建一个雪粒子系统的发射器图标，并设置参数如图 11-16 所示。

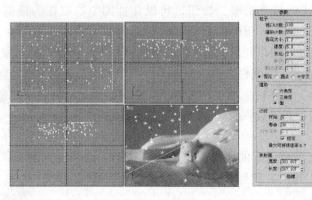

图 11-16　创建雪粒子系统并设置参数

步骤5 单击标准灯光创建面板中的"泛光灯"按钮，在视图中创建一盏泛光灯，并调整其位置如图 11-17 所示。

步骤6 按快捷键〈M〉弹出"材质编辑器"窗口，在其中选择一个样本球，并设置其漫反射颜色为白色、自发光为 100、不透明度为 0、不透明贴图为如图 11-18 所示的位图图片。然后选中"面贴图"复选框，在视图中选中雪粒子系统，并单击材质编辑器中的"将材质指定给选定对象"按钮。

步骤7 按〈F10〉键弹出"渲染设置"对话框，在其中的"时间输出"选项区中选中"活动时间段"单选按钮，然后单击"渲染输入"选项区中的"文件"按钮，为渲染保存文件指定一个路径，并设置文件的格式为.avi。然后单击"渲染设置"对话框中的"渲染"按钮，渲染雪花飞舞的场景。稍等片刻渲染完成，用户可播放渲染的动画，效果如图 11-19 所示。

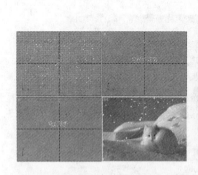  

图 11-17　泛光灯位置　　　　图 11-18　不透明贴图　　　　图 11-19　雪花飞舞动画效果

11.2　空间扭曲

空间扭曲是一类可以通过与其他对象绑定，使被绑定对象产生特殊变形的物体。通常用来模拟波浪、涟漪、爆炸和路径变形等效果。它们本身不会被渲染，但是仍然属于场景中的对象，因此用户可以对它们进行移动、旋转和缩放等操作。

11.2.1 空间扭曲的分类

在 3ds max 2010 中，将空间扭曲分为 6 类，分别为力、导向器、几何/可变形、基于修改器、粒子和动力学、reactor。每一类空间扭曲中又包括多种不同的空间扭曲。启动 3ds max 2010 后，单击创建命令面板中的"空间扭曲"按钮  即可切换到空间扭曲的创建面板，如图 11-20 所示。在其下拉列表框中可以选择创建不同的空间扭曲类型，如图 11-21 所示。

- 力：该类型的空间扭曲对象共有 9 种，它们可以模拟各种力的作用效果，如推力、阻力、漩涡、重力和风等，经常配合粒子系统一起使用，例如使用粒子系统模拟喷泉效果时，如果不给喷出的水流添加一个重力，那么喷出的水流将不会回落，这与实际生活中的喷泉不相符。

图 11-20　空间扭曲创建面板　　　图 11-21　切换到不同的空间扭曲类型

- 导向器：该类型中的空间扭曲对象用来阻挡粒子向前运动，当粒子碰到时将沿着一定方向反弹出去，从而改变粒子的运动方向，有些导向器还会发生折射。另外，其中还有一些导向器是用来影响动力系统的。
- 几何/可变形：该类型中共包括 7 种不同的空间扭曲对象，它们可以使三维对象产生相应的变形效果，如波浪、涟漪和爆炸等。除爆炸外，其他空间扭曲对象产生的变形效果和相应的修改器类似，但是它们是通过绑定使对象产生变形效果的，在移动对象时不会随之变化，这也是与修改器最大的不同。
- 基于修改器：该类型中共包括 6 种空间扭曲对象，分别为倾斜、噪波、弯曲、扭曲、锥化和拉伸。它们产生的效果和修改面板中修改器产生的效果类似，但它们可以同时影响多个对象。
- 粒子和动力学：该类型中只包含向量场 1 种空间扭曲对象，并且只能应用于粒子和动力学对象。
- reactor：该类型中只包含 Water（水）1 种空间扭曲对象，用来模拟流体的动态效果。

11.2.2 使用空间扭曲

在使用空间扭曲时需要和其他对象绑定，一个空间扭曲对象可以和几何体对象绑定，一个对象也可以绑定多个空间扭曲对象。下面结合实例对空间扭曲的使用进行说明。

步骤 1　启动 3ds max 2010，并重置系统。

步骤 2　单击创建命令面板中的"图形"按钮，切换到图形子面板，然后单击其中的"文本"按钮，在打开的属性面板中输入文本"3ds max 2010 文本"，并设置字体为宋体、大小为 100，然后在顶视图中单击创建文本。

步骤 3　单击"修改"按钮切换到修改面板，选择修改器列表中的"倒角"选项，并设置倒角参数如图 11-22 所示。

步骤 4　单击"创建"按钮切换到创建命令面板，然后单击"空间扭曲"按钮切换到空间扭曲创建面板，选择下拉列表框中的"几何/可变形"选项。

步骤 5　单击"波浪"按钮，在顶视图中创建一个空间扭曲对象，并设置波浪空间扭曲的振幅 1 和振幅 2 为 20，波长为 180，如图 11-23 所示。

图 11-22　设置倒角参数　　　　　　　　图 11-23　设置波浪空间扭曲对象的参数

步骤 6　在顶视图中选中波浪空间扭曲对象，然后单击主工具栏中的 ⟳ 按钮，将波浪空间扭曲对象绕 Z 轴旋转 90°，如图 11-24 所示。

步骤 7　单击主工具栏中的"绑定到空间扭曲"按钮 ≋，在视图中选中文本并按住鼠标左键拖动到波浪空间扭曲对象，当鼠标光标变成如图 11-25 所示的形状时松开鼠标，若波浪空间扭曲闪亮一下，则表示绑定成功。

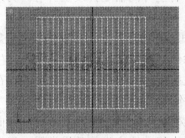

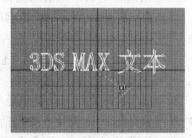

图 11-24　旋转波浪空间扭曲　　　　　　　图 11-25　绑定到空间扭曲

步骤 8　绑定到波浪空间扭曲后，文字将发生波浪状的变形，如图 11-26 所示。如果要让它像波浪一样不停地起伏，那么需要设置在不同帧时有不同的相位值。

步骤 9　单击操作界面底部的"自动关键点"按钮，开始录制动画，将时间滑块拖动至第 0 帧，在修改面板中设置波浪空间扭曲的相位为 1；拖动时间滑块至第 100 帧，在修改面板中设置波浪空间扭曲的相位为 4，然后再次单击自动关键点按钮退出录制动画模式。

步骤 10　单击动画控制区中的"播放动画"按钮，即可看到起伏的文字效果，渲染后效果如图 11-27 所示。

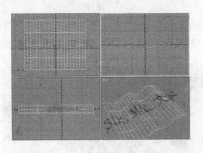
图 11-26　波浪形文字

图 11-27　设置动画后的文字效果

11.3　制作"炊烟又起"动画效果

本例将结合粒子系统和空间扭曲，制作一个炊烟缭绕的动画效果，具体操作步骤如下：

步骤 1　启动 3ds max 2010，并重置系统。

步骤 2　建立场景。单击创建命令面板中的"图形"按钮切换到图形子面板，然后单击"矩形"按钮，在顶视图中创建一个长度为 150、宽度为 200 的矩形，再将其转换成可编辑样条线，并设置其轮廓值为 5，如图 11-28 所示。

步骤 3　在修改面板的修改器列表中选择"挤出"选项，并设置挤出数量为 90，挤出墙体，如图 11-29 所示。

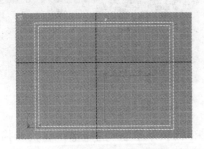
图 11-28　编辑后的矩形

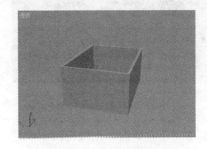
图 11-29　挤出效果

步骤 4　在左视图中绘制如图 11-30 所示的图形，并使用挤出修改器将其挤出 5，然后打开捕捉，在左视图中捕捉绘制矩形并进行编辑，再创建一个小长方体薄片放置其中，作为玻璃，如图 11-31 所示。

图 11-30　生成屋脊

图 11-31　制作窗户

步骤 5　选择屋脊和窗户，在前视图中锁定 X 轴将它们复制一份，如图 11-32 所示。用同样的方法，绘制一条双线，并使用挤出修改器进行挤出生成屋顶，如图 11-33 所示。

图 11-32　复制效果

图 11-33　生成屋顶

步骤 6　在视图中创建两个长方体，如图 11-34 所示。然后通过布尔运算在墙体上减出门洞和窗户洞。

步骤 7　用同样的方法制作一个窗户，并使用合并命令合并入一扇门，如图 11-35 所示。

图 11-34　创建的长方体

图 11-35　建立窗户和门

步骤 8　建立烟囱。在顶视图中创建一个长度和宽度均为 20 的矩形，将其转换成可编辑样条线，并设置轮廓值为 2，然后使用挤出修改器将其挤出为 140，如图 11-36 所示。

步骤 9　制作材质。为屋顶添加一种瓦贴图，为烟囱添加一种砖块贴图，将墙体、屋脊指定为淡黄色 RGB（229，226，175），如图 11-37 所示。

图 11-36　建立烟囱

图 11-37　制作材质

步骤 10　制作冒烟动画。单击创建命令面板中的"几何体"按钮，切换到几何体子面板，然后选择下拉列表框中的"粒子系统"选项，单击"超级喷射"按钮在顶视图中创建一个发射器，并置于烟囱中。

步骤 11　单击创建命令面板中的"空间扭曲"按钮，切换到空间扭曲创建面板，然后单击"风"按钮，在视图中创建风空间扭曲对象，并将其和粒子系统绑定在一起，位置如图11-38所示。

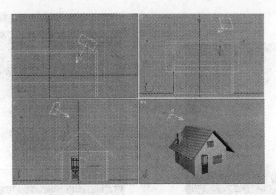

图 11-38　风和超级喷射粒子系统的位置

步骤 12　选择风空间扭曲对象，在修改面板中设置其强度为 1、衰减为 0.05、湍流为0.2、频率为0.1，如图11-39所示。

步骤 13　选择超级喷射粒子系统，在其"基本参数"卷展栏中设置轴偏移为 20、扩散为 10、平面偏离为-80、平面偏离扩散为 5、粒子数百分比为 100％；在"粒子生成"卷展栏中设置粒子数量为 1、发射时间为-10、发射停止时间为60、寿命为50、粒子大小为15、变化为 10％；在"粒子类型"卷展栏中设置粒子类型为标准粒子，并选中"面"单选按钮，如图 11-40 所示。

图 11-39　设置风参数

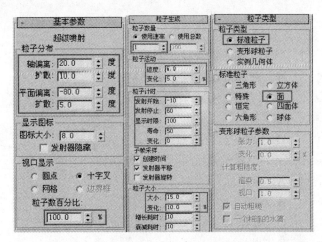

图 11-40　设置粒子系统参数

步骤 14　按快捷键〈M〉弹出"材质编辑器"窗口，在其中选择一个样本球。然后设置其漫反射颜色为灰色、自发光为 100、不透明度为 0、不透明贴图为如图 11-41 所示的位图图片，再选中"面贴图"复选框，将其指定给超级喷射粒子系统。

步骤 15　按〈F10〉键弹出"渲染设置"对话框，在"时间输出"选项区中选中"范围"单选按钮，并设置渲染范围为 0～60 帧，然后单击"渲染输入"选项区中的"文件"按钮，为渲染保存文件指定一个路径，并设置文件的格式为.avi。接着单击"渲染设置"对话框中的"渲染"按钮进行渲染，稍等片刻，渲染完成后播放渲染的动画，效果如图 11-42 所示。

图 11-41　不透明贴图

图 11-42　炊烟又起动画效果

11.4　习题

1．填空题

（1）在 3ds max 2010 中系统提供了 7 种粒子系统，分别为 PF Source（粒子流源）、喷射、雪、暴风雪、_____、_____和_____。

（2）在 3ds max 2010 中可以将空间扭曲分为 6 类，分别为力、导向器、_____、_____、_____和_____。

2．选择题

（1）下列不属于高级粒子系统的是（　　　）。

　　A．PF Source（粒子流源）

　　B．超级喷射

　　C．雪

　　D．暴风雪

（2）下列不属于几何/可变形空间扭曲类型的是（　　　）。

　　A．波浪

　　B．涟漪

　　C．爆炸

　　D．风

3．简答题与上机练习

（1）空间扭曲的作用是什么？

（2）结合粒子系统和空间扭曲制作一个喷泉效果。

第 12 章　动画基础

本章要点
- 动画制作基础
- 轨迹视图
- 动画控制器

在 3ds max 2010 中不仅可以制作出漂亮的静态模型，还可以制作出具有强大视觉冲击力的动画效果。本章将向用户介绍 3ds max 2010 中动画制作的原理、动画时间的设置、关键帧动画的制作、轨迹视图及动画控制器的使用等，以使用户掌握基本动画的制作方法。

12.1　动画制作基础

在制作动画前，用户应掌握动画制作的一些基础知识，如动画制作的原理、动画时间的设置、关键帧的设置等。

12.1.1　动画制作原理

动画是以人类的视觉原理为基础的，当以一定速度快速查看一系列相关的静态图像时，人们会感觉它是一个连续的动作。每一个单独的图像称之为帧，创建一个动画需要很多这样的帧，并且帧的多少决定了动画的质量。

3ds max 2010 中动画的制作基于关键帧技术，在创建动画时用户只需要创建一些在动画中起关键性作用的帧，在关键帧之间的动作由系统自动计算插入，从而得到连续的动画。在一个动画中，若关键帧设置得过少会使动画失真，若设置得过多又会增加计算机的处理时间和其他方面的开销，所以在设置时应做到适可而止。

12.1.2　动画时间设置

3ds max 2010 的动画控制区主要由时间滑块和动画播放控制区组成，在其中可对动画进行控制，如图 12-1 所示。

图 12-1　动画控制区

拖动时间滑块可以进入到不同的帧，在时间滑块上还显示了当前的帧号和设置的总帧号。

单击"自动关键点"按钮可以打开自动关键帧动画设置模式，"自动关键点"按钮以红色显示，并且当前视图的周围会出现一个红色的线框，再次单击可以退出该模式。单击按钮 可以在当前帧中插入关键帧。

动画播放控制区中的按钮功能如下。

转至开头：单击该按钮可以转至动画的开头，即第 0 帧。

上一帧：单击该按钮可以使时间滑块向前移动一帧。

播放动画：单击该按钮可以在视图中播放动画。

下一帧：单击该按钮可以使时间滑块向后移动一帧。

转至结尾：单击该按钮可以将时间滑块滑动至最后一帧。

关键点模式切换：单击该按钮，可以使用上一帧或下一帧按钮在关键帧之间进行切换。

当前帧：显示当前的帧号，在其中输入帧号后，按〈Enter〉键可以直接切换到指定的帧。

时间配置：单击该按钮，将弹出"时间配置"对话框，如图 12-2 所示。在其中可以设置帧速率、播放速度、动画的开始和结束时间等。

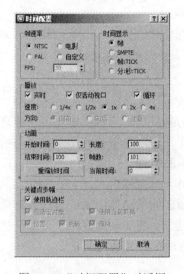

图 12-2 "时间配置"对话框

在"帧速率"选项区中可以设置动画播放的速率，用户可以根据不同需要选进行择。

● NTSC：美国和日本视频使用的制式，帧速率为 30 帧/s。

● 电影：电影胶片使用的帧速率，为 24 帧/s。

● PAL：中国和欧洲大部分国家使用的一种视频制式，帧速率为 25 帧/s。

● 自定义：选中该单选按钮后，用户可在"FPS"微调器中输入自定义帧速率。

在"播放"选项区中用户可以设置动画播放的速度以及播放动画的视图。

● 实时：选中该复选框，在播放动画时保证动画按选择的播放速度进行播放，在达不到要求时，系统会跳过一些帧播放，以维持正常的速度。

● 仅活动视口：选中该复选框后，将只在当前视图中播放动画，取消选中后将在所有视图中播放动画。

- 循环：选中该复选框，将循环播放动画。
- 速度：在其后可以选择一种比率作为当前帧速率的倍数播放动画，默认为1x。
- 方向：取消选中"实时"复选框时，可以选择"向前"、"向后"或"往复"播放动画。

在"动画"选项区中用户可以设置动画的起止时间、动画长度等。

- 开始时间：设置动画的开始时间。
- 结束时间：设置动画的结束时间。
- 长度：设置动画的长度，会影响结束时间，增加长度值，会在原有基础上加入新的空白帧；减少长度值，原有动画设置不会改变或丢失，只是被限制在新的时间段内。
- 帧数：显示动画帧的总数。
- 当前时间：显示当前帧，在其中输入帧号后按〈Enter〉键可以快速切换到指定的帧。

12.1.3 制作关键帧动画

制作关键帧动画只需要创建出具有关键性意义的帧，其余中间帧由系统自动计算获得。下面通过制作一段长方体沿斜面下滑的动画加以说明。

步骤1　启动 3ds max 2010，然后单击创建命令面板中的"几何体"按钮，切换到几何体子面板。

步骤2　单击"长方体"按钮，在顶视图中创建两个长方体，并将小长方体的下表面与斜面的上表面对齐，如图12-3所示。

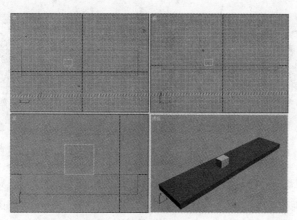

图 12-3　创建并对齐长方体

步骤3　在前视图中选中两个长方体，然后选择"组"→"成组"命令，弹出"组"对话框，如图12-4所示。单击"确定"按钮采用默认组名命名成组对象。

步骤4　右击主工具栏中的"选择并旋转"按钮，弹出"旋转变换输入"对话框，设置将其绕Z轴旋转15°，如图12-5所示。

步骤5　旋转后的对象如图 12-6 所示，选择"组"→"解组"命令将成组对象重新拆开，然后选择较小的长方体，在主工具栏的"参考坐系"列表框中选择"拾取"选项，在视图中拾取斜面，建立坐标系，如图12-7所示。

图 12-4 成组对象

图 12-5 "旋转变换输入"对话框

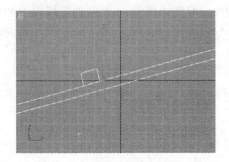

图 12-6 旋转对象

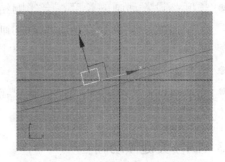

图 12-7 建立坐标系

步骤 6 沿 X 轴将长方体拖动至斜面的最高处，如图 12-8 所示。然后单击动画控制区中的"自动关键点"按钮，开始录制动画。

步骤 7 将时间滑块拖动至第 100 帧，然后在视图中沿 X 轴将长方体沿斜面向下移动至如图 12-9 所示的位置（第 0 帧），此时用户可以从时间标尺上看到在第 0 帧和第 100 时显示为红色的关键帧。

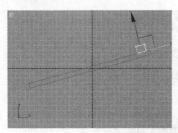

图 12-8 第 0 帧时长方体所在的位置

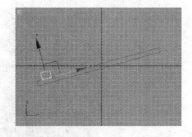

图 12-9 第 100 帧时长方体所在的位置

步骤 8 再次单击"自动关键点"按钮，退出录制动画模式。

步骤 9 单击动画播放控制区中的按钮 ▶，在视图中播放动画，如图 12-10 所示。用户也可以通过"渲染设置"对话框输出成 AVI 格式的动画系列，如图 12-11 所示。

图 12-10 播放动画

图 12-11 生成的 AVI 格式动画系列

12.2 轨迹视图

轨迹视图是 3ds max 2010 中管理场景和编辑动画的有力工具。使用轨迹视图既可以对创建的所有关键点进行查看和编辑，还可以在其中直接创建动作，并对动作的发生时间、持续时间、运动状态等进行调整。

12.2.1 "轨迹视图"窗口

单击主工具栏中的"曲线编辑器"按钮，或选择"图表编辑器"→"轨迹视图-曲线编辑器"命令都可以打开"轨迹视图"窗口，如图 12-12 所示。

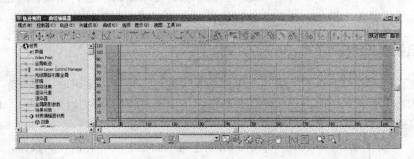

图 12-12 "轨迹视图"窗口

从图 12-12 中可以看出，轨迹视图主要由菜单栏、工具栏、层级列表、编辑窗口和状态栏 5 部分组成。

（1）菜单栏：菜单栏中包括模式、视图、选项、显示、控制器、轨迹、关键点、曲线和工具 9 个菜单，包含了轨迹视图的大部分功能，其中一部分命令在工具栏中有与之对应的按钮。

（2）工具栏：工具栏位于菜单栏的下方，其中包括许多工具按钮，可以对动画轨迹进行各种编辑。

（3）层级列表：层级列表位于轨迹视图窗口的左侧，其中以层级方式列出了场景中所有可以进行动画设置的项目，包括世界、声音、Video Post、全局轨迹、Scene Effects、Biped、光线跟踪引擎全局、环境、渲染效果、渲染元素、渲染器、场景材质和对象等，如图 12-13 所示。

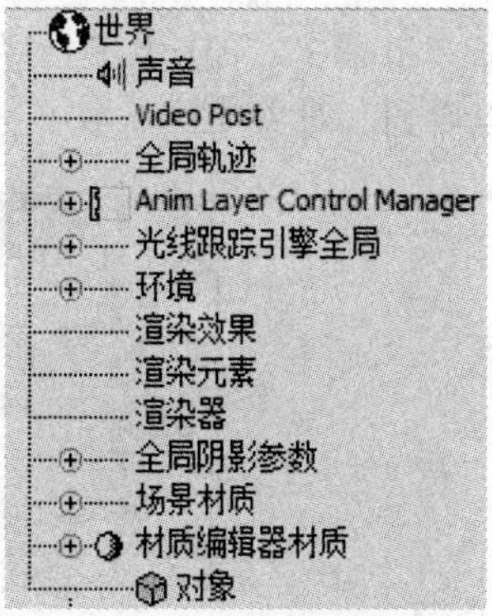

- 世界：收集场景中的所有关键点作为一个轨迹，以便于更快速地进行全局操作。
- 声音：可以使动画与声音文件或节拍器同步。如果使用声音文件，在编辑窗口中将显示波形。
- Video Post：可以为 Video Post 插件管理动画参数。
- 全局轨迹：设置多个对象公用的动画控制器。
- 环境：设置环境编辑器中的动画参数。
- 渲染效果：可以对渲染效果进行动画设置。
- 渲染元素：可以用来为对"渲染元素"卷展栏中的

图 12-13 层级列表

257

渲染参数设置动画。

- 渲染器：可以在渲染器中为抗锯齿参数设置动画。
- 全局阴影参数：可以更改阴影参数或为阴影参数设置动画。
- 场景材质：可以为场景中的所有材质设置动画。
- 材质编辑器材质：可以为材质编辑器中的所有材质设置动画。
- 对象：可以为场景中的所有对象设置动画。

（4）编辑窗口：编辑窗口位于层级列表的右侧，其中显示了动画关键点和函数曲线，用户可以使用工具栏中的工具进行编辑，在其下方有一个时间标尺，用来精确对齐关键点。

（5）状态栏：状态栏位于轨迹视图窗口的下方，用来显示当前的状态和工具的使用情况。

另外，在状态栏的右侧还有一些视图控制工具，主要用来平移、缩放轨迹视图，以方便进行编辑，其使用方法和 3ds max 2010 操作界面中的视图控制工具相同。

12.2.2　编辑关键点

使用轨迹视图既可以查看关键点又可以编辑关键点，在进行编辑时用户应先了解编辑的对象、动作发生的时间段以及动作的具体情况，下面通过使用轨迹视图控制一个球体运动来阐述如何编辑关键点。

步骤 1　启动 3ds max 2010，然后单击创建命令面板中的"几何体"按钮，切换到几何体子面板。

步骤 2　单击"球体"按钮，在视图中创建一个球体，如图 12-14 所示。

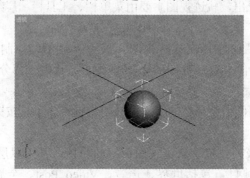

图 12-14　创建球体

步骤 3　单击主工具栏中的"曲线编辑器"按钮打开轨迹视图，在层级列表中用户可以看到，对象项目下多了一个 Sphere01 项，如图 12-15 所示。

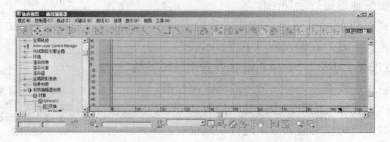

图 12-15　轨迹视图

258

步骤 4 单击"自动关键点"按钮，开始录制动画，将时间滑块拖动至第 30 帧，然后将球体沿 Z 轴移动一定的距离，再次单击"自动关键点"按钮可退出录制动画模式。

步骤 5 选择"变换"项目下的位置子项目，此时在轨迹视图的编辑窗口中出现了一条蓝色的弯曲虚线，说明在该项目下有动画设置，选择"Z 位置"，在轨迹视图编辑窗口中将显示蓝色轨迹曲线，如图 12-16 所示。

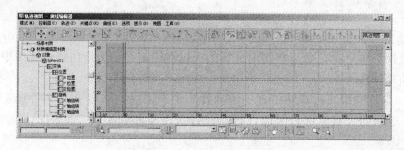

图 12-16　显示动画轨迹曲线

提示：在轨迹视图中，X、Y、Z 的轨迹曲线分别以红、绿、蓝 3 种颜色显示。

步骤 6 单击轨迹视图工具栏中的"添加关键点"按钮，在轨迹曲线上与时间标尺 60 对齐处单击即可添加一个关键点，如图 12-17 所示。在操作界面的时间轴上也可以看到在第 60 帧处是以红色显示的关键帧。

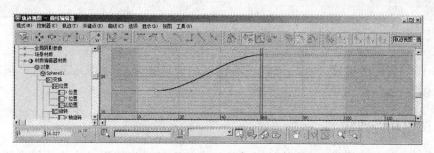

图 12-17　添加关键点

步骤 7 单击轨迹视图工具栏中的"移动关键点"按钮，在轨迹曲线上单击选择刚添加的关键点，然后将其向下移动，使其位置值为 0（在状态栏中可以查看），如图 12-18 所示。

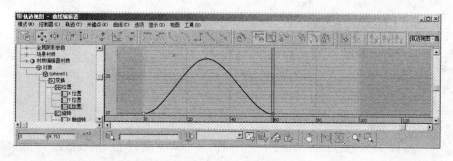

图 12-18　移动关键点

此时单击"播放动画"按钮，可以在视图中看到动画已经发生了改变，原来是球体在第0～30帧的过程中，球体慢慢上升，到第30帧处达到最高。现在，0～30帧中的动画没有改变，但是30～60帧过程中的球体慢慢回落，到第60帧时球体回到了原来的位置。

提示：在"移动关键点"按钮下还包含了"水平移动关键点"和"垂直移动关键点"按钮。

步骤8　锁定关键点。在轨迹视图的编辑窗口中选择两个关键点后，单击工具栏中的"锁定当前选择"按钮，可以将当前选择的关键点锁定。当用户在轨迹视图中使用工具编辑时，调整的都是被锁定的关键点，再次单击该按钮将解除锁定。

步骤9　缩放关键点。在轨迹视图中选择两个关键点，然后单击"缩放关键点"按钮，即可对选择的关键点进行缩放，控制选择关键点和起始点之间的距离，如图 12-19所示。

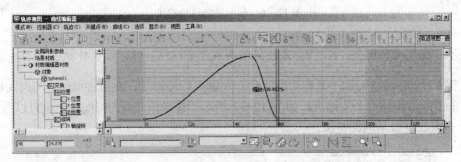

图 12-19　缩放关键点

步骤10　删除关键点。在轨迹视图编辑窗口中选择要删除的关键点后，按键盘上的〈Delete〉键可以删除。

12.2.3　调整功能曲线

在轨迹视图中用户可以对物体的运动轨迹曲线直接进行编辑，选择曲线上的关键点右击，将弹出如图 12-20 所示的关键点信息对话框。在其中可以改变动画的时间、数值，以及关键点两端曲线的插入方式。单击∧按钮，打开如图 12-21 所示的按钮组。

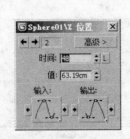

图 12-20　关键点信息对话框

图 12-21　曲线插入方式按钮组

- 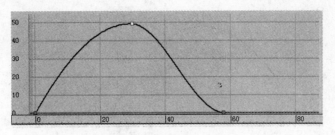默认插入方式：默认插入方式根据关键点的位置随机确定关键点两边的入射角曲线，如图 12-22 所示。

图 12-22　默认插入方式

- 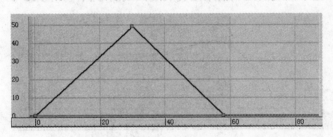直线插入方式：将关键点两边的曲线变为直线，物体在两个关键点之间做的是匀速运动，如图 12-23 所示。

图 12-23　直线插入方式

- 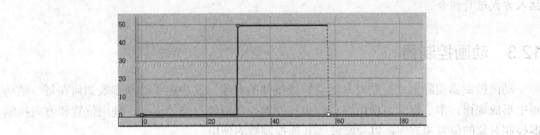直角插入方式：将关键点两边的轨迹曲线以直角方式插入，常用于突变的过程，如图 12-24 所示。

图 12-24　直角插入方式

- 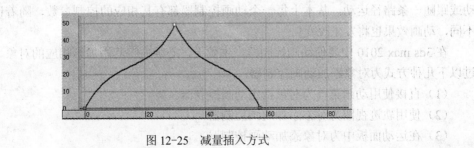减量插入方式：将关键点两边的轨迹曲线以减量方式插入，对象在两个关键点之间做减速运动，如图 12-25 所示。

图 12-25　减量插入方式

● 增量插入方式：将关键点两边的轨迹曲线以增量方式插入，对象在两个关键点之间做加速运动，如图 12-26 所示。

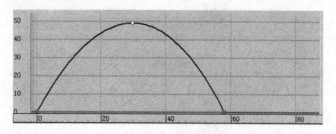

图 12-26　增量插入方式

● 贝塞尔插入方式：将关键点两边的轨迹曲线以贝塞尔曲线的形式插入，用户可以通过调整贝塞尔曲线的控制柄来改变轨迹曲线的形状，如图 12-27 所示。

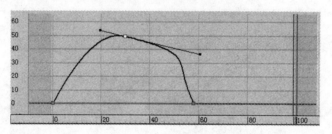

图 12-27　贝塞尔插入方式

提示：用户在调整轨迹曲线时，应根据具体情况选择不同的插入方式，并灵活地将这些插入方式进行组合。

12.3　动画控制器

动画控制器实际上是控制对象运动轨迹规律的对象，其决定了动画参数如何在每一帧动画中形成规律。本节将学习使用路径约束控制器控制对象沿路径运动，使用位置和方向控制器控制对象的位置和方向，以及噪波等其他控制器的使用。

12.3.1　使用动画控制器

动画控制器用来控制对象的运动，使用动画控制器可以强制对象保持与其他对象同步运动或跟随一条路径运动。基本上每一个动画控制器都有其相应的控制参数，随着设置的参数不同，动画效果也将发生改变。

在 3ds max 2010 中要使动画控制器产生效果，必须先将其添加给相应的对象。用户可通过以下几种方式为对象添加动画控制器。

（1）直接使用动画菜单为对象指定动画控制器。

（2）使用轨迹视图为对象添加动画控制器。

（3）在运动面板中为对象添加动画控制器。

在使用"动画"菜单指定动画控制器时，从菜单中选择一种控制器后，在当前选择的对象和鼠标指针之间将出现一条链接线（虚线），将鼠标指针移动至可选择的对象上，鼠标指针将变成一个"十"字，用户可以根据需要进行拾取。

使用轨迹视图添加动画控制器的基本步骤如下：

步骤 1　在视图中选择要添加动画控制器的对象，然后单击主工具栏中的按钮，打开"轨迹视图"窗口。

步骤 2　在轨迹视图中选择对象的某个项目（如变换、位置），然后右击，在弹出的快捷菜单中选择"指定控制器"命令，如图 12-28 所示。

步骤 3　在弹出的对话框中选择需要的动画控制器，如图 12-29 所示。

图 12-28　快捷菜单

图 12-29　选择动画控制器

使用运动面板为对象添加动画控制器的基本步骤如下：

步骤 1　在视图中选择要添加动画控制器的对象，然后单击"运动"按钮，切换到运动命令面板。

步骤 2　在运动面板的"控制器类型"列表框中选择一个控制器类型（如变换、位置、旋转、缩放），如图 12-30 所示。

步骤 3　单击列表框右上角的"指定控制器"按钮，打开相应的控制器对话框，如图 12-31 所示。然后，在其中选择需要的动画控制器。

图 12-30　选择控制器类型　　　　图 12-31　"指定 变换 控制器"对话框

为对象指定动画控制器后，用户可以在相应的参数面板中设置动画控制器的参数，以使对象产生不同的动画效果。

12.3.2 常用动画控制器类型

3ds max 2010 中的动画控制器类型有很多，不同的控制器有着不同的功能，用户可以对一个对象同时应用多个控制器。下面介绍几种常用动画控制器的用途以及它们的主要参数设置。

1. 路径约束控制器

路径约束控制器可以给对象的运动指定一条样条线作为路径。此时，对象被锁定到路径上，并且随着样条曲线的改变而改变。路径约束控制器的用途非常广泛，通常在需要物体沿路径轨迹运动且不发生变形时使用。

下面结合实例进行说明。

步骤 1　建立场景。在视图中创建一个球体和一条样条线，如图 12-32 所示。

步骤 2　在视图中选中球体，然后单击"运动"按钮切换到运动面板，在"指定控制器"卷展栏的列表框中选择"位置"选项，然后单击按钮，弹出"指定 位置 控制器"对话框，如图 12-33 所示。

步骤 3　在其中选择路径约束控制器，然后单击"确定"按钮，打开"路径参数"卷展栏，如图 12-34 所示。

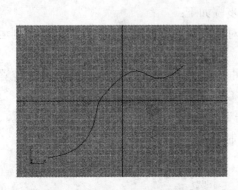

图 12-32　建立场景　　　　　　　　　　图 12-33　"指定 位置 控制器"对话框

步骤 4　单击"添加路径"按钮，然后在视图中拾取样条线，则球体将自动移动到样条线（路径）的一端，如图 12-35 所示。

"路径参数"卷展栏中参数的含义如下。

- 添加路径：单击该按钮可以在视图中拾取一条样条线作为对象运动的路径。
- 删除路径：单击该按钮可以删除当前选择的路径。
- 权重：为每个目标指定并设置动画。
- 跟随：选中该复选框，使对象移动时和路径对齐。
- 倾斜：选中该复选框，使对象旋转以模拟倾斜转弯运动。

图 12-34 "路径参数"卷展栏

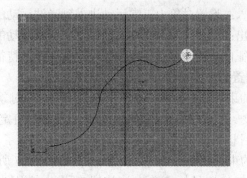

图 12-35 拾取路径

- 倾斜量：设置倾斜的幅度。
- 平滑度：控制对象在经过路径中的转弯时翻转角度改变的快慢程度。
- 允许翻转：选中该复选框，避免在对象沿着垂直方向的路径运动时有翻转情况。
- 恒定速度：选中该复选框，使对象以恒定的速度运动。
- 循环：选中该复选框，约束对象到达路径末端时将循环回到起始点。
- 相对：选中该复选框，使约束对象保持原始位置而不移动到路径的开始端，并以相对位置跟随路径运动。
- 轴：控制对象的哪个轴与路径对齐。

步骤 5 单击动画控制区中的"播放动画"按钮即可在视图中播放动画，用户可以看到球体沿着指定的路径进行运动。另外，用户可以将动画以 AVI 格式输出。

2. 噪波控制器

噪波控制器会在一系列帧上产生随机的、基于分形的动画。其适合模拟随机运动的对象，如振翅飞行的蝴蝶。其参数控制面板如图 12-36 所示。

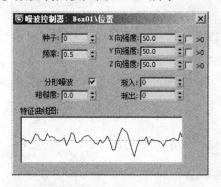

图 12-36 噪波控制器参数面板

- 种子：开始噪波计算的随机数。
- 频率：控制噪波曲线的波峰和波谷，取值范围为 0.01～1.0，高的值会创建锯齿状的严重震荡的噪波曲线，低的值会创建柔和的噪波曲线。

- X向强度/Y向强度/Z向强度：设置噪波在X、Y、Z轴上的输出强度。
- 分形噪波：选中该复选框，使用分形布朗运动生成噪波。
- 粗糙度：设置噪波的粗糙程度。
- 渐入：设置对象由正常运动进入到噪波运动的快慢。
- 渐出：设置对象由噪波运动恢复到正常运动的快慢。
- 特征曲线图：显示当前参数设置下噪波的特征曲线图。

3. 位置约束控制器

位置约束控制器能够使被约束对象跟随一个对象的位置或者几个对象的权重平均位置的改变而改变。当使用多个目标时，每个目标都具有定义其影响的权重值，任何超过0的值都将会导致目标影响受约束的对象。值的大小定义了其相对于其他目标影响受约束对象的程度。位置约束控制器的"参数"卷展栏如图12-37所示。

- 添加位置目标：单击该按钮，可以在视图中拾取影响受约束对象位置的新目标对象。
- 删除位置目标：单击该按钮，删除列表中当前选中的目标对象。一旦删除，它将不再影响受约束的对象。
- 权重：控制当前选择的目标对象相对于其他目标对象影响受约束对象的程度。
- 保持初始偏移：选中该复选框，可保持受约束对象与目标对象之间的原始距离，避免将受约束对象捕捉到目标对象的轴。

4. 方向约束控制器

方向约束控制器会使某个对象的方向沿着另一个对象的方向或若干对象的平均方向，方向受约束的对象可以是任何可旋转对象，受约束的对象将从目标对象继承其旋转。一旦约束，便不能手动旋转该对象。目标对象可以是任意类型的对象，目标对象的旋转会驱动受约束的对象，并且一个对象同时可被多个目标对象约束，目标对象影响约束对象的程度由权重值来控制。方向约束控制器的"参数"卷展栏如图12-38所示。

图12-37　位置约束卷展栏

图12-38　方向约束卷展栏

- 添加方向目标：单击该按钮，可以在视图中拾取影响受约束对象的新目标对象。
- 将世界作为目标添加：单击该按钮，将受约束对象与世界坐标轴对齐。
- 删除方向目标：单击该按钮，删除当前选定的目标约束对象。一旦删除，它将不再影响受约束的对象。

- 权重：控制当前选择的目标对象相对于其他目标对象影响受约束对象的程度。
- 保持初始偏移：选中该复选框，将保留受约束对象的初始方向。
- 变换规则：在该选项区中包括"局部—>局部"和"世界—>世界"两个选项，当选择前者时，局部节点变换将用于方向约束；当选择后者时，将应用父变换或世界变换，而不是局部节点变换。

12.3.3　路径约束动画

本例制作一段飞行粒子流动画，在制作过程中将应用到超级喷射粒子系统，以及路径约束动画控制器等知识，具体操作步骤如下：

步骤 1　启动 3ds max 2010，单击软件图标 ⚙，选择"重置"命令，重新设置系统。

步骤 2　单击创建命令面板中的"图形"按钮，切换到图形子面板，然后单击"椭圆"按钮，在前视图中创建一个椭圆 Ellipse01 作为飞行粒子的路径。

步骤 3　将椭圆 Ellipse01 复制一个并命名为 Ellipse02，然后使其和原来的椭圆相互垂直，如图 12-39 所示。

步骤 4　单击"几何体"按钮切换到几何体子面板，选择下拉列表框中的"粒子系统"选项，切换到粒子系统创建面板。然后单击其中的"超级喷射"按钮，在顶视图中创建一个超级喷射粒子系统发生器图标。

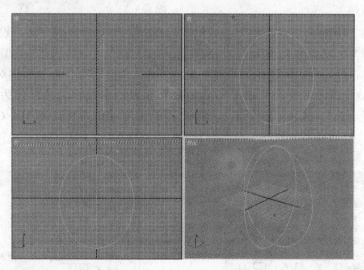

图 12-39　创建路径

步骤 5　单击"修改"按钮切换到超级喷射粒子系统的参数设置面板，在"基本参数"卷展栏中，设置轴偏离值为 0、扩散值为 10；平面偏离值为 0、扩散值为 10；设置粒子在视图中的显示形式为网格，粒子数百分比为 100%。在"粒子生成"卷展栏的"粒子数量"选项区中，选中"使用总数"单选按钮，并设置数量为 5000；设置粒子运动的速度为 10、变化值为 0；粒子发射开始时间为-20、发射停止时间为 100、寿命为 25、变化值为 15；在"粒子大小"选项区中设置粒子的大小为 1、变化值为 30%、增长耗时为 5、衰减耗时为

10。在"粒子类型"卷展栏中，设置粒子类型为标准粒子，并选择标准粒子为立方体。在"加载/保存预设"卷展栏的"预设名"文本框中，输入名称，然后单击"保存"按钮，保存参数设置以备后用，如图 12-40 所示。

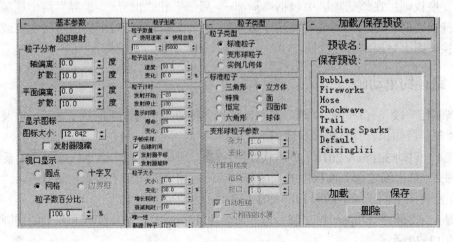

图 12-40　设置超级喷射粒子系统参数

步骤 6　为粒子系统指定材质。按快捷键〈M〉弹出"材质编辑器"窗口，选择一个样本球，然后单击材质编辑器水平工具栏中的"将材质指定给选定对象"按钮，将材质指定给超级喷射粒子系统。

步骤 7　在"明暗器基本参数"卷展栏中设置着色类型为金属方式，设置自发光值为100，然后展开"扩展参数"卷展栏，在其中设置衰减方式为"外"，类型为相加，如图12-41 所示。单击"漫反射颜色贴图通道"按钮，弹出"材质/贴图浏览器"对话框，在其中选择"粒子年龄"选项，并在"粒子年龄参数"卷展栏中设置颜色＃1 为 RGB（255，237，81）、颜色＃2 为 RGB（255，122，24）、颜色＃3 为 RGB（229，10，0），如图 12-42所示。

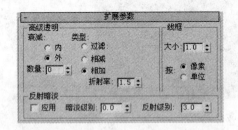

图 12-41　"扩展参数"卷展栏

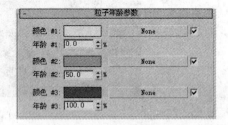

图 12-42　"粒子年龄参数"卷展栏

步骤 8　在视图中选中超级喷射粒子系统，单击"运动"按钮切换到运动面板，在"指定控制器"卷展栏的列表中选择"位置"选项，然后单击"指定控制器"按钮，打开指定位置控制器列表，在其中选择路径约束控制器，并单击"确定"按钮，最后单击"添加路径"按钮，在视图中拾取椭圆 Ellipse01 作为路径，并进行其他参数设置，如图12-43 所示。

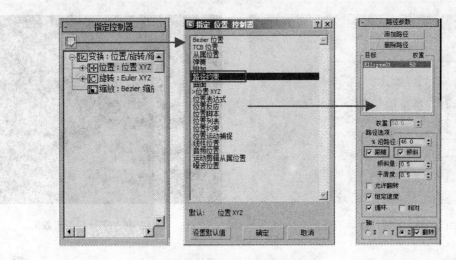

图 12-43　设置路径约束

步骤 9　在视图中选择超级喷射粒子系统，然后右击，在弹出的快捷菜单中选择"对象属性"命令弹出"对象属性"对话框，设置运动模糊的倍增值为 2，并选中"图像"单选按钮，如图 12-44 所示。

图 12-44　设置运动模糊

步骤 10　单击粒子系统面板中的"超级喷射"按钮，在视图中创建一个超级喷射粒子系统，然后单击"修改"按钮切换到修改面板。在"加载/保存预设"卷展栏的"保存预设"列表中选择上面保存的参数设置，然后单击"加载"按钮加载参数设置。

步骤 11　将所设置的材质指定给创建的粒子系统，然后以 Ellipse02 作为路径为其设置路径约束动画和运动模糊，效果如图 12-45 所示。

步骤 12　按〈F10〉键弹出"渲染设置"对话框，设置渲染时间为 0～100 帧，输出文件的大小为 640×480 像素，文件格式为 AVI，然后进行渲染，效果如图 12-46 所示。

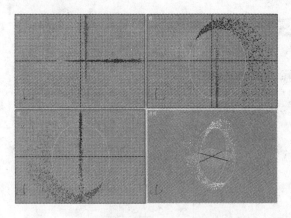
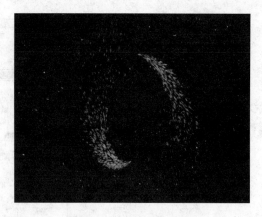

图 12-45　设置动画后的场景　　　　　　图 12-46　飞行粒子流效果

12.4　习题

1．填空题

（1）3ds max 2010 的动画控制区主要由_____和_____组成。

（2）轨迹视图主要由菜单栏、工具栏、_____、_____和状态栏 5 部分组成。

2．选择题

（1）使用（　　）控制器可以控制对象沿指定的路径进行运动。

　　　A．路径约束

　　　B．位置约束

　　　C．方向约束

　　　D．噪波

（2）我国采用的视频制式帧速率为（　　）。

　　　A．24 帧/s

　　　B．25 帧/s

　　　C．26 帧/s

　　　D．30 帧/s

3．简答题与上机练习

（1）简述动画制作的原理。

（2）根据实例试图设计一个路径约束动画（提示：用户可以设计一个流星划过天空的动画）。

第 13 章　环境和渲染

本章要点
- 环境和效果设置
- 渲染设置

在 3ds max 2010 中，用户可以通过"环境和效果"对话框添加环境贴图和各种特殊效果，以增加场景的真实气氛，如火效果、雾、体积雾和体积光等。也可以通过渲染系统添加各种渲染效果，如镜头效果、模糊、亮度和对比度、胶片颗粒、运动模糊等。本章将向用户介绍这些效果的设置方法及应用。

13.1　环境效果设置

环境效果设置包括设置背景颜色、环境贴图及大气效果等，在 3ds max 2010 中通过环境设置可以丰富场景、增加场景气氛和艺术表现力。

13.1.1　"环境和效果"对话框

使用"环境和效果"对话框可以创建环境，选择"渲染"→"环境"命令或直接按快捷键〈8〉都可以打开"环境和效果"对话框，如图 13-1 所示。在"环境和效果"对话框中包括"公用参数"、"曝光控制"和"大气"3 个卷展栏，在各卷展栏中都可以进行不同的参数设置，下面分别进行介绍。

1. 公用参数

在"公用参数"卷展栏中包括"背景"和"全局照明"两个参数设置区，在"背景"选项区中可以设置渲染的背景颜色和环境贴图，在"全局照明"选项区中可以设置全局照明的颜色、级别及环境光的颜色。

- 颜色：单击其下方的颜色块，可以在打开的颜色选择器中设置背景颜色，默认为黑色。
- 使用贴图：选中该复选框后，在渲染时才使用环境贴图。
- 环境贴图：单击其下方的"无"按钮，可在打开的"材质/贴图浏览器"对话框中设置环境贴图。
- 染色：单击其下方的颜色块，可以在打开的颜色选择器中为场景中的所有灯光设置颜色。
- 级别：设置全局照明的级别，默认值为 1，即保留各个灯光的原始设置，增加或较少该值可以设置场景的总体照明强度。

图 13-1　"环境和效果"对话框

● 环境光：单击其下方的颜色块，可以在打开的颜色选择器中设置环境光的颜色。

2．曝光控制

曝光控制可以调整渲染的输出级别和颜色范围，3ds max 2010提供了对数曝光控制、伪彩色曝光控制、线性曝光控制和自动曝光控制等曝光控制方法。

当选择"自动曝光控制"选项时，控制参数如图13-2所示。

● 活动：控制曝光特性的开和关。

● 处理背景与环境贴图：选中该复选框，可以使曝光控制影响背景和环境贴图，取消选中，则只对场景中对象产生影响。

● 亮度：设置转换颜色的亮度。

● 对比度：设置转换颜色的对比度。

● 曝光值：设置整个渲染场景的亮度。

● 物理比例：设置曝光控制的物理缩放比例。

● 颜色修正：选中该复选框，将以其后颜色样本块中的颜色为准对灯光的颜色进行校正。

● 降低暗区饱和度级别：选中该复选框，将降低渲染场景的颜色饱和度。

3．大气效果

在"大气"卷展栏中可以添加和设置大气效果。在效果列表中显示了已添加的效果队列，在名称文本框中可以为当前选择的大气效果命名。

● 添加：单击该按钮，将弹出"添加大气效果"对话框，如图13-3所示。在其中用户可以选择要添加的大气效果。

● 删除：单击该按钮，删除当前选择的大气效果。

● 活动：选中该复选框，激活选择的大气效果。

● 上移：单击该按钮，可以将当前选择的大气效果向上移动。

● 下移：单击该按钮，可以将当前选择的大气效果向下移动。

● 合并：单击该按钮，可以向场景中合并已经设置好的大气效果。

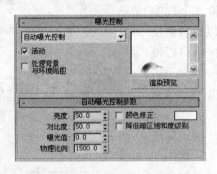

图13-2　自动曝光控制参数

图13-3　"添加大气效果"对话框

13.1.2　设置背景颜色和贴图

背景颜色和环境贴图的设置都是在"公用参数"卷展栏中完成的，它们影响场景的渲染环境，下面分别进行介绍。

1. 设置背景颜色

背景颜色仅在没有设置环境贴图或取消选中"使用贴图"复选框暂停使用环境贴图时显示。默认的背景颜色为黑色，在"公用参数"卷展栏中单击"颜色"选项下方的颜色块，打开颜色选择器，在其中即可设置背景颜色。在 3ds max 2010 中允许将背景颜色设置成动画，例如在第 1 帧中设置背景颜色为黑色，在第 100 帧中设置背景颜色为黑色，那么在渲染动画序列时，背景将由黑色慢慢过渡到白色。

2. 设置环境贴图

在"公用参数"卷展栏中单击"环境贴图"选项下方的"无"按钮，弹出"材质/贴图浏览器"对话框。如果用户想要选择一张位图作为渲染背景，则选择"位图"选项，并在弹出的"选择位图图像文件"对话框中选择一张位图，然后单击"确定"按钮，位图文件的名称将显示在按钮上。

将设置的坏境贴图直接拖动全材质编辑器，并选择以实例方式复制，用户即可在材质编辑器中对环境贴图做进一步编辑，修改参数后，系统会自动更新环境贴图。

13.1.3 设置雾效果

使用雾效果可以遮住对象或背景，产生一种朦胧的感觉，并且距离越远越朦胧、越看不清楚，下面结合实例进行介绍。

步骤 1 打开"小屋.max"场景，并创建一个平面置于小屋的底部，如图 13-4 所示。

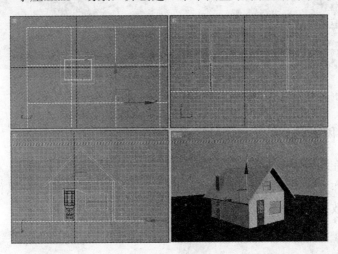

图 13-4 打开场景并创建一个平面

步骤 2 按快捷键〈8〉弹出"环境和效果"对话框，单击"大气"卷展栏中的"添加"按钮，弹出"添加大气效果"对话框。

步骤 3 在"添加大气效果"对话框中选择"雾"选项，并单击"确定"按钮。

步骤 4 "雾参数"卷展栏如图 13-5 所示，根据需要设置其参数。

- 颜色：设置雾的颜色。单击其下方的颜色块打开颜色选择器，在其中用户可以对颜色参数进行调整，在其右侧还可以设置环境颜色贴图和环境不透明度贴图。
- 雾化背景：选中该复选框，将雾效果应用于背景。

- **类型**：设置雾的类型，包括标准和分层两种，选择不同的类型，可以激活相应的选项区，对雾效果进一步设置。

  - **标准**：选择标准类型将激活该选项区，选择其中的"指数"复选框，雾的浓度将随距离呈指数级衰减变化，当不选中时将随距离呈线性衰减变化。其中的"近端"和"远端"两个选项用来设置雾浓度的变化范围。

  - **分层**：选择分层类型将激活该选项区，通过"顶"和"底"两个选项可以设置分层雾出现在场景中的位置和下限。密度可以设置分层雾的浓度。通过系统提供的顶、底两种衰减方式可以设置分层雾在场景中的衰减效果。

- **地平线噪波**：选中该复选框，可以在雾的地平线上添加噪波，以增强真实感。通过激活的 3 个选项可以设置雾的角度、尺寸和相位。

步骤 5　选择雾的类型为分层雾，设置顶值为 80、密度为 20、衰减方式为底部衰减，并选中"地平线噪波"复选框。

步骤 6　按〈F9〉键进行渲染，效果如图 13-6 所示。

图 13-5　"雾参数"卷展栏

图 13-6　分层雾效果

13.1.4　设置体积雾效果

体积雾可以在场景中产生密度不均匀的雾，就像天空中被风吹散的云彩一样。其制作方法和分层雾的制作方法类似，但可以应用给指定的大气装置。体积雾的具体制作过程在此不再介绍，其应用效果如图 13-7 所示，体积雾参数调节如图 13-8 所示。

图 13-7　体积雾效果

图 13-8　"体积雾参数"卷展栏

274

"体积雾参数"卷展栏中的许多参数和"雾参数"卷展栏中的含义相同，故不再重复介绍，在此仅对不同的参数进行介绍。

- 拾取 Gizmo：单击该按钮，可以在视图中拾取要应用大气效果的大气装置。
- 移除 Gizmo：单击该按钮，可以移除当前选择的大气装置，不对其应用大气效果。
- 柔化 Gizmo 边缘：在其后的微调器中可以设置值来羽化体积雾效果的边缘。值越大，效果越明显，取值范围为 0～1。
- 颜色：设置体积雾的颜色。
- 步长大小：设置体积雾的颗粒大小。
- 风力来源：设置风来自哪个方向，包括前、后、左、右、顶和底 6 个方向，在"风力强度"微调器中用户还可以设置风的强度。

13.1.5　设置火焰效果

使用火焰效果可以模拟制作燃烧的火焰动画效果，但是在制作火焰效果时，需要创建大气装置。它们是一类特殊的辅助对象，位于创建命令面板中的辅助对象子面板中，下面结合实例来介绍火焰效果的制作过程。

步骤 1　建立场景。在视图中创建一个圆柱体，并使用锥化和噪波修改器对其进行修改变形，然后复制多个作为一堆木材，并调整位置如图 13-9 所示。

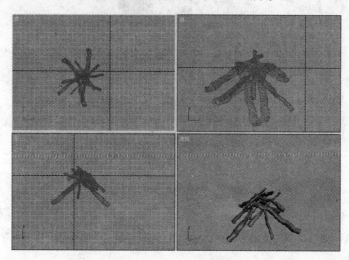

图 13-9　建立场景

步骤 2　单击创建命令面板中的"辅助对象"按钮，切换到辅助对象子面板，并选择下拉列表框中的"大气装置"选项。

步骤 3　单击"球体 Gizmo"按钮，并在其卷展栏中选中"半球"复选框，然后在顶视图中创建一个半径为 50 的半球体 Gizmo，如图 13-10 所示。

步骤 4　将鼠标指针移动至主工具栏中的"选择并均匀缩放"按钮上方，右击弹出"缩放变换输入"对话框，在其中设置 Z 轴的缩放比例为 250，将半球体大气装置沿着局部 Z 轴放大 250%，如图 13-11 所示。

图 13-10　创建半球体大气装置

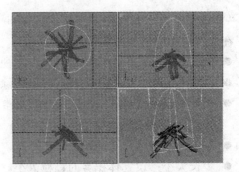

图 13-11　缩放大气装置

步骤 5　按快捷键〈8〉弹出"环境和效果"对话框，单击"大气"卷展栏中的"添加"按钮，弹出"添加大气效果"对话框，在其中选择"火效果"选项并单击"确定"按钮确认。

步骤 6　"火效果参数"卷展栏如图 13-12 所示，其中包括 Gizmo、颜色、图形、特性、动态和爆炸 6 个选项区。

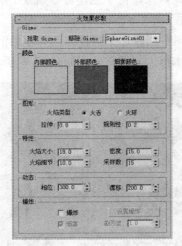

图 13-12　"火效果参数"卷展栏

- Gizmo：单击该选项区中的"拾取 Gizmo"按钮，可以在视图中拾取要应用火效果的大气装置。单击"移除 Gizmo"按钮，可以移除当前选择的大气装置，不对其应用火效果。
- 颜色：在该选项区中可以设置火焰的内部、外部颜色，以及产生烟雾的颜色。
- 图形：在该选项区中可以设置火焰的形状、缩放和图案。火焰类型包括火舌和火球两种。拉伸用来设置火焰沿着大气装置 Z 轴进行缩放。规则性用来确定大气装置有多少空间被填充。
- 特性：在该选项区中可以设置火焰的大小和外观。火焰大小用来设置大气装置中各个火焰的大小。其和大气装置的大小有关，装置越大，需要的火焰越大。火焰细节用来控制每个火焰边缘的清晰度，较低的值可以生成平滑、模糊的火焰，渲染速度较快；较高的值可以生成带图案的清晰火焰，渲染速度较慢。密度用来确定每个火焰中心的厚度，较高的值可以使火焰的中心更明亮；较低的值可以产生更薄、更轻微的火焰。采样数用来设置效果的采样率，值越高，生成的效果越准确，相应地渲染所需的时间也就越长。

- 动态：在该选项区中包括相位和漂移两个选项。相位用来控制火焰效果的变化速率，如果始终保持值不变，那么火焰将稳定地燃烧，通过该值可以将火效果设置成动画。漂移用来设置火焰沿着大气装置的 Z 轴的渲染方式，高漂移值将产生燃烧较快的热火焰；低漂移值将产生燃烧较慢的冷火焰。
- 爆炸：在该选项区中可以创建爆炸的火焰。选中"爆炸"复选框可以激活其他参数，将火焰设置成爆炸形态。单击"设置爆炸"按钮，弹出"设置爆炸相位曲线"对话框，在其中可以设置爆炸开始和结束的时间。取消或选中"烟雾"复选框可以控制爆炸是否产生烟雾。通过剧烈度可以设置相位参数变化的剧烈程度。

步骤 7　单击"拾取 Gizmo"按钮，在视图中拾取创建的大气装置，然后设置火焰类型为火舌、拉伸值为 0.8、火焰大小为 18、火焰细节为 10。

步骤 8　单击动画控制区中的"自动关键点"按钮，开始录制火焰燃烧动画。将时间滑块拖动值最后一帧，然后在"火效果参数"卷展栏中设置相位值为 300，漂移值为 200，再次单击"自动关键点"按钮退出录制动画模式。

步骤 9　设置背景颜色为白色，然后按〈F10〉键弹出"渲染设置"对话框，在其中设置渲染的活动时间为 0～100 帧，并将渲染结果保存为 AVI 格式的动画序列，最后单击"渲染"按钮渲染动画，效果如图 13-13 所示。

图 13-13　火焰效果

提示：渲染火效果只能在非正交视图中进行，如透视图、摄影机视图。在其他视图中火效果将不能被渲染。

13.2　渲染效果设置

在 3ds max 2010 中不仅可以设置将场景渲染成单帧的图像或动画序列，还可以设置渲染的类型、添加各种渲染效果，如镜头效果、模糊和胶片颗粒等。

13.2.1　"渲染设置"对话框

在"渲染设置"对话框中用户可以设置渲染输出的活动时间、输出尺寸、路径、格式，以及渲染器类型、渲染元素和高级照明解决方案等，如图 13-14 所示。

图 13-14 "渲染设置"对话框

在 3ds max 2010 中可以通过以下 3 种方法打开"渲染设置"对话框。

● 选择"渲染"→"渲染设置"命令。

● 单击主工具栏中的"渲染设置"按钮 。

● 按键盘上的〈F10〉键。

在"渲染设置"对话框包括公用、渲染器、Render Elements（渲染元素）、光线跟踪器和高级照明 5 个选项卡。

在"渲染器"选项卡中，用户可以对当前使用的渲染器进行设置。在"Render Elements（渲染元素）"选项卡中，用户可以添加要渲染的元素，如大气效果、背景、反射、高光反射、自发光和阴影等。在"光线跟踪器"选项卡中可以对光线跟踪器的全局参数进行设置。在"高级照明"选项卡中，用户可以选择不同的解决方案（如光能传递），然后对相应的参数进行调整。在"公用"选项卡中，用户可以对渲染输出的一些基本参数进行设置，如渲染输出的活动时间、输出尺寸、输出路径和格式等。

由于"公用"选项卡中的一些选项是经常使用的，下面对"公用"选项卡的参数做详细介绍。

1. 时间输出

在该选项区中可以设置渲染输出的时间范围。

● 单帧：选中该单选按钮，只渲染当前帧。

● 活动时间段：选中该单选按钮，渲染当前设置的时间范围。

● 每 N 帧：设置每隔多少帧渲染一次，仅在选中"活动时间段"或"范围"单选按钮时有效。

● 范围：设置渲染的范围，可以在其后的微调器中设置从多少帧到多少帧。

● 文件起始编号：指定起始文件编号。例如设置渲染范围为 0～3，每 N 帧为 1，文件起始编号为 10，那么将渲染第 10、11、12 和 13 帧。

- 帧：选中该单选按钮，可以指定非连续帧，帧与帧之间用逗号隔开（例如 2，3，5），或指定连续的帧范围，用连字符相连（例如 0-5）。

2. 输出大小

在该选项区中可以控制输出图像的大小。

- 光圈宽度：指定用于创建渲染输出的摄影机的光圈宽度。
- 宽度/高度：设置输出图像的宽度和高度，以像素为单位，用户可以单击其右侧的"预设分辨率"按钮（如 320×240，640×480，720×486，800×600）来设置，也可以直接输入数值。
- 图像纵横比：设置图像的纵横比，更改宽度后，高度会随之改变，以保持图像纵横比。
- 像素纵横比：设置显示在其他设备上的像素纵横比。

3. 选项

- 大气：选中该复选框，将渲染应用的大气效果，如体积雾、体积光。
- 效果：选中该复选框，将渲染任何应用的渲染效果，如模糊、胶片颗粒。
- 置换：选中该复选框，将渲染任何应用的置换贴图。
- 视频颜色检查：选中该复选框，检查超出 NTSC 或 PAL 视频制式安全阈值的像素颜色，标记这些像素颜色并将其变为可接受的值。
- 渲染为场：选中该复选框，将视频渲染为场，而不是渲染为帧。
- 渲染隐藏几何体：选中该复选框，将渲染隐藏的几何体。
- 区域光源/阴影视作点光源：选中该复选框，将所有的区域光源或阴影当做从点光源发出的进行渲染，从而加快渲染速度。
- 强制双面：选中该复选框，将强制渲染所有曲面的两个面。
- 超级黑：选中该复选框，背景图像将被渲染成黑色。

4. 高级照明

在"高级照明"选项区中用户可以设置是否使用高级照明。

5. 渲染输出

在该选项区中单击"文件"按钮，将弹出"渲染输出文件"对话框，在该对话框中可以设置输出文件的文件名、文件格式及保存路径等。单击"设备"按钮可以选择计算机已连接的视频输出设备，直接进行输出。

13.2.2 设置渲染类型

在 3ds max 2010 中，提供了多种渲染类型，下面介绍常见的几种。

- 视图：渲染当前视图中的所有内容。
- 选定：仅渲染当前视图中选定的对象。
- 区域：渲染当前视图中选择的区域。在"渲染类型"下拉列表框中选择"区域"选项后，单击"渲染"按钮，在当前视图中将出现一个范围框，用户可以通过拉伸鼠标改变其大小和位置，如图 13-15 所示。单击视图右下角的"确定"按钮，即可对设置的区域进行渲染，如图 13-16 所示。
- 裁剪：渲染选择的区域，并按区域面积进行裁剪，以产生和选择区域等比例的图像，如图 13-17 所示。

● 放大：渲染当前视图中选择的区域并将其放大，以填充输出显示。在"渲染类型"下拉列表框中选择"放大"选项后，单击"快速渲染"按钮，在当前视图中将出现一个范围框，调整其大小和位置后，单击视图右下角的"确定"按钮进行渲染，如图 13-18 所示。

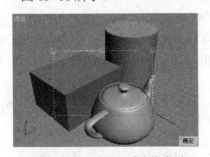

图 13-15　选择区域渲染类型

图 13-16　区域渲染效果

图 13-17　裁剪渲染效果

图 13-18　放大渲染效果

13.2.3　设置渲染效果

选择"渲染"→"效果"命令，弹出"环境和效果"对话框，在其中可以添加渲染效果，如图 13-19 所示。

在效果列表中显示了当前场景中包括的所有渲染效果，如果要添加新的特效，则单击"添加"按钮弹出"添加效果"对话框，如图 13-20 所示。其中包括 9 种渲染特效，用户可以选择任何一种，然后单击"确定"按钮将其添加到效果列表中。

图 13-19　"环境和效果"对话框

图 13-20　"添加效果"对话框

单击"环境和效果"对话框中的"删除"按钮，可以删除当前选择的渲染效果。通过"上移"和"下移"按钮可以改变渲染效果的顺序。通过"合并"按钮可以向场景中合并已经设置好的渲染效果。另外，用户还可以通过"预览"选项区预览设置的渲染效果。

1．Hair（头发）和 Fur（毛发）

如果用户需要渲染毛发，那么场景中必须包含毛发渲染效果。在初次对对象应用 Hair 和 Fur 修改器时，渲染效果将自动添加到场景中。如果出于某些原因，场景中没有渲染效果，则需要在"环境和效果"对话框中添加毛发渲染效果，在添加 Hair（头发）和 Fur（毛发）渲染效果后，用户即可对其参数做进一步设置，也可使用默认设置。

2．镜头效果

镜头效果用真实的摄影机镜头和过滤器模拟照明效果类型，包括光晕、光环、射线、自动二级光斑、手动二级光斑、星形和条纹。

添加镜头效果后，用户可以在"镜头效果参数"卷展栏中添加各种效果，如图 13-21 所示。选择一种效果后，单击按钮 即可将其添加到右边的列表中。选择添加的效果，可以在其相应的参数卷展栏中设置效果的大小、强度和颜色等。在"镜头效果全局"卷展栏中用户可以拾取、移除灯光，以及设置大小、强度等，如图 13-22 所示。

图 13-21 "镜头效果参数"卷展栏

图 13-22 "镜头效果全局"卷展栏

Glow（光晕）、Ring（光环）、Ray（射线）、Auto Secondary（自动二级光斑）、Manual Secondary（手动二级光斑）、Star（星形）和 Streak（条纹）产生的效果如图 13-23 所示。

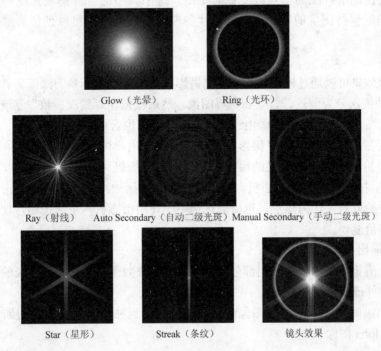

Glow（光晕）　　　　　Ring（光环）

Ray（射线）　Auto Secondary（自动二级光斑）Manual Secondary（手动二级光斑）

Star（星形）　　　Streak（条纹）　　　镜头效果

图 13-23 各种类型效果

3．模糊

模糊渲染效果可以使渲染的图像变模糊，增强动画的真实感，如图 13-24 所示。在"模糊参数"卷展栏的"模糊类型"选项卡中可以设置模糊类型为均匀型、方向型和放射型；在"像素选择"选项卡中可以根据选择将模糊效果应用于各个像素，使整个图像变模糊、使非背景场景元素变模糊，或按亮度值使图像变模糊，使用贴图遮罩使图像变模糊。

图 13-24　添加模糊效果的前、后对比

4．亮度和对比度

通过使用亮度和对比度渲染效果可以改变渲染图像的亮度和对比度。在"亮度和对比度参数"卷展栏中用户可以调整亮度和对比度值，通过"忽略背景"复选框可以将渲染效果应用于 3ds max 2010 场景中除背景以外的所有元素。

5．色彩平衡

使用色彩平衡渲染效果可以独立控制 RGB 通道给图像染色，在"色彩平衡参数"卷展栏中可以通过拖动滑杆上的滑块改变色彩平衡，选中其中的"保持发光度"复选框可以在修正颜色的同时保持图像的发光度。选中"忽略背景"复选框可以使色彩平衡调整不影响背景。

6．景深

使用景深效果可以通过模糊靠近或远离摄影机对象来增加场景的深度。其工作原理是：将场景沿 Z 轴依次分为前景、背景和焦点图像。然后根据在"景深参数"卷展栏中设置的值使前景和背景图像模糊，最终图像由经过处理的原始图像合成。

在"景深参数"卷展栏的"摄影机"选项区中，用户可以通过单击"拾取摄影机"按钮，在视图中拾取应用景深效果的摄影机，拾取的摄影机可以是一个也可以是多个。通过"移除摄影机"按钮可以删除摄影机。在"焦点"选项区中用户可以通过单击"拾取节点"按钮在视图中拾取对象作为焦点，也可通过选中"使用摄影机"单选按钮，使用摄影机本身的设置来决定角度。

7．文件输出

文件输出渲染效果可以在应用部分或所有其他渲染效果之前，获取渲染的快照，并将其保存到一个文件或一台设备中。

在渲染动画时，可以将整个图像或不同通道保存到独立的文件中，例如灰度图像的亮度、深度或 Alpha 图像。

8. 胶片颗粒

胶片颗粒渲染效果可以使渲染的图像看上去呈颗粒状，也可以使用该种效果匹配渲染对象颗粒状的背景图像。

在"胶片颗粒参数"卷展栏中可以设置颗粒大小，选中"忽略背景"复选框可以将颗粒效果只应用于场景中的对象而不应用于背景。

9. 运动模糊

运动模糊效果可以在渲染输出时对图像应用简单的运动模糊，以增强渲染动画的真实感。如果在"运动模糊参数"卷展栏中选中"处理透明"复选框，运动模糊效果将应用于透明对象后面的对象。"持续时间"可以设置虚拟快门打开的时间。如果场景中的对象或摄影机本身在快门打开时发生了明显移动，那么胶片上的图像将变模糊。

13.3 制作辉光效果

本例将使用镜头渲染效果为灯光制作辉光效果，具体操作步骤如下：

步骤 1 启动 3ds max 2010，并重置系统。

步骤 2 单击软件图标 ⑥，选择"打开"→"打开"命令，打开"壁灯.max"文件，如图 13-25 所示。

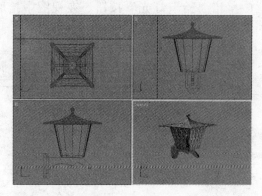

图 13-25 打开壁灯场景

步骤 3 单击几何体子面板中的"长方体"按钮，在视图中创建一个长方体作为一面墙，并为其指定如图 13-26 所示的位图贴图，然后进行渲染，效果如图 13-27 所示。

图 13-26 位图贴图

图 13-27 场景渲染效果

步骤4　创建灯光。单击创建命令面板中的"灯光"按钮，切换到标准灯光创建面板。然后单击"泛光灯"按钮，在视图中创建两种泛光灯，一盏放置在灯泡的中央用来产生辉光效果，另一盏放置在壁灯的上方用来产生阴影，如图 13-28 所示。

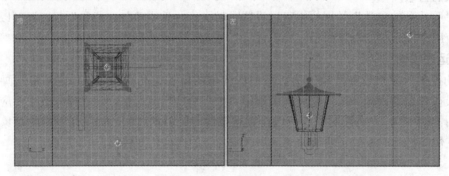

图 13-28　创建灯光

步骤5　添加辉光效果。选择"渲染"→"效果"命令，弹出"环境和效果"对话框，然后单击"效果"卷展栏中的"添加"按钮弹出"添加效果"对话框，在其中选择"镜头效果"选项并单击"确定"按钮确认，如图 13-29 所示。

步骤6　在"镜头效果参数"卷展栏中添加 Ray（射线）和 Glow（光晕）效果，然后在"镜头效果全局"卷展栏中单击"拾取灯光"按钮，在视图中拾取位于壁灯内的泛光灯（Omni01），如图 13-30 所示。

图 13-29　添加镜头效果

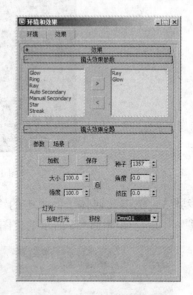

图 13-30　添加效果并拾取灯光

步骤7　在"镜头效果参数"卷展栏的列表中选择"Ray"选项，对 Ray（射线）参数进行设置。在"射线元素"卷展栏中设置大小为 80、射线数量为 60、强度为 20、阻光度为 50，如图 13-31 所示。

步骤8　在"镜头效果参数"卷展栏的列表中选择"Glow"选项，对 Glow（光晕）参数进行设置。在"光晕元素"卷展栏中设置大小为 250、强度为 180、阻光度为 20、光晕颜色为 RGB（249，204，134），如图 13-32 所示。

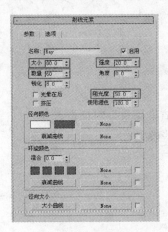

图 13-31　设置射线元素参数

图 13-32　设置光晕元素参数

步骤 9　渲染场景，效果如图 13-33 所示，可以看见壁灯周围有明显的辉光。

图 13-33　辉光效果

13.4　习题

1. 填空题

（1）打开"环境和效果"对话框的快捷键为＿＿＿＿＿＿。

（2）在"添加大气效果"对话框中，大气效果包括＿＿＿＿＿＿、＿＿＿＿＿＿、＿＿＿＿＿＿和
＿＿＿＿＿＿。

2. 选择题

（1）（　　）渲染效果可以使渲染的图像看上去呈颗粒状。

　　A. 镜头效果

　　B. 模糊

　　C. 胶片颗粒

　　D. 景深

（2）在"添加效果"对话框中包括（　　　）种不同的渲染效果。

    A. 6

    B. 7

    C. 8

    D. 9

3. 简答题

（1）在 3ds max 2010 中可以通过哪些方法打开"渲染场景"对话框？

（2）通过"镜头效果参数"卷展栏中可以添加哪些效果？

第14章 综合实例

本章要点

- 建模方法
- 修改器的应用
- 材质、贴图的应用
- 灯光、摄影机、渲染的应用

在前面的章节中系统介绍了 3ds max 2010 各方面的知识，本章将通过几个例子，让用户跟着练习，综合运用所学的知识。这里列举的例子是有限的，用户要想灵活运用所学知识，还应做更多的练习。

14.1 制作圆珠笔

本例介绍圆珠笔的制作方法，在制作的过程中，首先创建一条曲线并对其进行编辑，然后通过车削修改器转换成实体，完成圆珠笔的笔身部分。在制作其他部分的过程中，还将用到基本几何体、编辑网格修改器、锥化修改器和布尔运算等，完成后的圆珠笔如图 14-1 所示。

14.1.1 创建笔身

步骤 1 启动 3ds max 2010 后，单击软件图标⑥，选择"重置"命令，重新设置系统。

步骤 2 单击创建命令面板中的"图形"按钮，切换到图形子面板，然后单击其中的"线"按钮，在顶视图中创建一条如图 14-2 所示的曲线。

图 14-1 圆珠笔效果

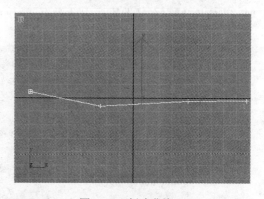

图 14-2 创建曲线

步骤 3 单击"修改"按钮切换到修改命令面板，首先在顶点编辑模式下对顶点进行编辑，然后切换到样条线编辑模式，使用轮廓命令生成轮廓，如图 14-3 所示。

步骤 4 使用视图控制区中的缩放区域工具将轮廓线局部放大，然后在顶点编辑模式下对顶点进行圆角处理，效果如图 14-4 所示。

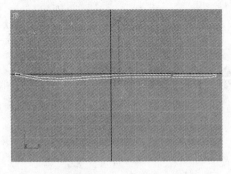

图 14-3　生成轮廓线

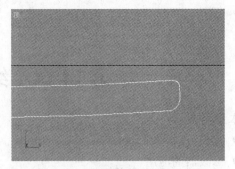

图 14-4　圆角处理效果

步骤 5　按<Ctrl＋V>组合键将所编辑的曲线原地复制一份，然后在顶点编辑模式下单击"优化"按钮在曲线上插入两个顶点，并删除多余的顶点，效果如图 14-5 所示。用同样的方法在原曲线上插入顶点并对顶点进行调整，如图 14-6 所示。

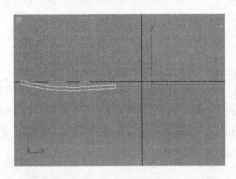

图 14-5　编辑复制生成的曲线

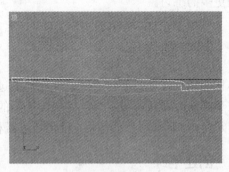

图 14-6　调整原曲线

步骤 6　在修改命令面板中选择修改器列表中的车削修改器，并在车削修改器的"参数"卷展栏中设置车削的分段数 32，单击"方向"选项区中的 X 按钮，设置车削的轴为 X，如图 14-7 所示。然后在修改堆栈中选择"车削的轴"选项，并进行调整，效果如图 14-8 所示。

图 14-7　"参数"卷展栏

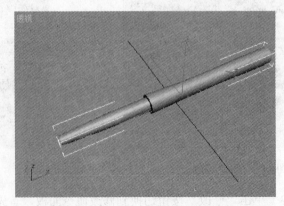

图 14-8　车削效果

步骤 7　用同样的方法对复制的曲线应用车削修改器，将其转换为三维实体。

技巧： 用户可以在修改堆栈中选择已经设置好的车削修改器，然后将其拖曳至视图中复

288

制出的曲线，直接应用车削修改器，这样就不需要再进行车削参数的设置了。

14.1.2 创建其他部分

步骤 1 单击创建命令面板中的"几何体"按钮，切换到几何体子面板，然后单击"管状体"按钮，在左视图中创建一个管状体（其大小应该与笔身相匹配）。

步骤 2 选择创建的管状体，单击"修改"按钮切换到修改命令面板，然后选择修改器列表中的"锥化"选项，并设置锥化的数量为-0.6，锥化的主轴为 X 轴，效果为 XY，如图 14-9 所示。再调整管状体的位置，效果如图 14-10 所示

图 14-9 设置锥化参数

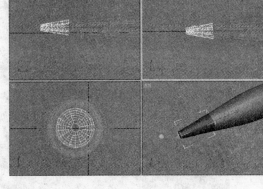

图 14-10 调整位置

步骤 3 单击"创建"按钮切换到创建命令面板，然后单击几何体子面板中的"圆环"按钮，在左视图中创建一个分段数为 32、边数为 4 的圆环。

步骤 4 将圆环复制成 4 个，并根据位置调整半径 1 的大小（半径 2 的大小相同），如图 14-11 所示。

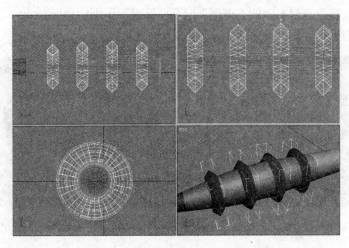

图 14-11 调整后的圆环大小和位置

步骤 5 在视图中选中一个圆环，然后在视图中右击，在弹出的快捷菜单中选择"转换

为"→"转换为可编辑网格"命令,将其转换成可编辑网格对象。单击"编辑几何体"卷展栏中的"附加"按钮,在视图中拾取剩余的3个圆环,将它们连接成一个整体。

提示:将几个圆环连接成一个整体是为以后的布尔运算做准备,这样通过一次布尔运算即可达到预定的效果,从而避免多次重复地进行布尔运算。

步骤6 选择几何体子面板下拉列表框中的"复合对象"选项,切换到创建复合对象面板,单击"布尔"按钮打开布尔属性面板,在其中的"操作"选项区中选中"差集(B-A)"单选按钮,然后单击"拾取操作对象B"按钮,在视图中拾取复制生成的曲线,效果如图14-12所示。

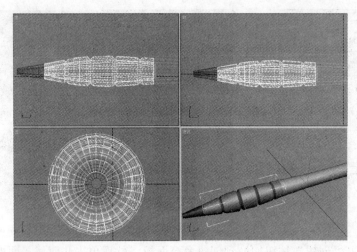

图 14-12 布尔运算效果

步骤7 单击创建命令面板中的"图形"按钮切换到图形子面板,然后单击其中的"线"按钮,在顶视图中创建一条曲线,并将其编辑成如图14-13所示的形状。

步骤8 选择修改器列表中的"车削"选项,并设置车削的分段数32,然后单击"方向"选项区中的 X 按钮,设置车削的轴为X,效果如图14-14所示。

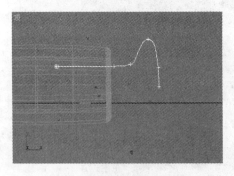

图 14-13 调整曲线形状

图 14-14 车削效果

步骤9 单击"创建"按钮切换到创建命令面板,然后单击"几何体"按钮切换到几何体子面板,选择下拉列表框中的"标准基本体"选项,切换到标准几何体创建面板。接着单击其中的"长方体"按钮，在顶视图中创建两个长方体，它们的大小和位置如图 14-15 所示。

步骤10　制作笔芯和玻璃桌面。单击几何体子面板中的"圆柱体"按钮，在左视图中创建一个稍小的圆柱体，然后将其转换成可编辑网格对象，并对其顶点进行编辑，生成如图 14-16 所示的笔芯状态。最后单击几何体子面板中的"平面"按钮，在顶视图中创建一个平面作为玻璃桌面。

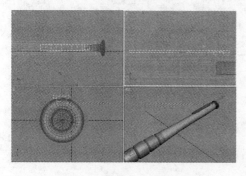

图 14-15　长方体的大小和位置

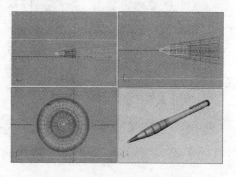

图 14-16　制作笔芯和玻璃桌面

至此，完成圆珠笔的建模，用户只要按照上面的步骤进行操作，完成起来还是非常简单的，接下来为场景制作材质。

14.1.3　为场景制作材质

步骤1　按快捷键〈M〉弹出"材质编辑器"窗口，在其中选择一个样本球，设置其着色类型为各向异性、漫反射颜色为白色、自发光值为20、高光级别为120、光泽度为56、各向异性为80，如图 14-17 所示。

步骤2　选择另一个样本球，设置其着色类型为 Blinn、漫反射颜色为黑色 RGB（40，40，40）、自发光值为20、高光级别为40、光泽度为25，如图 14-18 所示。

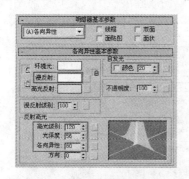

图 14-17　设置第一个材质样本参数

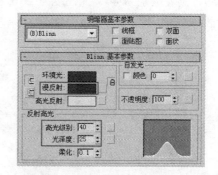

图 14-18　设置第二个材质样本参数

步骤3　展开"贴图"卷展栏，单击"凹凸"贴图通道后的"None"按钮，在弹出的"材质/贴图浏览器"对话框中选择"细胞"贴图，并在"细胞参数"卷展栏中选中"圆形"单选按钮，设置大小为 0.2、扩散为 0.5、凹凸平滑为 0.1，如图 14-19 所示。

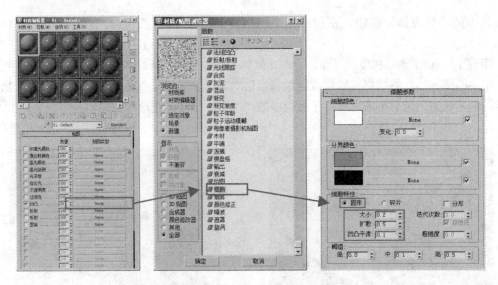

图 14-19　设置凹凸贴图

步骤 4　选择另一个样本球，设置其着色类型为各向异性、漫反射颜色为纯黑色 RGB（0，0，0）、高光级别为 120、光泽度为 60、各向异性为 80，如图 14-20 所示。

步骤 5　选择另一个样本球，设置其着色类型为各向异性，然后在"各向异性基本参数"卷展栏中单击"环境光"和"漫反射"选项前的 ⓒ 按钮，解除它们之间的锁定，然后设置环境光的颜色为纯黑色 RGB（0，0，0）、漫反射颜色为灰色 RGB（112，112，112）、自发光颜色为纯黑色、高光级别为 150、光泽度为 20、各向异性为 50，如图 14-21 所示。

步骤 6　展开"贴图"卷展栏，单击反射贴图通道后的"None"按钮，弹出"材质/贴图浏览器"对话框，在其中选择"位图"选项并单击"确定"按钮确认，弹出"选择位图图像文件"对话框，为其指定一张天空位图图像。

步骤 7　选择另一个样本球，设置设置其着色类型为 Blinn，漫反射颜色为 RGB（127，179，185）、高光级别为 40、光泽度为 20，然后在"贴图"卷展栏中设置其反射贴图为光线跟踪，反射数量为 30。

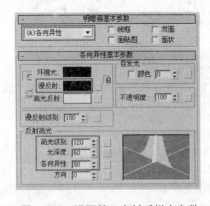

图 14-20　设置第 3 个材质样本参数

图 14-21　设置第 4 个材质样本参数

步骤 8　指定材质。将设置好的材质样本指定给场景中的相应对象。

指定材质后激活透视图,单击主工具栏中的"快速渲染"按钮 ,进行渲染,最终效果如图 14-1 所示。

14.2　制作屏风

本例主要练习挤出建模,在制作过程中将首先创建一些矩形,然后通过"附加"命令将它们连接成一个整体,接着对它们进行修剪,焊接所有顶点后使用挤出修改器挤出屏风的模型,并添加材质和灯光,效果如图 14-22 所示。

14.2.1　绘制和编辑二维图形

步骤 1　启动 3ds max 2010,单击软件图标 ,选择"重置"命令,重新设置系统。

步骤 2　单击创建命令面板中的"图形"按钮,切换到图形子面板,然后单击其中的"矩形"按钮,在前视图中创建一个 300×300 的矩形(Rectangle01)。

步骤 3　将矩形转换成可编辑样条线,然后对其进行倒轮廓处理,并设置轮廓值为 8,效果如图 14-23 所示。

图 14-22　屏风效果

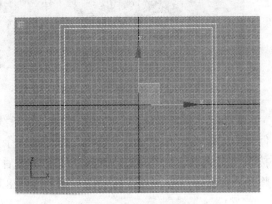

图 14-23　轮廓处理效果

步骤 4　单击"矩形"按钮,在前视图中创建一个 295×8 的矩形,如图 14-24 所示。然后将其进行复制,复制后的效果如图 14-25 所示。

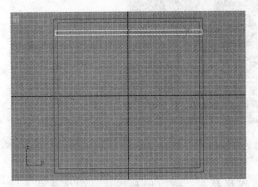

图 14-24　创建矩形

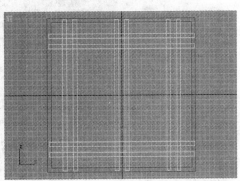

图 14-25　复制矩形

技巧：在复制矩形时，用户可以先复制出一个矩形，然后加选原来的矩形，并将它们一起进行复制，这样既可以减少复制的次数，又可以确保每一组矩形之间的距离都相同。

步骤 5　单击图形子面板中的"多边形"按钮，在前视图中创建一个半径为 75 的八边形，将其转变成可编辑样条线，并进行倒轮廓处理，设置轮廓值为 8。然后创建 4 个长度为 8 的矩形，它们的位置和大小如图 14-26 所示。

步骤 6　选择 Rectangle01，单击"修改"按钮切换到修改面板，然后单击"几何体"卷展栏中的"附加多个"按钮，弹出"附加多个"窗口，如图 14-27 所示。单击"全选"按钮选择列表中的所有对象，然后单击"附加"按钮，将它们连接成一个整体。

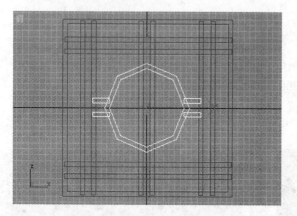

图 14-26　多边形和矩形的位置和大小

图 14-27　"附加多个"窗口

步骤 7　单击"选择"卷展栏中的"样条线"按钮，进入样条线编辑模式。然后单击"几何体"卷展栏中的"修剪"按钮，修剪掉多余的部分，再单击"选择"卷展栏中的"顶点"按钮切换到顶点编辑模式。选择所有的顶点后，单击"几何体"卷展栏中的"焊接"按钮，将顶点焊接在一起，修改后的图形如图 14-28 所示。

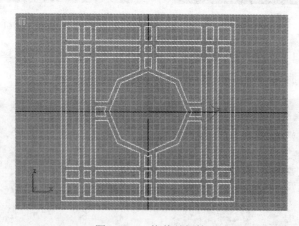

图 14-28　修剪并焊接

提示：在焊接顶点时，如果用户没有将顶点焊接起来，可以增加焊接的阈值然后再进行焊接。

14.2.2 挤出模型

步骤 1 选择修改器列表中的"挤出"选项，然后在挤出修改器的"参数"卷展栏中设置挤出数量为 10，效果如图 14-29 所示。

步骤 2 选择挤出的物体，然后按〈Ctrl＋V〉组合键将其复制一份，并命名为 Rectangle02。

步骤 3 单击"显示"按钮切换到显示命令面板，然后单击"隐藏未选定对象"按钮，隐藏 Rectangle01。

提示：用户也可以在视图中右击，然后在弹出的快捷菜单中选择"隐藏未选定对象"命令执行隐藏对象操作。

步骤 4 单击"修改"按钮切换到修改面板，在修改堆栈中选择可编辑样条层级下的"样条线"选项，然后在视图中选择并删除一些样条线，剩余的样条线如图 14-30 所示。

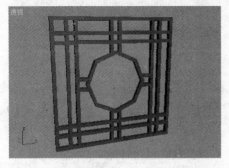

图 14-29 挤出效果

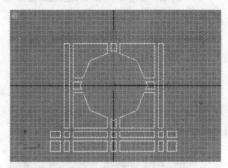

图 14-30 剩余的样条线

步骤 5 在修改堆栈中选择"挤出"选项，并调整挤出的数量值为 4，然后在视图中右击，在弹出的快捷菜单中选择"全部取消隐藏"命令，效果如图 14-31 所示。

步骤 6 单击图形子面板中的"多边形"按钮，在前视图中创建一个半径为 75 的八边形，然后将其转换成可编辑样条线，并进行倒轮廓处理，设置轮廓的值为 12。

步骤 7 在修改面板的修改器列表中选择"倒角"选项，对多边形进行倒角处理，设置倒角级别 1 的高度值为 1，轮廓值为 1；级别 2 的高度值为 2，轮廓值为 0；级别 3 的高度值为 1，轮廓值为-1，如图 14-32 所示。倒角后的效果如图 14-33 所示。

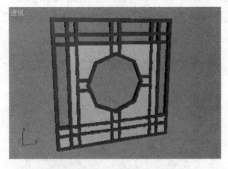

图 14-31 调整挤出值

图 14-32 设置倒角参数

步骤 8 将倒角的多边形复制一个，命名为玻璃，然后切换到修改面板，在修改堆栈中删除倒角修改器，并选择可编辑样条线层级下的"样条线"选项，再选择多边形的外轮廓线按〈Delete〉键删除。

步骤9 在修改器列表中选择"挤出"选项，然后在挤出修改器的"参数"卷展栏中设置挤出的数量为2，效果如图 14-34 所示。

至此，完成屏风的建模。在案例制作的整个过程中，修剪二维图形比较容易出错，所以用户应该特别注意。而其他步骤相对比较简单，用户参照上面的步骤进行操作即可。

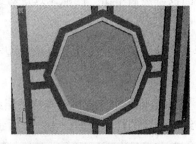
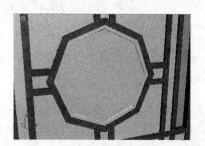

图 14-33　倒角效果　　　　　　　　　图 14-34　创建玻璃

14.2.3　添加材质和灯光

步骤1 按快捷键〈M〉弹出"材质编辑器"窗口，在其中选择一个样本球，设置其着色类型为 Blinn、漫反射贴图为如图 14-35 所示的位图贴图、高光级别为 30、光泽度为 10、（见图 14-36），并将其指定给 Rectangle01。

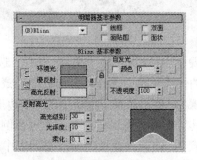

图 14-35　木纹贴图　　　　　　　　图 14-36　设置材质样本参数

步骤2 选择另一个样本球，设置其着色类型为 Blinn、漫反射贴图为如图 14-37 所示的位图贴图、高光级别为 30、光泽度为 10（见图 14-38），并将其指定给 Rectangle02 和多边形倒角物体。

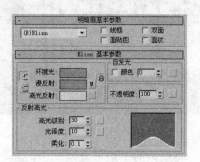

图 14-37　木纹贴图　　　　　　　　图 14-38　设置材质样本参数

步骤 3　选择另一个样本球，设置其着色类型为 Blinn、漫反射贴图为如图 14-39 所示的位图贴图、高光级别为 90、光泽度为 40、然后展开"贴图"卷展栏，将漫反射贴图以实例方式复制给凹凸贴图，并设置凹凸贴图的数量为 100，将其指定给多边形挤出物体（玻璃）。

步骤 4　添加灯光。单击创建命令面板中的"灯光"按钮，切换到标准灯光创建面板，然后单击"目标聚光灯"按钮，在视图中创建一盏目标聚光灯，并在目标聚光灯的参数面板中设置启用阴影效果，阴影类型为光线跟踪。最后单击"泛光灯"按钮，在视图中创建一盏泛光灯，并设置其倍增值为 0.5，如图 14-40 所示。

图 14-39　位图贴图

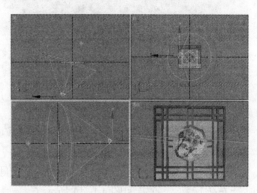

图 14-40　灯光位置参考

激活透视图，然后单击主工具栏中的"快速渲染"按钮 ，进行渲染，屏风的最终效果如图 14-22 所示。

14.3　制作手表

本例制作一块手表，最终效果如图 14-41 所示。在制作的过程中将用到挤出、倒角等修改器，另外还将应用连接命令创建复合对象、布尔运算，以及不透明材质、金属材质的制作方法等。

图 14-41　手表最终效果

14.3.1　创建外壳

步骤 1　启动 3ds max 2010，单击软件图标 ，选择"重置"命令，重新设置系统。

步骤 2 单击创建命令面板中的"图形"按钮，切换到图形子面板，然后单击"圆"按钮，在顶视图中创建一个半径为 0.75 的圆，单击"矩形"按钮，在顶视图中创建一个 0.6×0.15 的矩形，它们的位置如图 14-42 所示。

步骤 3 在视图中选中矩形，单击"修改"按钮切换到修改面板，在修改器列表中选择"编辑样条线"选项，然后在顶点编辑模式下将矩形编辑成如图 14-43 所示的形状。

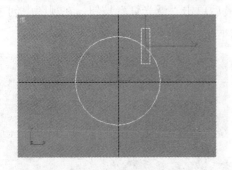
图 14-42 圆形和矩形的位置

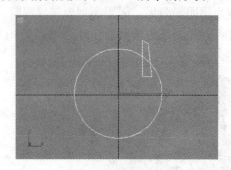
图 14-43 编辑矩形

步骤 4 将矩形复制成 4 个，然后将它们和圆形连接成一个整体，并在样条线编辑模式下进行布尔运算，效果如图 14-44 所示。

步骤 5 切换到顶点编辑模式，对顶点进行圆角处理，效果如图 14-45 所示。

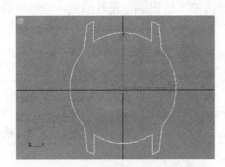
图 14-44 复制图形并进行布尔运算

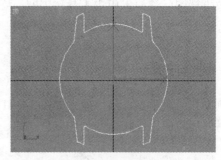
图 14-45 圆角处理效果

步骤 6 选择修改器列表中的倒角修改器，然后在"参数"卷展栏中设置分段数为 3，并选中"避免线相交"复选框；在"倒角值"卷展栏中设置级别 1 的高度值和轮廓值为 0.02；设置级别 2 的高度值为 0.1，轮廓值为 0；级别 3 的高度值为 0.02，轮廓值为–0.02，如图 14-46 所示。倒角后的效果如图 14-47 所示。

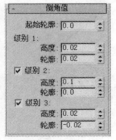
图 14-46 设置倒角参数

图 14-47 倒角效果

步骤 7　单击"几何体"按钮切换到几何体子面板，然后单击"圆环"按钮在顶视图中创建一个圆环，设置其半径 1 的值为 0.7，半径 2 的值为 0.02，分段数为 50。并调整其位置如图 14-48 所示。

步骤 8　在视图中框选所创建的两个对象，然后选择"组"→"成组"命令，弹出"组"对话框，在其中设置组名为"外壳"，并单击"确定"按钮，如图 14-49 所示。

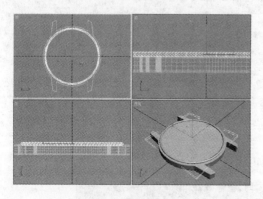

图 14-48　创建圆环

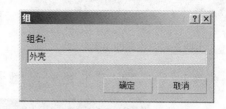

图 14-49　成组对象

14.3.2　创建表盘和文本

步骤 1　单击几何体子面板中的"圆柱体"按钮，在顶视图中创建一个半径为 0.68、高度为 0.05 的圆柱体，并命名为"表盘"，如图 14-50 所示。

步骤 2　单击图形子面板中的"文本"按钮，并在文本框中输入 12，设置文字大小为 0.15、然后在顶视图中单击创建文本，切换到修改面板，在其中选择挤出修改器，并设置挤出的数量为 0.01。

步骤 3　用同样的方法创建其他文本，如图 14-51 所示。

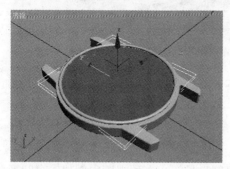

图 14-50　创建表盘

图 14-51　创建的文本

步骤 4　将表盘隐藏，然后单击图形子面板中的"矩形"按钮，在顶视图中创建一个小矩形，并使用挤出修改器将其挤出 0.01，如图 14-52 所示。

步骤 5　单击"层次"按钮切换到层次命令面板，然后单击"调整轴"卷展栏中的"仅影响轴"按钮，使用对齐工具将其轴心和手表外壳的轴心对齐，完成后再次单击"调整轴"卷展栏中的"仅影响轴"按钮退出调整轴状态。

步骤 6 确保顶视图被激活，选择"工具"→"阵列"命令弹出"阵列"对话框，设置阵列产生的对象数量为 12，绕 Z 轴旋转的总计角度为 360°，如图 14-53 所示。

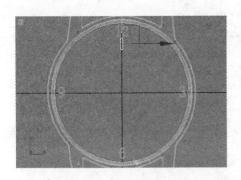

图 14-52 创建的小矩形

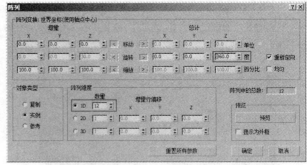

图 14-53 设置阵列参数

步骤 7 单击"确定"按钮，阵列效果如图 14-54 所示。

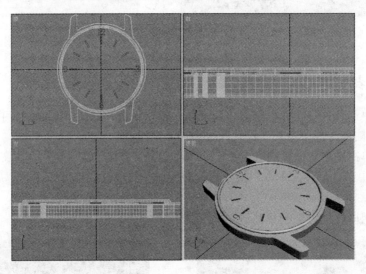

图 14-54 阵列效果

步骤 8 选择阵列生成的所有小矩形和文本，然后选择"组"→"成组"命令将它们成组，并命名为"文本"。

14.3.3 创建指针

步骤 1 创建时针。单击图形子面板中的"圆"按钮，在顶视图中创建一个圆形，然后单击"矩形"按钮，在顶视图中创建一个矩形，它们的位置和大小如图 14-55 所示。

步骤 2 将圆形转化成可编辑样条线，然后通过"附加"命令将矩形和它连接成一个图形，并在样条线编辑模式下对两条样条线（圆形和矩形）进行并集运算。

步骤 3 选择修改器列表中的"挤出"选项，并设置挤出的数量为 0.003，以挤出时针。

步骤 4 用同样的方法创建分针和秒针。在创建时应注意时针、分针和秒针的位置，它们应该从下至上依次放置。

步骤 5 将时针、分针和秒针绕轴旋转一定的角度，如图 14-56 所示。

步骤 6 选中时针、分针和秒针，然后将它们成组，并命名为"指针"。

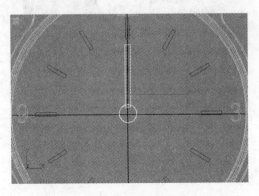

图 14-55 圆形、矩形的大小和位置

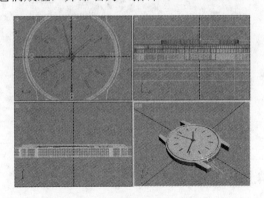

图 14-56 创建的时针、分针和秒针

14.3.4 创建玻璃和控制按钮

步骤 1 单击创建命令面板中的"图形"按钮，切换到图形子面板。然后单击其中的"线"按钮，在前视图中创建一条曲线，并将其编辑成如图 14-57 所示的形状。

步骤 2 单击"修改"按钮切换到修改面板，选择修改器列表中的"车削"选项，并设置车削的分段数为 60，效果如图 14-58 所示。

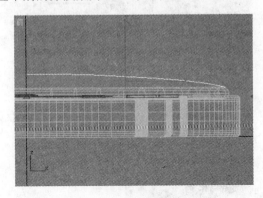

图 14-57 创建曲线

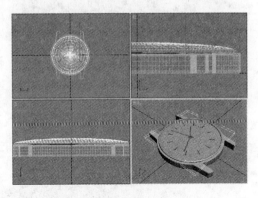

图 14-58 车削生成玻璃

步骤 3 单击图形子面板中的"星形"按钮，在左视图中创建一个星形，并设置半径 1 的值为 0.06、半径 2 的值为 0.05、点数为 24，如图 14-59 所示。

步骤 4 单击"修改"按钮切换到修改面板，选择修改器列表中的"挤出"选项，并设置挤出的数量为 0.1。

步骤 5 选择几何体子面板下拉列表框中的"扩展几何体"选项，切换到扩展几何体创建面板。然后单击"切角圆柱体"按钮，在左视图中创建一个切角圆柱体置于星形的中央，其半径比星形略小，如图 14-60 所示。

步骤 6 选择创建的切角圆柱体和星形，然后选择"组"→"成组"命令将它们成组，并命名为"控制按钮"。

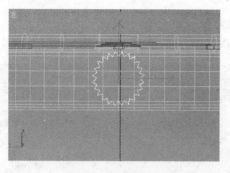

图 14-59　创建星形

图 14-60　创建切角圆柱体

14.3.5　创建表带

步骤 1　单击图形子面板中的"矩形"按钮，在顶视图中创建一个矩形，然后将其转变成可编辑样条线，并调整成如图 14-61 所示的形状。

步骤 2　选择修改器列表中的倒角修改器，在"参数"卷展栏中设置分段数为 3，并选中"避免线相交"复选框；在"倒角值"卷展栏中设置级别 1 的高度值和轮廓值为 0.01；设置级别 2 的高度值为 0.06，轮廓值为 0；级别 3 的高度值为 0.01，轮廓值为 –0.01，如图 14-62 所示。倒角后的效果如图 14-63 所示。

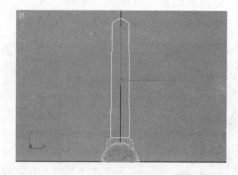

图 14-61　创建并调整矩形

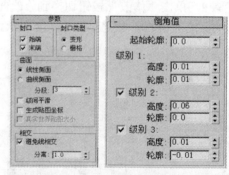

图 14-62　设置倒角参数

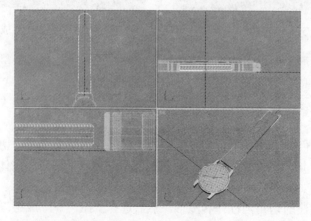

图 14-63　倒角效果

步骤3　单击"切角圆柱体"按钮，在左视图中创建一个切角圆柱体，并调整其大小和位置如图 14-64 所示。

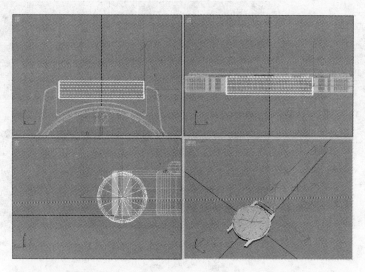

图 14-64　调整切角圆柱体的大小和位置

步骤4　将刚创建的切角圆柱体和倒角物体都转换成可编辑网格对象，然后单击"选择"卷展栏中的"多边形"按钮，进入多边形子对象编辑模式，在视图中选择如图 14-65 所示的多边形面，并按〈Delete〉键删除。

步骤5　选择倒角物体，切换到修改面板，然后单击"选择"卷展栏中的"多边形"按钮，进入多边形子对象编辑模式，在视图中选择如图 14-66 所示的多边形面，并按〈Delete〉键删除。

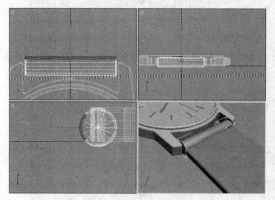

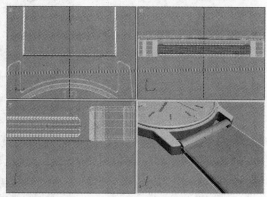

图 14-65　选择切角圆柱体要删除的多边形面　　　　图 14-66　选择倒角物体要删除的多边形面

提示：删除多边形面是为接下来创建连接复合对象作准备。

步骤6　在几何体子面板中选择下拉列表框中的"复合对象"选项，切换到复合对象面板，然后单击其中的"连接"按钮，打开连接对象属性面板，如图 14-67 所示。

步骤7　单击"拾取操作对象"卷展栏中的"拾取操作对象"按钮，然后在视图中拾取切角圆柱体，效果如图 14-68 所示。

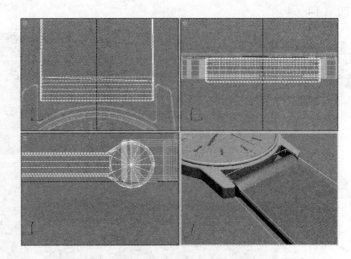

图 14-67　连接对象属性面板　　　　　　　　　　图 14-68　连接效果

步骤 8　右击，在弹出的快捷菜单中选择"转换为"→"转换为可编辑网格"命令，将连接复合对象转换成可编辑网格对象，然后在修改面板中将其命名为"表带 01"。

步骤 9　选择表带 01，单击主工具栏中的"镜像"按钮，弹出"镜像"对话框，在"镜像轴"选项区中选择镜像轴为 Y 轴，在"克隆当前选择"选项区中选中"复制"单选按钮，如图 14-69 所示。镜像复制后调整表带的位置如图 14-70 所示。

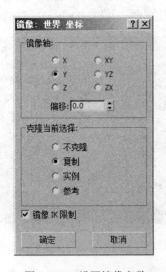

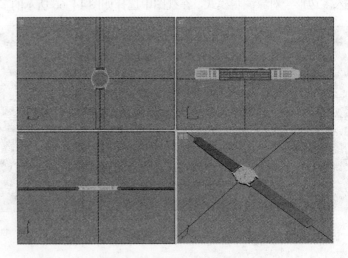

图 14-69　设置镜像参数　　　　　　　　　　图 14-70　镜像复制效果

步骤 10　单击"切角圆柱体"按钮，在视图中创建一个切角圆柱体，并将其调整为合适大小，如图 14-71 所示。

步骤 11　用上面的方法，删除多边形面，并进行连接操作，效果如图 14-72 所示。

步骤 12　在视图中创建如图 14-73 所示的圆柱体和长方体，然后将它们和创建的表带 01 和表带 02 进行布尔差集运算，得到如图 14-74 所示的效果。

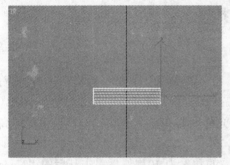

图 14-71　创建的切角圆柱体

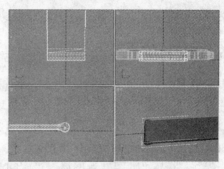

图 14-72　连接效果

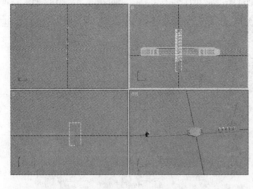

图 14-73　创建圆柱体和长方体

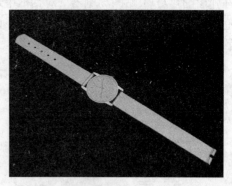

图 14-74　布尔差集运算效果

步骤 13　在左视图中创建如图 14-75 所示的图形，然后使用倒角修改器将其转换成三维实体，如图 14-76 所示。倒角的参数设置：级别 1 的高度值为 0.01，轮廓值为 0.01；级别 2 的高度值为 0.05，轮廓值为 0；级别 3 的高度值为 0.01，轮廓值为–0.01。

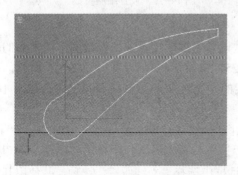

图 14-75　绘制的二维图形

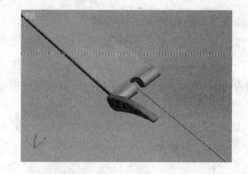

图 14-76　倒角生成三维实体

步骤 14　复制倒角物体，然后再创建一个长方体，如图 14-77 所示。

图 14-77　复制并创建长方体

至此，完成手表的建模，接下来为手表制作材质。

14.3.6 创建材质

步骤 1 按快捷键〈M〉弹出"材质编辑器"窗口，在其中选择一个样本球，将其着色类型设置为多层。单击"漫反射"选项后的颜色块，在打开的颜色选择器中设置颜色为 RGB（137，78，0），设置第一高光反射层的高光级别为 54，光泽度为 28；设置第二高光反射层的高光级别为 30，光泽度为 0，如图 14-78 所示。

步骤 2 展开"贴图"卷展栏，设置凹凸贴图的数量为 10，然后单击其后的"None"按钮，在弹出的"材质/贴图浏览器"对话框中选择细胞贴图，单击"确定"按钮。在"细胞参数"卷展栏中设置细胞形状为碎片、大小为 0.1、扩散值为 0.5，并选中"分形"复选框，然后设置迭代次数为 2，如图 14-79 所示。

图 14-78 基本参数设置

图 14-79 设置细胞参数

步骤 3 将所设置的材质样本指定给表带。

步骤 4 选择另一个样本球，将其着色类型设置为多层。单击"漫反射"选项后的颜色块，在打开的颜色选择器中设置颜色为 RGB（255，178，45），设置第一高光反射层的高光级别为 36，光泽度为 40；设置第二高光反射层的高光级别为 20，光泽度为 0，如图 14-80 所示。

步骤 5 展开"贴图"卷展栏，单击反射贴图通道后的"None"按钮，在弹出的"材质/贴图浏览器"对话框中选择遮罩贴图，然后在"遮罩参数"卷展栏中单击"贴图"选项后的"Map"按钮，在弹出的"材质/贴图浏览器"对话框中选择"光线跟踪"选项，并使用其默认参数。单击单击材质编辑器工具栏中的"转到父对象"按钮，返回上一材质层级，单击"遮罩"选项后的"Map"按钮，在弹出的"材质/贴图浏览器"对话框中选择"衰减"选项，并使用其默认参数。

步骤 6 将设置好的材质样本指定给手表的外壳、控制按钮等。

步骤 7 选择另一个样本球，将其着色类型设置为多层。单击"漫反射"后的颜色块，在打开的颜色选择器中设置颜色为 RGB（255，255，255），设置第一高光反射层的高光级别为 24，光泽度为 0；设置第二高光反射层的高光级别为 24，光泽度为 65，如图 14-81 所示。

图 14-80　基本参数设置

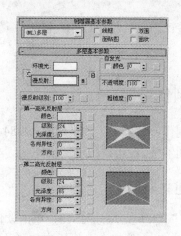

图 14-81　基本参数设置

步骤 8　展开"贴图"卷展栏，单击反射贴图通道后的"None"按钮，在弹出的"材质/贴图浏览器"对话框中选择遮罩贴图，其他参数设置和上一材质样本相同。然后将其指定给表盘。

步骤 9　选择另一个样本球，将其着色类型设置为 Blinn，单击"漫反射"选项后的颜色块，在打开的颜色选择器中设置颜色为纯黑色 RGB（0，0，0）、高光级别为 42、光泽度为 36，然后指定给文本。

步骤 10　选择另一个样本球，将其着色类型设置为 Blinn，单击"漫反射"选项后的颜色块，在打开的颜色选择器中设置颜色为黑色 RGB（58，58，58）、高光级别为 30、光泽度为 33，然后指定给指针。

步骤 11　选择玻璃样本球，将其着色类型设置为 Blinn，单击"漫反射"选项后的颜色块，在打开的颜色选择器中设置颜色为 RGB（75，207，190）、高光基本为 42、光泽度为 50，在"扩展参数然"卷展栏中设置衰减为"内"、类型为过滤、过滤色为 RGB（63，188，207），如图 14-82 所示。

步骤 12　按快捷键〈8〉弹出"环境和效果"对话框，将背景颜色设置为白色，如图 14-83 所示。

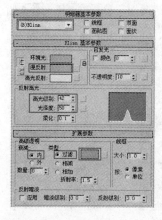

图 14-82　设置玻璃材质参数

图 14-83　设置背景颜色

激活透视图，单击主工具栏中的"渲染产品"按钮进行渲染，手表的最终效果如图 14-42 所示。

14.4 制作音箱

本例制作一对音箱，效果如图 14-84 所示。在制作时主要应用了布尔运算建模方法，另外，还用到了挤出、倒角等修改器。

14.4.1 建立模型

步骤 1 启动 3ds max 2010，单击软件图标，选择"重置"命令，重新设置系统。

步骤 2 单击创建命令面板中的"几何体"按钮，切换到几何体子面板。然后选择下拉列表框中的"扩展基本体"选项，切换到扩展几何体创建面板，单击其中的"切角长方体"按钮，在顶视图中创建一个长度为 300、宽度为 250、高度为 500、圆角值为 6、圆角分段为 4 的切角长方体，如图 14-85 所示。

图 14-84 音箱

图 14-85 创建切角长方体

步骤 3 单击"图形"按钮，切换到图形子面板，然后单击"矩形"按钮，在前视图中创建一个长度为 500、宽度为 250、角半径为 6 的矩形，并在"渲染"卷展栏中选中"在渲染中启用"和"在视口中启用"复选框，设置厚度为 5、边数为 4，以使矩形可渲染，如图 14-86 所示。

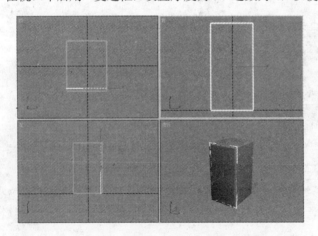
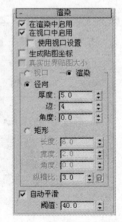

图 14-86 创建矩形并设置其参数

步骤 4　在视图中右击，在弹出的快捷菜单中选择"转换为"→"转换为可编辑网格"命令，将矩形转换成可编辑网格对象。然后单击"几何体"按钮，切换到几何体子面板，选择下拉列表框中的"复合对象"选项，切换到复合对象创建面板，单击其中的"布尔"按钮，进入布尔运算属性面板，在"操作"选项区中选中"差集（B-A）"单选按钮，然后单击"拾取操作对象 B"按钮，在视图中拾取切角长方体，效果如图 14-87 所示。

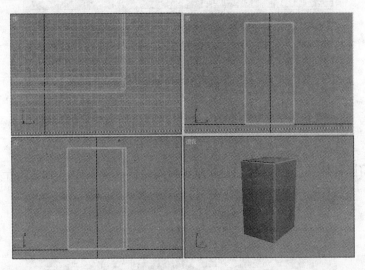

图 14-87　布尔运算效果

步骤 5　在视图中选中布尔运算剩下的物体，在视图中右击，在弹出的快捷菜单中选择"转换为"→"转换为可编辑网格"命令，将其转换成可编辑网格对象，然后单击"选择"卷展栏中的"多边形"按钮，进入多边形编辑模式。

步骤 6　在视图中选中如图 14-88 所示的多边形面，然后单击"编辑几何体"卷展栏中的"分离"按钮，弹出"分离"对话框，如图 14-89 所示。单击"确定"按钮将选择的多边形面分离成一个单独的对象（对象 01）。

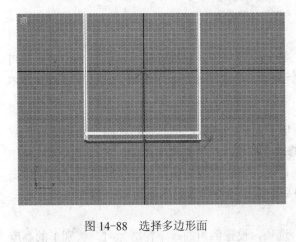

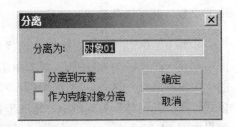

图 14-88　选择多边形面　　　　　　　　图 14-89　"分离"对话框

步骤 7　单击"几何体"按钮切换到几何体子面板，然后单击"圆柱体"按钮，在前视图中创建两个半径分别为 60 和 100 的圆柱体，并调整位置如图 14-90 所示。

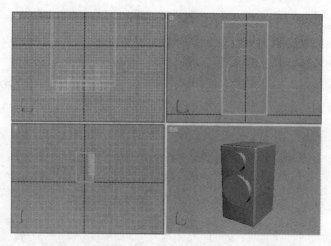

图 14-90　创建圆柱体并调整位置

步骤 8　将圆柱体和"对象 01"进行布尔差集运算，得到如图 14-91 所示的效果。

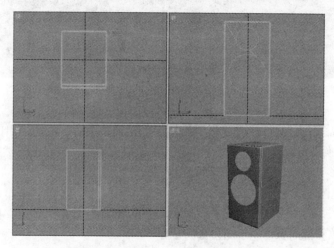

图 14-91　布尔运算效果

技巧：在进行布尔运算前，用户可以先将一个圆柱体转换成可编辑网格对象，然后使用"附加"命令将其与另一个圆柱体连接成一个整体，最后再进行布尔运算，这样可以减少布尔运算次数，提高工作效率。

步骤 9　单击"图形"按钮，切换到图形子面板，然后单击其中的"圆"按钮，在前视图中创建一个半径为 60 的圆。接着单击"修改"按钮，切换到修改面板，选择修改器列表中的"编辑样条线"选项，单击"选择"卷展栏中的"样条线"按钮，进入样条线子对象编辑模式，在"几何体"卷展栏中"轮廓"按钮后的微调器中输入轮廓值为 40，并按<Enter>键，效果如图 14-92 所示。

步骤 10　选择修改器列表中的"倒角"选项，设置倒角的起始轮廓为-1。级别 1 的高度为 1，轮廓值为 1；级别 2 的高度为 6，轮廓值为 0；级别 3 的高度为 1，轮廓值为-1，然后调整其位置如图 14-93 所示。

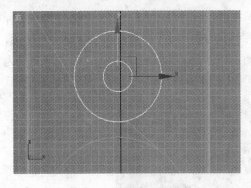

图 14-92　创建并编辑圆形

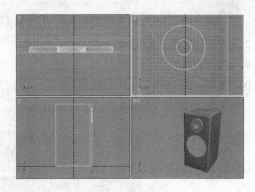

图 14-93　倒角效果

步骤 11　单击"切角圆柱体"按钮，在前视图中创建一个半径为 20、高度为 10、圆角值为 5 的切角圆柱体，然后使用变化工具调整其位置如图 14-94 所示。

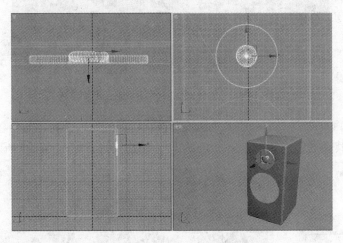

图 14-94　调整切角圆柱体位置

步骤 12　单击"圆柱体"按钮，在前视图中创建 1 个半径为 4、高度为 20 的圆柱体，然后以倒角生成物体的轴心为中心将圆柱体阵列复制成 3 个，如图 14-95 所示。

步骤 13　将圆柱体和倒角物体进行布尔运算，从倒角物体上打出 3 个孔，然后再创建 3 个半径为 4、高度为 5、圆角值为 1 的切角圆柱体放入孔中，效果如图 14-96 所示。

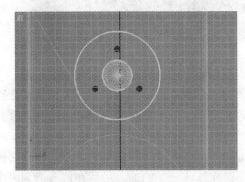

图 14-95　阵列复制圆柱体

图 14-96　布尔运算并加入切角圆柱体

步骤 14　单击图形子面板中的"圆环"按钮，在前视图中创建一个半径 1 为 100、半径 2 为 90 的圆环，然后单击"修改"按钮切换到修改面板，选择修改器列表中的"倒角"选项，并设置倒角的起始轮廓为–1，级别 1 的高度为 1，轮廓值为 1；级别 2 的高度为 2，轮廓值为 0；级别 3 的高度为 1，轮廓值为–1，并调整其位置如图 14-97 所示。

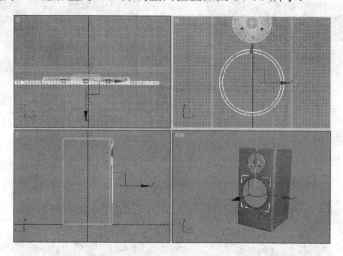

图 14-97　创建圆环并倒角生成三维物体

步骤 15　将圆环复制一个，单击"修改"按钮切换到修改面板，然后在修改堆栈中选择圆环层级，设置其半径 2 为 80（见图 14-98），并调整其位置如图 14-99 所示。

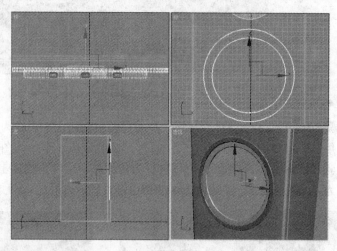

图 14-98　调整圆环半径　　　　　图 14-99　调整圆环位置

步骤 16　单击"几何体"按钮，切换到几何体子面板，然后单击"圆环"按钮，在前视图中创建一个半径 1 为 80、半径 2 为 8、分段数为 32、边数为 12 的圆环体，并将其调整到如图 14-100 所示的位置。

步骤 17　单击"球体"按钮，在顶视图中创建一个半径为 80 的球体，然后将其转换成可编辑网格对象，并在多边形子对象编辑模式下删除球体一半的面，最后在修改器列表中选择"法线"选项反转法线，效果如图 14-101 所示。

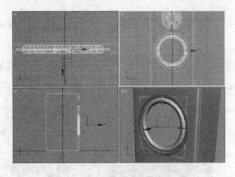

图 14-100　调整圆环体位置

图 14-101　创建并编辑球体

步骤 18　在视图中创建一个球体和一个圆环，并调整它们的位置如图 14-102 所示。

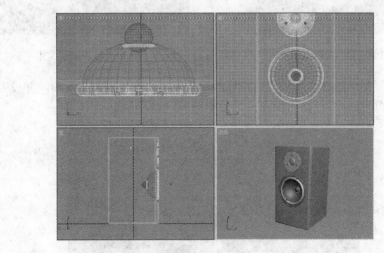

图 14-102　球体和圆环的位置

步骤 19　在前视图中创建一个半径 1 为 4、半径 2 为 2 的圆环，然后使用倒角修改器将其转换成三维物体，并进行复制，效果如图 14-103 所示。

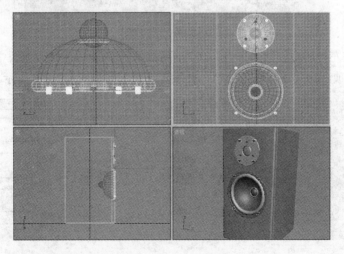

图 14-103　复制圆环

步骤20 单击图形子面板中的"矩形"按钮,在前视图中创建一个倒角矩形,并对其进行编辑,如图 14-104 所示。

步骤21 单击图形子面板中的"文本"按钮,在文本框中输入文字"PMC",然后在前视图中单击,创建文本,如图 14-105 所示。

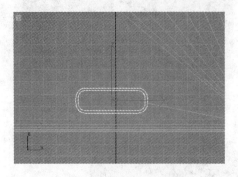

图 14-104 创建并编辑矩形

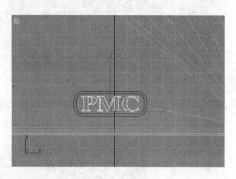

图 14-105 创建文本

步骤22 在视图中选择文本,然后在修改器列表中选择"挤出"选项,并设置挤出的高度为 2。同样,将矩形也进行挤出操作,效果如图 14-106 所示。

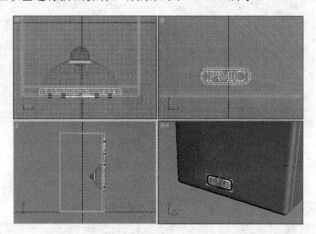

图 14-106 挤出效果

步骤23 在左视图中创建如图 14-107 所示的图形,然后在修改面板中选择修改器列表中的"倒角"选项,对其进行倒角处理,并设置倒角参数如图 14-108 所示。

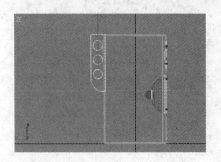

图 14-107 创建二维图形

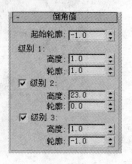

图 14-108 设置倒角参数

步骤 24　调整倒角物体的位置，然后将其复制一个，效果如图 14-109 所示，完成整个音箱的建模。

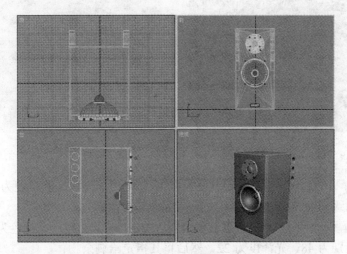

图 14-109　音箱模型

14.4.2　制作材质

步骤 1　按快捷键〈M〉弹出"材质编辑器"窗口，选择一个样本球，设置其着色类型为各向异性、漫反射颜色为 RGB（232，237，247）、高光级别为 80、光泽度为 35、各向异性为 50，如图 14-110 所示。

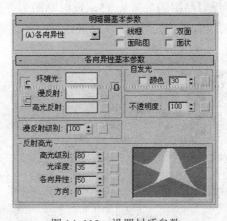

图 14-110　设置材质参数

步骤 2　在视图中选择如图 14-111 所示的物体，然后单击"将材质指定给选定对象"按钮，将材质指定给选定对象。

步骤 3　选择另一个材质样本球，设置着色类型为 Blinn 方式、漫反射颜色为黑色 RGB（74，74，74）、高光级别为 48、光泽度为 32。然后展开"贴图"卷展栏，单击漫反射颜色贴图通道后的"None"按钮，弹出"材质/贴图浏览器"对话框，在其中选择位图贴图，并单击"确定"按钮确认。将位图贴图设置为布纹贴图后，将其拖曳给凹凸贴图通道，设置凹凸的数量为 50，最后指定给如图 14-112 所示的物体。

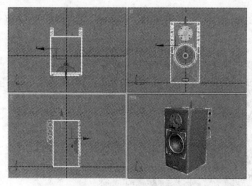

图 14-111　选择对象

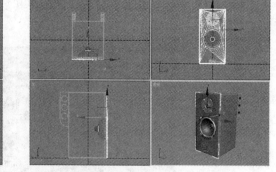

图 14-112　指定材质给选定对象

步骤 4　选择另一个样本球，设置着色类型为 Blinn 方式、漫反射颜色为白色 RGB（239，239，239）、高光级别为 26、光泽度为 30，然后将其指定给文本。

步骤 5　选择另一个样本球，设置着色类型为 Blinn 方式、漫反射颜色为黑色 RGB（96，96，96）、高光级别为 48、光泽度为 22，然后将其指定给剩余物体。

14.4.3　设置渲染环境并渲染

步骤 1　单击几何体子面板中的"平面"按钮，在顶视图中创建一个平面，并将其置于音响的底部。

步骤 2　按快捷键〈M〉弹出"材质编辑器"窗口，在其中选择一个空白样本球，并将其指定给平面，然后设置漫反射颜色为 RGB（255，255，255）。高光级别为 46。光泽度为 49，展开"贴图"卷展栏，设置反射贴图的数量为 15，反射贴图为光线跟踪。

步骤 3　在视图中选择音箱，选择"组"→"成组"命令，将其成组，然后将组复制一个，并调整它们的位置如图 14-113 所示。

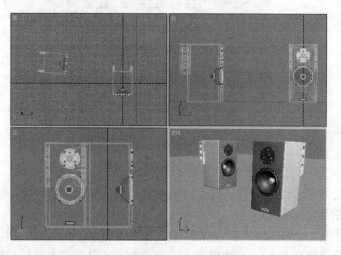

图 14-113　成组并复制音箱

步骤 4　为场景添加灯光，然后激活透视图并进行调整，再单击主工具栏中的"渲染产品"按钮进行渲染，音箱的最终效果如图 14-84 所示。

14.5　制作"光芒"文字效果

本例将制作光芒文字效果,如图 14-114 所示。该种效果在广告中可以经常看到,在制作过程中将应用到有关建模、材质制作、灯光和摄影机的设置,以及动画录制等方面的知识,下面对其详细制作过程进行介绍。

图 14-114　光芒文字效果

14.5.1　建立动画场景

本例中的建模并不难,具体操作步骤如下:

步骤 1　启动 3ds max 2010,单击软件图标 ◎,选择"重置"命令,重新设置系统。

步骤 2　单击创建命令面板中的"图形"按钮,切换到图形子面板。然后单击"文本"按钮,在文本框中输入 3ds max 2010,并设置字体为 Arial Black、大小为 100,在前视图中单击建立文本,命名为 Text,如图 14-115 所示。

步骤 3　按〈Ctrl＋V〉组合键,弹出"克隆选项"对话框,在"对象"选项区中选择"复制单选"按钮,在"名称"文本框中将复制的对象命名为"Light",如图 14-116 所示。

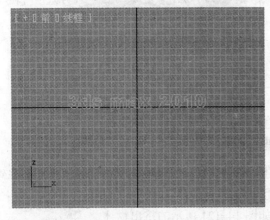

图 14-115　创建文本

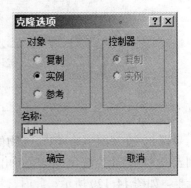

图 14-116　"克隆选项"对话框

317

步骤4　选中 Light，单击"显示"按钮切换到显示面板，然后单击其中的"隐藏选定对象"按钮将其隐藏。

步骤5　选中 Text，单击"修改"按钮切换到修改面板，然后选择修改器列表中的"倒角"选项，设置倒角的起始轮廓为–1，级别1的高度值为1，轮廓值为1；级别2的高度值为10，轮廓值为0；级别3的高度值为1，轮廓值为11，如图 14-117 所示。倒角生成的立体文字效果如图 14-118 所示。

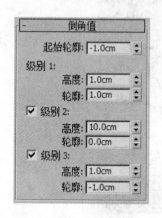

图 14-117　设置倒角参数

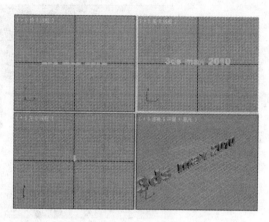

图 14-118　倒角效果

步骤6　单击"显示"按钮切换到显示面板，单击其中的"隐藏选定对象"按钮，将倒角后的 Text 隐藏。

步骤7　单击显示面板中的"按名称取消隐藏"按钮，弹出"取消隐藏对象"对话框，在其中选择 Light 对象，然后单击"取消隐藏"按钮将 Light 显示出来，如图 14-119 所示。

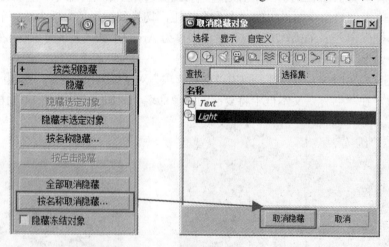

图 14-119　"取消隐藏对象"对话框

步骤8　在视图中选择 Light 物体，单击"修改"按钮，切换到修改面板。然后选择修改器列表中的"挤出"选项，设置挤出的数量为280，并取消选中"封口始端"和"封口末端"复选框，如图 14-120 所示。此时，将生成如图 14-121 所示的挤出物体。

至此，完成整个动画场景的建模工作，接下来为建立的场景设置材质。

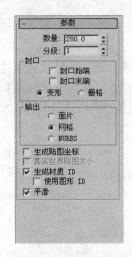

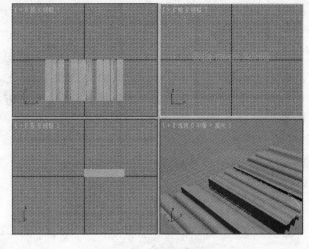

图 14-120　设置挤出参数　　　　　　　图 14-121　挤出效果

14.5.2　设置材质和灯光

步骤 1　单击"显示"按钮切换到显示面板，然后单击其中的"全部取消隐藏"按钮，将倒角后的 Text 显示出来。

步骤 2　按快捷键〈M〉弹出"材质编辑器"窗口，在其中选择一个样本球，命名为"Text"。然后在视图中选中 Text 物体，并单击将"材质指定给选定对象"按钮，将材质指定给 Text 物体。

步骤 3　在"明暗器基本参数"卷展栏的列表框中选择着色类型为金属。

步骤 4　在"金属基本参数"卷展栏中单击"漫反射"选项后的颜色块，弹出"颜色选择器"对话框，在其中设置颜色参数为 RGB（213，50，0），然后设置高光级别为 102、光泽度为 74、如图 14-122 所示。

步骤 5　展开"贴图"卷展栏，单击反射贴图通道后的"None"按钮，弹出"材质/贴图浏览器"对话框，在其中选择"位图贴图"选项并单击"确定"按钮确认，在弹出的"选择位图图像文件"对话框中选择图像文件打开，如图 14-123 所示。

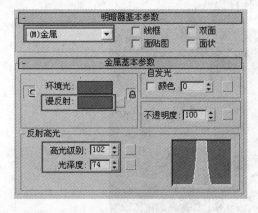

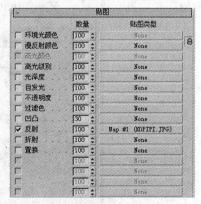

图 14-122　设置材质参数　　　　　　　图 14-123　设置反射贴图

步骤 6　选择另一个样本球，命名为"Light"，在视图中选择挤出后的 Light 物体，然后单击"将材质指定给选定对象"按钮将材质指定给 Light 物体。

步骤 7　在"明暗器基本参数"卷展栏的列表框中选择着色类型为 Blinn。

步骤 8　在"Blinn 基本参数"卷展栏中单击"漫反射"选项后的颜色块，弹出"颜色选择器"对话框，在其中设置颜色参数为 RGB（248，166，22），然后设置高光级别和光泽度的值均为 0。展开"扩展参数"卷展栏，在其中设置衰减的方式为"内"，数量值为 20，类型为相加，如图 14-124 所示。

步骤 9　展开"贴图"卷展栏，单击不透明度贴图通道后的"None"按钮，弹出"材质/贴图浏览器"对话框，在其中选择"渐变贴图"选项并单击"确定"按钮确认。然后设置渐变参数：颜色＃1 RGB（0，0，0），颜色＃2 RGB（50，50，50），颜色＃3 RGB（130，130，130），颜色 2 位置的值为 0.6，如图 14-125 所示。

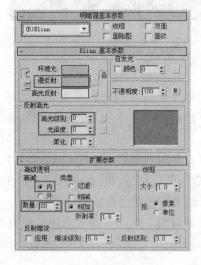

图 14-124　设置材质参数

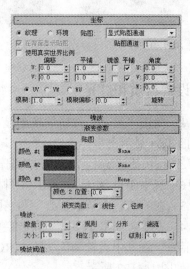

图 14-125　设置不透明贴图参数

步骤 10　激活透视图，并渲染场景，效果如图 14-126 所示。

从图中可以看出，由于没有为场景添加灯光，所以渲染得到的效果显得比较黯淡。下面为场景添加灯光，为方便操作，先将 Light 物体隐藏起来。

图 14-126　未添加灯光前的场景渲染效果

步骤 11　单击创建命令面板中的"灯光"按钮，切换到标准灯光面板。然后单击其中的"泛光灯"按钮，在视图中创建 6 盏泛光灯，其参数采用泛光灯的默认参数，调整位置如图 14-127 所示。

步骤 12　单击"显示"按钮切换到显示面板，然后单击其中的"全部取消隐藏"按钮，将 Light 物体显示。

步骤 13　激活透视图，并再次渲染场景，效果如图 14-128 所示。

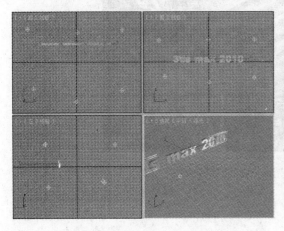

图 14-127　调整灯光位置　　　　　　图 14-128　添加灯光后场景渲染效果

从渲染结果中可以看出，Light 物体显得特别亮，有些地方甚至覆盖了 Text 物体，且轮廓分明，这是由于前面 3 盏灯光造成的，可以通过设置排除照射 Light 物体来解决这一问题。

步骤 14　选择第 1 盏灯光，然后单击"修改"按钮，切换到灯光参数的修改面板。

步骤 15　单击"常规参数"卷展栏中的"排除"按钮，弹出"排除/包含"对话框，在左边的列表框中选择 Light 物体，并单击 >> 按钮，然后单击"确定"按钮确认，如图 14-129 所示。

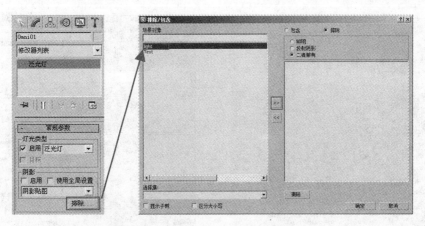

图 14-129　排除照射 Light 物体

步骤 16　用同样的方法将第 2、3 盏灯进行同样的设置，然后激活透视图，并再次渲染场景，得到如图 14-130 所示的结果。

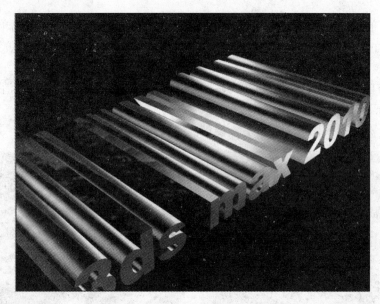

图 14-130　调整灯光设置后的渲染效果

14.5.3　设置动画

由于本例需要设置光从左到右掠过的动画效果，因此需要为 Light 物体添加两个修改器：倾斜修改器和挤出修改器，并在不同的帧设置不同的参数。

步骤 1　在视图中选择 Light 物体，单击"修改"按钮，切换到修改面板，在修改器列表中选择"倾斜"选项。

步骤 2　单击"自动关键点"按钮，开始录制动画。设置当前帧位于第 1 帧，设置倾斜的数量为 0；设置当前帧位于第 20 帧，设置倾斜的数量为-140；设置当前帧位于第 80 帧，设置倾斜的数量为 140；设置当前帧位于第 100 帧，设置倾斜的数量为 0，如图 14-131 所示。

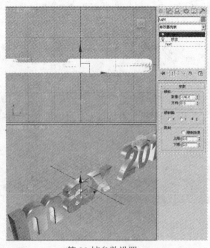

第 20 帧参数设置

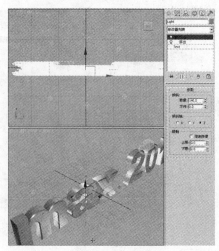

第 80 帧参数设置

图 14-131　设置倾斜动画

步骤3 在修改堆栈中选择"挤出"选项,设置当前帧位于第1帧,设置挤出的数量为0;设置当前帧位于第50帧,设置挤出的数量为280;设置当前帧位于第100帧,设置挤出的数量为0,如图14-132所示。

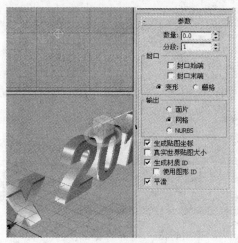 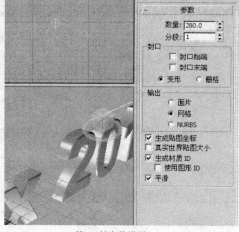

第0、100帧参数设置　　　　　　　　　　　第50帧参数设置

图14-132 设置挤出动画

接下来使用摄影机和辅助对象使场景中的对象位置发生改变,从而达到动的效果,具体操作如下:

步骤4 单击创建面板中的"摄影机"按钮,切换到摄影机子面板。然后单击"目标"按钮,在视图中创建一架目标摄影机,并激活透视图按〈C〉键,切换至摄影机视图,调整摄影机的位置如图14-133所示。

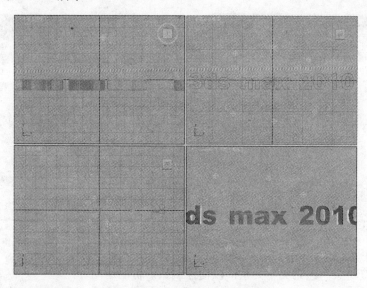

图14-133 调整摄影机位置

步骤5 单击创建面板中的"辅助对象"按钮,切换到辅助对象子面板,然后单击其中的"虚拟对象"按钮,在视图中创建两个虚拟对象Dummy01和Dummy02。

步骤 6　设置虚拟对象 Dummy01 和摄影机对齐。选择虚拟对象 Dummy01 后，按〈Alt＋A〉组合键，在视图中拾取摄影机，弹出"对齐当前选择"对话框，选择对齐 X、Y、Z 位置中心对齐，如图 14-134 所示。然后单击"确定"按钮，如图 14-135 所示。

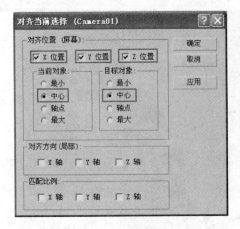

图 14-134　对齐当前选择

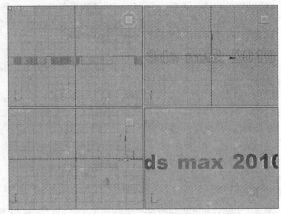

图 14-135　对齐效果

步骤 7　设置虚拟对象 Dummy02 和摄影机目标对齐。由于摄影机目标位于 Text 物体和 Light 物体处，用鼠标直接拾取比较困难，这里用"选择对象"对话框来进行选择。选择虚拟对象 Dummy02，单击主工具栏中的"对齐"按钮，然后单击主工具栏中的"按名称选择"按钮，弹出"选择对象"对话框，在其中选择 Camera01.Target，单击"拾取"按钮，然后在"对齐当前选择"对话框中选中 X/Y/Z 位置复选框和"中心"单选按钮，并单击"确定"按钮，如图 14-136 所示。

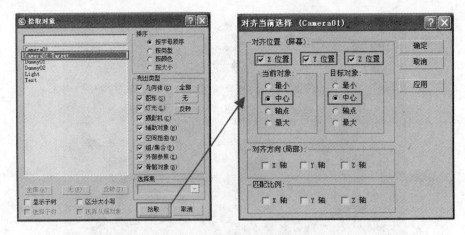

图 14-136　对齐到摄影机目标

接下来链接对象，建立父子关系，以便控制摄影机的运动。

步骤 8　单击主工具栏中的"选择并链接"按钮，在视图中选择摄影机并按住鼠标左键拖曳至虚拟对象 Dummy01 上，然后选择虚拟对象 Dummy01 并按住鼠标左键拖曳至虚拟对象 Dummy02 上。

这样就在摄影机、虚拟对象 Dummy01 和虚拟对象 Dummy02 之间建立了父子关系，当改变父对象的位置时，子对象也将随之发生改变。如果用户要查看物体之间的父子层级关系，可以单击主工具栏中的"按名称选择"按钮，弹出"选择对象"对话框，选中其中的"显示子树"复选框即可，如图 14-137 所示。

图 14-137　查看父子层级关系

步骤 9　单击动画控制区中的"自动关键点"按钮打开动画记录，设置当前帧位于第 1 帧，将虚拟对象 Dummy02 在顶视图中向上旋转 15°，向左旋转 20°；设置当前帧位于第 100 帧，将虚拟对象 Dummy02 在顶视图中向下旋转 25°，向右旋转 30°，如图 14-138 所示。

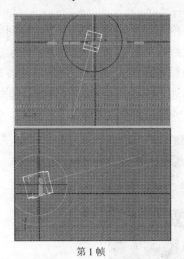

第 1 帧　　　　　　　　　　　　　　　第 100 帧

图 14-138　旋转虚拟对象

至此，完成动画的设置，然后为场景设置一个背景贴图，并设置动画输出的范围、大小，再将其以 AVI 格式按照指定的路径输出成动画序列。

14.5.4　输出动画

按〈F10〉键弹出"渲染设置"对话框，在"时间输出"选项区中选中"活动时间段"单选按钮，渲染 0～100 帧，在"输出大小"选项区中设置输出的大小为 640×480，然后单击"渲染输出"选项区中的"文件"按钮，弹出"渲染输出文件"对话框，如图 14-139 所示。在其中设置输出文件保存类型为 AVI 文件，设置文件名后单击"保存"按钮，弹出"AVI 文件压缩设置"对话框，如图 14-140 所示。在其中设置主帧比率为 15，然后单击"确定"按钮返回"渲染设置"对话框，单击其底部的"渲染"按钮开始渲染。

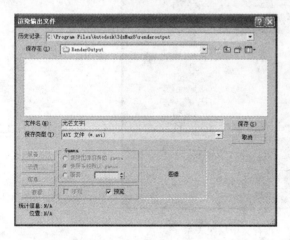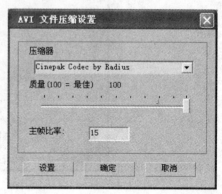

图 14-139　"渲染输出文件"对话框　　　　图 14-140　"AVI 文件压缩设置"对话框

14.6　制作蝶舞动画

本例制作一段蝶舞的动画。在制作的过程中，应用的知识非常多，首先是利用编辑网格建模方法建立蝴蝶的躯干，然后利用二维图形创建蝴蝶翅膀，并通过轨迹视图添加一个噪波旋转动画控制器，实现蝴蝶振翅的动画。接着使用粒子系统生成多只蝴蝶，并设置其他蝴蝶跟随目标对象（首次创建的蝴蝶）一起运动，最后通过路径约束动画控制器控制蝴蝶运动的路径，从而实现蝶舞动画。图 14-141 所示即为某一帧的动画效果。

图 14-141　蝶舞效果

14.6.1　创建蝴蝶的躯干

步骤 1　启动 3ds max 2010，单击软件图标 ，选择"重置"命令，重新设置系统。

步骤2　单击创建命令面板中的"几何体"按钮，切换到几何体子面板。然后单击其中的"长方体"按钮，在顶视图中创建一个长度为24、宽度为16、高度为14的长方体作为蝴蝶的躯干（见图14-142），并将其转换为可编辑网格对象。

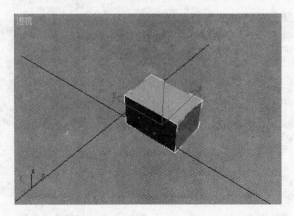

图14-142　创建长方体

步骤3　单击"选择"卷展栏中的"多边形"按钮，进入多边形子对象编辑模式，在前视图中选择如图14-143所示的多边形面，然后使用"编辑几何体"卷展栏中的"挤出"和"倒角"命令对其进行操作，效果如图14-144所示。

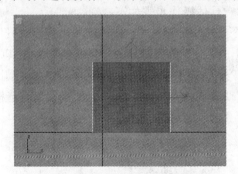

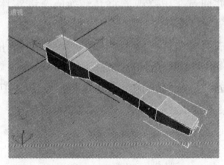

图14-143　选择多边形面子对象　　　　图14-144　编辑多边形面效果

步骤4　将前视图切换为后视图，在其中选择如图14-145所示的多边形面，然后使用"编辑几何体"卷展栏中的挤出和倒角命令对其挤出15，倒角-2，效果如图14-146所示。

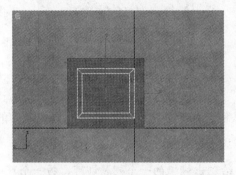

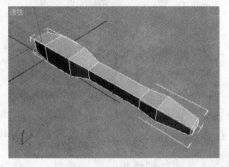

图14-145　在后视图中选择多边形面　　　图14-146　挤出和倒角结果

步骤5　再次单击"选择"卷展栏中的"多边形"按钮，退出多边形子对象编辑模式。然后在修改器列表中选择"涡轮平滑修改器"选项，设置参数如图 14-147 所示，效果如图 14-148 所示。

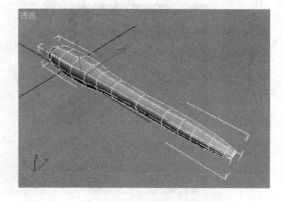

图 14-147　涡轮平滑参数　　　　　图 14-148　涡轮平滑效果

14.6.2　创建蝴蝶的翅膀

在创建蝴蝶的翅膀时，首先需要为视图设置视口背景，然后根据背景描绘出蝴蝶翅膀的轮廓，并通过挤出修改器将其转换成三维实体。具体操作步骤如下：

步骤1　选择"视图"→"视口背景"命令或按快捷键〈Alt＋B〉弹出"视口背景"对话框，单击"背景源"选项区中的"文件"按钮，弹出"选择背景图像"对话框，在其中选择一张如图 14-149 所示的蝴蝶图片，并单击"打开"按钮关闭对话框。然后选中"纵横比"选项区中的"匹配渲染输出"单选按钮，并选中"显示背景"和"锁定缩放/平移"复选框，如图 14-150 所示。

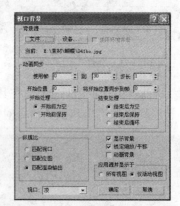

图 14-149　背景图片　　　　　图 14-150　"视口背景"对话框

步骤2　单击创建命令面板中的"图形"按钮，切换到图形子面板，然后单击其中的"线"按钮，在顶视图中根据视口背景的轮廓绘制出蝴蝶翅膀的轮廓。

技巧：在绘制蝴蝶翅膀的轮廓时，只需要绘制出蝴蝶的一个翅膀即可，另一个可以通过镜像获得。

步骤 3　再次打开"视口背景"对话框，然后取消选择其中的"显示背景"复选框，并单击"确定"按钮关闭对话框，绘制的蝴蝶翅膀轮廓如图 14-151 所示。

步骤 4　在修改面板的修改器列表中选择"挤出"选项，并设置挤出的数量为 0.1，挤出蝴蝶的翅膀，并命名为"翅膀（左）"，如图 14-152 所示。

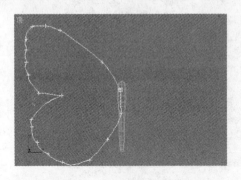

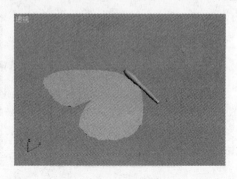

图 14-151　绘制蝴蝶翅膀轮廓线　　　　　　　　　　图 14-152　挤出效果

步骤 5　单击几何体子面板中的"圆柱体"按钮，在视图中创建一个半径为 0.8、高度为 85、高度分段数为 10 的圆柱体作为蝴蝶的触角，然后使用锥化和弯曲修改器对其进行修改变形，设置的锥化和弯曲参数如图 14-153 所示。生成的触角如图 14-154 所示。

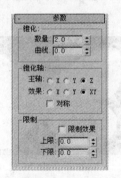

图 14-153　设置锥化和弯曲参数

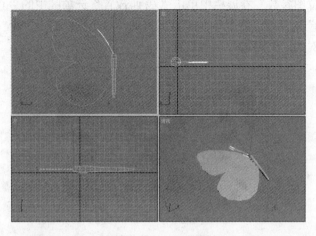

图 14-154　生成触角

步骤 6　在视图中选择翅膀（左）和触角，然后单击主工具栏中的"镜像"按钮，弹出"镜像"对话框，在其中设置镜像的轴为 X 轴，克隆对象的方式为实例方式，如图 14-155 所示。单击"确定"按钮，效果如图 14-156 所示，可见生成了一只完整的蝴蝶，并将复制生成的翅膀命名为"翅膀（右）"。

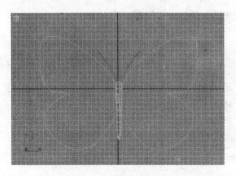

图 14-155　"镜像"对话框　　　　　　　　图 14-156　镜像复制效果

步骤 7　指定材质。按快捷键〈M〉弹出"材质编辑器"窗口框，在其中选择一个样本球，并将其指定给蝴蝶的翅膀。

步骤 8　展开"贴图"卷展栏，在其中将漫反射颜色贴图和不透明度贴图分别设置为如图 14-157 所示的位图贴图。

漫反射颜色贴图

不透明度贴图

图 14-157　设置贴图

步骤 9　在"位图参数"卷展栏中单击"裁剪/放置"选项区中的"查看图像"按钮，弹出"指定裁剪/放置"对话框，在其中拖动裁剪框的一边至图像的 1/2 处，如图 14-158 所示。然后用同样的方法对另一贴图进行裁剪设置。

图 14-158　裁剪图像

提示：在进行手动裁剪调整时两幅图像的裁剪范围可能不一致，这时可以在"位图参数"卷展栏中直接输入数值进行裁剪，以做到精确无误，如图 14-159 所示。

步骤 10　选择另一个样本球，并将其指定给蝴蝶的躯干，然后设置其漫反射颜色贴图为图 14-159 中的漫反射贴图，并将裁剪区域调整到蝴蝶躯干部分。最后渲染场景，效果如图 14-160 所示。

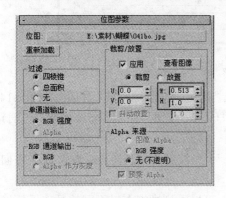

图 14-159　设置精确裁剪数值

图 14-160　指定材质后的蝴蝶渲染效果

14.6.3　创建振翅动画

自然界中蝴蝶翅膀振动的频率是不规则的，因此在 3ds max 2010 中可以使用噪波旋转控制器来进行模拟。具体操作步骤如下：

步骤 1　调整轴心。在视图中选择蝴蝶的"翅膀（左）"，单击"层次"按钮切换到层次面板，然后单击其中的"仅影响轴"按钮，单击主工具栏中的"对齐"按钮，并在视图中拾取蝴蝶的躯干，在弹出的"对齐当前选择"对话框中设置轴心在 X、Y、Z 轴上对齐。

步骤 2　用同样的方法，设置蝴蝶"翅膀（右）"的轴心也与蝴蝶的躯干对齐，效果如图 14-161 所示。

图 14-161　调整轴心

步骤 3　单击主工具栏中的"曲线编辑器"按钮，打开"轨迹视图"窗口，然后在视图中选择蝴蝶的"翅膀（左）"，在轨迹视图的层级列表中选择"旋转"选项，如图 14-162 所示。

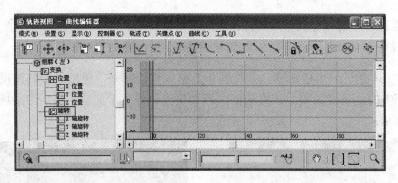

图 14-162　轨迹视图

步骤 4　选择"控制器"→"指定"命令，弹出"指定 旋转 控制器"对话框，如图 14-163 所示。在其中选择"噪波旋转"控制器，并单击"确定"按钮，弹出"噪波控制器"对话框，设置频率为 0.5，Y 方向上的强度为 220，如图 14-164 所示。

步骤 5　同样，为蝴蝶的"翅膀（右）"指定一个噪波旋转控制器，并设置其 Y 方向上的强度为–220，其他参数相同。

此时单击动画控制区中的"播放动画"按钮，可以看到蝴蝶在以不同的频率不停地振动翅膀。

图 14-163　噪波旋转控制器列表

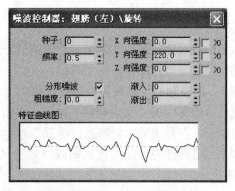

图 14-164　设置噪波控制器参数

步骤 6　在视图中选中所以对象，然后选择"组"→"成组"命令，弹出"组"对话框，在其中将组命名为"蝴蝶 01"。成组的目的是为以后的进一步设置做准备。

14.6.4　使用粒子系统

接下来要进行的工作是利用 PF Source（粒子流源）生成多只跟随"蝴蝶 01"飞行的蝴蝶，具体操作步骤如下：

步骤 1　单击"创建"按钮切换到创建命令面板，然后单击"几何体"按钮进入几何体子面板，选择下拉列表框中的"粒子系统"选项，进入粒子系统创建面板。单击"PF Source"按钮，在前视图中创建一个 PF Source 粒子系统，如图 14-165 所示。

提示：在创建时应先将后视图切换为前视图，因为 PF Source 粒子的发生方向（图中的箭头方向）直接影响生成蝴蝶的运动方向。

步骤 2　单击"修改"按钮，切换到 PF Source 粒子系统的参数面板。然后单击其中的"粒子视图"按钮，弹出"粒子视图"窗口，如图 14-166 所示。

图 14-165　创建 PF Source 粒子系统　　　　图 14-166　"粒子视图"窗口

步骤 3　选择粒子事件列表中的 Birth 01 (0-30 T:200) 选项，在其右边显示的参数面板中设置产生粒子的数量为 6，然后选择粒子事件列表中的 Speed 01 (沿图标箭头) 选项，在其右边显示的参数面板中设置粒子速度的变化值为 1000，散度值为 100，如图 14-167 所示。

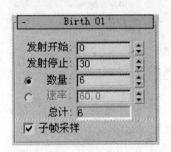

图 14-167　设置出生和速度参数

步骤 4　在粒子事件列表中选择 Shape 01 (四面体) 选项，右击，在弹出的快捷菜单中选择"删除"命令将其删除，然后在下方的事件仓库中选择 Shape Instance 选项，将其拖入粒子事件列表中。单击右边参数面板中的"无"按钮，在视图中拾取成组后的"蝴蝶 01"，则粒子将会显示为创建的蝴蝶几何体。在参数面板中设置比例为 100%，变化为 80%，使生成的蝴蝶有大小变化。值得注意的是，在该参数面板中必须选中"动画图形"复选框，否则通过粒子系统生成的蝴蝶将不会有振翅动作，设置参数后的面板如图 14-168 所示。

步骤 5　在粒子事件列表中选择 Display 01 (十字叉) 选项，然后在右边的参数面板中设置粒子显示类型为几何体，使粒子显示为指定对象的形状。

步骤 6　在粒子事件列表中选择 Rotation 01 (随机 3D) 选项，然后在右边的参数面板中的下拉列表中选择"速度空间跟随"选项，并设置 Z 轴角度为-90°，使粒子系统发射出的粒子跟随目标的运动角度运动，如图 14-169 所示。

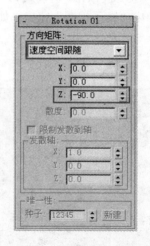

图 14-168　设置粒子形状　　　　　图 14-169　设置运动跟随

　　步骤 7　在"粒子视图"窗口的事件仓库中选择 Find Target 选项，将其拖入粒子事件列表中，然后在右边的参数面板中设置移动速度变化值为 1000，同步方式为事件期间，选中"网格对象"单选按钮后，单击"添加"按钮，在视图中拾取"蝴蝶 01"，并选中"跟随目标动画"复选框，如图 14-170 所示。

图 14-170　设置跟随目标参数

　　通过以上设置，粒子系统将生成 6 只跟随目标对象（蝴蝶 01）一起运动的蝴蝶。接下来为"蝴蝶 01"指定一条运动路径。

14.6.5　创建路径约束动画

　　下面使用路径约束动画控制器将蝴蝶的运动限制在一定的范围以内，具体操作步骤如下：
　　步骤 1　单击图形子面板中的"圆"按钮，在顶视图中创建一个圆，作为蝴蝶运动的路径，如图 14-171 所示。
　　步骤 2　单击"运动"按钮切换到运动命令面板，在"指定控制器"卷展栏中选择"位置"选项，然后单击其上方的"指定控制器"按钮，打开指定位置控制器列表，如图 14-172所示。在其中选择"路径约束"控制器，并单击"确定"按钮确认。

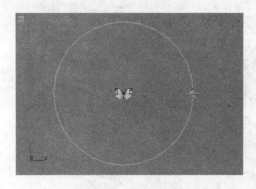

图 14-171 创建路径　　　　　　　　图 14-172　指定位置控制器列表

　　步骤 3　单击"路径参数"卷展栏中的"添加路径"按钮，然后在视图中拾取圆，此时，"蝴蝶 01"将自动移动到圆的起点位置，如图 14-173 所示。

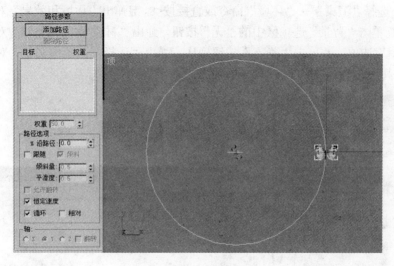

图 14 173　拾取路径

　　步骤 4　拖动时间滑块至第 100 帧，单击"自动关键点"按钮，在"路径参数"卷展栏中设置沿路径运动的百分比为 40%，并选中"跟随和倾斜"复选框。然后再次单击"自动关键点"按钮，退出录制动画模式，从而减缓蝴蝶的运动速度。

　　步骤 5　在视图中选中粒子系统图标，然后使用选择并移动工具将其移动至圆的起点位置，使粒子系统生成的蝴蝶的运动起始位置和"蝴蝶 01"相同。

　　此时，单击动画控制区中的"播放动画"按钮，可以看到由粒子系统生成的蝴蝶跟随"蝴蝶 01"一起沿路径进行运动，实现了预期的目标。

　　为了得到更好的输出效果，可以为场景设置灯光和环境贴图，将蝶舞动画融入一定的环境之中。

14.6.6　创建渲染环境

　　步骤 1　单击"灯光"按钮切换到标准灯光创建面板，然后单击其中的"泛光灯"按钮，在视图中创建两盏泛光灯，并调整它们的位置如图 14-174 所示。

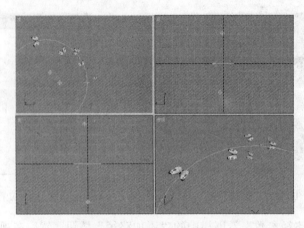

图 14-174　调整泛光灯的位置

步骤 2　选择"渲染"→"环境"命令或直接按<8>键弹出"环境和效果"对话框，如图 14-175 所示。单击"背景"选项区中的"无"按钮，弹出"材质/贴图浏览器"对话框，在其中选择"位图"选项，并单击"确定"按钮确认，弹出"选择位图图像文件"对话框（见图 14-176），在其中选择一张位图图像。

图 14-175　"环境和效果"对话框

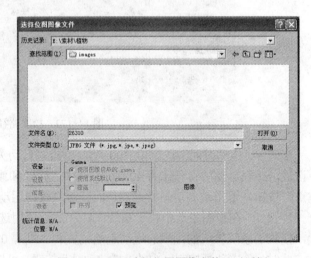

图 14-176　"选择位图图像文件"对话框

步骤 3　按〈F10〉键弹出"渲染设置"对话框，如图 14-177 所示。在"时间输出"选项区中选中"活动时间段"单选按钮，渲染 0～100 帧，在"输出大小"选项区中设置输出的大小为 640×480。然后单击"渲染输出"选项区中的"文件"按钮，弹出"渲染输出文件"对话框，如图 14-178 所示。在其中设置输出文件保存类型为 AVI 文件，设置文件名后单击"保存"按钮，弹出"AVI 文件压缩设置"对话框，单击"确定"按钮返回"渲染设置"对话框，最后单击其底部的"渲染"按钮开始渲染动画序列。

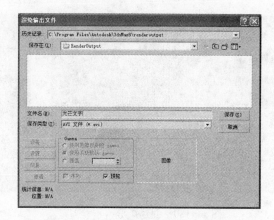

图 14-177 "渲染设置"对话框   图 14-178 "渲染输出文件"对话框

至此，完成整个动画的制作，只要用户按照以上步骤进行操作，完成动画制作还是比较容易的。

14.7 制作别墅

本例制作一座别墅，其效果如图 14-179 所示。在制作过程中将广泛应用二维图形通过挤出生成三维实体，并配合放样等建模方法建立别墅模型，然后为别墅制作材质，渲染输出后，使用 Photoshop 软件进行后期处理，为别墅添加配景。

图 14-179 别墅效果图

14.7.1 创建墙体

步骤 1 启动 3ds max 2010，单击创建命令面板中的"图形"按钮，切换到图形子面板。然后单击"矩形"按钮，在前视图中创建一个 7380×17570 的矩形，如图 14-180 所示。

步骤 2　在视图中右击，在弹出的快捷菜单中选择"转换为"→"转换为可编辑样条线"命令，将矩形转换为可编辑样条线。在顶点编辑模式下，单击"几何体"卷展栏中的"优化"按钮，在矩形上插入顶点，并调整矩形为图 14-181 所示的形状。

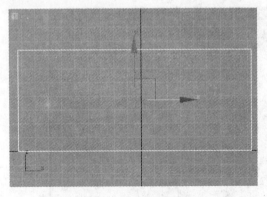

图 14-180　创建矩形

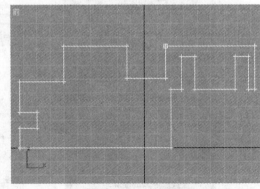

图 14-181　编辑矩形

步骤 3　单击图形子面板中的"矩形"按钮，在前视图中创建一个 2100×2400 的矩形，两个 1400×1200 的矩形，一个 1000×4800 的矩形和一个 2400×1200 的矩形，并将它们调整到如图 14-182 所示的位置。

步骤 4　在视图中选择已转换为可编辑样条线的矩形，然后单击"几何体"卷展栏中的"附加列表"按钮，弹出"附加列表"对话框，单击"全部"按钮选择所有对象，最后单击"附加"按钮将它们连接成一个图形，如图 14-183 所示。

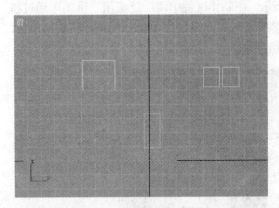

图 14-182　创建矩形

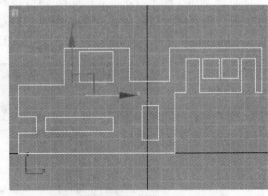

图 14-183　连接图形

步骤 5　在修改面板的修改器列表中选择"挤出"选项，并设置挤出数量为 300，效果如图 14-184 所示。

步骤 6　单击图形子面板中的"矩形"按钮，在左视图中创建一个 7350×1500 的矩形，并编辑成如图 14-185 所示的形状，然后使用挤出修改器将其挤出 300。

步骤 7　单击图形子面板中的"矩形"按钮，在前视图中创建一个矩形，并编辑成如图 14-186 所示的形状，然后使用挤出修改器挤出 300，最后调整其位置如图 14-187 所示。

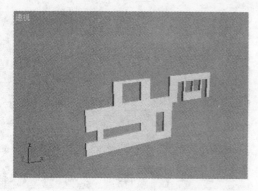

图 14-184　挤出效果

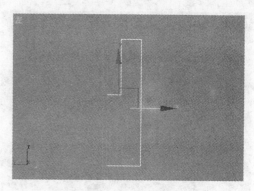

图 14-185　创建并编辑矩形

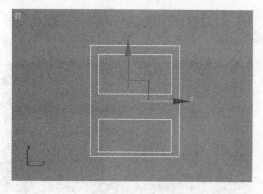

图 14-186　创建二维图形

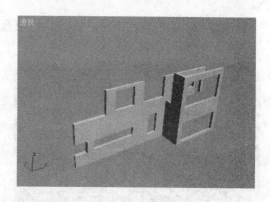

图 14-187　调整挤出物体位置

步骤 8　单击图形子面板中的"矩形"按钮，在左视图中创建一个 8020×13790 的矩形，将其转换为可编辑样条线后进行编辑。然后再次单击"矩形"按钮，在左视图中创建一个 660×660 的正方形和一个 1400×500 的矩形，并进行复制，最后将它们组合成一个图形，如图 14-188 所示。

步骤 9　使用挤出修改器将其挤出 300，然后调整位置如图 14-189 所示。

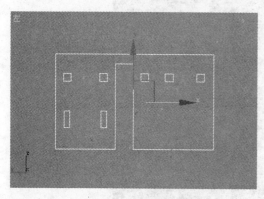

图 14-188　组合效果

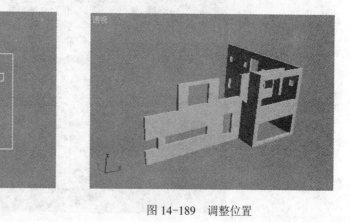

图 14-189　调整位置

步骤 10　在左视图中绘制一个如图 14-190 所示的二维图形，并将其挤出 300，然后再绘制两个高度相同的矩形，并挤出 300，调整位置如图 14-191 所示。

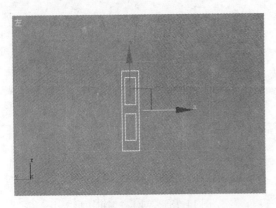

图 14-190　绘制二维图形

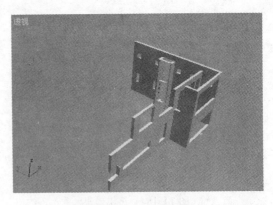

图 14-191　调整对象位置

步骤 11　在前视图中创建如图 14-192 所示的图形，然后使用挤出修改器将其挤出 300，并调整至如图 14-193 所示的位置。

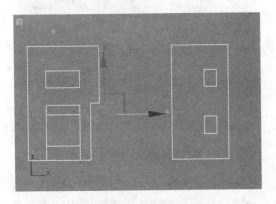

图 14-192　绘制二维图形

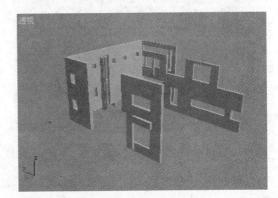

图 14-193　调整对象位置

步骤 12　用同样的方法创建后面左侧的墙体，效果如图 14-194 所示。

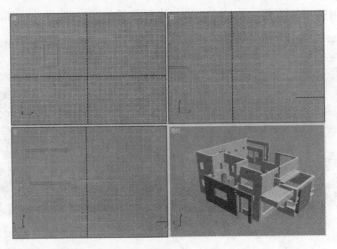

图 14-194　创建其他墙体

步骤 13　单击图形子面板中的"线"按钮，在顶视图中创建一条如图 14-195 所示的曲线，然后选择修改器列表中的"挤出"选项，将其挤出 200，作为屋顶。

步骤 14　再次单击图形子面板中的"线"按钮，在顶视图中创建一条曲线，然后对其进行编辑，如图 14-196 所示。

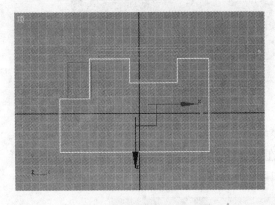
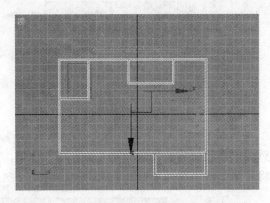

图 14-195　创建曲线　　　　　　　　　　图 14-196　创建并编辑曲线

步骤 15　选择修改器列表中的"挤出"选项，将图形挤出 640，然后调整其和屋顶的位置，如图 14-197 所示。

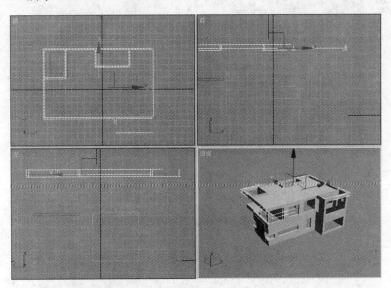

图 14-197　调整挤出物体和屋顶的位置

至此，完成别墅整体框架的建设，接下来进一步细化模型，包括创建窗户、护栏和大门等。

14.7.2　创建窗户

步骤 1　右击主工具栏中的"捕捉开关"按钮，弹出"栅格和捕捉设置"对话框，在其中设置捕捉的选项为顶点和边/线段，如图 14-198 所示。

步骤 2　单击图形子面板中的"矩形"按钮，在前视图中捕捉绘制一个矩形，然后对其进行编辑，效果如图 14-199 所示。

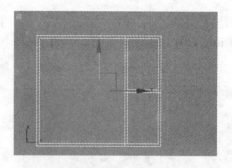

图 14-198　设置捕捉选项　　　　　　　　图 14-199　创建并编辑矩形

步骤 3　切换到修改面板，选择修改器列表中的"挤出"选项，并设置挤出的数量为 50。然后单击几何体子面板中的"长方体"按钮，在前视图中创建一个长方体薄片作为玻璃，并将其至于挤出物体（窗框）的中央，效果如图 14-200 所示。

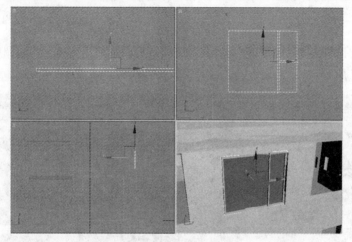

图 14-200　创建窗户

步骤 4　用同样的方法创建其他窗户，效果如图 14-201 所示。

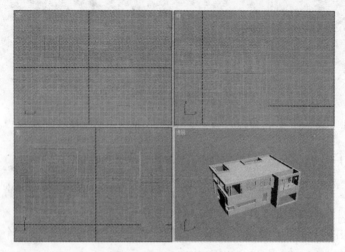

图 14-201　创建其他窗户

342

14.7.3 创建护栏

步骤 1 单击图形子面板中的"矩形"按钮，在顶视图中创建一个矩形。然后将其转换为可编辑样条线，在线段子对象编辑模式下删除矩形的一条边，将剩余的曲线作为放样的路径，如图 14-202 所示。

步骤 2 单击图形子面板中的"圆"按钮，在视图中创建一个半径为 40 的圆，作为放样的截面。

步骤 3 在视图中选择放样路径，在几何体子面板的下拉列表框中选择"复合对象"选项，进入复合对象创建面板。然后单击"放样"按钮，打开放样属性面板，单击"创建方法"卷展栏中的"获取图形"按钮，在视图中拾取放样截面（圆），效果如图 14-203 所示。

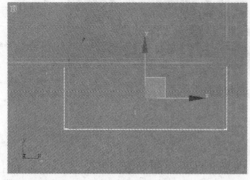

图 14-202 创建放样路径 　　　　　　　　图 14-203 放样效果

步骤 4 将放样的路径复制一份，然后在样条线子对象编辑模式下对其进行倒轮廓处理，并设置轮廓值为 20。

步骤 5 在修改器列表中选择"挤出"选项，并设置挤出的数量为 20，然后将挤出的曲线进行复制，效果如图 14-204 所示。

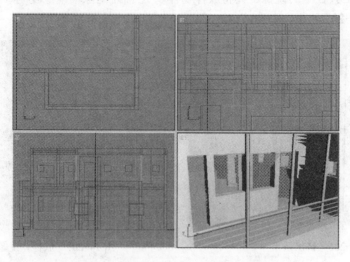

图 14-204 护栏效果

步骤 6 用同样的方法创建其他护栏，效果如图 14-205 所示。

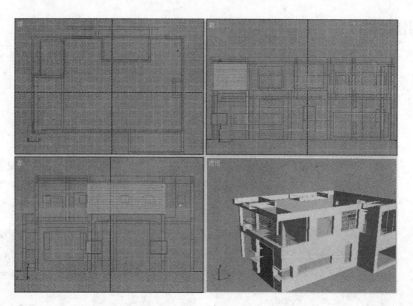

图 14-205　创建其他护栏

14.7.4　创建大门

步骤 1　开启主工具栏中的捕捉开关，单击图形子面板中的"矩形"按钮，在前视图中捕捉创建一个矩形，进行编辑后，选择修改器列表中的"挤出"选项，设置挤出的数量为 50，效果如图 14-206 所示。

步骤 2　和创建窗户玻璃一样，单击几何体子面板中的"长方体"按钮，在视图中创建一个长方体薄片作为门中的玻璃。

步骤 3　在视图中创建一段圆弧形曲线和一个小圆，分别作为放样的路径和截面进行放样。然后使用主工具栏中的镜像工具将放样物体以 X 轴为镜像轴镜像复制一个，作为门的把手，效果如图 14-207 所示。

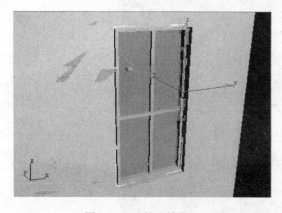

图 14-206　挤出效果

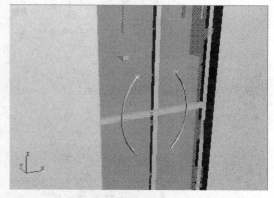

图 14-207　放样并镜像复制

步骤 4　单击几何体子面板中的"长方体"按钮，在前视图中创建一个高度为 20 的长方体，作为车库的库门，如图 14-208 所示。

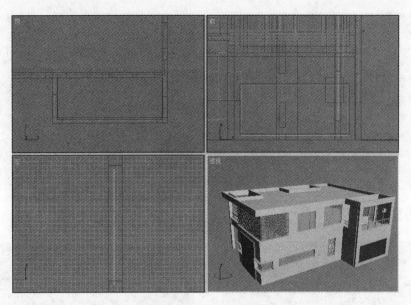

图 14-208　创建车库库门

14.7.5　创建门庭

步骤 1　单击图形子面板中的"矩形"按钮，在左视图中创建一个 9100×3700 的矩形，然后将其转换成可编辑样条线，并将矩形编辑成如图 14-209 所示的形状。

步骤 2　选择修改器列表中的"挤出"选项，将挤出数量设置为 200，然后选择修改器列表中的"编辑网格"选项，对挤出物体进行修改，效果如图 14-210 所示。

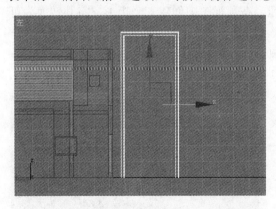

图 14-209　编辑矩形

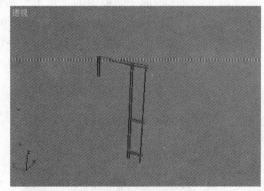

图 14-210　修改变形

步骤 3　单击图形子面板中的"矩形"按钮创建矩形，并将其编辑成如图 14-211 所示的形状，然后挤出 100，并与上一步操作创建的对象对齐。

步骤 4　在视图中选择前两步生成的物体，在顶视图中按住<Shift>键将其沿 X 轴正方向移动 3500，并复制一个，如图 14-212 所示。

步骤 5　用同样的方法，在前视图中捕捉创建一个矩形，并编辑成如图 14-213 所示的形状，然后将其挤出 200，效果如图 14-214 所示。

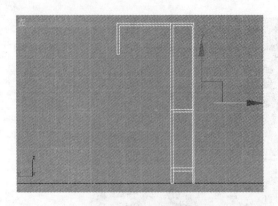

图 14-211　创建并编辑矩形

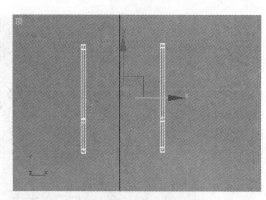

图 14-212　复制对象

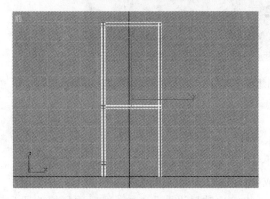

图 14-213　创建并编辑矩形

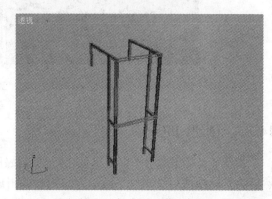

图 14-214　挤出效果

步骤 6　单击图形子面板中的"矩形"按钮，在顶视图中创建一个矩形，将其转换为可编辑样条线后，编辑成如图 14-215 所示的形状。

步骤 7　选择修改器列表中的"挤出"选项，设置挤出的数量为 50，然后将其复制，并使用类似的方法创建其他对象，门庭效果如图 14-216 所示。

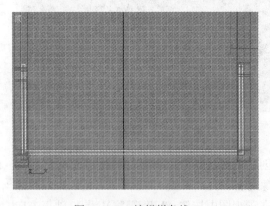

图 14-215　编辑样条线

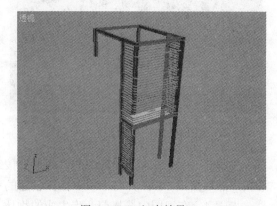

图 14-216　门庭效果

步骤 8　单击主工具栏中的"选择并移动"按钮，在视图中选择门庭，然后将其移动至如图 14-217 所示的位置。

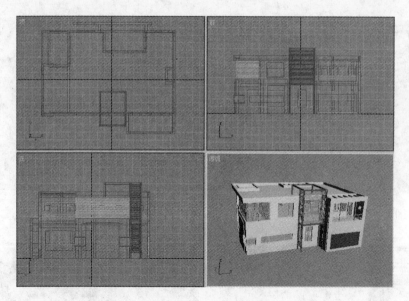

图 14-217　调整门庭位置

14.7.6　创建台阶

步骤 1　单击图形子面板中的"线"按钮，在左视图中创建一条如图 14-218 所示的曲线，将其使用挤出修改器挤出 100。然后将其复制一个，并调整至如图 14-219 所示的位置。

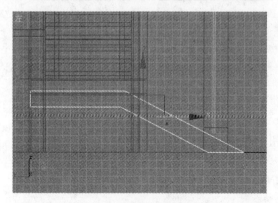

图 14-218　创建曲线

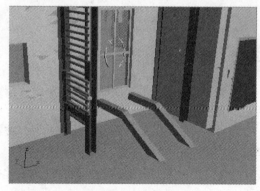

图 14-219　复制对象

步骤 2　单击几何体子面板中的"长方体"按钮，在视图中创建长方体（或将矩形挤成实体），并进行复制，生成台阶，如图 14-220 所示。

步骤 3　单击图形子面板中的"矩形"按钮，在左视图中创建一个 300×2000 的矩形，然后将其转换为可编辑样条线，并调整成如图 14-221 所示的形状。

步骤 4　选择修改器列表中的"挤出"选项，并设置挤出的数量为 6600，然后选择"编辑网格"命令对挤出物体进行编辑，效果如图 14-222 所示。

步骤 5　用同样的方法建立侧面的台阶，如图 14-223 所示。其具体制作步骤，在此不再详细介绍。

图 14-220　创建台阶

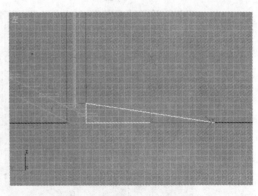

图 14-221　创建并编辑矩形

图 14-222　编辑网格效果

图 14-223　侧面台阶

14.7.7　创建阳台

步骤 1　单击图形子面板中的"矩形"按钮，在顶视图中创建一个 12000×7000 的矩形，然后将其挤出 150。

步骤 2　单击图形子面板中的"矩形"按钮，在顶视图中创建如图 14-224 所示的矩形，然后将它们挤出 80。

步骤 3　参考前面护栏的创建方法，创建护栏和支脚，效果如图 14-225 所示。

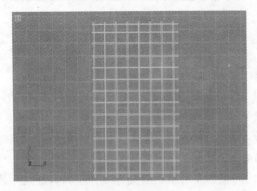

图 14-224　创建矩形

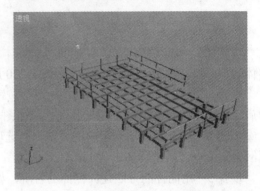

图 14-225　创建护栏和支脚

步骤 4　单击主工具栏中的"选择并移动"按钮，在视图中选中对象，然后整体进行移动，并调整阳台的位置如图 14-226 所示。

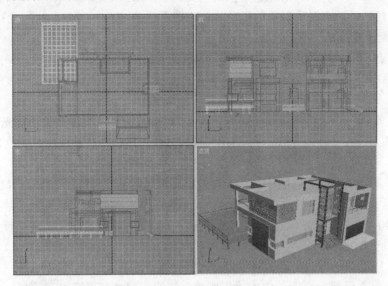

图 14-226　调整阳台位置

步骤 5　建立天顶装饰物体，并调整它们的位置如图 14-227 所示。

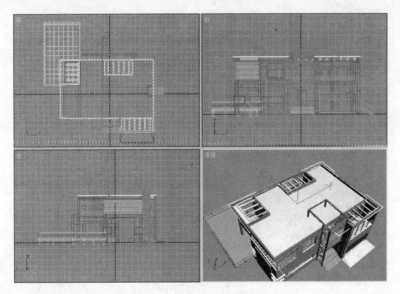

图 14-227　调整对象位置

至此，完成别墅的建模。接下来为其添加材质、灯光和摄影机，并进行渲染输出，然后进行后期处理。

14.7.8　添加材质、灯光和摄影机

步骤 1　按快捷键<M>弹出"材质编辑器"窗口，在其中选择一个材质样本球，设置着

色类型为 Blinn 方式。然后在"Blinn 基本参数"卷展栏中单击环境光和漫反射前的"锁定"按钮,解除环境光颜色和漫反射颜色之间的锁定。再单击环境光后的颜色块,设置颜色为 RGB(180,180,180);单击漫反射后的颜色块,设置颜色为 RGB(242,242,233),设置高光级别为 40,光泽度为 9。

步骤 2 展开"贴图"卷展栏,单击凹凸贴图通道后的"None"按钮,弹出"材质/贴图浏览器"对话框,在其中选择噪波贴图,并在"噪波参数"卷展栏中设置噪波的大小为 13,然后设置凹凸贴图的数量为 30,并将材质指定给墙体。

步骤 3 选择另一个样本球,设置着色类型为 Blinn 方式,然后解除环境光颜色和漫反射颜色之间的锁定,设置环境光颜色为 RGB(132,147,154),设置漫反射颜色为 RGB(183,204,214),设置高光级别为 183,光泽度为 37,不透明度为 60。

步骤 4 展开"贴图"卷展栏,单击反射贴图通道后的"None"按钮,弹出"材质/贴图浏览器"对话框,在其中选择位图贴图,并设置位图贴图图像为一幅风景图片。然后设置反射的数量为 40,并将其指定给窗户玻璃。这样,在渲染时,就会显现出玻璃反射周围场景的效果,便场景更加真实。

步骤 5 用类似的方法为其他对象创建材质,在此不再一一介绍。

步骤 6 单击创建命令面板中的"摄影机"按钮,切换到摄影机子面板。然后单击"目标"按钮,在视图中创建一架目标摄影机,并将透视图转换为摄影机视图,调整摄影机的位置如图 14-228 所示。

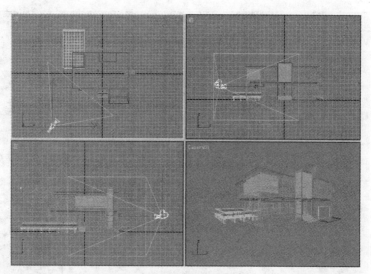

图 14-228 调整摄影机位置

步骤 7 单击创建命令面板中的"灯光"按钮,切换到标准灯光创建面板。然后单击"目标聚光灯"按钮,在视图中创建一盏目标聚光灯,并设置聚光灯的阴影类型为光线跟踪阴影、强度(倍增)值为 1.3、颜色为 RGB(255,253,226)、聚光区域为 12.4、衰减区域为 14.4、漫反射柔化边缘值为 50,并调整灯光位置,如图 14-229 所示。

步骤 8 单击标准灯光创建面板中的"泛光灯"按钮,在视图中创建几盏泛光灯作为辅助光源,并对泛光灯的强度和位置进行调整。

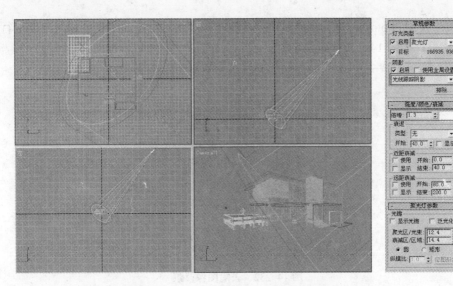

图 14-229　调整目标参数和位置

14.7.9　渲染输出

步骤 1　单击几何体子面板中的"长方体"按钮，在视图中创建一个长方体作为地面，以接收投射的阴影。

步骤 2　按快捷键<F10>弹出"渲染设置"对话框，在"输出大小"选项区中设置输出图像的长度为 3600，宽度为 2160；在"渲染输出"选项区中单击"文件"按钮，弹出"渲染输出文件"对话框，在其中设置文件的名称和路径，然后单击"保存"按钮，如图 14-230 所示。

步骤 3　单击"渲染"按钮，渲染摄影机视图，效果如图 14-231 所示。

图 14-230　设置渲染参数

图 14-231　渲染输出效果

14.7.10　后期处理

步骤 1　使用 Photoshop 打开输出的图像，然后使用钢笔工具进行勾选，并转换成选区。接着删除选中的区域，除去图像的背景，如图 14-232 所示。

步骤2　使用Photoshop将其他配景加入到场景中,然后对图形的亮度和对比度进行调整,得到最终效果,如图14-179所示。

图 14-232　去除图像背景